Collins

Easy Learning

易學易記

法英漢會話

French Conversation

U0063667

商務印書館

© HarperCollins Publishers Ltd. (2006)

© in the Chinese material The Commercial Press (H.K.) Ltd. (2017)

Collins Easy Learning: French Conversation

Publishing Director: Lorna Knight

Editorial Director: Michela Clari

Managing Editor: Maree Airlie

Contributors: Jeremy Butterfield, Laurent Jouet

Acknowledgements

We would like to thank those authors and publishers who kindly gave permission for copyright material to be used in the Collins Word Web. We would also like to thank Times Newspapers Ltd. for providing valuable data.

Collins 易學易記法英漢會話

中文翻譯：陳　琪

責任編輯：黃家麗

封面設計：李莫冰

出　　版：商務印書館(香港)有限公司

　　　　　香港筲箕灣耀興道 3 號東滙廣場 8 樓

　　　　　http://www.commercialpress.com.hk

發　　行：香港聯合書刊物流有限公司

　　　　　香港新界大埔汀麗路 36 號中華商務印刷大廈 3 字樓

印　　刷：中華商務彩色印刷有限公司

　　　　　香港新界大埔汀麗路 36 號中華商務印刷大廈 14 字樓

版　　次：2017 年 10 月第 1 版第 1 次印刷

　　　　　©2017 商務印書館(香港)有限公司

　　　　　ISBN 978 962 07 0357 7

　　　　　Printed in Hong Kong

　　　　　版權所有　不得翻印

目錄

前言

本書宗旨

本書適用於所有法語學習者，無論您是初學法語，就讀正規院校或夜校，還是為提高語言技能，本書都會有助您交談倍添自信。您可能正在法語國家度假，或正打算去那裏旅遊、出差或定居，無論何種需要，本書都會助您一臂之力。

提供的幫助

要精通一種外語，意味着要能使用和理解這種語言的各種知識，如詞彙、語法和發音等等，而要靈活掌握這些知識，並説得像法國人一樣地道，是需要下一番功夫學習的。本書正是為此而精心設計，幫助您快速掌握法語基礎表達，説地道法語，自信應對日常會話。

內容結構

本書共分 12 個單元，每個單元介紹一種情景下的法語表達，然後小結此單元的重要句型和詞組。一站式短語加油站包含了所有重要的法語表達，幫助您説一口流利法語。

每個單元還簡要補充一些語法和動詞用法方面的知識，方便使用。本書最後的法英漢詞彙表涵蓋了日常對話所需的重要詞彙。

編寫理念

我們用語言表達觀點並與人互動。在特定情景下，語言有不同功能，例如，詢問資訊、表達意見、表示抱怨和提出建議等等。要運用這些功能，我們可以在各種情景下使用不同句型（……怎麼樣？、何時……？、我可以……嗎？、我想……等等）。本書各單元介紹在特定情景下用到的各種表達，並按照句式結構分組。中文標題幫助您通過不同句式快速找到所需內容。另外，每個單元都有 **Bon À avoir!**（不可不知！），重點介紹法語和英語的不同之處。

對話，顧名思義，是雙向的。理解別人說話的內容與正確回應同樣重要。我們在每個單元後設置了**留心聆聽**。每部份都介紹了在特定情景下您最常聽到的典型句式。熟悉這些表達方式後，您可以與法語人士自由交談。用法語進行有效交流，不僅需要掌握語言能力，還要了解一定的文化知識。多了解一些法國文化和法國人的生活方式，可以幫助您在法語國家應對自如。每個單元後的**生活小貼士**，可以幫助您深入了解這種語言、這個國家和她的人民。

選擇本書的理由

* 輕鬆掌握所有重要的表達方式，助您交談自如，倍添自信

* 精心設計、內容清晰，便於您快速查找

* 幫助您理解特定情景下法語人士的用語

〈Collins 易學易記〉系列

本書屬於〈Collins 易學易記〉系列，該系列還包括學習英語的七本書：《Collins 易學易記英語拼寫》、《Collins 易學易記英語慣用語》、《Collins 易學易記英語寫作》、《Collins 易學易記英語詞彙》、《Collins 易學易記英語會話》、《Collins 易學易記英語用法》及《Collins 易學易記英語語法 & 標點符號》。

法語發音

法語中有數個發音需要多加練習，如法語中 **r** 的發音比英語中 **r** 的發音較為響亮；又如字母 **u** 在單詞 **rue** 和 **plu** 中的發音也非常尖，這有別於英語單詞 *ruin* 中的 *oo* 發音。

啞音字母

法語與英語一樣，並不是所有的字母都發音，特別是詞尾的輔音字母。下面數個單詞中的輔音詞尾就是不發音的，比如：**vert**（綠色的）、**grand**（高的）、**petit**（小的）和 **ouvert**（開放的），但如果輔音詞尾後加字母 **e**，如形容詞的陰性形式，那麼輔音字母就要發音。在形容詞的陰性形式 **verte**、**grande**、**petite** 和 **ouverte** 中，所有的輔音字母都要發音。

法語元音

下面是法語元音與英語相比的大致發音：

a	– 同 *fat* 中 *a* 的發音 (p<u>a</u>tte, c<u>a</u>sserole)
	同 *aw* 組合的發音 (b<u>a</u>s, c<u>a</u>s)
	後接 n：同 *encore* 中 *en* 的發音 (d<u>an</u>s, s<u>an</u>s, pl<u>an</u>)
e	– 同 *uh* 組合的發音 (l<u>e</u>, pr<u>e</u>mier, r<u>e</u>pas)
	同 *set* 中 *e* 的發音 (m<u>e</u>rci, r<u>e</u>staurant)
	後接 n：同 *encore* 中 *en* 的發音 (v<u>en</u>t, <u>en</u>trer, c<u>en</u>t)
	後接 r：同 *ay* 組合的發音 (parl<u>er</u>, dîn<u>er</u>)
é	– 同 *ay* 組合的發音 (occup<u>é</u>, r<u>é</u>gion)
è	– 同 *air* 中 *ai* 的發音 (p<u>è</u>re, r<u>è</u>gle)
i	– 同 *ee* 組合的發音 (<u>i</u>l, b<u>i</u>llet, v<u>i</u>e, samed<u>i</u>)
	後接 n：同 *sang* 中 *a* 的發音 (mat<u>in</u>, f<u>in</u>, v<u>in</u>)
o	– 同 *spot* 中 *o* 的發音 (d<u>o</u>nner, m<u>o</u>rt)
	同 *oh* 組合的發音 (m<u>o</u>t, p<u>o</u>ser)
u	– 後接 n：同 *sung* 中 *u* 的發音 (l<u>un</u>di, br<u>un</u>)

要發出單詞 **rue** 和 **pure** 中字母 **u** 的音，舌尖要用力抵住下齒，狀似吹口哨，舌前部向上抬起發出 *ee* 的音。

元音組合

ai	– 同 *set* 中 *e* 的發音 (m<u>ai</u>s, l<u>ai</u>t)
	後接 n：同 *sang* 中 *a* 的發音 (p<u>ai</u>n, cop<u>ai</u>n)
au	– 同 *gosh* 中 *o* 的發音 (g<u>au</u>che)
eu	– 同 *euh* 組合的發音 (p<u>eu</u>, d<u>eu</u>x)
eau	– 同 *oh* 組合的發音 (cout<u>eau</u>)
ou	– 同 *oo* 組合的發音 (gen<u>ou</u>, c<u>ou</u>sc<u>ou</u>s)

BON À SAVOIR！不可不知！

有兩個單詞您會經常聽到，**oui**（是）和 **lui**（他），這是半元音 *w* 發音的兩個例子，它的發音更像 *hwee* 和 *lwhee*。

法語輔音

大部份法語輔音與對應的英語輔音相同，但也有一些輔音發音不同，這取決於其後的元音：

c	– c 後跟元音字母 **a**、**o** 或 **u** (<u>c</u>adeau, <u>c</u>outeau, <u>c</u>umin) 時，同 *keen* 中 *k* 的發音
	– c 加變音符號 (**ç**) 時，同 *sit* 中 *s* 的發音 (<u>ç</u>a, gar<u>ç</u>on, dé<u>ç</u>u)
	– c 後跟元音字母 **e**、**i** 或 **y** (séan<u>c</u>e, <u>c</u>itron, <u>c</u>yprès) 時，同 *ceiling* 中 *c* 的發音
ch	– 同 *shop* 中 *sh* 的發音 (<u>ch</u>emise, mou<u>ch</u>oir)
g	– g 後跟元音字母 **a**、**o** 或 **u** (<u>g</u>az, é<u>g</u>outer, ai<u>g</u>u) 時，同 *gate* 中 *g* 的發音
	– g 後跟元音字母 **e**、**i** 或 **y** (<u>j</u>u<u>g</u>e, <u>g</u>ilet, <u>g</u>ym) 時，同 *leisure* 中 *s* 的發音
gn	– 同 *onion* 中 *ni* 的發音 (oi<u>gn</u>on, campa<u>gn</u>e)

j	– 同 *leisure* 中 s 的發音 (jeter, Jules)
q, qu	– 同 *keen* 中 k 的發音 (chaque, question)
s	– 在兩個元音之間 (heureuse, oiseau)，同 *zoo* 中 z 的發音
	– 同 *sit* 中 s 的發音 (cassé, sauce, désastre)
th	– 同 *take* 中 t 的發音 (maths, thermostat, théâtre)
-tion 中的 **t**	– 同 *sit* 中 s 的發音 (natation, national)

有些輔音與英語輔音的發音不同：

h	– h 放在詞首時，可以是 "啞音" (l'homme, un hôtel) 或 "噓音" (les haricots, le hall)。當詞首是啞音 **h** 時，可將單詞看作以元音開頭，需要與前面的詞聯誦（見下文）。當詞首是噓音 **h** 時，不需要聯誦。
r	– *rr*：從喉嚨後部發出的摩擦音 (rue, rouge, rare)
ll	– 同 *yes* 中 y 的發音 (fille, paille)

> **BON À SAVOIR！不可不知！**
>
> 注意，單詞 **mille**（一千）的詞尾與 peel 的詞尾發音相同。

重音

英語單詞中，只有某個特定的音節發重音 (*concert, dentist*)，而法語中，每個音節有自己的音長，而且每個音節的發音強度相同。

聯誦

在法語中，當一個單詞以一個不發音的輔音字母結尾，比如 **petit**（小的）、**les**（這），而其前面的單詞又是以元音或者啞音 **h** 開頭時，需要聯誦。此時不發音的輔音字母要發音，以使前後單詞讀起來更加連貫。

petit ami（男朋友）讀作 puh-teet-ah-mee（**petit** 詞尾的 **t** 發音）

les hôtels（酒店）讀作 layz-oh-tel（**les** 詞尾的 **s** 發 **z** 音）

單元 1 聊天

Comment ça va? 你好嗎？

無論是要到法語國家工作，還是與說法語的朋友相聚，我們都希望能夠互相交談，增進了解。本單元的句子介紹如何在各種日常生活情景下，與朋友、家人和同事交談自如。

問候

法語和英語一樣，有多種打招呼的方式，使用哪一種取決於對說話人的身份和說話的場合，如果要表示禮貌，可以說 **bonjour Madame / Mademoiselle / Monsieur**，如果是認識的人，可以只說 **bonjour**；如果是熟人，可以說 **Salut!**。

您/你好……、……上午/下午/晚上好

Bonjour.	**Hello**. 您好。
Bonjour Madame.	**Good morning**. 夫人/女士，上午好。
Bonjour Pierre.	**Good afternoon** Pierre. 皮埃爾，下午好。
Salut Olivier!	**Hi** Olivier! 你好，奧利維亞！
Bonsoir.	**Good evening**. 晚上好。

BON À SAVOIR！不可不知！

法語裏沒有與英語 "*上午好*" 和 "*下午好*" 對應的說法，人們在白天說 **bonjour**，晚上說 **bonsoir**。

對不太熟悉的人，用 **au revoir Madame / Mademoiselle / Monsieur** 表示再見。對認識的人，可以只說 **au revoir**；如果是熟人，可以說 **Salut!**（*再見。*）。

……再見

Au revoir Monsieur.	**Goodbye**. 先生，再見。
Au revoir Mademoiselle.	**Goodbye**. 小姐，再見。
Salut!	**Bye!** 再見。
Bonsoir.	**Goodnight**. 再見。

……見

À plus tard!	**See you** later! 再見！
À demain!	**See you** tomorrow! 明天見！
À lundi!	**See you** on Monday! 週一見！

介紹別人

您想介紹某人給別人認識時，最簡單的說法是 **voici** (這是)。如果是替熟人介紹，您也可以說 **je te présente** (我想讓你認識)，在正式語境下，或者向多人作介紹時，使用 **je vous présente**。

這……是……、我想讓你認識……

Voici mon mari, Richard.	**This is** my husband, Richard. 這位是我丈夫，李察。
Voici mes enfants: Andrew, Gordon et Emma.	**These are** my children, Andrew, Gordon and Emma. 這些是我的孩子，安德魯、戈頓和愛瑪。
Je vous présente Danielle.	**I'd like you to meet** Danielle. 我想讓您認識丹妮。
Je te présente Kevin, mon compagnon.	**I'd like you to meet** Kevin, my partner. 我想讓您認識我的搭檔，凱文。

BON À SAVOIR！不可不知！

當別人介紹您時，您會想知道該如何回應。在正式場合或商務場合下，人們通常說 **enchanté**（幸會），而在日常生活中，人們只說 **bonjour**（你好）。

談論自己

為了讓談話進行下去，您可能會談論自己，比如 "我叫……"，"我的工作是……" 等等。要用法語表達 "我叫……"，您可以用動詞 **s'appeler**，字面意思是 "叫自己"。在 **je m'appelle**（我叫……）句式中，代詞 **s'**（自己）換成 **m'**（我自己）。欲學習更多反身動詞如 **s'appeler** 的知識，請詳見第 307 頁。

……我 / 他 / 她 / 您叫……

Je m'appelle Jean-Pierre Métayer.	**My name is** Jean-Pierre Métayer. 我叫桑·皮埃爾·梅塔耶。
Je m'appelle Tarik.	**My name is** Tarik. 我叫塔里克。
Il s'appelle André.	**His name is** André. 他叫安德烈。
Elle s'appelle Lara.	**Her name is** Lara. 她叫羅拉。
Vous vous appelez comment?	What**'s your name**? 您叫甚麼……？
Moi, c'est Liam.	Hi, **I'm Liam**. 嗨，我叫連恩。

如果想問對方年齡，您可以用 **j'ai** + 歲數 + **ans**（字面意思是 "我……歲。"）句式。**ai** 是動詞 **avoir** 的第一人稱單數變位形式。欲學習更多動詞 **avoir** 的知識，請詳見第 318 頁。

我／您……歲／多大……

J'ai trente-sept **ans**.	**I'm** thirty-seven **years old**. 我三十七歲。
J'ai vingt-deux **ans**.	**I'm** twenty-two. 我二十二歲。
Mon fils a huit **ans**.	My son**'s** eight. 我兒子八歲。
Vous avez quel âge?	How **old are you**? 您多大了？

BON À SAVOIR！不可不知！

如果您必須詢問對方 **Vous avez quel âge?**（您幾歲？），
您可以在前面加一句 **sans indiscrétion**（恕我冒昧）。

在介紹自己的身份和職業時，用 **je suis**（我是……）句式。繫動詞
的動詞原形是 **être**。欲學習更多動詞 **être** 的知識，請詳見第 320
頁。

Je suis une amie de Paul.	**I'm** a friend of Paul's. 我是保羅的朋友。
Je suis le frère de Ben.	**I'm** Ben's brother. 我是本的兄弟。
Je suis célibataire.	**I'm** single. 我是單身。
Je travaille en tant que programmeur pour l'entreprise Dunier.	**I work as a** programmer for the Dunier company. 我在迪尼耶公司做程式員。
Je suis enseignant.	**I'm a** teacher. 我是老師。

BON À SAVOIR！不可不知！

用法語介紹自己的職業時，無需在前面加冠詞，如："我是麵包師"
就是 **je suis boulanger**，而您用職銜稱呼別人時，則需加冠詞，
如："董事長夫人" 就是 **Madame la Directrice**。

我／我們／他／她有……

J'ai deux sœurs.	**I have** two sisters. 我有兩個妹妹。
J'ai un fils et une fille.	**I have** one son and one daughter. 我有一子一女。
On a de la famille dans le sud de la France.	**We have** relatives in southern France. 我們有親戚住在法國南部。
Elle a les yeux bleus.	**She has** blue eyes. 她有一雙藍眼睛。
Il a les cheveux châtain.	**He has** brown hair. 他有一頭棕色頭髮。

我／我們住（在）……

Je vis au pays de Galles.	**I live** in Wales. 我住在威爾士。
Je vis seul.	**I live** alone. 我一個人住。
On habite dans un appartement.	**We live** in a flat. 我們住在一個單位。

BON À SAVOIR！不可不知！

如果您是女性，您須用 **seule**（*獨自*），而不是 **seul**。

我／您（住）在……

Je suis descendu à l'hôtel du Palais.	**I'm staying** at the Palace Hotel. 我住在皇宮酒店。
Vous êtes descendu à quel hôtel?	Which hotel **are you staying** at? 您住在哪間酒店？
Je suis à Paris pour une semaine.	**I'm staying** in Paris for a week. 我留在巴黎一週。
Je loge chez des amis.	**I'm staying** with friends. 我住在朋友家。

要表達在一段時間內完成了某事，您可以用 **ça fait…** 句式，後面加一個表示時間的詞，如 **jour**（*天*）、**semaine**（*星期*）或 **an**（*年*），動詞用現在時態。欲學習更多現在時態的知識，請詳見第309頁。

我……（多久）了

Ça fait cinq ans **que je suis** infirmière.	**I've been** a nurse **for** five years. 我當護士五年了。
Ça fait dix ans **que je** vis en France.	**I've lived** in France **for** ten years. 我住在法國十年了。
Je suis à Saint-Raphaël **depuis** deux semaines.	**I've been** in Saint-Raphaël **for** two weeks. 我到聖拉斐爾兩週了。
J'apprends le français **depuis** 6 mois.	**I've been** learning French **for** 6 months. 我學了六個月法語。

詢問資訊

當您與別人交談時，您可能會問若干問題。想從您不太熟悉的人那裏獲取資訊，最簡單的方法是說 **parlez-moi**（跟我説説），如果是熟人，可以只説 **parle-moi**。

説説……

Parlez-moi de votre famille.	**Tell me** about your family. 説説您的家人吧。
Parlez-moi un peu de vous.	**Tell me** a bit about yourself. 説説您自己吧。
Parle-moi de ton nouveau copain.	**Tell me** about your new boyfriend. 説説你的新男友吧。
Dis-moi en quoi consiste ton boulot.	**Tell me** what your job involves. 説説你的工作情況吧。

在法語口語中，還有一種簡單的詢問方法，即在 **quoi**（甚麼）、**où**（哪裏）、**quand**（何時）等疑問詞前加 **c'est**。

······ 甚麼 / 怎麼樣······?

C'est quoi ton adresse?	**What's** your address? 你的地址是甚麼？
C'est quoi le numéro de téléphone d'Olivier?	**What's** Olivier's phone number? 奧利維亞的電話號碼是甚麼？
Qu'est-ce que tu fais dans la vie?	**What** do you do? 你從事甚麼工作？
À quoi elle ressemble?	**What** does she look like? 她長得怎麼樣？

······ 哪裏······?

Où est votre bureau?	**Where** is your office? 您的辦公室在哪裏？
C'est où cette soirée?	**Where** is the party being held? 派對在哪裏舉行？
Où est-ce que tu travailles?	**Where** do you work? 你在哪裏工作？
Où est-ce que tu habites?	**Where** do you live? 你住在哪裏？
Tu viens **d'où**?	**Where** do you come **from**? 你來自哪裏？
Tu loges **où**?	**Where** are you staying? 你住在哪裏？

······ 甚麼時候······?

C'est quand ton anniversaire?	**When** is your birthday? 甚麼時候是你的生日？
Quand est-ce que tu arrives?	**When** will you be here? 你甚麼時候能到？
Quand est-ce que Laurent doit arriver?	**When** is Laurent supposed to get here? 羅倫預計甚麼時候到？
Quand est-ce que James vient nous rendre visite?	**When** is James coming to visit us? 占士甚麼時候來看我們？
À quelle heure on se retrouve?	**What time** are we meeting? 我們甚麼時候見面？

如果要問某人做某事多長時間了，您可以用 **Ça fait longtemps que...?**（你/您……多久了？）句式，時態用現在時。欲學習更多現在時的知識，請詳見第 309 頁。

你／您……多久了？

Ça fait longtemps que tu es en France?	**How long have** you been in France? 你住在法國多久了？
Ça fait longtemps que tu travailles ici?	**How long have** you been working here? 你在那裏工作多久了？
Ça fait longtemps que vous attendez?	**How long have** you been waiting? 您等多久了？

在社交場合要詢問對方事情進展如何或完成的情況，可以用 **Ça se passe bien,...?**（……如何？）或 **Ça s'est bien passé,...?**（……怎麼樣？）句式。

……如何／怎麼樣？

Ça s'est bien passé, tes vacances?	**How was** your holiday? 你的假期過得如何？
Ça s'est bien passé, votre vol?	**How was** your flight? 您的旅程怎麼樣？
Ça se passe bien, à l'université?	**How's** university going? 大學生活怎麼樣？

您有時會想問朋友或熟人為甚麼做某事或為甚麼沒做某事。這時您可以用 **Pourquoi...?**（為甚麼……？）句式，時態用過去時。欲學習更多完成時的知識，請詳見第 310 頁。

為甚麼……？

Pourquoi est-ce que tu ne m'as pas téléphoné?	**Why** didn't you call me? 為甚麼你沒打給我？
Pourquoi est-ce que tu n'y es pas allé?	**Why** didn't you go? 為甚麼你沒去那裏？
Pourquoi est-ce que tu as déménagé?	**Why** did you move house? 為甚麼你要搬家？
Pourquoi est-ce qu'elle a démissionné?	**Why** did she quit her job? 為甚麼她要辭職？

表達你想要做甚麼

當您跟朋友或同事交談，您會經常要談到自己想要做甚麼。要表達你想要做甚麼，您可以用 **je voudrais**（我想）句式。**voudrais** 的動詞原形是 **vouloir**。欲學習更多動詞 **vouloir** 的知識，請詳見第 323 頁。

……我（們）想……

Je voudrais te remercier de m'avoir aidé.	**I'd like to** thank you for helping me. 我想感謝你對我的幫助。
Je voudrais parler à M. Gautier, s'il vous plaît.	**I'd like to** speak to Mr Gautier, please. 麻煩您，我想跟戈蒂耶先生通電話。
On voudrait t'inviter à prendre un verre.	**We'd like to** take you out for a drink. 我們想帶你去喝一杯。
On voudrait te présenter un ami.	**We'd like** you **to** meet a friend. 我們想為你介紹一位朋友。

您也可以用 **je veux**（我想）句式表達自己想要做甚麼。如果表達想要某人做某事，您可以用 **je veux que** + 虛擬式。欲學習更多虛擬式的知識，請詳見第 312 頁。

我想/希望……

Je veux organiser une soirée surprise.	**I want to** organize a surprise party. 我想舉辦一個驚喜派對。
Je veux inviter quelques amis pour mon anniversaire.	**I want to** have a few friends over for my birthday. 我想邀請數個朋友來替我慶祝生日。
Je veux que tu viennes avec moi.	**I want** you **to** come with me. 我想你跟我一起去。
Je veux que la soirée soit réussie.	**I want** the evening **to** be a success. 我希望晚會能取得成功。

提出建議

向朋友或同事提出建議，最簡單的句式是 **on pourrait**（我們可以），後接動詞原形。pourrait 的動詞原形是 **pouvoir**。欲學習更多動詞 **pouvoir** 的知識，請詳見第 322 頁。

我們可以……

On pourrait demander à Paul de se joindre à nous.	**We could** ask Paul to join us. 我們可以邀請保羅和我們一起。
On pourrait se voir à un autre moment.	**We could** meet another time. 我們可以下次再聚。
On pourrait prendre un verre un de ces jours.	**We could** go out for a drink some time. 我們有空可以一起喝一杯。
On pourrait se retrouver au Café de la Poste.	**We could** meet up at the Café de la Poste. 我們可以在郵局咖啡館見面。

和英語一樣，法語也有用於提出建議的簡單表達，只需説 **Pourquoi ne...pas?**（為甚麼不……？）。您可能注意到，法語中經常省略否定詞 **ne**，以縮短句式，這種表達常見於法語口語中。

為甚麼不……？

Pourquoi ne pas se donner rendez-vous un de ces jours?	**Why don't** we get together sometime? 為甚麼我們不找時間聚一聚？
Pourquoi pas inviter Fabien et sa copine?	**Why don't** we invite Fabien and his girlfriend? 為甚麼我們不邀請法比安和他女友？
Pourquoi pas déjeuner avec moi?	**Why don't** you meet me for lunch? 為甚麼不跟我們一起吃午飯？
Pourquoi tu **ne** les appelles **pas**?	**Why don't** you phone them? 為甚麼你不致電他們？

您也可以用 **Et si...?**（……怎麼樣？）句式提出建議，後接動詞用未完成時式。欲學習更多未完成時式的知識，請詳見第 310 頁。

……怎麼樣？

Et si on les invitait à dîner?	**How about** asking them round for dinner? 我們邀請他們共晉晚餐怎麼樣？
Et si tu venais avec nous?	**How about** if you came with us? 你跟我們一起去怎麼樣？
Et si je passais te prendre le matin?	**How about** if I picked you up in the morning? 早上我去接你怎麼樣？

Est-ce que je devrais...?（我應該……嗎？）句式後接動詞原形，可用於表達應該做某事。**devrais** 的動詞原形是 **devoir**。欲學習更多動詞 **devoir** 的知識，請詳見第 319 頁。

我／我們應該……嗎？

Est-ce que je devrais inviter Anna?	**Should I** invite Anna? 我應該邀請安娜嗎？
Est-ce que je devrais la rappeler?	**Should I** call her back? 我應該回電話給她嗎？
Est-ce qu'on devrait aller dans un restaurant italien?	**Should we** go to an Italian restaurant? 我們應該去一家意大利餐廳嗎？

表達意見

在社交或工作場合與人交談時，要表達對某事的看法，在法語中可用句式 **je crois** 或 **je pense**（我認為）。若用動詞 **croire** 和 **penser** 的否定形式，如 **je ne pense pas que** 或 **je ne crois pas que**（我認為……不）時，後接動詞用虛擬式。關於虛擬式的更多內容，見第 312 頁。

我……認為……

Je pense que Sonia a raison.	**I think** Sonia's right. 我認為索尼婭是對的。
Je pense vraiment **qu'il** est trop tard pour aller au cinéma.	**I** really **think** it's too late to go to the cinema. 我真的認為現在去電影院太晚了。
Je pense qu'on devrait partir à minuit.	**I think** we should leave at midnight. 我認為我們要午夜出發。
Je ne pense pas que ça soit le cas du tout.	**I don't think** that's the case at all. 我認為情況完全不是這樣的。
Je crois que c'est une excellente idée.	**I think** it's a great idea. 我認為這是個好主意。

BON À SAVOIR！不可不知！

在動詞 **croire** 和 **penser** 後接從句時，切勿忘記加連詞 **que**（*相當於英語中的 that*）。在英語中連詞可有可無，但在法語中必須加連詞。

依我看……

À mon avis, c'est une bonne proposition.	**In my opinion**, it's a good suggestion. 依我看，這是個好提議。
À mon avis, ça va poser des problèmes.	**In my opinion**, it's going to cause problems. 依我看，這會帶來一些麻煩。
À mon avis, ce n'est pas vrai.	**In my opinion**, it's not true. 依我看，這不是真的。
À mon avis, c'est un bon employeur, cette société.	**In my opinion**, it's a great company to work for. 依我看，在這間公司工作不錯。

如果要詢問別人對某事的看法，用句式 **Qu'est-ce que tu penses de...?**（*你覺得……如何？*）。

你／你們／您覺得……如何？

Qu'est-ce que tu penses de son dernier film?	**What do you think of** his latest movie? 你覺得他的新電影如何？
Qu'est-ce que tu penses de cette idée?	**What do you think of** this idea? 你覺得這個主意如何？
Qu'est-ce que vous diriez de sortir dîner ce soir?	**What do you think about** going out for dinner tonight? 你們覺得今晚出去吃晚飯如何？
Qu'est-ce que vous en pensez?	**What do you think**? 您覺得如何？

要表達同意或不同意別人的看法，用句式 **je suis d'accord**（*我同意*）或 **je ne suis pas d'accord**（*我不同意*）。

我⋯⋯同意⋯⋯、我不⋯⋯同意⋯⋯

Je suis d'accord.	**I agree**. 我同意。
Je suis d'accord avec Nigel.	**I agree with** Nigel. 我同意尼祖的看法。
Je ne suis pas d'accord avec cette décision.	**I don't agree with** this decision. 我不同意這個決定。
Je ne suis pas tout à fait **d'accord avec** Claire.	**I don't** completely **agree with** Claire. 我不完全同意克萊兒的看法。
Je suis entièrement **de ton avis!**	**I** entirely **agree with you**! 我完全同意你的看法！

⋯⋯是對的、⋯⋯錯了／是不對的

Tu as raison!	**You're right**! 你是對的！
Je pense que **vous avez raison**.	I think **you're right**. 我認為您是對的。
C'est Matthieu **qui a raison**.	Matthieu**'s right**. 馬修是對的。
Je crois que **tu as tort**.	I think **you're wrong**. 我認為你錯了。
Tu as tort de ne pas l'écouter.	**You're wrong not to** listen to her. 你不聽她的話是不對的。

BON À SAVOIR！不可不知！

在英語句式 *to be right* 或 *to be wrong* 中用的是繫動詞 *be*，而對應的法語句式中動詞用 **avoir**（有）：**avoir raison**（有理），**avoir tort**（錯了）。

與同事和朋友聊天時會談及自己的計劃。法語和英語一樣，談論計劃多用現在時，特別是已安排好並確定的事項。關於現在時的更多內容，見第 309 頁。

我……要去見……、我們……打算……

Je vois Philippe jeudi.	**I'm seeing** Philippe on Thursday. 我星期四要去見菲利普。
Je la **vois** cet après-midi.	**I'm seeing** her this afternoon 我今天下午要去見她。
On va au cinéma ce soir.	**We're going** to the cinema tonight. 我們今晚打算去看電影。
Nous allons déjeuner ensemble vendredi prochain.	**We're** going for lunch next Friday. 我們下週五打算一起共晉午餐。

英語中表達計劃做某事，用句式 *I'm going to*。法語中採用類似句型。要表達計劃做某事，用句式 **je vais**（我打算）或 **on va**（我們打算），後接動詞不定式。**vais** 和 **va** 的動詞原形是 **aller**。關於 **aller** 的更多內容，見第 317 頁。

我／我們……打算……、我們還會……

Je vais lui téléphoner.	**I'm going to** phone him. 我打算打給他。
Je vais le prévenir que je ne peux pas venir.	**I'm going to** let him know I can't come. 我打算告訴他，我來不了。
Je vais leur dire de venir un peu plus tard.	**I'm going to** tell them to come a little later. 我打算告訴他們晚一點來。
On va sortir au restaurant demain soir.	**We're going to** go out for dinner tomorrow night. 我們明晚打算去外面用餐。
On va se revoir.	**We're going to** see each other again. 我們還會再見面的。

你／您打算⋯⋯嗎？

Est-ce que tu vas lui annoncer la nouvelle aujourd'hui?	**Are you going to** tell him the news today? 你打算今天告訴他這個消息嗎？
Est-ce que vous allez le revoir?	**Are you going to** see him again? 您打算再去看他嗎？
Tu vas aller à cette soirée?	**Are you going to** go to this party? 你打算去參加這個派對嗎？
Tu vas acheter une maison?	**Are you going to** buy a house? 你打算買房子嗎？

要表達打算做某事，用句式 **j'ai l'intention de** 或 **je compte**（我打算），後接動詞不定式。

我／我們打算⋯⋯

J'ai l'intention de l'inviter à prendre un verre.	**I intend to** ask her out for a drink. 我打算請她喝一杯。
J'ai l'intention d'aller les voir cet été.	**I intend to** go and see them this summer. 我打算今年暑假去看他們。
On a l'intention de l'inviter pendant les vacances.	**We intend to** invite him during the holidays. 我們打算在假期邀請他。
Je compte régler ce problème le plus vite possible.	**I intend to** sort out this problem as quickly as possible. 我打算盡快解決這個問題。

你 / 您打算……？

Est-ce que tu as l'intention d'aller au mariage d'Yves et Julie?	**Do you intend to** go to Yves and Julie's wedding? 你打算參加伊夫和茱莉的婚禮嗎？
Est-ce que vous avez l'intention de les contacter?	**Do you intend to** get in touch with them? 您打算聯繫他們嗎？（/您打算與他們保持聯絡嗎？）
Qu'**est-ce que vous avez l'intention de** dire?	What **do you intend to** say? 您打算說甚麼？
Tu comptes rester dans la région?	**Do you intend to** stay in this area? 你打算留在這個地區嗎？
Comment **est-ce que tu comptes** lui annoncer la nouvelle?	How **do you intend to** tell him the news? 你打算怎麼告訴他這個消息？

作出安排

與某人商定安排時，要詢問某事是否適合對方，可用句式 **Est-ce que ça vous va si…?** 或 **Est-ce que ça te va si…?**（……你 /您方便嗎？）。**va** 的動詞原形是 **aller**。關於 **aller** 的更多內容，見第 317 頁。

……你 / 您方便嗎？

Est-ce que ça te va si on dîne à neuf heures?	**Does it suit you if** we have dinner at nine? 我們九時吃晚飯，你方便嗎？
Est-ce que ça vous va si je vous appelle la semaine prochaine?	**Will it suit you if** I phone you next week? 我下週致電給您，您方便嗎？
Ça t'irait comme arrangement?	**Would** this arrangement **suit you**? 這麼安排你方便嗎？

如果詢問某人是否更喜歡某事物，可用句式 **Est-ce que tu préférerais que...?** 或 **Est-ce que vous préféreriez que...?**（你／您更喜歡⋯⋯嗎？），句中動詞 **préférer** 用條件式。

- 禮貌地提出要求或建議時，多用條件式。關於條件式的更多內容，見第 312 頁。關於以 **-er** 結尾的第一組規則動詞如 **préférer** 的更多內容，見第 305 至 307 頁。

你／您更喜歡⋯⋯嗎？

Est-ce que tu préférerais qu'on se donne rendez-vous en ville?	**Would you prefer it if** we met in town? 您更喜歡我們在城裏見面嗎？
Est-ce que vous préféreriez qu'on se retrouve au restaurant?	**Would you prefer it if** we met at the restaurant? 您更喜歡我們在餐廳見面嗎？
Tu préférerais que je passe te chercher?	**Would you prefer it if** I came to collect you? 你更喜歡我來接你嗎？

⋯⋯是否更好？

Est-ce qu'il vaut mieux inviter aussi les conjoints?	**Is it better to** invite partners as well? 邀請夫妻一起是否更好？
Est-ce qu'il vaut mieux t'appeler le soir?	**Is it better to** ring you in the evening? 晚上致電給你是否更好？
Est-ce qu'il vaut mieux vous prévenir avant de passer?	**Is it better to** let you know before we call in? 在我們拜訪之前告訴您一聲是否更好？

如果要與某人確認安排，可用句式 **Est-ce qu'on est d'accord sur...?**（我們就⋯⋯好嗎？）表示。

…… 嗎 ?

Est-ce qu'on est d'accord sur la date?	**Are we agreed on** the date? 我們就定這個日期好嗎?
Est-ce qu'on est d'accord sur le lieu du rendez-vous?	**Are we agreed on** where to meet? 見面地點我們就這樣定了可以嗎?
Tu es d'accord?	**Do you agree**? 你同意嗎?
D'accord!	**Agreed!** 同意!

BON À SAVOIR!不可不知!

句式 **D'accord** 用於表達接受提議或表示同意:**On y va ensemble? – D'accord!**(我們一起去好嗎?——好的。)

表達必須做某事

法語中表達必須做某事,可用句式 **il faut que**(我必須),後接虛擬式。關於虛擬式的更多內容,見第 312 頁。

…… 我 / 我們必須 …… 、你不必 ……

Il faut que je passe un coup de fil.	**I have to** make a phone call. 我必須打電話。
Il faut que je reste chez moi ce soir.	**I have to** stay in tonight. 今晚我必須留在家裏。
Il faut qu'on y soit à huit heures pile.	**We have to** be there at eight o'clock sharp. 我們必須八時正到那裏。
Je suis obligé de sortir dîner avec mes collègues.	**I have to** go out to dinner with my colleagues. 我必須跟同事一起外出吃晚飯。
Tu n'es pas obligé de loger à l'hôtel.	**You don't have to** stay at the hotel. 你不必留在酒店。

BON À SAVOIR！不可不知！

要表達不必做某事，可用句式 **je ne suis pas obligé de**（我不必），但不能用句式 **il ne faut pas que je**，此句型的意思是 *I mustn't*（我決不能）。

要表達必須做某事，還可用句式 **je dois**（我必須），後接動詞不定式。**dois** 的動詞原形是 **devoir**，關於 **devoir** 的更多內容，見第 319 頁。

我必須……、你 / 您決不能……

Je dois finir avant cet après-midi.	**I must** finish before this afternoon. 我必須在下午之前完成。
Je dois les prévenir.	**I must** warn them. 我必須警告他們。
Je dois le rembourser cette semaine.	**I must** pay him back this week. 我必須本週還他錢。
Tu ne dois pas oublier de signer le contrat.	**You mustn't** forget to sign the contract. 你決不能忘記簽合約。
Vous ne devez en parler à **personne**.	**You mustn't** tell anyone. 您決不能告訴任何人。

要表達應該或一定要做某事，用句式 **il faudrait que**（我應該），語氣較委婉，後接動詞用虛擬式。**faut** 和 **faudrait** 的動詞原形都是 **falloir**，**faudrait** 是條件式。關於條件式和虛擬式的更多內容，見第 312 頁。

我 / 你應該……

Il faudrait que j'appelle Anne.	**I should** call Anne. 我應該打電話給安娜。
Il faudrait que tu nous rendes visite.	**You should** come and visit us. 你應該來看看我們。
Il faudrait que je te donne mon numéro de portable.	**I should** give you my mobile number. 我應該給你我的手機號碼。

要詢問某人必須做甚麼事或何時、怎麼樣、為甚麼和在哪裏必須做甚麼事時，可將 **qu'**（甚麼）、**quand**（甚麼時候）、**comment**（怎麼樣）、**pourquoi**（為甚麼）、**où**（在哪裏）等副詞置於句首，放在句式 **est-ce qu'il faut que**（你必須）之前。牢記，句式 **il faut que** 中動詞須用虛擬式。關於虛擬式的更多內容，見第 312 頁。

……（我／你／我們）必須……嗎？

Est-ce qu'il faut que tu leur donnes une réponse aujourd'hui?	**Do you have to** give them an answer today? 你必須今天給他們一個答覆嗎？
Est-ce qu'il faut que tu partes tout de suite?	**Do you have to** go right now? 你必須現在就走嗎？
Est-ce qu'il faut amener quelque chose?	**Do we have to** bring something? 我們必須帶一些東西來嗎？
Qu'**est-ce qu'il faut que tu** fasses?	What **do you have to** do? 你必須做甚麼事？
Quand **est-ce qu'il faut que ce** soit fini?	When **does it have to** be finished? 這項工作必須何時完成？
Où **est-ce qu'il faut que je** m'assoie?	Where **do I have to** sit? 我必須坐在哪裏？

下面介紹一些交談中的常用句型。

Vous êtes déjà allé à Lille?	Have you ever been to Lille? 您去過里爾嗎？
Vous restez combien de temps à Rouen?	How long are you staying in Rouen? 您要在魯昂逗留多久？
Ça vous plaît, Rouen?	How do you like Rouen? 您喜歡魯昂嗎？
Vous apprenez le français depuis combien de temps?	How long have you been learning French? 您學法語多長時間了？
Ça va, tu arrives à suivre?	Are you following the conversation? 你聽得懂對話嗎？
Vous parlez bien français.	Your French is very good. 您法語說得真好。
Est-ce que je parle trop vite?	Am I speaking too fast? 我是不是說得太快了？
Vous préférez que je parle anglais?	Would you prefer it if I spoke English? 您更喜歡我說英語嗎？
Vous voulez que je répète?	Would you like me to say it again? 您想我再說一遍嗎？
Vous voulez que je parle moins vite?	Do you want me to speak more slowly? 您希望我說得慢一點嗎？
Tu peux me tutoyer.	You can call me tu. 你可以用 "你" 來稱呼我。
On se tutoie?	Shall we call each other tu? 我們互相用 "你" 稱呼好嗎？
Vous êtes marié?	Are you married? 您結婚了嗎？
Vous avez des enfants?	Have you got any children? 您有孩子嗎？
Tu viens souvent ici?	Do you come here often? 你經常來這裏嗎？

生活小貼士

● 與不認識的人交談，通常會禮貌地用"您"(**vous**) 稱呼對方。同時，對長輩或上司也以"您"相稱，以示尊敬。而在平時工作中，跟同事通常以"你"(**tu**) 相稱 (**se tutoyer**，互相以 tu 相稱)，但為了不致唐突，最好等跟對方熟悉一些後再以"你"(**tu**) 相稱。許多人不喜歡被稱作"您"(**vous**)，因為他們覺得這樣太過正式。對此，人們通常會提議您稱他們為"你"(**tu**)，**tu peux me tutoyer** 或 **on peut se tutoyer** (你可以跟我以"你"相稱，或我們互相以"你"相稱吧)。如果覺得以"你"(**tu**) 相稱可能會讓對方感覺更自在些，不妨先試着問對方 **On se tutoie?** (我們可以以"你"相稱嗎？)。

● 初次與人見面，不論對方是男性還是女性，通常握手 (**serrer la main de quelqu'un**) 即可。在商務場合、商務會談或談判時，握手是最基本的禮儀。男性朋友見面，通常握手表示問候，而女性之間則會互吻面頰 (**se faire la bise**)。有時候男性也會親吻女性朋友，甚至男性之間也會互行貼面禮，例如家人之間。但須知道，法國各地的習慣也不甚相同，法國人自己也經常感到困惑。比如，與別人問候時貼面的次數也因地而異。

● **ami** (朋友) 和 **copain** (伴侶) 兩個詞 (陰性形式分別為 **amie** 和 **copine**) 既可以指朋友，也可以指男／女朋友。如使用 **mon copain** (我朋友)，既可以指男性朋友，也可以指男朋友。**petit(e) ami(e)** (男／女朋友) 和 **petit(e) copain / copine** (男／女朋友) 也可以指男／女朋友。如果要説我的同伴，男性用 **mon compagnon**，女性用 **ma compagne**。

● 法國人也像英國人一樣在咖啡館和餐廳與人交際，但與英國相比，在法國邀請人喝咖啡 (**pour prendre le café**)、喝杯開胃酒 (**pour prendre l'apéritif** 或 **l'apéro**) 或吃晚餐 (**pour le dîner**) 更為常見。一直以來，人們會通過一起喝咖啡 (**le café**) 或開胃酒 (**l'apéritif**) 來增進了解，而家人或朋友之間則享用晚餐 (**le dîner**) 和午餐 (**le déjeuner**) 共度時光。

單元 2 交通旅行

Bon voyage! 旅途愉快！

如果要去法語國家或城市周邊旅行，本單元介紹的問路、如何乘坐交通工具及買票等日常法語會讓您一路順利。

談論計劃

在旅途中談論自己計劃要做的事，可用句式 **je vais**（我打算）或 **on va**（我們打算），後接動詞。**vais** 和 **va** 的動詞原形是 **aller**。關於 **aller** 的更多內容，見 317 頁。

……我 / 我們打算……

Je vais passer une journée à Avignon.	**I'm going to** spend a day in Avignon. 我打算在亞維儂逗留一天。
Je vais prendre le train de sept heures.	**I'm going** to take the seven o'clock train. 我打算坐七時的火車。
On va passer deux nuits à Argelès.	**We're going to** spend two nights in Argelès. 我們打算在阿爾熱萊住兩晚。
Ensuite, **on va** aller à Grenoble.	Then **we're going to** go to Grenoble. 然後，我們打算去格勒諾勃。
Normalement, **on va** d'abord à Strasbourg.	If all goes well, **we'll be going to** Strasbourg first. 一切順利的話，我們打算先去史特拉斯堡。

BON À SAVOIR ! 不可不知！

談論計劃時，如在句首加上 **normalement**（正常情況下）或 **si tout va bien**（如果一切順利的話），意味着計劃可能會變。

……我/我們……（將要發生的事）

Je vais t'emmener à la gare.	**I'll** take you to the station. 我帶你去火車站。
Ne t'en fais pas, **je vais** prendre le bus.	Don't worry, **I'll** get the bus. 別擔心，我去坐巴士。
On va t'appeler un taxi.	**We'll** call you a taxi. 我們會叫輛計程車給你。
On va venir te chercher à la gare.	**We'll** come and pick you up at the railway station. 我們會來火車站接你。

如果要談論自己計劃的內容，可用句式 **j'ai l'intention de** （我計劃）。

我/我們計劃/打算……

J'ai l'intention de louer une voiture.	**I'm planning to** hire a car. 我計劃租輛車。
J'ai l'intention d'aller au Maroc.	**I'm planning to** go to Morocco. 我計劃去摩洛哥。
On a l'intention de suivre la route côtière.	**We're planning to** drive along the coast. 我們計劃駕車沿着海岸走。
Je compte passer deux jours à Santiago.	**I intend to** spend two days in Santiago. 我打算在聖地牙哥逗留兩天。

我/我們希望……

J'espère aller en Alsace cette année.	**I hope to** go to Alsace this year. 我希望今年去阿爾薩斯。
J'espère voir la Bibliothèque François Mitterrand.	**I hope to** see the François Mitterrand Library. 我希望去法蘭索瓦·密特朗圖書館看看。
On espère pouvoir tout visiter.	**We hope** we can visit everything. 我們希望遊覽各處美景。

表達必須做某事

要表達必須做某事，如買票、趕火車等等，可用句式 **il faut que**（我必須）或 **il faudrait que**（我應該），後者語氣更委婉，兩者都後接虛擬式。關於虛擬式的更多內容，見第 312 頁。

……我／我們必須……

Il faut que j'achète mon billet demain.	**I have to** buy my ticket tomorrow. 明天，我必須去買票了。
Il faut d'abord **que** je prenne le Train Express Régional jusqu'à Niort.	**I have to** take the local train to Niort first. 首先，我必須坐本地的火車去尼歐爾。
Il faut qu'on y soit avant 8 heures.	**We have to** be there by 8 o'clock. 我們必須八時前到那裏。

我／我們應該……

Il faudrait que je fasse le plein.	**I ought to** fill up the tank. 我應該裝滿油箱。
Il faudrait que je confirme mon vol.	**I ought to** confirm my flight. 我應該確認我的航班。
Il faudrait qu'on soit à la gare à sept heures.	**We ought to** be at the station at seven. 我們應該七時到火車站。
Il faudrait qu'on prenne plus de carburant.	**We ought to** get some more petrol. 我們應該再多加點汽油。

表達必須做某事，還可用句式 **je dois**（我必須），後接動詞不定式。

我／您必須……

Je dois aller chercher la voiture avant trois heures.	**I must** collect the car before three. 我必須三時前去取車。
Je dois prendre le bus à 5h30 demain matin.	**I must** catch the bus at 5.30 tomorrow morning. 我必須明早五時半上巴士。
Vous devez présenter votre permis de conduire.	**You must** show your driving licence. 您必須出示您的駕駛執照。
Vous devez imprimer votre billet électronique.	**You must** print out your e-ticket. 您必須打印電子票。

表達想要做某事

在法國搭乘某種交通工具時，可能需要用法語表達想要做某事，這時可用句式 **je voudrais**（我想），語氣比較委婉，後接動詞不定式。**voudrais** 的動詞原形是 **vouloir**。關於 **vouloir** 的更多內容，見第 323 頁。

我……想……

Je voudrais louer un vélo.	**I'd like to** hire a bike. 我想租輛單車。
Je voudrais prendre le train.	**I'd like to** take the train. 我想乘坐火車。
Mon ami voudrait signaler la perte de ses bagages.	**My friend would like to** report his luggage missing. 我的朋友想要報失行李。

表達想要做某事，最直接的句式是 **je veux**（我想）或 **je souhaite**（我希望），後接動詞不定式。**veux** 的動詞原形是 **vouloir**，**souhaite** 的動詞原形是 **souhaiter**。關於 **vouloir** 和以 **-er** 結尾的第一組規則動詞如 **souhaiter** 的更多內容，見第 323 和 305 至 307 頁。

我 / 我們想……、我不想……

Je veux aller à Marseille.	**I want to** go to Marseilles. 我想去馬賽。
Je veux descendre à Nancy.	**I want to** get off at Nancy. 我想在南錫下車。
On veut partir demain matin.	**We want to** leave tomorrow morning. 我們想明天早上離開。
Je souhaite échanger mon billet.	**I want to** change my ticket. 我想換票。
Je ne souhaite pas voyager en première classe.	**I don't want to** travel first class. 我不想坐頭等艙旅行。

表達想要做某事，還可用句式 **j'ai envie de**（我想）。這個句式比 **j'ai bien envie de**（我有點想）的意願稍微強烈。**ai** 的動詞原形是 **avoir**。關於 **avoir** 的更多內容，見第 318 頁。

我……想……、我們不想……

J'ai envie de passer par Annecy.	**I feel like** going via Annecy. 我想途經阿訥西。
J'ai envie de faire le voyage en plusieurs fois.	**I feel like** breaking the journey. 我想中途下車。
On n'a pas envie de passer six heures dans le train.	**We don't feel like** spending six hours on the train. 我們不想花六個小時坐火車。
J'ai bien envie d'aller à Port-Vendres.	**I quite fancy** going to Port-Vendres. 我有點想去旺德爾港。

提出建議

用法語向同事或朋友提出建議，可用句式 **on pourrait**（我們可以）。**pourrait** 的動詞原形是 **pouvoir**。關於 **pouvoir** 的更多內容，見第 322 頁。

On pourrait y aller demain.	**We could** go there tomorrow. 我們可以明天去那裏。
On pourrait faire étape à Agen.	**We could** break our journey at Agen. 我們可以在阿根中途下車。
On peut y aller à pied, **si tu préfères**.	**We can** walk, **if you prefer**. 如果你喜歡，我們可以走路去。

BON À SAVOIR ! 不可不知 !

詢問對方對某個具體建議的看法，可用句式 **Qu'est-ce que tu en dis?** 或 **Qu'est-ce que vous en dites?** (你/您覺得呢？)。

如果你 / 您想，我 / 我們可以 ······

Je peux te déposer, **si tu veux**.	**I can** give you a lift, **if you like**. 如果你想，我可以載你一程。
Je peux te retrouver à l'aéroport, **si tu veux**.	**I can** meet you at the airport, **if you like**. 如果你想，我們可以在機場見面。
On peut demander au contrôleur, **si vous voulez**.	**We can** ask the ticket inspector, **if you like**. 如果您想，我們可以問問檢票員。

詢問對方是否想要做某事，如果對方是熟人，可用句式 **Tu veux...?** (你想……？) 或 **Tu voudrais...?** (你願意……嗎？)，後者語氣更委婉。如果是詢問多人，可用句式 **Vous voulez...?** (你們想……嗎？)。**veux**、**voudrais** 和 **voulez** 的動詞原形都是 **vouloir**。關於 **vouloir** 的更多內容，見第 323 頁。

你／你們想……嗎？

Tu veux aller te baigner?	**Would you like to** go for a swim? 你想去游泳嗎？
Tu veux te reposer un peu?	**Would you like to** have a little rest? 你想休息一會嗎？
Est-ce que tu veux prendre le volant?	**Would you like to** drive? 你想駕車嗎？
Vous voulez y aller à pied?	**Would you like to** walk there? 你們想走路去那裏嗎？
Est-ce que vous voulez qu'on s'arrête ici?	**Would you like to** stop here? 你們想在這裏休息嗎？

提出建議的另一個法語句式是 **Pourquoi ne pas...?**（為甚麼我們不……？），在口語中通常簡短表達為 **Pourquoi pas...?**。

為甚麼我們不……？

Pourquoi ne pas louer une voiture?	**Why don't we** hire a car? 為甚麼我們不租輛車？
Pourquoi ne pas prendre le métro?	**Why don't we** take the metro? 為甚麼我們不乘地鐵？
Pourquoi pas demander au chauffeur?	**Why don't we** ask the driver? 為甚麼我們不問司機？

……怎麼樣？

Et si on prenait par la petite route?	**How about** taking the B road? 走小路怎麼樣？
Et si on prenait le bateau pour y aller?	**How about** going there by boat? 坐船去那裏怎麼樣？
Et si on passait par Biarritz?	**How about** going via Biarritz? 借道比亞里茨怎麼樣？

詢問資訊

在法語國家或城市旅行時，我們經常需要獲得資訊幫助我們到達目
的地。在向別人詢問資訊時，需要吸引別人的注意以便詢問，這時
可用句式 **excusez-moi** 或 **pardon**（打擾一下）。

打擾一下，我在找……

Excuse-moi, **je cherche** la gare maritime, s'il vous plaît.	Excuse me, **I'm looking for** the harbour station. 打擾一下，我在找海港站。
Excuse-moi, **je cherche** l'écomusée du Beaujolais, s'il vous plaît.	Excuse me, **I'm looking for** the Beaujolais heritage centre. 打擾一下，我在找博若萊生態探知中心。
Pardon, **je cherche** le bureau des réclamations, s'il vous plaît?	Excuse me, **I'm looking for** the complaints office. 打擾一下，我在找投訴辦公室。

BON À SAVOIR！不可不知！

在獲取資訊後，切勿忘記說 **merci**（謝謝）或 **merci beaucoup**
（非常感謝）。如果別人無法提供幫助，也要表達謝意，可以說
merci quand même（仍然感謝）。

如果要用法語表達一般性疑問，可用句式 **C'est…?**（是不
是……?）或 **Est-ce que c'est…?**（……嗎?）。

……是不是……？、……嗎？

C'est par là?	**Is it** this way? 是不是這條路？
C'est près d'ici?	**Is it** near here? 是不是在附近？
Est-ce que c'est loin, s'il vous plaît?	**Is it** far? 遠嗎？
Est-ce que c'est le train pour Angoulême?	**Is this** the train for Angoulême? 這是不是開往昂古萊姆的火車？
Est-ce que c'est le bon arrêt pour le musée, s'il vous plaît?	**Is this** the right stop for the museum? 去博物館是不是這站？
Est-ce que cette place **est** libre?	**Is** this seat free? 這個座位是不是沒人坐的？

……有……嗎？

Il y a une station-service près d'ici, s'il vous plaît?	**Is there** a petrol station near here, please? 請問，附近有加油站嗎？
Il y a une station de métro près d'ici?	**Is there** an underground station near here? 附近有地鐵站嗎？
Il y a des restaurants près d'ici?	**Are there** any restaurants around here? 附近有餐廳嗎？
Est-ce qu'il y a des tarifs étudiants?	**Is there** a discount for students? 學生有優惠嗎？

BON À SAVOIR！不可不知！

與英語中 *there is* 和 *there are*（有）對應的法語句式都是 **il y a**。

想要獲得更具體的資訊，可用問句 **Où...?**（……在哪裏？），**Quel...?**（哪個……？）或 **À quelle heure...?**（……何時……？）提問。

······ 在哪裏？

Où est la consigne?	**Where's** the left-luggage office? 行李寄存處在哪裏？
Où est la station de taxis la plus proche, s'il vous plaît?	**Where's** the nearest taxi rank, please? 請問，最近的計程車站在哪裏？
Où sont les toilettes?	**Where** are the public toilets? 請問公共洗手間在哪裏？

······ 哪 ······ ？、······ 怎麼走？

Je dois prendre **quelle ligne**, s'il vous plaît?	**Which line** do I take, please? 請問，我應該坐哪條線？
Quels bus vont en centre-ville?	**Which buses** go to the town centre? 哪輛巴士去市中心？
De quel quai part le train pour Sarlat?	**Which platform** does the train for Sarlat leave **from**? 去莎拉的火車從哪個月台開出？
Excusez-moi, **c'est quelle direction** pour Brest, s'il vous laît?	Excuse me, **which way** do I go for Brest, please? 打擾一下，請問布雷斯特怎麼走？
C'est quelle direction pour aller au Stade de France, s'il vous plaît?	**Which way is it** to the Stade de France, please? 請問，法國體育館怎麼走？

······ 何時 ······ ？、······ 是不是？

On embarque **à quelle heure**?	**What time** are we boarding? 我們何時登機？
Le train part **à quelle heure**?	**What time** does the train leave? 火車何時開出？
À quelle heure est-ce qu'on arrive à Bruxelles?	**What time** do we get to Brussels? 我們何時到布魯塞爾？
Le départ **est bien à** sept heures?	The departure **is at** seven, **isn't it**? 七時出發，是不是？
Le bus **arrive bien à** neuf heures trente?	The bus **arrives at** nine thirty, **doesn't it**? 巴士九時半到達，是不是？

BON À SAVOIR！不可不知！

當不確定某事而向別人確認資訊時，可在問句動詞後加副詞 **bien**（確是）。

詢問某事發生的頻率、花費的時間或某物的價格時，可在問句前加疑問詞 **combien**（多少）。

······**多久／多少**······？

Il y a un bus pour Genève **tous les combien**?	**How often** is there a bus for Geneva? 到日內瓦的巴士多久有一班？
Il y a un vol pour Londres **tous les combien**?	**How often** is there a flight to London? 飛往倫敦的飛機多久有一班？
Il faut faire le plein **tous les combien** de kilomètres?	**How often** do you have to fill up the tank? 車走多少公里需要入油？

······**多少時間**······？

Ça prend **combien de temps**?	**How long does it take**? 這需要多長時間？
Ça prend **combien de temps** pour aller à la gare?	**How long does it take** to get to the railway station? 去火車站需要多少時間？
Ça prend **combien de temps** pour aller de Lille à Paris?	**How long does it take** to get from Lille to Paris? 從里爾到巴黎需要多少時間？
Le voyage **prend combien de temps**?	**How long does** the journey **take**? 旅途需要多少時間？
On va mettre combien de temps pour y aller?	**How long will it take us** to get there? 我們要花多少時間到那裏？

…… 多少錢？

Combien coûte un ticket pour Lyon?	**How much is** a ticket to Lyon? 去里昂的票多少錢？
Combien coûte le péage entre Paris et Orléans?	**How much is** the motorway toll between Paris and Orléans? 巴黎到奧爾良的高速公路費多少錢？
Combien est-ce que ça coûte de laisser une valise à la consigne?	**How much does it cost** to leave a case in left-luggage? 在寄存處寄存一個行李箱多少錢？
Combien est-ce que ça coûterait de louer une voiture pour deux jours?	**How much would it cost** to hire a car for two days? 租兩天車要多少錢？

詢問自己是否可以做某事，可用句式 **Est-ce que je peux…?**（我可以……嗎？）或 **Est-ce qu'on peut…?**（我們可以……嗎？）。**peux** 和 **peut** 的動詞原形都是 **pouvoir**。關於 **pouvoir** 的更多內容，見第 322 頁。

……（我／你）可以……嗎？

Est-ce que je peux payer par carte bleue?	**Can I** pay by debit card? 我可以用提款卡支付嗎？
Est-ce que je peux louer une voiture pour la journée?	**Can I** hire a car for the day? 我可以租一天車嗎？
Est-ce qu'on peut fumer dans le train?	**Is** smoking **allowed** on the train? 火車上可以吸煙嗎？
Est-ce qu'on peut y aller à pied?	**Can you** walk there? 你可以走到那裏嗎？
Est-ce qu'il est possible de changer son billet par Internet?	**Can you** change your ticket on the internet? 在網上換票可以嗎？

索取東西，可用句式 **Est-ce que je peux avoir...?**（請給我……好嗎？）或 **Est-ce que je pourrais avoir...?**（麻煩給我……好嗎？），後者語氣更委婉。**peux** 和 **pourrais** 的動詞原形都是 **pouvoir**。關於 **pouvoir** 的更多內容，見第 322 頁。

請給我……好嗎？、麻煩給我……好嗎？

Est-ce que peux avoir un plan du métro, s'il vous plaît?	**Can I have** a map of the underground, please? 請給我一張地鐵圖好嗎？
Est-ce que je peux avoir une carte à la semaine, s'il vous plaît?	**Can I have** a weekly pass, please? 請給我一張週票好嗎？
Est-ce que je pourrais avoir les horaires des trains, s'il vous plaît?	**Could I have** a train timetable, please? 麻煩給我一張火車時間表好嗎？

想要知道是否可以得到某物或某人是否有某物，可用句式 **Est-ce que vous avez...?** 或 **Vous avez...?**（您有……嗎？）。**avez** 的動詞原形是 **avoir**。關於 **avoir** 的更多內容，見第 318 頁。

……有……嗎？

Est-ce que vous avez les horaires des bus?	**Have you got** any bus timetables? 您有巴士時間表嗎？
Vous avez un plan d'accès, s'il vous plaît?	**Have you got** a map that shows how to get there, please? 請問，您有路線圖嗎？
Vous avez des voitures plus petites en location?	**Do you have** smaller cars to hire? 您有小型汽車可供租用嗎？
Est-ce qu'il vous reste des places côté couloir?	**Have you got** any aisle seats **left**? 您還有靠通道的座位嗎？

索取東西時，也可以只説出所要之物即可。但別忘記在最後加一句 **s'il vous plaît**（請），否則請求的話聽起來更像是命令！

請給我……

Un aller simple, **s'il vous plaît**.	**A** single, **please**. 請給我一張單程票。
Une place côté fenêtre, **s'il vous plaît**.	**A** window seat, **please**. 請給我一個靠窗的座位。
Trois billets retours pour Montréal, **s'il vous plaît**.	**Three** returns to Montreal, **please**. 請給我三張去滿地可的來回票。

詢問某人是否可以幫自己做某事，可用句式 **Est-ce que vous pouvez...?**（……您可以……嗎？）。

……您可以……嗎？

Est-ce que vous pouvez nous emmener à l'hôtel Saint-Antoine, s'il vous plaît?	**Can you** take us to the Saint-Antoine hotel, please? 請問，您可以載我到聖安東尼酒店嗎？
Est-ce que vous pouvez me prévenir quand on arrivera à l'arrêt du musée?	**Can you** tell me when we're near the museum stop? 快到博物館站時您可以告訴我一聲嗎？
Vous pouvez me déposer ici, s'il vous plaît?	**Can you** drop me here, please? 請問您可以載我到這裏嗎？
Vous pouvez nous montrer où ça se trouve sur la carte?	**Can you** show us where it is on the map? 您可以在地圖上給我們指一指這地方的位置嗎？

你介不介意／可否……？

Est-ce que ça vous dérangerait de m'écrire l'adresse?	**Would you mind** writing down the address for me? 您介不介意寫地址給我？
Est-ce que ça vous dérangerait de me déposer à mon hôtel?	**Would you mind** dropping me at my hotel? 您可否載我到我入住的酒店？
Est-ce que ça vous dérangerait de nous montrer où c'est?	**Would you mind** showing us where it is? 您可否指給我們看這地方在哪裏？

表達喜歡、不喜歡或偏好

與説法語的朋友討論喜歡或不喜歡某事某物時，表達喜歡，可用句式 **j'aime bien**（我喜歡），該句式不如 **j'aime**（我愛）語氣強烈。表達不喜歡，只需説 **je n'aime pas**（我不喜歡）。aime 的動詞原形是 **aimer**。關於 **aimer** 的更多內容，見第 313 頁。

我……喜歡／愛……

J'aime bien ces routes de campagne.	**I like these** country roads. 我喜歡鄉間公路。
J'aime bien voyager en train.	**I like** travelling by train. 我喜歡坐火車旅行。
J'aime beaucoup cette voiture.	**I like** this car **a lot**. 我非常喜歡這輛汽車。
J'aime l'avion.	**I love** flying. 我愛坐飛機。

我不喜歡……

Je n'aime pas les voitures automatiques.	**I don't like** automatics. 我不喜歡自動變速汽車。
Je n'aime pas conduire à droite.	**I don't like** driving on the right. 我不喜歡右側行駛。

你／您喜歡……嗎？

Tu aimes bien cette région?	**Do you like** this area? 你喜歡這個地方嗎？
Tu aimes bien voyager seul?	**Do you like** travelling by yourself? 你喜歡獨自旅行嗎？
Est-ce que vous aimez conduire de nuit?	**Do you like** driving at night? 您喜歡晚上開車嗎？
Est-ce que vous aimez bien les voyages organisés?	**Do you like** package tours? 您喜歡跟團旅行嗎？

談論自己的偏好，可用句式 **je préfère**（我更喜歡）或 **je préférerais**（我更希望），後者語氣更委婉。**préfère** 和 **préférerais** 的動詞原形是 **préférer**。關於以 **-er** 結尾的第一組規則動詞如 **préférer** 的更多內容，見第 305 至 307 頁。

我更喜歡／更希望……

Je préfère dormir à l'hôtel.	**I prefer to** sleep in a hotel. 我更喜歡在酒店睡覺。
Je préfère prendre l'autoroute.	**I prefer to** take the motorway. 我更喜歡走高速公路。
Je préférerais ne pas laisser ma voiture ici.	**I'd prefer** not **to** leave my car here. 我更希望不要放我的車在這裏。

我／我們寧願……

J'aimerais mieux faire le voyage par beau temps.	**I'd rather** make the journey in good weather. 我寧願在晴天出遊。
J'aimerais mieux être assise côté fenêtre.	**I'd rather** sit next to the window. 我寧願靠窗坐。
On aimerait mieux faire la route de jour.	**We'd rather** drive in the daytime. 我們寧願白天開車。

下面是旅行時經常會聽到的重要句型。

Prochain arrêt: ...	Next stop: ... 下一站：……
Le train pour Nice part du quai numéro trois.	The train for Nice leaves from platform three. 開往尼斯的火車從三號月台開出。
Votre billet, s'il vous plaît.	Ticket, please. 請出示車票。
Je peux m'asseoir ici?	Do you mind if I sit here? 我可以坐在這裏嗎？
Continuez tout droit jusqu'aux feux.	Go straight on till you get to the traffic lights. 直走一直走到紅綠燈。
Prenez la deuxième à gauche.	Take the second turning on the left. 第二個路口向左轉。
C'est en face de la cathédrale.	It's opposite the cathedral. 在教堂正對面。
C'est tout près.	It's very near. 非常近。
On peut y aller à pied.	It's within walking distance. 可以步行前往。
C'est à trois arrêts d'ici.	It's three stops from here. 離這裏三站路。

生活小貼士

● 如果駕駛車輛，請準備好出示駕駛執照以備交通警察檢查。如果忘記攜帶駕駛執照，可能會被罰款。交通警察會説：**votre permis de conduire, s'il vous plaît**（*請出示駕駛執照*）。法國駕駛人士還須出示汽車登記卡（**carte grise**）和保險證明（**attestation d'assurance**）。

● 在法國，高速公路不是免費的。駛入高速公路時會拿到一張通行卡（**ticket de péage** 或 **ticket d'entrée**），駛出高速公路時，卡上會顯示行駛公里數和應付的高速公路費。

● 在高速公路收費站，有些收費站是人工操作的，有些是自動操作（*使用銀行卡*）的，還有一些為電話收費系統（**télépéage**）用戶而設的系統，該系統可以通過車內的感應器支付費用（*每月將寄賬單到您的地址*）。最好保持帶有黃色"*T*"標誌的車道暢通，因為配備感應器的駕駛人士很不樂意遊客佔用他們的快線。

● 最近數年，共乘（**covoiturage**）在法國非常流行。去周邊遊玩，特別是短途旅行，共乘既便宜又方便。提供共乘服務的地方也很多，但最好是看當地報紙和商店廣告牌。

● 在乘坐公共汽車、火車或地鐵時如有人要求您出示通行憑證（**titre de transport**），意思是必須向檢票員出示車票。

● 上火車前務必先檢票。如果忘記檢票，建議盡快去找檢票員（**le contrôleur**），否則可能會被罰款。

● 如果有急事，可以先上火車，然後盡快去找檢票員，多加一點錢直接從檢票員手裏買票，否則可能會被認為是逃票（**resquillage**）。

● 法語國家往往不太在意排隊。如果要到詢問處查詢，但不知道是否輪到自己，可以説 **C'est à moi?** 或 **C'est mon tour?**（*輪到我了嗎？*）。如果想讓別人排在前面，可以説 **après vous**（*您先請*）。

單元 3 酒店與住宿

Dors bien! 睡得好！

如果打算在法語國家逗留一段時間，本單元中介紹的句型滿足了尋找理想住宿（如酒店、青年旅社、自備餐飲住宿或出租單位）時的語言需求，並確保事事如願。本單元後的小貼士提供了接待員或房東常用的句型。

索取東西

用法語表達想要某種住宿，可用句式 **je voudrais** 或 **je souhaite**（我想要）。**voudrais** 的動詞原形是 **vouloir**，**souhaite** 的動詞原形是 **souhaiter**。關於 **vouloir** 和以 **-er** 結尾的第一組規則動詞如 **souhaiter** 的更多內容，見第 323 和 305 至 307 頁。

我／我們想（要）……

Je voudrais une chambre avec un balcon.	**I'd like** a room with a balcony. 我想要一個有陽台的房間。
Je voudrais réserver une chambre double pour deux nuits.	**I'd like to** book a double room for two nights. 我想預訂一個雙人房住兩晚。
On voudrait un dortoir de six personnes.	**We'd like** a six-bed dorm. 我們想要一個有六個床位的宿舍。
Je souhaite rester trois nuits.	**I'd like to** stay three nights. 我想住三晚。
Je souhaite louer votre gîte pendant deux semaines.	**I'd like to** book your gîte for two weeks. 我想租您的房子住兩週。

稍微更直接地表達想要某物，可用句式 **je veux**（我要）。

我要……、我們不要……

Je veux un appartement bien éclairé.	**I want** a well-lit flat. 我要一個光線充足的單位。
Je veux changer de chambre; celle que vous m'avez donnée est humide.	**I want to** change rooms; the one you gave me is damp. 我要換房間；您給我的房間太潮濕了。
Je veux qu'on me rembourse.	**I want** a refund. 我要退款。
On ne veut pas de chambre côté rue.	**We don't want** a room overlooking the road. 我們不要靠街的房間。

要表達堅持某事，可用句式 **je tiens à**（我堅持）。**tiens** 的動詞原形是 **tenir**。

我／我們堅持……

Je tiens vraiment **à** avoir vue sur la mer.	I absolutely **insist on** having a view of the sea. 我堅持要海景房。
Je tiens à ne pas être dérangé.	**I insist on** not being disturbed. 我堅持要求不被打擾。
On tient à être dans le centre-ville.	**We insist on** staying in the centre of town. 我們堅持要住在市中心。

想要知道是否可以獲得某物，可用句式 **Est-ce que vous avez...?**（您有……嗎？）或 **Est-ce que vous auriez...?**（您或許有……？），後者語氣更委婉。**avez** 和 **auriez** 的動詞原形都是 **avoir**。關於 **avoir** 的更多內容，見第 318 頁。

您……有……嗎？、……您或許有……？

Est-ce que vous avez des informations sur le logement?	**Do you have** any information about accommodation? 您有住宿的資訊嗎？
Est-ce que vous avez des chambres de libre?	**Have you got** any rooms free? 您還有空房間嗎？
Vous avez Internet?	**Have you got** internet access? 您有網絡嗎？
Est-ce que vous auriez des serviettes, s'il vous plaît?	**Would you have** any towels, please? 請問您或許有毛巾？

請給我……好嗎？、……能再給我……嗎？

Est-ce que je peux avoir la clé de ma chambre, s'il vous plaît?	**Can I have** the key to my room, please? 請給我我的房間鑰匙好嗎？
Est-ce que je peux avoir un reçu, s'il vous plaît?	**Can I have** a receipt, please? 請給我收據好嗎？
Est-ce qu'on peut avoir une liste des logements disponibles?	**Can we have** a list of available accommodation? 請給我們一份有空房提供的酒店名單好嗎？
Est-ce que je pourrais avoir deux serviettes en plus?	**Could I have** two more towels? 請問，能再給我兩條毛巾嗎？

詢問別人是否可以幫自己做某事，可用句式 **Est-ce que vous pouvez... ?**（……您可以……嗎？）或 **Est-ce que vous pourriez... ?**（您是否可以……？）。**pouvez** 和 **pourriez** 的動詞原形都是 **pouvoir**。關於 pouvoir 的更多內容，見第 322 頁。

······您可以······嗎？

Est-ce que vous pouvez me confirmer la réservation par e-mail?	**Can you** confirm the booking by email? 您可以用電子郵件跟我確認預訂嗎？
Est-ce que vous pouvez m'appeler pour me réveiller à sept heures, s'il vous plaît?	**Can you** give me an alarm call at seven o'clock, please? 請問，您可以提供七時的叫醒服務嗎？
Est-ce que vous pourriez changer les serviettes, s'il vous plaît?	**Could you** change the towels, please? 請問，您是否可以換毛巾？
Vous pourriez me montrer la chambre, s'il vous plaît?	**Could you** show me the room, please? 請問，您是否可以讓我看看房間？

您介意······嗎？

Est-ce que ça vous dérangerait de me montrer comment marche la cuisinière?	**Would you mind** showing me how the cooker works? 您介意讓我看看這個煮食爐怎樣運作嗎？
Est-ce que ça vous dérangerait de m'appeler un taxi?	**Would you mind** calling a taxi for me? 您介意幫我叫輛計程車嗎？
Ça vous dérangerait de monter mes valises à ma chambre?	**Would you mind** taking my suitcases up to my room? 您介意拿我的行李箱到房間嗎？

談論自己

詢問住宿時，需要提供個人資料。談論自己時，可用句式 **je suis**（我是），若用句式 **on est**（我們是），表明同行的人也包括在內。**suis** 和 **est** 的動詞原形都是 **être**。關於 **être** 的更多內容，見第 320 頁。

我／我們（是）……、我來自……

Je suis étudiante.	**I'm** a student. 我是學生。
Je suis canadien.	**I'm** Canadian. 我是加拿大人。
Je suis du sud de l'Angleterre.	**I'm** from the south of England. 我來自英國南部。
On est en vacances.	**We're** on holiday. 我們正在放假。
Nous sommes les propriétaires.	**We're** the owners. 我們是房主。

我……叫／是／姓／名字……

Je m'appelle Brian Gallagher.	**My name is** Brian Gallagher. 我叫拜恩·加拉赫。
Je m'appelle Olivia Gauthier.	**My name is** Olivia Gauthier. 我叫奧利維婭·高堤耶。
Je m'appelle Madame Smith. J'ai réservé une chambre double pour cette nuit.	**My name is** Mrs Smith. I've booked a double room for tonight. 我是史密夫夫人。我預訂了今晚的雙人房。
Mon nom de famille c'est Morris...	**My surname is** Morris... 我姓莫里斯……
...et **mon prénom c'est** Emma.	...and **my first name is** Emma. ……我的名字是愛瑪。
Ça s'écrit M-O-R-R-I-S.	**It's spelt** M-O-R-R-I-S. 拼寫是 M-O-R-R-I-S。

BON À SAVOIR！不可不知！

不要忘記法語字母的發音與英語字母不同。關於法語字母如何發音的更多內容，見第 226 頁。

想要獲取住宿資訊，最簡單的句式是在所需資訊之前加 **est-ce que**，或者只是將句尾的語調提高，但這不如在句首加 **est-ce que** 的句式正式。

……嗎？

Est-ce que c'est cher?	**Is it** expensive? 這貴嗎？
Est-ce que c'est un hôtel moderne?	**Is it** a modern hotel? 這是一家現代化的酒店嗎？
C'est loin?	**Is it** far? 遠嗎？
Le petit déjeuner **est** inclus dans le prix?	**Is** breakfast included in the price? 早餐包含在房費裏嗎？
Est-ce que toutes les charges **sont** comprises dans le loyer?	**Are** all the bills included in the rent? 所有費用都包含在房租裏了嗎？

與英語中 *Is there* … ? 和 *Are there* … ?（……有……嗎？）對應的法語句式都是 **Il y a...**?。

……（有）……嗎？

Est-ce qu'il y a un endroit où manger près d'ici?	**Is there** anywhere near here where we can get something to eat? 附近有我們可以吃飯的地方嗎？
Est-ce qu'il y a un interphone?	**Is there** an intercom? 有對講機嗎？
Est-ce qu'il y a vue sur la mer?	**Is there** a sea view? 能看到海景嗎？
Est-ce qu'il y a le chauffage central dans l'appartement?	**Is there** central heating in the apartment? 單位裏有中央供暖設備嗎？
Il y a des toilettes handicapés?	**Are there** any disabled toilets? 有殘疾人士專用的洗手間嗎？

詢問某物在哪裏，可用句式 **je cherche**（我要去）或 **on cherche**（我們要去）。**cherche** 的動詞原形是 **chercher**。關於以 **-er** 結尾的第一組規則動詞如 **chercher** 的更多內容，見第 305 至 307 頁。

·····**我／我們要去**·····

Excusez-moi, **je cherche** le camping.	Excuse me, **I'm looking** for the campsite. 打擾一下，我在找營地。
Je cherche une chambre d'hôte pour ce soir.	**I'm looking** for a B&B for tonight. 我在找一間家庭旅館過夜。
On cherche l'hôtel du Nord.	**We're looking for** the hôtel du Nord. 我們在找北方酒店。

想要獲取更具體的資訊，可用句式 **Quel...?**（······是······？），**Où...?**（······在哪裏？）或 **À quelle heure...?**（······何時······？）提問。

·····**是······？**

Quel est le nom de l'hôtel?	**What**'s the name of the hotel? 酒店的名字是甚麼？
Quel est le numéro de l'agence immobilière?	**What**'s the number for the letting agency? 地產經紀的電話號碼是甚麼？
Quelle est l'adresse du propriétaire?	**What**'s the address of the landlord? 房主的地址是甚麼？
Quels sont vos tarifs?	**What** are your rates? 您的報價是多少？

BON À SAVOIR！不可不知！

切記，在陽性名詞前用 **quel**，陰性名詞前用 **quelle**。

…… 在哪裏？

Où est le bar?	**Where**'s the bar? 酒吧在哪裏？
Où est la salle de fitness?	**Where**'s the gym? 健身房在哪裏？
Où sont les ascenseurs?	**Where** are the lifts? 電梯在哪裏？
Où est-ce que je peux brancher mon portable?	**Where** can I plug in my laptop? 可給我的手提電腦充電的地方在哪裏？

…… 何時 …… ？

À quelle heure est le dîner?	**What time**'s dinner? 何時吃晚餐？
À quelle heure vous fermez les portes le soir?	**What time** do you lock the doors at night? 您晚上何時鎖門？
Il faut libérer la chambre **avant quelle heure**?	**What time** do we have to vacate the room **by**? 我們要在何時之前退房？
Vous servez le petit déjeuner **jusqu'à quelle heure**?	**What time** do you serve breakfast **till**? 您供應早餐到何時？

詢問某物的價格時，可用帶有疑問詞 **combien**（多少）的句式。

…… 多少錢？

C'est combien pour une nuit en chambre double?	**How much is** a double room per night? 雙人房一晚多少錢？
C'est combien pour la pension complète?	**How much is** full board? 全食宿多少錢？
Combien ça coûterait de louer un gîte pour tout le mois de juillet?	**How much would it be** to rent a gîte for the whole of July? 租一間度假屋過整個七月要多少錢？

Il vous reste **combien de** chambres avec salle de bains?	**How many** en-suite rooms have you got left? 您還剩多少個含浴室的房間？
Il y a **combien de** lits dans la chambre familiale?	**How many** beds are there in the family room? 家庭套房裏有多少張床？

徵求允許

入住酒店或在其他地方住宿時，可能會詢問別人自己是否可以做某事，這時可用句式 **Est-ce que je peux... ?**（我能……嗎？）或 **Est-ce que nous pouvons... ?**（我們能……嗎？）。**peux** 和 **pouvons** 的動詞原形都是 **pouvoir**。關於 **pouvoir** 的更多內容，見第 322 頁。

我／我們能……嗎？

Est-ce que je peux voir la chambre?	**Can I** see the room? 我能看看房間嗎？
Est-ce que je peux laisser mes valises ici cinq minutes?	**Can I** leave my suitcases here for five minutes? 我能放行李箱在這裏五分鐘嗎？
Est-ce que je peux fumer dans la chambre?	**Can I** smoke in the room? 我能在房間裏吸煙嗎？
Est-ce qu'on peut utiliser la piscine?	**Can we** use the pool? 我們能用游泳池嗎？
Est-ce qu'on peut camper ici?	**Can we** camp here? 我們能在這裏紮營嗎？

您介不介意……？

Ça vous dérange si je gare ma voiture dehors un instant?	**Do you mind if** I park my car outside for a moment? 您介不介意我的車泊在外面一會？
Ça vous dérange si je paye par carte de crédit?	**Do you mind if** I pay by credit card? 您介不介意我用信用卡支付？
Ça te dérange si on prend la chambre du haut?	**Do you mind if** we take the upstairs bedroom? 您介不介意我們選樓上的房間？

詢問別人自己是否可以做某事，還可用句式 **Vous permettez que...?**（我可以……嗎？），語氣比較委婉，後接動詞用虛擬式。關於虛擬式的更多內容，見第312頁。

我／我們可以……嗎？

Vous permettez que je reçoive des invités?	**Am I allowed to** have guests? 我可以接待客人嗎？
Vous permettez que je me serve de la machine à laver?	**Am I allowed to** use the washing machine? 我可以用洗衣機嗎？
Vous permettez qu'on utilise le téléphone?	**May we** use the phone? 我們可以用電話嗎？
On a le droit de se servir du barbecue?	**Are we allowed to** use the barbecue? 我們可以燒烤嗎？
On a le droit d'emmener notre chien?	**Are we allowed to** bring our dog? 我們可以帶狗嗎？

表達喜歡、不喜歡或偏好

談論自己的喜好時，可用句式 **j'aime bien**（我喜歡），該句式不如 **j'aime** 或 **j'adore**（我愛）語氣強烈。表達不喜歡，只需說 **je n'aime pas**（我不喜歡）。**aime** 的動詞原形是 **aimer**。關於 **aimer** 的更多內容，見第313頁。

我喜歡 / 愛……

J'aime bien les petits hôtels.	**I like** small hotels. 我喜歡小旅館。
J'aime bien les campings de montagne.	**I like** campsites in the mountains. 我喜歡山上的營地。
J'adore cette pension de famille.	**I love** this guest house. 我愛這間賓館。

我 / 我們不喜歡 / 討厭……

Je n'aime pas cet hôtel.	**I don't like** this hotel. 我不喜歡這家酒店。
On n'aime pas tout prévoir à l'avance.	**We don't like** to plan everything in advance. 我們不喜歡事事提前計劃。
Je déteste cette décoration.	**I hate** this decor. 我討厭這個裝飾。

想要表達自己的偏好，可用句式 **je préfère**（我更喜歡）或 **je préférerais**（我更希望），後者語氣較委婉。要説比起 B 來，更喜歡 A，用句式 **je préfère A à B**。**préférer** 和 **préférerais** 的動詞原形是 **préférer**。關於以 **-er** 結尾的第一組規則動詞如 **préférer** 的更多內容，見第 305 至 307 頁。

……我更喜歡……、我更希望……

Je préfère cet hôtel.	**I prefer** this hotel. 我更喜歡這間酒店。
Je préfère loger chez l'habitant.	**I prefer** to stay with a family. 我更喜歡寄宿（可指民宿或寄宿家庭）。
Je préférerais ne pas attendre pour réserver un hôtel.	**I'd prefer not to** wait to book a hotel. 我更希望不用等待預訂酒店。
On préfère l'auberge de jeunesse au camping.	**We prefer** youth hostels **to** campsites. 比起宿營地，我們更喜歡青年旅社。

我／我們寧願……

J'aimerais mieux être dans le centre ville.	**I'd rather** be in the town centre. 我寧願住在市中心。
J'aimerais mieux être en colocation **que de** vivre seul.	**I'd rather** share a flat **than** live on my own. 我寧願與人合租也不願獨自居住。
On aimerait mieux vivre à la campagne **que d'**avoir un appartement en ville.	**We'd prefer to** live in the country **than** have a flat in town. 我們寧願住在鄉村也不願住在城裏的住宅單位。

表達意見

別人詢問自己對住宿的看法時，無論好與壞，都可以用句式 **je trouve**（我覺得）來表達自己的看法。**trouve** 的動詞原形是 **trouver**。關於以 **-er** 結尾的第一組規則動詞如 **trouver** 的更多內容，見第 305 至 307 頁。

我覺得……

Je trouve la chambre un peu petite.	**I think** the bedroom's a bit small. 我覺得睡房有點小。
Je trouve la maison très accueillante.	**I think** the house is very welcoming. 我覺得這座房子非常舒適。
J'ai trouvé le service excellent.	**I thought** the service was excellent. 我覺得服務非常周到。
Je trouve qu'il y a trop de bruit la nuit.	**I find that** there's too much noise at night. 我覺得晚上太吵了。

我認為……

À mon avis, c'est trop cher pour ce que c'est.	**In my opinion**, it's too expensive for what it is. 我認為，這個太貴了。
À mon avis, c'est parfait pour ce dont on a besoin.	**In my opinion**, it's perfect for our needs. 我認為，這正是我們需要的。
À mon avis, la chambre est trop petite.	**In my opinion**, the room is too small. 我認為，這間房間太小了。
À mon avis, c'est complètement inacceptable.	**In my view**, it's completely inacceptable. 我認為，這是完全不可接受的。

提出建議

想要建議由自己做某事，可用句式 **je peux**（我可以），後接動詞不定式，句末加 **si vous voulez**（您願意的話）。如果對方是熟人，可以說 **si tu veux**（你願意的話）。**peux** 的動詞原形是 **pouvoir**。關於 **pouvoir** 的更多內容，見第 322 頁。

你／您願意的話，我／我們可以……

Je peux confirmer les dates demain, **si vous voulez**.	**I can** confirm the dates tomorrow, **if you like**. 您願意的話，我可以明天確定日期。
Je peux vous envoyer un acompte, **si vous voulez**.	**I can** send you a deposit, **if you like**. 您願意的話，我可以交訂金給您。
On peut chercher un autre hôtel, **si tu veux**.	**We can** look for another hotel, **if you like**. 你願意的話，我們可以找另一間酒店。

想要詢問別人希望自己做甚麼事，可用句式 **Vous voulez que je...?**（您希望我……嗎？），後接動詞虛擬式。關於虛擬式的更多內容，見第 312 頁。

你 / 您希望我……嗎？

Vous voulez que je vous paye en liquide?	**Would you like me to** pay cash? 您希望我付現金嗎？
Vous voulez que je vous montre ma réservation?	**Would you like me to** show you my booking? 您希望我出示預約資料嗎？
Tu veux que je prenne le lit du haut?	**Would you like me to** take the top bunk? 你希望我睡上鋪嗎？
Est-ce que vous voulez qu'on vous laisse nos passeports?	**Would you like to** keep our passports? 您希望保管我們的護照嗎？

詢問建議

想要詢問別人對自己住宿的建議時，可用句式 **Est-ce que vous me conseillez de...?** （您建議我……嗎？）。**conseillez** 的動詞原形是 **conseiller**。關於以 **-er** 結尾的第一組規則動詞如 **conseiller** 的更多內容，見第 305 至 307 頁。

你建議我 / 我們……嗎？

Est-ce que vous me conseillez de réserver à l'avance?	**Would you advise me to** book in advance? 您建議我提前預訂嗎？
Est-ce que vous nous conseillez d'amener des sacs de couchage?	**Would you advise us to** bring sleeping bags? 您建議我們帶睡袋嗎？
Vous me conseillez d'amener de quoi manger?	**Would you advise me to** bring something to eat? 您建議我帶些食物嗎？

你推薦／建議……嗎？

Est-ce que vous recommandez cet hôtel?	**Would you recommend** this hotel? 您推薦這間酒店嗎？
Est-ce que vous recommandez cette agence immobilière?	**Would you recommend** this estate agency? 您推薦這間房產中介嗎？
Est-ce que vous nous recommandez de louer à la semaine?	**Would you recommend that we** rent by the week? 您建議我們按週租賃嗎？
Vous nous recommandez de prendre un appartement en ville?	**Would you recommend us to** take a flat in town? 您建議我們選擇城裏的住宅單位嗎？

表達必須做某事

關於住宿問題，如果需用法語表達必須做某事，可用句式 **il faut que je**（我必須）或 **il faudrait que je**（我應該），後者語氣較委婉，都後接動詞虛擬式。關於虛擬式的更多內容，見第 312 頁。

我／我們必須……

Il faut que je passe à la réception pour payer.	**I have to** go to the reception to pay. 我必須去接待處支付。
Il faut que je note l'adresse de l'hôtel.	**I have to** write down the address of the hotel. 我必須記下酒店的地址。
Il faut qu'on parte à six heures demain matin.	**We have to** leave at six tomorrow morning. 我們必須明早六時出發。

我／我們應該……

Il faudrait que je fasse une lessive.	**I ought to** do a load of washing. 我應該去洗衣服。
Il faudrait que je décharge la voiture.	**I ought to** unload the car. 我應該卸車。
Il faudrait qu'on se lève avant sept heures.	**We ought to** be up by seven am. 我們應該七時前起床。
Il faudrait qu'on ait le double des clefs.	**We ought to** have a spare set of keys. 我們應該有一套後備鑰匙。

表達必須做某事，還可用句式 **je dois**（*我必須*），**dois** 的動詞原形是 **devoir**。關於 **devoir** 的更多內容，見第 319 頁。

……我／我們必須……

Je dois me lever tôt demain.	**I must** get up early tomorrow. 明天我必須早起。
Je dois rendre les clés au propriétaire.	**I must** give the keys back to the owner. 我必須還鑰匙給房主。
On doit absolument trouver un logement avant la fin du mois.	**We** absolutely **must** find accommodation by the end of the month. 我們必須在月底前找到住處。

法語中，告訴別人自己需要某物，可用句式 **j'ai besoin de**（*我需要*）。

我／我們需要……

J'ai besoin d'un lit d'enfant.	**I need** a cot. 我需要一張嬰兒床。
J'ai besoin de téléphoner en Écosse.	**I need** to call Scotland. 我需要致電到蘇格蘭。
Nous avons besoin d'une chambre au rez-de-chaussée.	**We need** a room on the ground floor. 我們需要一間一樓的房間。

詢問自己是否須要做某事時，可用句式 **Est-ce qu'il faut que...?**
（我需要……嗎？），後接動詞虛擬式。關於虛擬式的更多內容，見
第 312 頁。

我／我們需要……？

Est-ce qu'il faut que je laisse la clef à la réception quand je sors?	**Do I have** to leave the key at the reception when I go out? 我出去時需要留鑰匙在接待處嗎？
Est-ce qu'il faut qu'on emmène des sacs de couchage?	**Do we need to** bring sleeping bags? 我們需要帶睡袋嗎？
Est-ce qu'il faut vous prévenir quand on quitte l'hôtel?	**Do we have to** let you know when we leave the hotel? 我們需要告訴您我們離開酒店的時間嗎？
Qu'est-ce qu'il faut que j'emmène?	**What do I need to** bring? 我需要帶甚麼？
Quand est-ce qu'il faut qu'on libère la chambre?	**When do we have to** vacate the room? 我們需要何時退房？

還可用句式 **Est-ce que je dois...?**（我必須要……嗎？）來詢問
自己是否應該做某事。

我／我們必須要……嗎？

Est-ce que je dois faire le ménage dans l'appartement avant de partir?	**Do I need to** clean the flat before leaving? 我必須要在離開前打掃單位嗎？
Est-ce que je dois réserver?	**Do I need to** book? 我必須要預訂嗎？
Est-ce qu'on doit laisser un pourboire à la femme de chambre?	**Do we need to** leave a tip for the housekeeper? 我們必須要給管家小費嗎？

在談論自己打算在哪裏逗留的計劃時，法語和英語一樣，常用現在時表達已經安排好和已經確定的事項。關於現在時的更多內容，見第309頁。

······我會住在······

Je loge en auberge de jeunesse la première semaine.	**I'm staying** in a youth hostel the first week. 第一個星期我會住在青年旅社。
Je loge chez l'habitant le premier soir.	**I'm staying** with a host family the first night. 第一晚我會住在民宿。
... ensuite **je dors** à l'hôtel.	... then **I'm staying** in a hotel. ······然後我會住在酒店。

另外，法語跟英語一樣，也可以用將來時表達計劃。

我／我們將······

Je serai à l'hôtel à dix-sept heures.	**I'll be** at the hotel at five pm. 我將在下午五時到達酒店。
Je paierai le loyer à l'avance.	**I'll pay** the rent in advance. 我將提前付房租。
On arrivera dans la soirée.	**We'll arrive** in the evening. 我們將在晚上到達。

英語中經常用句式 *I'm going to*（我打算）表達計劃做的事情。法語也有類似句型。表達計劃做某事，可在動詞前用句式 **je vais**（我打算）或 **on va**（我們打算）。**vais** 和 **va** 的動詞原形是 **aller**。關於 **aller** 的更多內容，見第317頁。

我／我們打算……

Je vais loger à Biarritz.	**I'm going to** stay in Biarritz. 我打算留在比亞里茨。
Je vais louer un chalet à la montagne.	**I'm going to** rent a chalet in the mountains. 我打算在山上租間小木屋。
On va faire du camping.	**We're going to** camp. 我們打算去露營。

表達打算做某事，可用句式 **j'ai l'intention de** 或 **je compte**（*我打算*）。

我／我們打算……

J'ai l'intention de louer un appartement.	**I intend to** rent a flat. 我打算租一個單位。
J'ai l'intention de trouver un gîte.	**I intend to** find a gîte. 我打算租一座度假別墅。
Je compte rester jusqu'à vendredi.	**I intend to** stay until Friday. 我打算逗留到星期五。
On compte partir demain après le petit déjeuner.	**We intend to** leave after breakfast tomorrow. 我們打算明天早餐後離開。

抱怨

遺憾的是，住宿服務並不總是完美的。最簡單的抱怨方式是說出問題之所在，法語中用句式 **il y a**，相當於英語中的 *there is* 和 *there are*（*有*），或者用句式 **il n'y a pas de**，相當於英語中的 *there isn't* 或 *there aren't*（*沒有*）。

……（有）……

Il y a trop de bruit.	**There's** too much noise. 噪音太大。
Il y a une fuite au plafond.	**There's** a leak in the ceiling. 天花板漏水。
Il y a des cafards dans l'appartement.	**There are** cockroaches in the apartment. 單位裏有蟑螂。

……沒有……

Il n'y a pas d'eau chaude.	**There isn't** any hot water. 沒有熱水。
Il n'y a pas de serviettes propres dans la chambre.	**There aren't** any clean towels in the room. 房間裏沒有乾淨毛巾。
La chambre **n'a pas de** balcon.	The room **doesn't have** a balcony. 房間沒有陽台。
L'appartement **n'a pas** la climatisation.	The apartment **doesn't have** air-conditioning. 單位裏沒有空調。

還可用有動詞 **être**（是）的句式來描述所存在的問題。

……（是／不是）……

L'appartement **est** sale.	The apartment**'s** dirty. 單位是髒的。
L'eau de la piscine **n'est pas** très propre.	The water in the swimming pool **isn't** very clean. 游泳池裏的水不是很乾淨。
Cet hôtel **est** trop bruyant.	This hotel**'s** too noisy. 酒店太吵了。
Il fait trop chaud ici.	**It's** too hot in here. 這裏太熱了。

BON À SAVOIR！不可不知！

牢記，法語中談論天氣用動詞 **faire**。關於 **faire** 的更多內容，見第 321 頁。

下面介紹一些尋找住處時的常用句型。

Vous cherchez quel type de logement?	What type of accommodation are you looking for? 您要找哪種房型？
La réservation est à quel nom?	Whose name is the booking in? 是用誰的名字預訂的？
Pour combien de nuits?	For how many nights? 住多少晚？
Pour combien de personnes?	For how many people? 多少人住？
Le petit déjeuner est inclus dans le prix.	Breakfast is included in the price. 早餐包含在房費內。
Je peux voir votre passeport, s'il vous plaît?	Can I see your passport, please? 請問我可以看您的護照嗎？
Nous sommes complets.	We're full. 我們這裏客滿了。
Il y a une caution de 300 euros.	There's a 300 euro deposit. 押金 300 歐元。
Vous êtes joignable à quel numéro?	What number can we contact you on? 可供我們聯繫您的聯絡電話是甚麼？
Les chiens ne sont pas admis.	We don't allow dogs. 我們這裏不得攜犬。
Vous voulez régler comment?	How would you like to pay? 您想怎樣付款？
Remplissez ce formulaire, s'il vous plaît.	Please fill in this form. 請填寫這份表格。
Signez ici, s'il vous plaît.	Please sign here. 請在這裏簽名。
Vous pouvez épeler votre nom, s'il vous plaît?	Can you spell your name for me, please? 請問能拼寫您的姓名給我嗎？

生活小貼士

● 在法國，房主（**propriétaires**）的比例遠小於英國。法國人更願意租房。長期出租的住所通常是不帶傢具的，租客甚至常常要自備家用電器（**appareils ménagers**）和廚房用具（**meubles de cuisine**）。

● 在法國，職業人士合租單位（**être en colocation**）的情況不像英國那麼普遍，不過近年來高昂的租金已經讓這一狀況有所改變，特別是在城市。

● 如果您想在法國租房，肯定會聽到用 F1、F2、F3 等描述房型。這是指單位裏的房間數目，不包括浴室和廚房。比如 F1 就是套房，F2 是一房（含一間睡房的單位）等等。

● 了解一個地區和當地居民的最好辦法是住在農村（**gîte rural**），即農舍或村屋。有些住所提供煮食的設施，但其他住所也可能讓您入住主人家的房間。

● 法國農村地區的家庭旅館其實是民宿客房（**chambres d'hôte**），通常是一家農舍裏的一間房。有些民宿還提供客飯，意指提供一餐用當地食材或者農場裏種植的食物煮的菜。如果沒有空房間，就會掛出 **"Complet"**（客滿）的標示。

● 如果住在露營地（**camping**），需要支付訂金（**des arrhes**），即為離開時要付的全部金額中的一部份。租賃住所，也需要支付押金（**une caution**）。

單元 4 餐飲

Bon appétit! 好胃口！

本單元的句型介紹在法國當地咖啡館或高級餐廳用餐時，如何用地道法語點餐，並與法國朋友自如交談。本單元後的小貼士提供了點菜建議及侍應常用的重要句型。

制定安排

與法國朋友外出用餐時，想要約定何時何地見面，可用句式 **Où est-ce que...?**（……在哪裏……？）或 **À quelle heure...?**（……何時……？）。

……在哪裏……？

Où est-ce qu'on se retrouve?	**Where** shall we meet? 我們在哪裏見面？
Où est-ce que tu veux que je vienne te prendre?	**Where** do you want me to pick you up? 你想我在哪裏接你？
Où est-ce qu'on pourrait aller manger?	**Where** shall we go to eat? 我們在哪裏吃飯？

……何時……？

À quelle heure est-ce qu'on se retrouve?	**What time** shall we meet? 我們何時見面？
À quelle heure est-ce qu'elle va arriver?	**What time** is she going to get here? 她打算何時到？
Tu as réservé une table **pour quelle heure**?	**What time** did you book the table for? 你預訂了何時的桌子？
Vous servez **jusqu'à quelle heure**?	**What time** do you serve till? 你們服務到何時？
On peut arriver **à partir de quelle heure**?	**How early** can we come? 我們最早甚麼時候能來？

想要詢問已做好的安排對朋友或同事是否合適，可用句式 **Ça te va si...?** 或 **Ça vous va si...?**（……你/您方便嗎？）

……你/您方便嗎？

Ça te va si on va au restaurant demain soir?	**Will it be all right if** we go to the restaurant tomorrow night? 我們明晚去餐廳，你方便嗎？
Ça te va si on se retrouve à sept heures?	**Will it be all right if** we meet up at seven pm? 我們晚上七時見面，你方便嗎？
Ça vous va si on vous rejoint là-bas?	**Will it be all right if** we meet you there? 我們去那裏見您，您方便嗎？

……是否更好？

Est-ce qu'il vaut mieux réserver?	**Is it better to** book? 提前預訂是否更好？
Est-ce qu'il vaut mieux arriver en avance?	**Is it better to** arrive early? 提前到達是否更好？
Est-ce qu'il vaudrait mieux changer notre réservation?	**Would it be better to** change our reservation? 更改我們的預訂是否更好？
Est-ce que ça t'irait mieux samedi soir?	**Would** Saturday evening **suit you better**? 星期六晚上對你來說是否更好？

對我來說最好……

Ça m'arrangerait de vous retrouver sur place.	**It'd suit me best to** meet you there. 對我來說最好在那裏見你們。
Ça m'arrangerait d'y aller à huit heures.	**It'd suit me best to** be there for eight. 對我來說最好是八時到那裏。
Ça nous arrangerait d'y aller en voiture.	**It'd be better for us to** go there by car. 對我們來說最好是坐車去那裏。

詢問資訊

外出用餐時需要詢問各種各樣的資訊，比如某物在哪裏、某物多少錢。詢問某物在哪裏時，可用句式 **Où se trouve...?** (……在哪裏？)。詢問某物多少錢時，可用句式 **C'est combien...?** (……多少錢？)。

……在哪裏？

Où se trouve le restaurant?	**Where is** the restaurant? 餐廳在哪裏？
Où se trouve la salle non-fumeurs?	**Where's** the non-smoking section? 非吸煙區在哪裏？
Excusez-moi, **où se trouvent** les toilettes?	Excuse me, **where are** the toilets? 請問，洗手間在哪裏？

……多少錢？

C'est combien une bouteille de blanc du pays?	**How much is** a bottle of local white wine? 一瓶當地白酒多少錢？
C'est combien une petite salade?	**How much is** it for a side salad? 配菜沙律多少錢？
Il est à combien, le menu?	**How much is** the set menu? 套餐多少錢？

……有甚麼……？

Qu'est-ce qu'il y a comme dessert?	**What** is there for dessert? 甜品有甚麼？
Qu'est-ce qu'il y a dans le cassoulet?	**What** is in a "cassoulet"? 雜錦砂鍋裏有甚麼？
Qu'est-ce qu'il y a comme garniture?	**What** does it come with? 配菜有甚麼？

許多問句可以用 "是" 或 "否" 來回答。對於此類問題，也有兩種提問方式。一是在所提問題之前加 **est-ce que**，另一方法是提高句尾的語調。當然後者比較不正式。

……是不是……？

Est-ce que c'est un plat typique de la région?	**Is it** a local dish? 這是不是當地的特色菜？
Est-ce que c'est compris dans le menu à 15 euros?	**Is it** included in the €15 set menu? 15 歐元的套餐內是不是包括這個？
Est-ce qu'il est cher, ce restaurant?	**Is it** an expensive restaurant? 這間是不是高消費的餐廳？
Ça convient aux végétariens?	**Is it ok for** vegetarians? 素食者是不是可以吃這個？

索取物品

外出去法國餐廳用餐時，可能需要索取物品。要用法語索取物品，可用句式 **je voudrais**（我想要）或 **on voudrait**（我們想要）。**voudrais** 和 **voudrait** 的動詞原形是 **vouloir**。關於 **vouloir** 的更多內容，見第 323 頁。

我／我們……想要……

Je voudrais du pain, s'il vous plaît.	**I'd like** some bread, please. 麻煩您，我想要些麵包。
Je voudrais une carafe d'eau, s'il vous plaît.	**I'd like** a jug of water, please. 麻煩您，我想要一壺水。
On voudrait une autre bouteille de vin.	**We'd like** another bottle of wine. 我們還想要一瓶紅酒。
Une table pour deux personnes, **s'il vous plaît**.	A table for two, **please**. 麻煩您，我想要一張二人桌。

BON À SAVOIR! 不可不知！

當侍應走過來而您還沒有準備好點菜時，可以說 **je n'ai pas encore décidé**（我還沒決定點甚麼）。如果您已經點過菜，這時可以說 **on a déjà commandé, merci**（我們已經點過了，謝謝）。

⋯⋯ 我/我們 ⋯⋯ 要 ⋯⋯

Comme entrée, **je vais prendre** la terrine de lapin.	As a starter, **I'll have** the rabbit terrine. 前菜我要法式兔肉醬。
Comme plat principal, **je vais prendre** le saumon.	For the main course, **I'll have** salmon. 主菜我要三文魚。
Je vais prendre la mousse au chocolat comme dessert.	For dessert, **I'll have** the chocolate mousse. 甜品我要巧克力慕斯。
Comme boisson, **nous allons prendre** une bouteille d'eau pétillante.	**We'll have** sparkling water to drink. 飲品我們要一瓶蘇打水。
Je ne sais pas quoi **prendre**.	I don't know what **to have**. 我不知道要吃甚麼。

想要詢問是否供應某物時，可用句式 **Est-ce que vous avez…?** 或 **Vous avez…?**（你們有⋯⋯嗎？）。**avez** 的動詞原形是 **avoir**。關於 avoir 的更多內容，見第 318 頁。

你們有⋯⋯嗎？

Est-ce que vous avez un menu enfants?	**Have you got** a children's menu? 你們有兒童餐嗎？
Est-ce que vous avez une table en terrasse?	**Do you have** a table outside? 你們有露天餐桌嗎？
Vous avez une carte des vins?	**Do you have** a wine list? 你們有酒單嗎？
Vous avez une chaise pour bébé?	**Have you got** a high chair? 你們有兒童椅嗎？

想要跟別人如侍應索取某物時，可用句式 **Je peux avoir…?**（請⋯⋯給我⋯⋯好嗎？）或 **Je pourrais avoir…?**（麻煩給我⋯⋯好嗎？），後者語氣較委婉。**peux** 和 **pourrais** 的動詞原形是 **pouvoir**。關於 **pouvoir** 的更多內容，見第 322 頁。

請／麻煩……給我……好嗎？

Je peux avoir une autre fourchette, s'il vous plaît?	**Can I have** another fork, please? 請再給我一隻叉子好嗎？
Je peux avoir la carte des desserts, s'il vous plaît?	**Can I have** the dessert menu, please? 請給我甜品餐單好嗎？
On peut avoir du pain, s'il vous plaît?	**Can we have** some bread, please? 請給我們一些麵包好嗎？
Je pourrais avoir l'addition, s'il vous plaît?	**Could I have** the bill, please? 麻煩給我帳單好嗎？
Est-ce que je pourrais avoir de la moutarde, s'il vous plaît?	**Could I have** some mustard, please? 麻煩給我一些芥末好嗎？

如果想請朋友或親近的同事幫自己做某事，可用句式 **Tu pourrais...?**（你能……嗎？）。如果是對待應說，要用句式 **Vous pourriez...?**（您能……嗎？）。pourrais 和 pourriez 的動詞原形是 **pouvoir**。關於 **pouvoir** 的更多內容，見第 322 頁。

你／您能……嗎？

Tu pourrais me passer le sel, s'il te plaît?	**Could you** pass me the salt, please? 麻煩你，你能把鹽遞給我嗎？
Tu pourrais me donner du pain, s'il te plaît?	**Could you** give me some bread, please? 麻煩你，你能給我些麵包嗎？
Vous pourriez prendre notre commande, s'il vous plaît?	**Could you** take our order, please? 麻煩您，您能拿我們點的東西過來嗎？
Est-ce que vous pourriez nous apporter notre café, s'il vous plaît?	**Could you** bring us our coffee, please? 麻煩您，您能把我們的咖啡送來嗎？
Est-ce que vous pourriez revenir dans cinq minutes?	**Could you possibly** come back in five minutes? 您能五分鐘後再來嗎？

你 / 您介不介意 / 可否……?

Est-ce que ça vous ennuierait de ne pas fumer?	**Would you mind** not smoking? 您可否不吸煙?
Est-ce que ça vous ennuierait de fermer la fenêtre?	**Would you mind** closing the window? 您介不介意關上窗戶?
Est-ce que ça t'ennuierait de changer de place avec moi?	**Would you mind** swapping seats with me? 你可否跟我換座位?

表達想要做某事

外出用餐時表達自己想要做某事,可用句式 **je voudrais** 或 **j'aimerais**(我想),語氣比較委婉,都後接動詞不定式。**voudrais** 和 **aimerais** 的動詞原形分別是 **vouloir** 和 **aimer**。關於 **vouloir** 和 **aimer** 的更多內容,見第 323 和 313 頁。

我 / 我們想……

J'aimerais commander, s'il vous plaît.	**I'd like to** order, please. 麻煩您,我想點菜。
J'aimerais voir la carte des desserts.	**I'd like to** see the dessert menu. 我想看甜品餐牌。
Je voudrais réserver une table, s'il vous plaît.	**I'd like to** book a table, please. 麻煩您,我想預訂一張桌子。
Nous voudrions commander du vin, s'il vous plaît.	**We'd like to** order some wine, please. 麻煩您,我們想點酒。
Nous aimerions payer par carte.	**We'd like to** pay by card. 我們想用信用卡支付。

用法語表達想要做某事，還可用句式 **j'ai envie de**（我想），後接動詞不定式。

我 / 你想……、我不想……

J'ai envie de prendre la fondue savoyarde.	**I feel like** having the cheese fondue. 我想吃芝士火鍋。
J'ai envie de manger chinois, pour changer.	**I feel like** having Chinese food for a change. 我想吃中國菜，換換口味。
Je n'ai pas envie de prendre d'entrée.	**I don't feel like** a starter. 我不想吃前菜。
Tu as envie de goûter ma glace?	**Would you like** to try my ice cream? 你想嚐嚐我的雪糕嗎？

表達喜歡、不喜歡或偏好

外出喝酒或用餐時可能會談論自己的喜惡，特別是對食物的喜惡。要表達喜歡某物，可用句式 **j'aime bien**（我喜歡），該句式不如 **j'aime** 或 **j'adore**（我愛）語氣強烈。想要表達不喜歡某物，只需說 **je n'aime pas**（我不喜歡）。

我 / 你 / 您喜歡……

J'aime bien le fromage.	**I like** cheese. 我喜歡芝士。
J'aime bien les asperges.	**I like** asparagus. 我喜歡蘆筍。
J'adore les fruits de mer.	**I love** seafood. 我愛海鮮。
Tu aimes les artichauts?	**Do you like** artichokes? 你喜歡朝鮮薊嗎？
Vous aimez la cuisine thaïlandaise?	**Do you like** Thai food? 您喜歡泰國菜嗎？

我不喜歡 / 受不了……、難道你不喜歡……？

Je n'aime pas les olives.	**I don't like** olives. 我不喜歡吃橄欖。
Je n'aime pas trop la cuisine mexicaine.	**I'm not too keen on** Mexican food. 我不喜歡吃墨西哥菜。
J'ai horreur des abats.	**I can't stand** offal. 我受不了內臟。
Tu n'aimes pas les champignons?	**Don't you like** mushrooms? 難道你不喜歡吃蘑菇？

BON À SAVOIR！不可不知！

用法語表達喜歡或不喜歡某類東西時，要說 **j'aime bien le fromage**（*I like the cheese*，我喜歡吃芝士，名詞前用定冠詞）、**je n'aime pas les olives**（*I don't like the olives*，我不喜歡吃橄欖，名詞前用定冠詞），而不說 *I like cheese, I don't like olives*（我喜歡吃芝士，我不喜歡吃橄欖）。

我 / 你寧願……

Je préfère goûter un plat typique d'ici.	**I'd rather** try a local dish. 我寧願嚐嚐當地菜。
Je préfère qu'on partage l'addition.	**I'd rather** we split the bill. 我寧願我們平分賬單。
Je préfère prendre une entrée **plutôt qu'**un dessert.	**I'd rather** have a starter **than** a dessert. 我寧願要前菜不要甜品。
Est-ce que tu préférerais aller ailleurs?	**Would you rather** go somewhere else? 你寧願去別的地方？

如有特殊飲食需求，可在交談時說明，用句式 **je suis**（我是）。

我是 / 對……

Je suis allergique aux œufs.	**I'm** allergic to eggs. 我對雞蛋過敏。
Je suis végétarien.	**I'm** a vegetarian. 我是素食者。

如果想侍應或別人推薦菜品，可用句式 **Qu'est-ce que vous me conseillez?** 或 **Qu'est-ce que tu me conseilles?**（您／你推薦甚麼給我？）

你／您推薦（我）⋯⋯甚麼⋯⋯？、您可以推薦⋯⋯嗎？

Qu'est-ce que vous me conseillez comme entrée?	**What do you recommend** as a starter? 您推薦甚麼前菜？
Qu'est-ce que vous nous conseillez comme vin?	**Which wine do you recommend**? 您推薦甚麼酒？
Qu'est-ce que tu me conseilles de prendre?	**What would you recommend me** to have? 你推薦我吃甚麼？
Est-ce que vous pouvez me recommander un plat de la région?	**Can you recommend** a local dish? 您可以推薦一道當地菜嗎？

想要詢問自己是否應該做某事，可用句式 **Tu crois que je devrais...?** 或 **Vous croyez que je devrais...?**（你／您覺得我應該⋯⋯嗎？）。

你／您覺得我應該⋯⋯嗎？

Tu crois que je devrais prendre la tarte?	**Do you think I should** have the tart? 你覺得我應該吃撻嗎？
Tu crois que je devrais goûter les escargots?	**Do you think I should** try the snails? 你覺得我應該嚐嚐蝸牛嗎？
Vous croyez que je devrais prendre du vin rouge avec ce plat?	**Do you think I should** have red wine with this dish? 您覺得我應該用紅酒配這道菜嗎？
Tu crois qu'on devrait laisser un pourboire?	**Do you think we should** leave a tip? 你覺得我們應該付小費嗎？

提出建議

想要用法語提出建議給朋友或同事時，可用句式 **on pourrait** (*我們可以*)。**pourrait** 的動詞原形是 **pouvoir**。關於 pouvoir 的更多內容，見第 322 頁。

⋯⋯我們可以⋯⋯

On pourrait se mettre ici.	**We could** sit here. 我們可以坐在這裏。
On pourrait juste prendre une salade.	**We could** just have a salad. 我們可以只要沙律。
On pourrait se mettre dehors, **si vous voulez**.	**We could** sit outside, **if you prefer**. 如果您願意的話，我們可以坐在外面。

與英語中提出建議句式 *let's* (*不如*) 相對應的法語句式是用第一人稱複數 **nous** (*我們*) 的祈使式。關於祈使式的更多內容，見第 311 頁。

不如我們⋯⋯

Asseyons-nous dehors.	**Let's** sit outside. 不如我們坐在外面。
Prenons la fondue.	**Let's** have the fondue. 不如我們吃火鍋。
Ne prenons pas d'entrée.	**Let's not** bother with a starter. 不如我們不吃前菜。

詢問別人是否想要某物或想要做某事，可用句式 **Ça te dit de...?** (*你想⋯⋯嗎？*)。

你 / 您想……嗎？

Ça te dit de prendre un café?	**Do you fancy** a coffee? 你想要一杯咖啡嗎？
Ça te dit de goûter ma soupe? Elle est délicieuse.	**Do you fancy** trying my soup? It's delicious. 你想嚐我的湯嗎？它非常美味。
Ça vous dit de prendre un dessert?	**Do you fancy** some dessert? 您想要甜品嗎？
Ça vous dit de commander une deuxième bouteille?	**Do you fancy** ordering a second bottle? 您想再來一瓶嗎？

如果你願意，（你）可以……

Prends une entrée, si tu veux.	**You can have** a starter, if you like. 如果你願意，你可以要一道前菜。
Prenez un digestif, si vous voulez.	**You can have** a liqueur, if you like. 如果您願意，您可以要一杯甜露酒。
Prenez le menu à 20 €, si vous préférez.	**You can have** the €20 set menu, if you like. 如果您願意，您可以要 20 歐元的套餐。

提出建議還有一個非常簡單的句式，即用無人稱代詞 **on** 做主語提問，後接動詞用現在時。當然，這個句式非常不正式。關於現在時的更多內容，見第 309 頁。

……怎麼樣 / 好嗎？

On prend un apéritif?	**How about** having a drink first? 先喝一杯怎麼樣？
On commande une autre bouteille?	**How about** we order another bottle? 我們再要一瓶怎麼樣？
On demande l'addition?	**How about** asking for the bill? 結賬好嗎？

下面是外出用餐時的常用句型。

Tu veux que je vienne te prendre?	Do you want me to pick you up? 你想我來接你嗎？
Tu es libre samedi?	Are you busy on Saturday? 週六你有空嗎？
Vous avez réservé?	Have you got a reservation? 您預訂了嗎？
Je suis désolé, nous sommes complets.	Sorry, we're full. 對不起，我們客滿了。
Par ici, s'il vous plaît.	This way please. 請這邊走。
Suivez-moi, s'il vous plaît.	Follow me please. 請跟我來。
Voici la carte des vins.	Here's the wine list. 這是酒餐單。
Le plat du jour est écrit au tableau.	Today's special is on the board. 今天的特價菜寫在牌子上。
Je vous recommande la tarte tatin.	I'd recommend the tarte tatin. 我推薦反烤蘋果撻。
C'est une spécialité de la région.	It's a local speciality. 這是當地的特色菜。
Vous avez choisi?	Are you ready to order? 您可以點菜了嗎？
Désirez-vous un apéritif?	Would you like a drink first? 您要先喝杯飲品嗎？
Et comme boisson?	What will you have to drink? 您要喝甚麼飲料？
Désirez-vous du fromage ou un dessert?	Would you like the cheese board or a dessert? 您想要芝士拼盤還是甜品？
Vous désirez autre chose?	Would you like anything else? 您還要點別的嗎？
Je suis à vous dans un instant.	I'll be right with you. 我馬上來。
Je vous l'apporte tout de suite.	I'll bring it right away. 我馬上拿過來。
C'est moi qui vous invite.	It's on me. 我請客。
C'est offert par la maison.	This is on the house. 這是免費贈送的。

生活小貼士

● 如果要叫侍應，只需説 **s'il vous plaît?**（請過來）或 **monsieur / mademoiselle / madame, s'il vous plaît?**（先生／小姐／女士，請過來）。在學校裏學到的 **Garçon!** 這個詞比較老套，法國人已經不再使用。

● 用餐時麵包（**du pain**）是免費隨時供應的。大多數法國人沒有麵包都無心吃飯。

● 儘管服務費已經包含在餐費內，但法國人通常還是會付小費（**un pourboire**），佔餐費的 5-10%，特別是服務周到的餐廳。在酒吧，人們買酒時一般會留下少許零錢（**centimes d'euros**）。

● 在法國餐廳可以帶兒童進入，甚至是晚上。如果需要高腳椅，可用句式 **Est-ce que vous avez une chaise pour bébé?**（你們有嬰兒椅嗎？）詢問。許多餐廳也有兒童套餐（**un menu enfant**）。

● 上菜時，侍應通常會在開始用餐時説 **Bon appétit!**（好胃口！），在上第二道菜時説 **Bonne continuation!**（繼續用餐愉快！）。顧客須回答 **Merci!**（謝謝！）。如果是和您一起用餐的人或餐廳裏的其他客人向您説 **Bon appétit!**（好胃口！），您應回答説：**Merci, vous aussi!**（謝謝，您也一樣！）。

單元 5 都市生活

Amusez-vous bien! 您們玩得愉快！

無論去聽音樂會、看戲或電影、觀看體育比賽、去酒吧，還是邀請別人或應邀參加晚會，本單元介紹的各種社交場合用語能夠幫助您自如交流。

提出建議

與說法語的朋友或同事一起外出，想要提議可以做甚麼事，可用句式 **on peut**（我們可以）或 **on pourrait**（或許我們可以），後者語氣較委婉。**peut** 和 **pourrait** 的動詞原形是 **pouvoir**。關於 **pouvoir** 的更多內容，見第 322 頁。

你／您願意的話，（或許）我們可以……

On peut aller boire un verre, **si tu veux**.	**We can** go and have a drink, **if you like**. 你願意的話，我們可以出去喝一杯。
On peut aller au théâtre, **si vous voulez**.	**We can** go to the theatre, **if you like**. 您願意的話，我們可以去看戲。
On pourrait aller à un concert, **si tu veux**.	**We could** go to a concert, **if you like**. 你願意的話，或許我們可以去聽音樂會。

提出建議的另一個句式是 **on va**（不如），後接動詞不定式。

不如……

On va prendre un verre?	**Let's** go out for a drink. 不如我們去喝一杯吧。
On va voir si on peut avoir des billets pour le match de samedi?	**Let's** see if we can get tickets for the match on Saturday. 不如我們看看能不能買到星期六的比賽門票。
On va s'asseoir?	**Shall we** go and sit down? 不如我們坐下？
On commande une autre bouteille de vin?	**Let's** order another bottle of wine. 不如再點一瓶葡萄酒吧。

詢問別人想做甚麼，可用句式 **Tu veux...?** 或 **Vous voulez...?**（你／您想……嗎？）。

……你／您想……嗎？

Tu veux aller prendre un café samedi après-midi?	**Do you want to** go for a coffee on Saturday afternoon? 你想週六下午去喝杯咖啡嗎？
Tu veux aller au café après le cinéma?	**Do you want to** go to a bar after the movie? 你想看完電影之後去酒吧嗎？
J'organise une soirée. **Tu veux** venir?	I'm having a party. **Do you want to** come? 我組織了一個聚會。你想來嗎？
Vous voulez nous retrouver au café demain soir?	**Do you want to** meet us in the bar tomorrow night? 您想明晚來酒吧跟我們聚聚嗎？
Vous voulez venir manger chez nous demain soir?	**Do you want to** come for dinner tomorrow night? 您想明晚到我家吃飯嗎？

BON À SAVOIR！不可不知！

想表達英語 *tonight*（今晚）和 *tomorrow night*（明晚）時，法語分別用 **ce soir** 和 **demain soir**。

……怎麼樣？

Ça te dirait d'aller boire un pot?	**Do you fancy** going for a drink? 去喝一杯怎麼樣？
Ça te dirait d'aller au cinéma?	**Do you fancy** going to the cinema? 去看電影怎麼樣？
Ça vous dirait d'aller prendre un café quelque part?	**Do you fancy** going for a coffee somewhere? 去那裏喝杯咖啡怎麼樣？
Ça vous dirait d'aller voir un match de foot?	**Do you fancy** going to a football match? 去看足球比賽怎麼樣？

BON À SAVOIR！不可不知！

與英語 *going for a drink*（去喝一杯）對應的法語説法是 **boire un verre** 或 **boire un pot**，都比較不正式，多用於朋友或熟人之間。

談論計劃

想要談論已經計劃好的社交活動，可用句式 **je vais**（我打算）或 **on va**（我們打算）。

我／我們打算……

Je vais inviter des amis pour mon anniversaire.	**I'm going to** have some friends over for my birthday. 我打算邀請數個朋友來我的生日會。
Je vais aller à la soirée de Laurent samedi prochain.	**I'm going to** Laurent's party next Saturday. 我打算下週六去參加羅倫的聚會。
On va dîner chez des amis ce soir.	**We're going to** have dinner at our friends' house tonight. 我們打算今晚去朋友家吃飯。

你 / 您打算……嗎？、你……能……？

Vous allez inviter beaucoup de personnes?	**Are you going to** invite many people? 您打算邀請很多人嗎？
Tu vas aller à la soirée de Susie?	**Are you going to** Susie's party? 你打算去蘇西的聚會嗎？
Quand est-ce que **tu vas pouvoir** venir?	When **will you be able to** come? 你甚麼時候能來？

也許我會……

Je vais peut-être y aller.	**Perhaps I'll** go. 也許我會去。
Je vais peut-être reprendre un dernier verre.	**Perhaps I'll** have another drink. 也許我會再喝一杯。
Je vais peut-être organiser une soirée.	**I may** have a party. 也許我會組織一次聚會。

詢問資訊

外出參加社交活動時，會問別人查問情況，比如某時某處有甚麼選擇或正在上演甚麼劇目等。對於可用"是"或"否"回答的問題，只須在句子前加 **est-ce que** 即可。

……有……嗎？

Est-ce qu'il y a un cinéma ici?	**Is there** a cinema here? 這裏有電影院嗎？
Est-ce qu'il y a des concerts gratuits ce weekend?	**Are there** any free concerts on this weekend? 這個週末有免費音樂會嗎？
Est-ce qu'il y a un match de rugby cet après-midi?	**Is there** a rugby match on this afternoon? 今天下午有欖球比賽嗎？
Est-ce qu'il y a des réductions pour les étudiants?	**Is there** a discount for students? 學生有折扣嗎？

BON À SAVOIR！不可不知！

與英語句型 *Is there...?* 和 *Are there...?*（有沒有……？）對應的法語句式都是 **Est-ce qu'il y a...?**。

詢問某人是否有某物，比如在酒吧或劇院，可用句式 **Est-ce que vous avez...?**（您有……嗎？）。

您有……嗎？

Est-ce que vous avez une carte des cocktails?	**Do you have** a cocktail menu? 您有雞尾酒餐單嗎？
Est-ce que vous avez des programmes?	**Do you have** any programmes? 您有甚麼節目嗎？
Est-ce que vous avez de la bière pression?	**Do you have** beer on draught? 您有桶裝啤酒嗎？

想要獲取具體資訊，比如某活動何時開始或結束，或某物多少錢，可用句式 **À quelle heure...?**（……何時……？）和 **Combien coûte...?**（……多少錢？）。

……甚麼……？、……哪……？

Ils jouent **quel** genre de musique?	**What** kind of music do they play? 他們表演甚麼類型的音樂？
Tu vas dans **quel** bar?	**What** bar are you going to? 你去哪間酒吧？
Tu as des billets pour **quelle** séance?	**What** showing have you got tickets for? 你有哪場演出的票？
Qu'est-ce qu'il passe au cinéma en ce moment?	**What**'s on at the cinema at the moment? 電影院在上映甚麼電影？

……何時……？

À quelle heure commence le film?	**What time** does the film start? 電影何時開始？
À quelle heure finit le concert?	**What time** does the concert finish? 音樂會何時結束？
On a commandé le taxi **pour quelle heure**?	**What time** is the taxi ordered for? 預約的計程車何時到達？

……多少錢？

Combien coûte l'entrée?	**How much** does it cost to get in? 門票多少錢？
Combien coûte un billet pour la représentation de ce soir?	**How much** is a ticket for this evening's performance? 今晚的表演門票要多少錢？
Combien coûte le programme?	**How much** is it for a programme? 一個節目多少錢？

……多久？

Combien de temps dure l'opéra?	**How long** does the opera last? 歌劇演出多久？
Vous allez être dans ce bar pendant **combien de temps**?	**How long** are you going to be in this bar? 您打算在這間酒吧逗留多久？
On met **combien de temps** pour aller au stade?	**How long** does it take to get to the stadium? 去體育館要多久？

索取物品

想要索取某物，最簡單的句式是 **je voudrais**（我想要）或 **on voudrait**（我們想要）。**voudrais** 和 **voudrait** 的動詞原形是 **vouloir**。關於 **vouloir** 的更多內容，見第 323 頁。

我 / 我們想（要）……

Je voudrais une vodka orange, s'il vous plaît.	**I'd like** a vodka and orange, please. 麻煩您，我想要一杯橙味伏特加。
Je voudrais deux tickets pour « Un long dimanche de fiançailles ».	**I'd like** two tickets for "A very long engagement". 我想要兩張《美麗緣未了》的票。
Je voudrais un billet pour le match Rouen-Cherbourg.	**I'd like** a ticket for the Rouen-Cherbourg match. 我想要一張魯昂對瑟堡的比賽門票。
On voudrait payer, s'il vous plaît.	**We would like** to settle the bill, please. 麻煩您，我們想結帳。
J'aimerais une place à l'orchestre.	**I'd like** a seat in the stalls. 我想要一個前排的座位。

我 / 我們……要……

Je vais prendre un thé au lait.	**I'll have** a cup of tea. 我要一杯茶。
Je vais prendre un gin tonic.	**I'll have** a G & T. 我要一杯甜酒。
On va prendre une autre bouteille de vin blanc de la maison.	**We'll have** another bottle of house white. 我們再要一瓶精選白葡萄酒。

向某人索取某物，可用句式 **Est-ce que je peux avoir...?**（給我……好嗎？）。

給我 / 我們……好嗎？

Est-ce que je peux avoir une carafe d'eau?	**Can I have** a jug of water? 給我一壺水好嗎？
Est-ce que je peux avoir un billet pour le spectacle?	**Can I have** a ticket for the show? 給我一張表演的門票好嗎？
Est-ce qu'on peut avoir l'addition?	**Can we have** the bill? 給我們賬單好嗎？

表達喜歡、不喜歡或偏好

外出交際時會需要表達自己的喜惡。表達喜歡，可用句式 **j'aime bien** (我喜歡)，該句式不如 **j'aime** 或 **j'adore** (我愛) 語氣強烈。表達不喜歡某物，可用句式 **je n'aime pas** (我不喜歡)。

我喜歡 / 愛……

J'aime bien les films d'horreur.	**I like** horror films. 我喜歡看驚慄電影。
J'aime bien la techno.	**I like** techno music. 我喜歡聽電子音樂。
J'adore l'opéra.	**I love** opera. 我愛看歌劇。

我不喜歡 / 受不了……

Je n'aime pas aller au théâtre.	**I don't like** going to the theatre. 我不喜歡看戲。
J'ai horreur du pastis.	**I can't stand** pastis. 我受不了茴香酒。

表達偏好某物，可用句式 **je préfère** (我更喜歡)。**préfère** 的動詞原形是 **préférer**。關於以 **-er** 結尾的第一組規則動詞如 **préférer** 的更多內容，見第 305 至 307 頁。

……我 / 你更喜歡 / 寧願……

Je préfère les films d'art et d'essai.	**I prefer** arthouse films. 我更喜歡看藝術電影。
Je préfère aller voir un film **plutôt qu'**un concert.	**I'd rather** see a film **than** go to a concert. 比起聽音樂會，我寧願看電影。
Je préfère le vin **à** la bière.	**I prefer** wine **to** beer. 比起啤酒，我更喜歡喝葡萄酒。
Je préfère y aller un autre jour.	**I'd rather** go another day. 我寧願改天去。
Tu préfères les films français **ou** américains?	**Do you prefer** French **or** American films? 你更喜歡法國電影還是美國電影？

想要問別人喜歡甚麼，如是熟悉的人，可用句式 **Tu aimes..?**（你喜歡……嗎？）。如果是問不太熟悉的人或同時問多個人，可用句式 **Vous aimez...?**（您／你們喜歡……嗎？）。

你／您喜歡……嗎？、你不喜歡……嗎？

Tu aimes les comédies musicales?	**Do you like** musicals? 你喜歡音樂劇嗎？
Vous aimez aller au cinéma?	**Do you like** going to the cinema? 您喜歡看電影嗎？
Tu n'aimes pas le football?	**Don't you like** football? 你不喜歡足球嗎？

想要詢問某人是否喜歡某齣戲或某部電影，可用句式 **Ça t'a plu?**（你喜歡嗎？）。

你喜歡嗎？

Ça t'a plu?	**Did you enjoy it**? 你喜歡嗎？
Ça m'a vraiment **plu**.	I really **enjoyed it**. 我非常喜歡。
Ça ne m'a pas plu du tout.	**I didn't enjoy it** at all. 我一點都不喜歡。

表達意見

想要對自己看過的事物或去過的地方發表看法，可用含有動詞 **croire** 或 **penser** 的句式表明自己的想法。

我認為……、你不認為……嗎？

Je pense que ça va te plaire.	**I think** you'll like it. 我認為你會喜歡它的。
Je pense qu'ils vont gagner.	**I think** they'll win. 我認為他們會贏。
Tu ne penses pas que la pièce était un peu longue?	**Don't you think** the play was a bit long? 你不認為這齣戲有點長嗎？
Je crois que c'est une actrice formidable.	**I think** she is a fantastic actress. 我認為她是一位非常優秀的演員。
Je crois que c'est un bon film.	**I think** it's a good film. 我認為這是一部好電影。

BON À SAVOIR！不可不知！

儘管英語中連詞 *that* 可有可無，但牢記法語中必須使用連詞 **que**。

我認為……

À mon avis, Spielberg est un metteur en scène formidable.	**In my opinion**, Spielberg is a wonderful director. 我認為，史匹堡是一位傑出的導演。
À mon avis, cette salle de concert est sans pareille.	**In my opinion**, this concert hall is second to none. 我認為，這個音樂廳是獨一無二的。
À mon avis, la fin laissait vraiment à désirer.	**In my view**, the ending was very weak. 我認為，結尾非常平淡。

你 / 您覺得……怎麼樣？

Qu'est-ce que vous pensez de ses films?	**What do you think of** his films? 您覺得他的電影怎麼樣？
Qu'est-ce que tu penses du rap?	**What do you think of** rap music? 你覺得饒舌音樂怎麼樣？
Qu'est-ce que tu en dis, de ce café?	**What do you make of** this bar? 你覺得這間酒吧怎麼樣？

表達同意或不同意某人的觀點，可用句式 **je suis d'accord**（我同意）或 **je ne suis pas d'accord**（我不同意）。

我……同意……、我……不同意

Je suis d'accord.	**I agree**. 我同意。
Je suis d'accord avec toi.	**I agree** with you. 我同意你的看法。
Je suis totalement **d'accord** avec ce que vous dites.	I totally **agree** with what you say. 我完全同意您所說的。
Non, **je ne suis pas d'accord**.	No, **I don't agree**. 不，我不同意。
Je ne suis pas du tout **d'accord**.	**I don't agree** at all. 我完全不同意。

徵求允許

出門在外，可能會要詢問別人自己做某事是否合適。徵求允許的有效辦法是問 **Est-ce que je peux...?**（我可以……嗎？）或 **Est-ce qu'on peut...?**（我們可以……嗎？）。**peux** 和 **peut** 的動詞原形是 **pouvoir**。關於 **pouvoir** 的更多內容，見第 322 頁。

我／我們可以……嗎？

Est-ce que je peux m'asseoir n'importe où?	**Can I** sit anywhere? 我可以隨便坐嗎？
Est-ce que je peux payer par carte?	**Can I** pay by card? 我可以用信用卡支付嗎？
Est-ce que je peux prendre cette chaise?	**Can I** take this chair? 我可以坐這張椅子嗎？
Est-ce qu'on peut s'installer en terrasse?	**Can we** sit outside? 我們可以坐在外面嗎？
Est-ce qu'on peut fumer ici?	**Can we** smoke here? 我們可以在這裏吸煙嗎？

您介意……嗎？

Ça vous dérange si je fume?	**Do you mind** if I smoke? 您介意我吸煙嗎？
Ça vous dérange si on s'asseoit ici?	**Do you mind** if we sit here? 您介意我們坐在這裏嗎？
Vous permettez que je me joigne à vous?	**Do you mind** if I join you? 您介意我跟您一起嗎？

留心聰聽

下面是外出社交時可能會聽到的常用句型。

Où voulez-vous vous asseoir?	Where would you like to sit? 您想坐在哪裏？
Fumeur ou non fumeur?	Smoking or non-smoking? 吸煙區還是非吸煙區？
Vos billets, s'il vous plaît.	Can I see your tickets, please? 請出示門票。
Voulez-vous acheter un programme?	Would you like to buy a programme? 您想買份節目宣傳冊嗎？
Ça vous dérange d'échanger de place avec moi?	Would you mind swapping places? 您介意跟我換個座位嗎？
Tu es libre demain?	Are you free tomorrow? 明天你有空嗎？
Je ne suis pas libre la semaine prochaine.	I'm busy next week. 下週我沒空。
Quand est-ce que ça t'arrange?	When would be a good time for you? 你甚麼時間方便？
Je t'offre un verre.	Let me get you a drink. 我請你喝一杯。
C'est moi qui offre.	This is on me. 這次我請客。
Tu as passé une bonne soirée?	Did you have a good time tonight? 你今晚玩得高興嗎？
Merci de m'avoir invité.	Thank you for inviting me. 謝謝你邀請我。
Merci, vous n'auriez pas dû.	Thank you, you shouldn't have. 謝謝，您不用這麼客氣。
Qu'est-ce que je vous sers?	What can I get you? 您要點甚麼？

生活小貼士

在咖啡館或酒吧：

- 通常不需要自己去吧台點餐，服務生會上前服務。在小鎮，服務生會放賬單（**l'addition**）在桌上，可以準備好再付錢，而在生意忙的店裏，飲品到了就要馬上付錢。

- 如果只説 **un café**（一杯咖啡），那麼端上來會是一杯濃咖啡。想要大杯的咖啡，可以説 **un grand café** 或 **un café allongé**。牛奶咖啡是 **un café au lait**。

- 點茶配奶也需特別説明，否則端來的是紅茶或檸檬茶，所以點茶配奶要説 **un thé au lait**。

- 法國人通常不會輪流結賬（**une tournée**）。因為一般只喝一杯或者兩杯，如果是兩三個人一起，其中一人可能會請客結賬。如果是很多人一起，那大家各自付錢。

- 法語中的乾杯用語包括 **À votre santé!**（為您的健康乾杯！，可簡化為 **Santé!**）、**À la vôtre!** 和 **Tchin-tchin**。如果是熟人，也可以説 **À ta santé!** 或 **À la tienne!**（為你的健康乾杯！）。

在某人家裏：

- 有時會受邀去別人家裏吃晚餐（**le dîner**）、午餐（**le déjeuner**），或只是喝杯餐前酒（**l'apéritif**）。這是邀請人的最簡便形式，無需花一個晚上奉陪。如果與別人不熟（*例如新鄰居*），正好借此機會了解他們，而無需花太長時間相處。

- 受邀去別人家吃晚餐，法國人通常會帶花或巧克力，而不帶葡萄酒作為禮物。如果一個法國人帶禮物給你，你可以説 **merci, tu n'aurais pas dû**（*謝謝，不用這麼客氣*）。

在電影院：

- 在法國，新電影在星期三（**mercredi**）上映，因為法國學生通常星期三下午放假。

關門時間：

- 法國各地店鋪關門的時間不同。通常酒吧（**bars**）是凌晨一時左右（**à une heure du matin**），夜總會（**les boîtes de nuit**）是三時到五時之間。

單元 6 博物館、名勝古蹟及其他
Passez une bonne journée! 玩得愉快！

對於打算去法語國家或城市觀光旅遊的朋友，本單元介紹詢問去哪裏參觀、進行甚麼活動及價錢等資訊的句型。

表達想要做某事

需要用法語表達想要做某事時，可用句式 **je voudrais**（我想），語氣較委婉。**voudrais** 的動詞原形是 **vouloir**。關於 **vouloir** 的更多內容，見第 323 頁。

⋯⋯我／我們想⋯⋯

Je voudrais monter au clocher.	**I'd like to** go up the church tower. 我想走到教堂塔頂上。
Je voudrais prendre des photos de ce tableau, si c'est possible.	**I'd like to** take some pictures of this painting, if that's OK. 如果可以的話，我想拍數張這幅畫的照片。
On voudrait aller à la cathédrale en bus.	**We'd like to** take the bus to the cathedral. 我們想坐巴士去大教堂。
On voudrait visiter l'exposition de peintures.	**We'd like to** see the art exhibition. 我們想去看畫展。

想要表達非常有熱情做某事，在英語中說 *I'd love to*，而法語中用句式 **j'aimerais vraiment** 或 **ça me plairait vraiment de**（我很想），後接動詞不定式。

我／她很想……

J'aimerais vraiment voir la grotte de Lascaux.	**I'd love to** see the cave paintings of Lascaux. 我很想看拉斯科的洞窟壁畫。
J'aimerais vraiment emmener les enfants au parc Astérix.	**I'd love to** take the kids to the Astérix theme park. 我很想帶孩子們去阿斯特利斯主題公園。
Elle aimerait vraiment voir le Mont Saint-Michel.	**She'd love to** see the Mont Saint-Michel. 她很想去看聖米歇爾山。
Ça me plairait vraiment de faire un baptême de parapente.	**I'd love to** try paragliding. 我很想嘗試玩滑翔傘。

談論計劃

想要談論自己在旅途中計劃做哪些事，在英語中通常會用句式 *I'm going to* 表達計劃做某事。法語也有類似句型，表達計劃做某事，可用句式 **je vais**（*我打算*）或 **on va**（*我們打算*），後接動詞不定式。**vais** 和 **va** 的動詞原形是 **aller**。關於 **aller** 的更多內容，見第 317 頁。

我／我們打算……、你打算……嗎？

Je vais visiter le château de Versailles.	**I'm going to** visit the Palace of Versailles. 我打算去參觀凡爾賽宮。
Je vais téléphoner pour savoir si c'est ouvert le dimanche.	**I'm going to** phone to find out if it's open on Sundays. 我打算致電確認星期天是否營業。
On va emmener les enfants avec nous.	**We're going to** take the kids with us. 我們打算帶着孩子一起。
Est-ce que tu vas faire toute la visite guidée?	**Are you going to** do the whole guided tour? 你打算全程都有導遊陪同嗎？

表達打算做某事，還可用句式 **je compte** 和 **j'ai l'intention de**
（我打算）。

Je compte y aller avec un guide de haute montagne.	**I intend to** go with a mountain guide. 我打算和登山嚮導一起去。
On compte faire le tour des volcans d'Auvergne cet été.	**We intend to** do the Auvergne volcano trail this summer. 今年夏天，我們打算去奧弗涅火山帶遊一圈。
Est-ce que vous comptez y passer beaucoup de temps?	**Do you intend to** spend much time there? 您打算在那裏逗留很長時間嗎？
J'ai l'intention de retourner au musée d'Art et d'Industrie la prochaine fois.	**I intend to** go back to the musée d'Art et d'Industrie next time. 我打算下次再去工業和藝術博物館。
Qu'est-ce que **vous avez l'intention de** visiter en premier?	What **do you plan to** visit first? 您打算先去哪裏參觀？

如果要談論已經制定好的計劃，可用句式 **je dois**（我將），後接動詞不定式。這個句型相當於英語中的 *I'm to*。**dois** 的動詞原形是 **devoir**。關於 **devoir** 的更多內容，見第 319 頁。

我 / 我們將 ·····

Je dois retrouver le groupe à quatre heures.	**I'm to** meet up with the group at four. 我將在四時與小組會合。
On doit passer la nuit dans un refuge et atteindre le sommet le lendemain.	**We're to** spend the night in a mountain hut and reach the summit the following day. 我們將在高山小屋過夜，然後第二天登頂。
On doit visiter les jardins l'après-midi.	**We're to** visit the grounds in the afternoon. 我們將在下午參觀園區。
À quelle heure **est-ce qu'on doit** arriver?	What time **are we supposed to** get there? 我們將何時到達？

用法語向同事或朋友提出建議，可用句式 **je propose de**（我建議），後接動詞不定式。**propose** 的動詞原形是 **poser**。關於以 **-er** 結尾的第一組規則動詞如 **proposer** 的更多內容，見第 305 至 307 頁。

我 / 您建議……

Je propose de visiter l'écomusée.	**I suggest** we visit the heritage centre. 我建議我們去參觀遺產中心。
Je propose de pique-niquer dans le parc.	**I suggest** we have a picnic in the park. 我建議我們去公園野餐。
Je propose de reporter la visite du zoo à lundi.	**I say** we postpone the trip to the zoo until Monday. 我建議我們將參觀動物園推遲到週一。
Qu'est-ce que vous nous **proposez** comme activité?	**What do you suggest** we do? 您建議我們做甚麼活動？

BON À SAVOIR！不可不知！

當然，我們不能用句式 **je propose** 向別人提出建議，因為與英語句型 *to propose to somebody* 對應的法語句型是 **demander quelqu'un en mariage**（向某人求婚）。

提出建議還可用句式 **Pourquoi ne pas...?**（為甚麼……不……？）。須注意的是，法語中通常省略 **ne**，以縮短句子。

為甚麼……不……?

Pourquoi ne pas faire le tour de la vieille ville à pied?	**Why don't** we walk round the old town? 為甚麼我們不在老城到處逛逛?
Pourquoi tu **ne** prends **pas** des photos depuis la tour?	**Why don't** you take some pictures from the tower? 為甚麼你不從這座塔拍數張照片?
Pourquoi pas louer une carriole pour voir la ville?	**Why don't** we hire a horse-drawn carriage to see the town? 為甚麼我們不租一輛馬車遊覽城鎮?
Pourquoi tu prends **pas** le métro pour aller à Montmartre?	**Why don't** you take the underground to go to Montmartre? 為甚麼你不乘地鐵去蒙馬特?

提出建議的另一種句式是 **on devrait**（我們應該）。**devrait** 的動詞原形是 **devoir**。關於 **devoir** 的更多內容,見第 319 頁。

我們 / 你 / 您應該……

On devrait monter en téléphérique.	**We should** take the cable car to the top. 我們應該坐纜車登頂。
On devrait revenir demain pour voir le reste.	**We should** come back tomorrow to see the rest. 我們應該明天再來參觀剩餘的部份。
Tu devrais aller voir le spectacle son et lumière ce soir.	**You should** go to the sound and light show tonight. 你應該今晚來觀看聲光表演。
Vous devriez louer un vélo pour faire le tour de l'île.	**You should** hire a bike to cycle round the island. 您應該租輛單車環島遊。

詢問資訊時，許多問題可用是或否來回答。對於此類問題，也有兩種提問方式。一是在所提問題之前加 **est-ce que**，另一個方法是提高句尾的語調，當然後者比較不正式。

……嗎？、……是……？

Est-ce que le château **est** intéressant?	**Is** the castle interesting? 城堡有趣嗎？
Est-ce que la visite **est** guidée?	**Is** it a guided tour? 有導遊陪同嗎？
L'entrée du musée **est** gratuite ou est-ce qu'il faut payer?	**Is** the museum free or do you have to pay? 博物館是免費參觀還是需要買票？
Est-ce que c'est une balade difficile?	**Is** it a difficult walk? 這是一段艱難的徒步旅程嗎？
Est-ce que c'est accessible aux personnes handicapées?	**Is there** easy access for disabled people? 有殘疾人通道嗎？

想要詢問自己所參觀的地方是否可以看到某物，可用句式 **Est-ce qu'il y a...?**（……有……嗎？），相當於英語中的 *Is there...?* 和 *Are there...?*。

⋯⋯ 有 ⋯⋯ 嗎？

Est-ce qu'il y a un office de tourisme dans cette ville?	**Is there** a tourist information office in this town? 這個城市有旅客諮詢中心嗎？
Est-ce qu'il y a quelque chose à voir à Montauban?	**Is there** anything to see in Montauban? 蒙托邦有甚麼可看的嗎？
Est-ce qu'il y a des prix pour les seniors?	**Is there** a discount for pensioners? 退休人士有優惠嗎？
Est-ce qu'il y a des momies dans le musée?	**Are there** any mummies in the museum? 博物館裏有木乃伊嗎？
Qu'est-ce qu'il y a à voir à Lille? Ça mérite d'être visité?	**What is there** to see in Lille? Is it worth a visit? 里爾有甚麼可看的嗎？值得遊覽嗎？

為獲取更加具體的資訊，可在陽性名詞前用 **quel**（*甚麼*），陰性名詞前用 **quelle**（*甚麼*）來提問。

⋯⋯ 甚麼／是 ⋯⋯？

Quel est le meilleur moment pour y aller?	**What**'s the best time to go? 去那裏的最佳時節是甚麼時候？
Quelle est la station la plus proche de l'Arc de Triomphe?	**What** is the nearest station to the Arc de Triomphe? 離凱旋門最近的一站叫甚麼？
Quelles sont les heures d'ouverture?	**What** are the opening hours? 營業時間是何時到何時？
C'est **quel** genre de peinture?	**What** type of painting is it? 這是甚麼畫？
Le dépliant est écrit **en quelle** langue?	**What** language is the leaflet written in? 宣傳單張是用甚麼語言寫的？

⋯⋯何時⋯⋯？

À quelle heure est-ce qu'on se retrouve au bus?	**What time** do we meet at the bus? 我們何時在巴士站見面？
À quelle heure ferme le parc d'attractions?	**What time** does the theme park close? 遊樂場何時關門？
À quelle heure est la prochaine visite guidée?	**What time** is the next guided tour? 下一次導覽參觀是何時？
À quelle heure est-ce qu'on arrive?	**What time** do we get there? 我們要何時到達？

詢問某物多少錢，可用句式 **Combien coûte...?**（⋯⋯多少錢？）。詢問做某事要花費多少錢，可用句式 **Ça coûte combien de...?**（⋯⋯花費多少？），後接動詞不定式。**coûte** 的動詞原形是 **coûter**。關於以 **-er** 結尾的第一組規則動詞如 **coûter** 的更多內容，見第 305 至 307 頁。

⋯⋯多少錢？、花費多少？

Combien coûte cette carte postale, s'il vous plaît?	**How much is** this postcard, please? 請問，這張明信片多少錢？
Combien coûte un ticket au tarif étudiant?	**How much is** a student ticket? 學生票多少錢？
Combien coûte la traversée en bateau?	**How much is** the ferry crossing? 渡輪多少錢？
Ça coûte combien de faire une excursion à Pérouges?	**How much is it** to take a trip to Pérouges? 到佩魯日旅行花費多少？
Ça coûte combien d'y aller en avion?	**How much is it** to fly there? 坐飛機前往花費多少？

……多久?

Combien de temps dure la visite?	**How long** does the tour last? 參觀多久?
Combien de temps dure la promenade en bateau?	**How long** does the boat trip last? 坐遊船遊覽多久?
Combien de temps ça prend pour y aller?	**How long** does it take to get there? 去那裏要多久?

詢問別人如何做某事,可用句式 **Comment est-ce qu'on...?** (怎樣……?),後接動詞用現在時,或用句式 **Comment est-ce qu'on fait pour...?** (……怎麼做?),後接動詞用不定式。關於現在時的更多內容,見第 309 頁。

怎樣……?

Comment est-ce qu'on va dans la vieille ville?	**How do you** get to the old town? 怎樣去老城?
Comment est-ce qu'on accède au deuxième étage?	**How do you** get to the second floor? 怎樣到二樓?
Comment est-ce qu'on fait pour choisir la langue du commentaire?	**How do you** choose which language the commentary's read in? 怎樣來選擇評述的播放語言?
Comment est-ce qu'on fait pour acheter des tickets?	**How do you** buy tickets? 怎樣才能買到票?

索取物品

在法語國家或城市遊玩時,有時需用法語索取物品。這時可用句式 **Est-ce que je peux avoir...?** (請給我……好嗎?)或 **Est-ce que je pourrais avoir...?** (麻煩給我……好嗎?),後者語氣更委婉。

請／麻煩給我……好嗎？

Est-ce que je peux avoir deux entrées pour le musée, s'il vous plaît?	**Can I have** two tickets for the museum, please? 請給我兩張博物館的門票好嗎？
Est-ce que je peux avoir le programme du concert de ce soir?	**Can I have** the programme for this evening's concert? 請給我一份今晚音樂會的節目表好嗎？
Est-ce que je pourrais avoir un casque pour le commentaire?	**Could I have** some headphones to hear the commentary? 麻煩給我一副耳機聽評述好嗎？
Est-ce que je pourrais avoir un plan du musée?	**Could I have** a map of the museum? 麻煩給我一份博物館的指示圖好嗎？

有時候想要表達具體需要某樣東西，可用句式 **il me faut** 或 **il me faudrait**（我需要），**faudrait** 比 **faut** 更有禮貌。

我／她／我們需要……

Il me faut l'adresse du musée.	**I need** the address of the museum. 我需要博物館的地址。
Il lui faut deux tickets de plus.	**She needs** two more tickets. 她需要多兩張票。
Il me faudrait un plan de la ville.	**I need** a street map of the city. 我需要一張城市地圖。
Il nous faudrait un guide qui parle anglais.	**We need** a guide who can speak English. 我們需要一位英語導遊。

想要確認別人是否有某物時，可用句式 **Est-ce que vous avez...?**（您／你們有……嗎？）或 **Est-ce que vous auriez...?**（您／你們有……嗎？），後者語氣更委婉。**avez** 和 **auriez** 的動詞原形是 **avoir**。關於 avoir 的更多內容，見第 318 頁。

(您／你們)……(是否)有……?

Est-ce que vous avez des dépliants en anglais?	**Do you have** any brochures in English? 你們有英語版的宣傳單張嗎?
Est-ce que vous avez des audioguides dans d'autres langues?	**Do you have** any audio guides in other languages? 你們有其他語言的語音導覽器嗎?
Vous avez un journal local, s'il vous plaît?	**Have you got** a local newspaper, please? 請問有當地的報紙嗎?
Vous auriez de la documentation sur les circuits touristiques de la région?	**Would you have** any information on trips in this area? 您是否有這地區旅遊路線的資料?

想要詢問別人是否可以幫自己做某事,可用句式 **Est-ce que vous pouvez...?**(您能……嗎?)或 **Est-ce que vous pourriez...?**(您是否能……?),後者語氣更委婉。**pouvez** 和 **pourriez** 的動詞原形是 **pouvoir**。關於 **pouvoir** 的更多內容,見第 322 頁。

您……能……?

Est-ce que vous pouvez nous prendre un photo?	**Can you** take a picture of us? 您能幫我們拍張照片嗎?
Est-ce que vous pouvez me dire quels sont les horaires de visite?	**Can you** tell me what the opening hours are? 您能告訴我開放時間嗎?
Est-ce que vous pourriez me faire passer par la vieille ville?	**Could you** take me through the old town? 您是否能帶我穿過老城?
Est-ce que vous pourriez m'aider, s'il vous plaît?	**Could you** help me, please? 請問,您是否能幫我?

徵求許可

有時候做某事須徵求別人的許可，這時可用句式 **Est-ce que je peux...?**（我可以……嗎？）或 **Est-ce que je pourrais...?**（我是否可以……？），後者語氣更委婉。**peux** 和 **pourrais** 的動詞原形是 **pouvoir**。關於 **pouvoir** 的更多內容，見第 322 頁。

我 / 我們……可以……？

Est-ce que je peux prendre des photos?	**Can I** take pictures? 我可以拍照嗎？
Est-ce que je peux entrer avec mon sac?	**Can I** take my bag in? 我可以帶我的袋進去嗎？
Est-ce qu'on peut garer la voiture ici?	**Can we** park our car here? 我們可以在這裏泊車嗎？
Est-ce que je pourrais vous emprunter votre guide une seconde?	**Could I** borrow your guidebook for a second? 我是否可以借用您的旅行指南？

徵求許可的另一個句式是 **Est-ce que ça vous dérange si...?**（您介意……嗎？）

您介不介意 / 可否……？

Est-ce que ça vous dérange si j'entre avec mon sac?	**Do you mind if** I take my bag inside with me? 您介不介意我帶箱子進來？
Est-ce que ça vous dérange si on s'asseoit dans l'herbe?	**Do you mind if** we sit on the grass? 您介不介意我們坐在草地上？
Est-ce que ça vous dérange si je laisse la poussette ici?	**Do you mind if** I leave the pushchair here? 您可否讓我留嬰兒車在這裏？

······ 可以 ······ 嗎？

Est-ce que ça pose un problème si je fume?	**Is it a problem if** I smoke? 我可以抽煙嗎？
Excusez-moi, **est-ce que ça pose un problème si** je prends des photos?	Excuse me, **is it a problem if** I take pictures? 請問，我可以拍照嗎？
Est-ce que ça vous pose un problème si je paye par carte bleue?	**Is it a problem for you if** I pay by card? 我可以用信用卡支付嗎？

表達喜歡、不喜歡或偏好

談論自己的喜好時，可用句式 **j'aime bien**（我喜歡），該句式不如 **j'aime** 或 **j'adore**（我愛）語氣強烈。副詞 **bien** 也可換成 **beaucoup**（很）、**vraiment**（真的）和 **assez**（非常）。表達不喜歡，只需說 **je n'aime pas**（我不喜歡）。**aime** 的動詞原形是 **aimer**。關於 **aimer** 的更多內容，見第 313 頁。

我／你 ······ 喜歡／喜愛 ······

J'aime bien visiter les galeries d'art moderne.	**I like** visiting modern art galleries. 我喜歡參觀現代藝術畫廊。
J'aime bien les feux d'artifice.	**I like** firework displays. 我喜歡煙花。
J'aime beaucoup cette sculpture.	**I like** this sculpture **a lot**. 我很喜歡這尊雕塑。
J'adore les petits villages de Provence.	**I love** the small villages of Provence. 我喜愛普羅旺斯的小村莊。
Tu aimes bien ce genre d'architecture?	**Do you like** this type of architecture? 你喜歡這種建築嗎？

我……不喜歡……

Je n'aime pas les excursions en bus.	**I don't like** bus tours. 我不喜歡乘巴士郊遊。
Je n'aime pas les montagnes russes.	**I don't like** roller-coasters. 我不喜歡玩過山車。
Je n'aime pas du tout faire la queue.	**I don't like** having to queue **at all**. 我一點都不喜歡排隊。

想要表達自己偏好某物，可用句式 **je préfère**（我更喜歡）。如果要說某物更適合自己，可以説 **je préférerais** 或 **j'aimerais mieux**（我寧願）。

我／我們更喜歡／更希望／寧願……

Je préfère les musées **aux** édifices religieux.	**I prefer** museums **to** religious buildings. 比起宗教建築，我更喜歡博物館。
Je préfère éviter ce quartier.	**I prefer to** avoid that area. 我更希望避開此地。
On préfère y aller à pied **que** de prendre le bus.	**We'd rather** walk **than** take the bus. 我們寧願走路，也不願坐巴士。

我／我們寧願……

J'aimerais mieux passer toute la semaine à Marseille.	**I'd rather** spend the whole week in Marseilles. 我寧願整週都留在馬賽。
Je préférerais prendre le funiculaire.	**I'd rather** take the funicular railway. 我寧願坐纜車。
On aimerait mieux rejoindre le groupe plus tard.	**We'd rather** meet up with the group later. 我們寧願晚點與團隊會合。
On préférerait profiter du beau temps et aller au musée un autre jour.	**We'd rather** enjoy the nice weather and go to the museum another day. 我們寧願享受晴天，改天再去博物館。

有時候遇到不滿意的事或物可能想要抱怨一番，這時可用句式 **excusez-moi** 或 **pardon, je voudrais me plaindre**（*抱歉，我對……不滿意*），緊接着描述不滿意的事或物。

（我對）……不滿意

Je ne suis pas content de notre guide.	**I'm not happy with** our guide. 我對我們的導遊不滿意。
Je ne suis pas content d'avoir payé si cher pour ça.	**I'm not happy that** I had to pay so much for it. 花這麼多錢買這個，我不滿意。

我／孩子們（對）……失望

Je suis déçu de notre sortie.	**I'm disappointed with** our trip. 我對我們的旅程很失望。
Je suis déçu de la façon dont on nous a traités.	**I'm disappointed with** the way we were treated. 我對人們對待我們的方式很失望。
Les enfants **sont déçus de** ne pas avoir vu les clowns.	The children **were disappointed that** they didn't get to see the clowns. 孩子們沒有看到小丑很失望。

表達對某事或物的看法，可用句式 **je trouve que**。動詞 **trouver** 的本義是 *to find*（*找到*），但當其後接連詞 **que** 時，意思是 *to think*（*認為*）。牢記要在動詞 **trouver** 後加連詞 **que**（*相當於英語中的 that*）。在英語中，連詞可有可無，但在法語中必須加上連詞。關於以 **-er** 結尾的第一組規則動詞如 **trouver** 的更多內容，見第 305 至 307 頁。

我 / 我們認為……

Je trouve que c'est un peu cher pour ce que c'est.	**I think** it's a bit expensive for what it is. 我認為價格高了一些。
On trouve que le guide ne donne pas assez d'explications.	**We think that** the guide doesn't explain things clearly enough. 我們認為導遊沒有說明清楚。
Je trouve que ce n'est pas très bien organisé.	**I don't think** it's very well organized. 我認為這次活動組織得不太好。
Je n'ai pas trouvé le musée très intéressant.	**I didn't think** the museum was very interesting. 我認為這個博物館不是很有趣。

表達失望的另一個句式是 **c'est dommage que**（很可惜），後接動詞用虛擬式。關於虛擬式的更多內容，見第 312 頁。

很遺憾……

C'est dommage qu'il n'y ait rien pour les enfants.	**It's a shame that** there's nothing for children. 很可惜這裏沒有適合孩子們的東西。
C'est dommage que le dépliant ne soit qu'en français.	**It's a shame that** the leaflet is only in French. 很可惜宣傳單張只有法文版。
C'est dommage que le bâtiment principal ne soit pas ouvert.	**It's a shame that** the main building isn't open. 很可惜主樓不對外開放。

……（有）……、……沒有……

Il y a très peu d'information sur l'histoire de ce lieu.	**There's** very little information about the history of this place. 關於此地的歷史記載非常少。
Il y a beaucoup de bruit dans le musée.	**There's** a lot of noise in the museum. 博物館很嘈吵。
Il n'y a pas d'aménagements pour les handicapés.	**There are no** facilities for the disabled. 那裏沒有殘疾人專用設施。

BON À SAVOIR！不可不知！

牢記，法語中 **il y a** 對應的英語句式可為 *there is*，也可為 *there are*。

留心聆聽

下面介紹觀光時經常會聽到的句型。

En quelle langue est-ce que vous voudriez avoir les informations?	What language would you like the information in? 您想聽哪個語言的景點介紹？
Voici un dépliant en anglais.	Here's a leaflet in English. 這是英語版的宣傳單張。
Vous avez une carte d'étudiant?	Do you have a student card? 您有學生證嗎？
Le musée est ouvert de neuf heures à trois heures.	The museum's open from nine to three. 博物館上午九時至下午三時開放。
La galerie est fermée le dimanche.	The gallery's closed on Sundays. 畫廊週日不營業。
La prochaine visite guidée est à dix heures.	The next guided tour's at ten. 下次導覽在十時。
Combien de tickets est-ce que vous voudriez?	How many tickets would you like? 您要多少張票？
C'est huit euros par personne.	It's eight euros each. 每人八歐元。
Les photos sont interdites.	You're not allowed to take pictures. 禁止拍照。
Est-ce que je peux fouiller votre sac?	Can I search your bag? 我可以檢查您的袋嗎？
Laissez votre sac et votre manteau au vestiaire.	Please leave your bag and coat in the cloakroom. 請放您的袋和外套在寄存處。
Est-ce que ça vous a plu?	Did you enjoy it? 您喜歡這裏嗎？

生活小貼士

● 九月中旬的週末兩天是"遺產日"（**Journées du Patrimoine**），遊客可以免費參觀名勝古蹟和博物館。欲了解"遺產日"活動的更多內容，請瀏覽法國文化部（**le Ministére de la Culture**）網站：http://www.culture.gouv.fr。

● 法國的另一項文化活動是音樂節（**la fête de la musique**），在每年的夏令時間首天（6 月 21 日舉行）。全法國的業餘和專業音樂家會在公園、街道和廣場免費表演。

● 法國旅遊旺季時活動眾多。遊客可通過當地報紙隨時了解社會文化活動資訊。如果遊客留意察看報刊亭（**marchand de journaux**），可能還會找到英文版的當地報紙。

● 如果遊客打算週二去參觀法國博物館或藝術畫廊，請先確認是否開門，因為法國很多博物館和藝術畫廊都有每週關門時間（**fermeture hebdomadaire**），每逢週二關門。一些著名博物館，如巴黎奧賽博物館（**Musée d' Orsay**）每逢週一關門。

單元 7 購物療法

Je peux vous aider? 您需要我幫忙嗎？

無論是打算買衣服、買家居用品、買菜，或者只是買一張明信片，本單元句型教您用地道法語討價還價，直到買到心儀之物。

索取物品

在法語國家購物，店員會問 **On s'occupe de vous?**（*有人為您服務嗎？*）。如果只是閒逛，可以回答 **je regarde seulement**（*我隨便看看*）；如已有店員服務，可以說 **on s'occupe de moi, merci.**（*已有店員為我服務，謝謝*）。如明確想要某物，可對店員說 **je voudrais**（*我想要*）。**voudrais** 的動詞原形是 **vouloir**（*想要*）。關於 **vouloir** 的更多內容，見第 323 頁。

請……給我……

Je voudrais deux kilos de pommes de terre, s'il vous plaît.	**I'd like** two kilos of potatoes, please. 請給我兩公斤馬鈴薯。
Je voudrais une carte mémoire pour mon appareil photo numérique.	**I'd like** a memory card for my digital camera. 請給我一張數碼相機的記憶卡。
Je voudrais un melon bien mûr, s'il vous plaît.	**I'd like** a melon that's nice and ripe, please. 請給我一個熟透的蜜瓜。
Je voudrais essayer ces chaussures en 38.	**I'd like** to try a 38 in these shoes. 請給我試這雙 38 號鞋。
J'en veux deux de plus, s'il vous plaît.	**I want** two more of these, please. 請再給我兩個。

請給我……好嗎？

Est-ce que je pourrais avoir un kilo d'oranges, s'il vous plaît?	**Could I have** a kilo of oranges, please? 請給我一公斤橙好嗎？
Est-ce que je pourrais avoir un carnet de timbres?	**Could I have** a book of stamps? 請給我一本郵冊好嗎？
Est-ce que je pourrais avoir un sac, s'il vous plaît?	**Could I have** a carrier bag, please? 請給我一個購物袋好嗎？

想要表達正在尋找某物，可用句式 **je cherche** 或 **je suis à la recherche de**（我在找）。

我在找……

Je cherche de la coriandre fraîche.	**I'm looking for** fresh coriander. 我在找新鮮芫茜。
Je cherche du tofu.	**I'm looking for** tofu. 我在找豆腐。
Je cherche un short pour mon fils qui a dix ans.	**I'm looking for** shorts for my ten-year-old son. 我在找一條短褲給我十歲的兒子穿。
Je suis à la recherche d'un cadeau pour un tout-petit.	**I'm looking for** a present for a toddler. 我在找一份禮物送給剛學步的孩子。

在超級市場或商店購物，有店員為我們提供服務時，如想要某物，可對店員說 **donnez-moi**（給我），後接數量，但不要忘記在句末加 **s'il vous plaît**（請）以示尊重。**donnez** 是動詞 **donner** 的第二人數複數祈使式。關於祈使式的更多內容，請見第 311 頁。

Donnez-moi une baguette bien cuite, s'il vous plaît.	**Give me** one well-fired baguette, please. 請給我一條烤得脆點的法式長麵包。
Donnez-moi deux bouteilles de pineau, s'il vous plaît.	**Give me** two bottles of pineau, please. 請給我兩瓶皮諾酒。
Donnez-moi cinq cent grammes de marrons.	**Give me** half a kilo of chestnuts. 給我半公斤栗子。
Mettez-moi deux douzaines d'huîtres, s'il vous plaît.	**Give me** two dozen oysters, please. 請給我兩打蠔。

已經選好要買的東西，可對店員説 **je vais prendre**（我要）。如還未拿定主意，可以説 **je ne suis pas encore décidé**（我還沒決定好）。

我要……、我……不要

Je vais prendre ces deux cartes postales.	**I'll take** these two postcards. 我要這兩張明信片。
Je vais prendre les bleues à la place des marron.	**I'll take** the blue ones instead of the brown ones. 我要藍色的，不要棕色的。
Je vais prendre le sac que vous m'avez montré en premier.	**I'll take** the bag you first showed me. 我要你最初給我看的袋。
Je ne vais pas prendre le jean finalement.	**I won't take** the jeans after all. 我最終還是不要這條牛仔褲。

購物有時由不得我們選擇。要用法語表達必須購買某物或必須做某事,可用句式 **il faut que**(我必須),後接動詞虛擬式。關於虛擬式的更多內容,見第 312 頁。

我／我們／你必須……

Il faut que j'achète de nouvelles chaussures.	**I have to** buy some new shoes. 我必須買新鞋。
Il faut que je passe à la boulangerie.	**I have to** stop at the baker's. 我必須去麵包店。
Il faut que tu demandes à la vendeuse pour essayer.	**You have to** ask the shop assistant if you want to try things on. 你必須先問問售貨員是否可以試穿。
Il faut qu'on achète un nouvel aspirateur.	**We have to** buy a new vacuum cleaner. 我們必須買一個新吸塵器。

我一定要……

Je dois trouver une robe pour la fête de samedi.	**I must** find a dress for the party on Saturday. 我一定要找到一條參加週六宴會穿的裙。
Je dois trouver un cadeau d'anniversaire pour ma sœur.	**I must** find a birthday present for my sister. 我一定要找到一份生日禮物送給妹妹。
Je dois acheter un costume pour mon entretien.	**I must** buy a suit for the interview. 我一定要買一套面試穿的套裝。

談論需要某物,可用句式 **il me faut** 或 **il me faudrait**(我要),後者語氣更委婉。

我／你要⋯⋯

Il me faut des lunettes de ski.	**I need** some ski goggles. 我要一副滑雪鏡。
Il me faut des croissants. Il vous en reste?	**I need** some croissants. Do you have any left? 我要一些牛角包，您還有嗎？
Il me faudrait des piles pour mon réveil.	**I need** some batteries for my alarm clock. 我要買數顆電池給我的鬧鐘。
Qu'**est-ce qu'il te faut** pour les vacances?	What **do you need** for your holidays? 你要為你的假期準備甚麼？

談論計劃

談論打算買的東西或打算去的地方，法語中可用句式 **je pense**（我想），後接動詞不定式。

我／我們／你想⋯⋯

Je pense aller au marché demain.	**I'm thinking of** going to the market tomorrow. 我想明天去市場。
Je pense faire les boutiques à Paris.	**I'm thinking of** going shopping in Paris. 我想去巴黎購物。
On ne pense pas aller en ville ce week-end.	**We don't think we'll** go into town this weekend. 我們不想這週末去城裏。
Tu penses passer au supermarché en rentrant?	**Do you think you'll** stop at the supermarket on your way home? 你想回家的路上去超級市場嗎？

我／我們打算……

Je vais acheter un nouveau maillot de bain.	**I'm going to** buy a new swimming costume. 我打算買一套新泳衣。
Je vais faire les soldes ce week-end.	**I'm going to** go to the sales this weekend. 我打算這週末去促銷店。
On va acheter un nouveau lit.	**We're going to** buy a new bed. 我們打算買一張新牀。

我／我們想……

J'espère trouver quelque chose à moins de 20 euros.	**I hope to** find something for under 20 euros. 我想買點 20 歐元以下的東西。
J'espère trouver un canapé à moitié prix pendant les soldes.	**I hope to** get a half-price sofa in the sales. 我想在促銷期間用半價買一張沙發。
On espère trouver un cadeau pour Laurent et Mélanie.	**We hope to** find a present for Laurent and Mélanie. 我們想為羅倫和梅蘭妮買一份禮物。

表達意見

瀏覽促銷物品時，可能想要跟法語朋友或店員交流意見。要表達自己的看法，可用句式 **je trouve**（我覺得）。**trouve** 的動詞原形是 **trouver**。關於以 **-er** 結尾的第一組規則動詞如 **trouver** 的更多內容，見第 305 至 307 頁。

我／你覺得……

Je trouve cette armoire vraiment belle.	**I think** this wardrobe is really beautiful. 我覺得這個衣櫃非常漂亮。
Je trouve ce magasin beaucoup trop cher.	**I think** this shop is far too expensive. 我覺得這家店太貴了。
Je trouve que ce pull n'est pas assez chaud.	**I don't think** this jumper is warm enough. 我覺得這件毛衣不夠暖和。
Comment est-ce que tu trouves cette chemise?	**What do you think of** this shirt? 你覺得這件襯衣怎麼樣？

我／您認為……、你對……的看法

À mon avis, cette robe est un peu trop longue.	**In my opinion**, this dress is a bit too long. 我認為這條長裙長了少許。
À mon avis, ce rouge à lèvres est légèrement trop foncé.	**In my opinion**, this lipstick is slightly too dark. 我認為這支口紅的顏色略深了一點。
À votre avis, lequel de ces deux pantalons me va le mieux?	**In your opinion**, which of these two pairs of trousers suits me better? 您認為這兩條長褲哪條更適合我？
J'ai besoin de **ton avis sur** des appareils photos numériques.	I need **your opinion on** some digital cameras. 我需要你談談對這數款數碼相機的看法。

在表達自己對某物的看法時，還可用句式 **je dirais que**（我想說）。**dirais** 的動詞原形是 **dire**。在此句型中用條件式，使語氣更加委婉和不絕對。

我想說……、你覺得……怎麼樣？

Je dirais que c'est un peu serré pour moi.	**I'd say** it's a bit tight for me. 我想說，我穿有點緊。
Moi, je dirais que ce cadeau va lui plaire.	**I'd say that** she's going to like this present. 我想說她會喜歡這份禮物的。
Je dirais que c'est une affaire.	**I'd say that** it's a bargain. 我想說就這麼定了。
Qu'est-ce que tu dis de cette lampe?	**What do you think of** this lamp? 你覺得這盞燈怎麼樣？

要徵求別人的意見或看法，可用句式 **Vous me conseillez de...?**（您建議我……？）。關於以 **-er** 結尾的第一組規則動詞如 **conseiller** 的更多內容，見第 305 至 307 頁。

你認為我是否應該……？

Vous me conseillez de prendre le bleu ou le rouge?	**Do you think I should** take the blue one or the red one? 您建議我選藍色的，還是紅色的？
Lequel **est-ce que tu me conseilles** d'acheter?	Which **do you think I should** buy? 你建議我買哪一個？
Qu'est-ce que vous me **conseilleriez**?	What **would you recommend**? 您建議甚麼？

詢問資訊

身處異鄉，有時要向別人打聽一些事情，比如當地有沒有特定商店。在法語中，這個句型非常簡單，即 **Est-ce qu'il y a...?**（……有沒有……？），相當於英語中的 *Is there...?* 和 *Are there...?*。

……有沒有……？

Est-ce qu'il y a un supermarché près d'ici?	**Is there** a supermarket near here? 這附近有沒有超級市場？
Est-ce qu'il y a un parking près du marché?	**Is there** a car park near the market? 市場附近有沒有停車場？
Est-ce qu'il y a un rayon bio?	**Is there** an organic food section? 有沒有有機食品區？
Est-ce que qu'il y a une garantie?	**Is there** a guarantee? 有沒有保養服務？
Il y a des caddies?	**Are there** any trolleys? 有沒有手推車？

這是……嗎？

C'est le seul modèle que vous avez?	**Is this** the only model you stock? 這是您這裏唯一的款式嗎？
C'est la plus grande taille que vous avez?	**Is this** the biggest size you have? 這是您這裏的最大碼嗎？
C'est tout ce que vous avez comme couleurs?	**Are these** the only colours you have? 這些是您這裏有的全部顏色嗎？
C'est le prix à la pièce ou au kilo?	**Is this** the price for one or per kilo? 這是每個還是每公斤的價格？

要弄清是否有某物，可用句式 **Est-ce que vous avez...?**（您有……嗎？）或 **Est-ce que vous auriez...?**（您是否有……？）。**avez** 和 **auriez** 的動詞原形是 **avoir**。關於 **avoir** 的更多內容，見第 318 頁。

Est-ce que vous avez d'autres modèles?	**Do you have** any other models? 您還有別的款式嗎？
Est-ce que vous l'avez en plus petit?	**Do you have it** in a smaller size? 您有更小碼的嗎？
Est-ce que vous l'auriez dans une autre couleur?	**Would you have it** in another colour? 這款您有別的顏色嗎？
Est-ce que vous faites le même modèle en vert?	**Do you do** the same model in green? 這款您有綠色的嗎？
Est-ce que vous faites des vêtements pour enfants?	**Do you do** children's clothes? 您有童裝嗎？

想了解某物在哪裏，應該買哪件商品或某活動何時開始等具體資訊，可用句式 **Où...?**（......在哪裏？）、**Quel...?**（......哪......？）或 **Quand...?**（......甚麼時候......？）。

...... 在哪裏？

Où est le distributeur le plus proche, s'il vous plaît?	**Where**'s the nearest cash point, please? 請問，最近的自動提款機在哪裏？
Où est la caisse, s'il vous plaît?	**Where**'s the cash desk, please? 請問收銀處在哪裏？
Est-ce que vous pouvez me dire **où** est le rayon cosmétiques, s'il vous plaît?	Can you tell me **where** the cosmetics department is, please? 請問您，化粧品區在哪裏？
Vous pouvez me dire **où** se trouve l'accueil, s'il vous plaît?	Can you tell me **where** customers services are, please? 請問您，顧客服務區在哪裏？
Où est-ce qu'on peut trouver des lunettes de soleil?	**Where** can I find sunglasses? 太陽鏡在哪裏？

······ 哪 ······？

Quelle marque **est-ce que** vous conseillez?	**Which** brand do you recommend? 您推薦哪個品牌？
Quelles piles **est-ce qu'**il faut que j'achète pour mon appareil photo?	**Which** batteries do I need to buy for my camera? 我應該買哪種電池給我的數碼相機？
À quel étage est le rayon vêtements pour hommes?	**Which** floor is the menswear department **on**? 男裝區在哪層？
Le marché se tient **quel jour**?	**What day**'s market day? 市集日在哪天舉行？
Lequel est-ce que tu vas prendre?	**Which one** are you going to get? 你打算買哪個？
Laquelle de ces deux webcams est la moins chère?	**Which one** of these two webcams is the cheapest? 這兩個攝影鏡頭哪個更便宜？

BON À SAVOIR！不可不知！

用法語表達哪一個的意思時，要配合名詞的陰陽性。陽性單數名詞用 **lequel**，陰性單數名詞用 **laquelle**；陽性複數名詞用 **lesquels**，陰性複數名詞用 **lesquelles**。

······ 甚麼時候 ······？

Quand est-ce que vous fermez pour la pause déjeuner?	**When** do you close for lunch? 您甚麼時候休息吃午飯？
Quand est-ce que les soldes commencent?	**When** do the sales start? 促銷甚麼時候開始？

······ 何時 ······？

À quelle heure est-ce que vous ouvrez le matin?	**What time** do you open in the morning? 您早上何時開門？
À quelle heure est-ce que vous arrivez sur le marché?	**What time** do you arrive on the market? 您何時到市場？

詢問某物的價格，既可用句式 **Combien coûte...?**，也可用句式 **À combien est...?**（……多少錢？）。如果問多於一件物品的價格，可用句式 **Combien coûtent...?** 或 **À combien sont...?**（……多少錢？）

……多少錢？

Combien coûte une bouteille de jus d'orange?	**How much is** a bottle of orange juice? 一瓶橙汁多少錢？
Combien coûtent les figues, s'il vous plaît?	**How much are** the figs, please? 請問無花果多少錢？
À combien est cet abat-jour?	**How much is** this lamp shade? 這個燈罩多少錢？
À combien sont les cerises au kilo?	**How much are** cherries per kilo? 櫻桃一公斤多少錢？
Je vous dois **combien**?	**How much** do I owe you? 我欠您多少錢？

詢問自己是否可以做某事，可用句式 **Est-ce que je peux...?**（我可以……嗎？）。

（我/您）可以……嗎？

Est-ce que je peux payer par carte?	**Can I** pay by credit card? 我可以用信用卡支付嗎？
Est-ce que je peux avoir un paquet-cadeau?	**Can I** have it gift-wrapped? 可以替我包起來嗎？
Est-ce que vous pouvez me faire un prix?	**Can you** give me a discount? 您可以給我折扣嗎？

表達喜歡、不喜歡或偏好

表達自己喜歡某物，可用句式 **ça me plaît**（字面意思是 *this pleases me*，我喜歡）。主語為單數名詞用 **me plaît**，主語為複數名詞用 **me plaisent**。

我／你……喜歡／愛……

Cette boutique **me plaît**.	**I like** this shop. 我喜歡這家店。
Ces chaussures **me plaisent** beaucoup.	**I like** these shoes very much. 我非常喜歡這雙鞋。
Achète-le, si **ça te plaît**.	Get it if **you like it**. 如果你喜歡，就買下來吧。
J'aime bien les antiquaires.	**I like** antique shops. 我喜歡古玩店。
J'adore faire les soldes avec une copine.	**I love** going to the sales with a friend. 我愛跟朋友逛促銷店。

我／我們不喜歡……

Ce style **ne me plaît pas**.	**I don't like** this style. 我不喜歡這個款式。
Ces gants **me plaisent moins**.	**I don't like** these gloves **as much**. 我不喜歡這雙手套。
Je n'aime pas les grands magasins.	**I don't like** big stores. 我不喜歡大商場。
On n'aime pas faire la queue.	**We don't like** queuing. 我們不喜歡排隊。

外出購物時，可能不僅要表達喜歡或不喜歡，有時還要討論自己的偏好。表達自己喜歡 A 勝過 B，可用句式 **je préfère A à B**。關於在介詞 **à** 後接定冠詞 **le** 或 **les** 的更多內容，見第 280 至 282 頁。

Je préfère le vert.

Je préfère les petites boutiques **aux** supermarchés.

On préfère les produits frais **aux** surgelés.

Je préfère acheter sur Internet **plutôt que d'**aller dans les magasins.

I prefer the green one. 我更喜歡綠色的。

I prefer small shops **to** supermarkets. 相比超級市場，我更喜歡小商店。

We prefer fresh produce **to** frozen. 比起冷凍食品，我們更喜歡新鮮的。

I prefer to buy on the internet **rather than** go to the shops. 我寧願在網上買東西，也不願去商店。

我／我們寧願 ······

J'aimerais mieux quelque chose de plus classique.

J'aimerais mieux du café équitable.

J'aimerais mieux essayer avant d'acheter.

On aimerait mieux n'acheter que des produits locaux.

I'd rather go for something more classic. 我寧願選擇傳統的東西。

I'd rather have fairtrade coffee. 我寧願喝按公平貿易協定銷售的咖啡。

I'd rather try before I buy. 我寧願買前試穿。

We'd rather buy only local produce. 我們寧願買當地特產。

提出建議

外出購物時可能想提出建議，建議選擇甚麼或接下來做甚麼。這時可用句式 **Et si...?**（······怎麼樣？）後接建議內容，動詞用未完成時。關於未完成時的更多內容，見第310頁。

……怎麼樣？

Et si on faisait les boutiques une autre fois?	**How about** we go shopping another time? 我們改天再去逛街怎麼樣？
Et si on essayait cette nouvelle librairie?	**How about** trying that new bookshop? 看看這家新書店怎麼樣？
Et si on l'achetait sur Internet?	**How about** we buy it online? 我們在網上買怎麼樣？

提議自己和朋友可以做某事，可用句式 **on pourrait**（我們可以）。

我們／你可以……

On pourrait aller voir dans un autre magasin.	**We could** have a look in another shop. 我們可以去另一間商店看看。
On pourrait leur demander de nous le commander.	**We could** ask them to order it for us. 我們可以請他們幫我們預訂。
Tu pourrais leur demander un rabais.	**You could** ask them for a discount. 你可以請他們給你折扣。

另外一種提出建議的簡單方法是提高句末語調。這種句式聽起來比較隨意。

不如我／我們……好嗎？

Je prends du pain?	**Shall I get** some bread? 不如我要些麵包好嗎？
J'achète un gâteau pour ce soir?	**Shall I get** a cake for tonight? 不如我為今晚買個蛋糕好嗎？
On achète des timbres?	**Shall we buy** some stamps? 不如我們買些郵票好嗎？
On va au supermarché?	**Shall we go** to the supermarket? 不如我們去超級市場好嗎？

要提出您做某事時，可用句式 **laisse-moi** 或 **laissez-moi**（讓我），後接動詞用不定式。

讓我……

Laisse-moi payer.	**Let me** pay for this. 讓我來付錢吧。
Laisse-moi porter les paquets.	**Let me** carry the shopping. 讓我拿着購物袋吧。
Laissez-moi vous aider.	**Let me** help you. 讓我幫您吧。

徵求允許

詢問自己是否可以做某事，比如是否可以試穿衣服時，可用句式 **Est-ce que je peux...?**（我可以……嗎？）或 **Est-ce que je pourrais...?**（我是否可以……？），後者語氣更委婉。**peux** 和 **pourrais** 的動詞原形是 **pouvoir**。關於 **pouvoir** 的更多內容，見第 322 頁。

我（是否）可以……？

Est-ce que je peux essayer cette jupe?	**Can I** try on this skirt? 我可以試穿這條裙嗎？
Est-ce que je peux garder le cintre?	**Can I** keep the hanger? 我可以拿走衣架嗎？
Je peux les essayer?	**Can I** try them on? 我可以試穿嗎？
Je pourrais réfléchir encore quelques minutes?	**Could I** think about it for another few minutes? 我是否可以再想想？

您不介意的話，我……

Je vais réessayer l'autre pantalon, **si ça ne vous dérange pas**.	**I'll** try the other trousers on again, **if you don't mind**. 您不介意的話，我想試穿另一條褲。
Je vais regarder les autres modèles, **si ça ne vous dérange pas**.	**I'll** have a look at the other models, **if you don't mind**. 您不介意的話，我想看看別的款式。
Je vais repasser samedi, **si ça ne vous fait rien**.	**I'll** come back on Saturday, **if you don't mind**. 您不介意的話，我週六再來。

徵求允許時，可用句式 **Est-ce que vous permettez que...**（我可以……嗎？），後接動詞用虛擬式。關於虛擬式的更多內容，見第 312 頁。

我／我們……可以……嗎？

Est-ce que vous permettez que je regarde de plus près?	**May I** have a closer look? 我可以湊近看一看嗎？
Vous permettez que je goûte une de vos oranges?	**May I** try one of your oranges? 我可以吃您一個橙嗎？
Vous permettez qu'on sorte le réveil de son emballage?	**May we** take the alarm clock out of its box? 我們可以從包裝盒裏拿鬧鐘出來嗎？
Vous permettez que ma fille essaie la veste qui est en vitrine?	**Can my daughter** try on the jacket that's in the window? 我女兒可以試穿櫥窗裏的外套嗎？

下面是外出購物時經常會聽到的重要句型。

On s'occupe de vous?	Are you being served? 有人招呼您嗎？
Est-ce que je peux vous aider?	Can I help you? 我可以幫您嗎？
Vous faites quelle taille?	What size are you? 您穿多大尺碼？
Vous avez besoin d'une plus petite taille?	Do you need a smaller size? 您需要更小碼嗎？
Vous voulez que j'aille chercher la taille au-dessus?	Shall I look for a larger size for you? 您需要我去拿大一碼的給您嗎？
Vous aimeriez en quelle couleur?	What colour would you like it in? 您喜歡哪個顏色？
Vous pensiez mettre combien?	How much were you thinking of spending? 您想花多少錢？
On n'en a pas en rayon pour l'instant.	We don't have any in stock just now. 目前我們沒貨了。
Et avec ceci?	Anything else? 還要別的嗎？
C'est pour offrir?	Is it a present for someone? 是送給人的嗎？
Je vous fais un paquet-cadeau?	Shall I giftwrap it for you? 需要我幫您包裝嗎？
Malheureusement, on n'accepte que les espèces.	It's cash only, I'm afraid. 抱歉，我們只收現金。
Je regrette, mais on ne prend pas les cartes de crédit.	I'm afraid we don't take credit cards. 抱歉，我們不接受信用卡。
Votre signature, s'il vous plaît.	Your signature, please. 請簽名。

生活小貼士

• 在法國，進出商店時，通常都會向店主和店內的人打招呼，說 **Bonjour/Au revoir Monsieur/Madame/Messieurs-Dames** (*先生／女士／女士們／先生們，你(們)好／再見*)，在人們彼此都很熟悉的小城鎮和村莊尤其如此。

• 為了環保，法國很多超級市場已經停止派發膠袋，它們希望顧客循環使用家中的購物袋。如果您忘記帶購物袋，可以在收銀處購買。你可以要求買一個環保購物袋（**un sac réutilisable**）。

• 某些超級市場的肉類或芝士製品櫃需要領票排隊。如果您不知道從哪裏領票，可以詢問 **Où est-ce qu'on prend son ticket?**（*請問在哪裏領票？*）。

• 在農村菜市場，您可能會聽到人們使用一個舊制重量單位 **livre**（*鎊*），也就是半公斤。

• 在法國菜市場，在您買完水果和蔬菜之後，大多數蔬菜攤主會給您一紮香菜（**un bouquet de persil**）。

• 如果想在市集上買到便宜的東西，那您最好在中午時分去，這時賣家（**les marchands**）正準備收攤。他們有貨沒有賣完，但又不想帶回去，所以他們會很高興便宜地賣給您，畢竟聊勝於無。

• 在法國，人們買東西通常不討價還價，但如果您買了很多東西或者您是店家的常客，那麼您可以要求店主給個折扣價，用法語說 **Vous pouvez me faire un prix?** 或 **Vous me faites un prix d'ami?**（*您可以給我一個優惠價嗎？*）。

單元 8 微笑服務
Service irréprochable? 完美服務！

本單元介紹在法語國家用地道法語表達需求的句型，比如在銀行、外幣兌換處、理髮店、保險公司，或需要任何其他服務時會用到的法語句型。

問候

知道如何用地道法語跟別人恰如其分地打招呼是至關重要的。跟陌生人打招呼，要説 **bonjour Monsieur / Madame / Mademoiselle**（你好，先生／女士／小姐）；如果是認識的人，可以只説 **bonjour**（你好）。請注意，在法語裏沒有與英語 **good morning**（上午好）或 **good afternoon**（下午好）對應的問候語。人們在白天説 **bonjour**，晚上説 **bonsoir**。

……愉快／好！

Bonne journée!	**Have a good** day! 玩得愉快！
Bon weekend!	**Have a good** weekend! 週末愉快！
Bon après-midi!	**Good** afternoon! 下午好！
Bonne fin de journée!	**Good** afternoon! 傍晚好！
Bonne soirée!	**Good** evening! 晚上愉快！

BON À SAVOIR！不可不知！

去公共場所或商店，特別是在小村和小鎮，店主與顧客之間打招呼問候十分常見，如果有男有女，就説 **bonjour Messieurs Dames**（女士們、先生們，你們好）；如果只有男性，則説 **bonjour Messieurs**（先生們好）；只有女性説 **bonjour Mesdames**（女士們好）。

法語中道別時説 **au revoir**（*再見*）。想要表達英語中的 *See you...!*（*某時見*），法語用介詞 **à** 後接時間，如 **à demain**（*明天見*），**à plus tard**（*等一下見*），**à ce soir**（*今晚見*）等。

……見！

À demain!	**See you** tomorrow! 明天見！
À plus tard!	**See you** later! 一會見！
À ce soir!	**See you** tonight! 今晚見！
À lundi!	**See you** on Monday! 週一見！
À dans deux semaines!	**See you** in two weeks! 兩週後見！

談論自己

我們經常需要告訴別人自己的詳細資料，比如目前住在哪裏等。說到自己的姓名時，用句式 **je m'appelle**（*我叫*），後接自己的名字。**appelle** 的動詞原形是 **appeler**。關於以 **-er** 結尾的第一組規則動詞如 **appeler** 的更多內容，見第 305 至 307 頁。

我……叫……

Je m'appelle Richard Davidson.	**My name is** Richard Davidson. 我叫李察·戴維森。
Je m'appelle Mary Rogers.	**My name is** Mary Rogers. 我叫瑪麗·羅哲斯。
Mon mari s'appelle Olivier Dauga.	**My husband's name is** Olivier Dauga. 我丈夫叫奧利維耶·多加。

我 / 我們住在……

Je loge à l'hôtel.	**I'm staying** at a hotel. 我住在酒店。
Je loge chez l'habitant.	**I'm staying** with a host family. 我住在寄宿家庭。
On loge dans une maison de location.	**We're staying** in a rented house. 我們住在出租屋。
Je réside en France.	**I live** in France. 我住在法國。

我……的……地址 / 住址是……

Mon adresse en France, **c'est** 7, rue de la Boule, 17000 la Rochelle.	**My address** in France **is** 7 rue de la Boule, 17000 La Rochelle. 我在法國的住址是拉羅謝爾市拉布勒街 7 號，郵編 17000。
Mon adresse fixe, **c'est** 29 Kelvin Close, L3 0QT Liverpool.	**My** permanent **address is** 29 Kelvin Close, L3 0QT Liverpool. 我的常住地址是利物浦市凱文·克羅茲 29 號，郵編 L3 0QT。
L'adresse de mon hôtel, **c'est** Hôtel des Rois, 7 avenue Foch à Aix.	**The address of** my hotel **is** Hôtel des Rois, 7 avenue Foch in Aix. 我的住址是埃克斯福科大街 7 號國王酒店。

表達來自哪裏或要在某地逗留多長時間，可用句式 **je suis**（我是）。**suis** 的動詞原形是 **être**。關於 **être** 的更多內容，見第 320 頁。

我（是）……

Je suis anglais.	**I'm** English. 我是英國人。
Je suis d'Aberdeen en Écosse.	**I'm** from Aberdeen in Scotland. 我來自蘇格蘭阿伯丁。
Je suis en vacances.	**I'm** on holiday. 我在度假。
On est ici pour trois semaines.	**We're** here for three weeks. 我們在這裏逗留三週。

表達必須做某事

有時需要某項服務時，要用法語表達必須做某事。這時可用句式 **il faut que**（我必須），後接虛擬式。關於虛擬式的更多內容，見第 312 頁。

我⋯⋯必須⋯⋯、我沒必要⋯⋯

Il faut que je passe au pressing.	**I have to** call in at the dry-cleaner's. 我必須致電乾洗店。
Il faut que je prenne les références de ce produit.	**I have to** take down the details of this product. 我必須記下這款產品的詳細資料。
Il va falloir que je commande un nouveau chéquier.	**I'm going to have to** order a new cheque book. 我將必須訂購新支票簿。
Je ne suis pas obligé d'aller à la banque aujourd'hui.	**I don't have to** go to the bank today. 我沒必要今天去銀行。

BON À SAVOIR！不可不知！

要表達 "我沒必要做某事"，法語用句式 **je ne suis pas obligé de**。

切記不能用句式 **il ne faut pas que**，該句式的意思是 "我決不能"。

我（需）要⋯⋯

Il faudrait que je passe au pressing.	**I need to** go to the dry cleaner's. 我要去乾洗店。
Il faudrait que je me renseigne sur les polices d'assurances.	**I need to** find out about insurance policies. 我需要了解保單的情況。
Il faudrait que je fasse réparer mon appareil photo.	**I need to** have my camera repaired. 我需要找人修理相機。

要表達必須做某事，還可用句式 **je dois**（我一定要）和 **j'ai besoin de**（我需要），後接動詞不定式。**dois** 的動詞原形是 **devoir**，關於 **devoir** 的更多內容，見第 319 頁。

我 / 我們一定要⋯⋯、我一定不能忘記⋯⋯

Je dois m'arrranger pour faire récupérer mon repassage.	**I must** phone to arrange for my ironing to be picked up. 我一定要致電安排去拿熨好的衣服。
Je dois leur laisser la pellicule à développer.	**I must** give them the film to process. 我一定要把膠卷交給他們沖印。
On doit passer à l'agence immobilière pour rendre les clefs.	**We must** call at the estate agent's to return the keys. 我們一定要致電地產代理歸還鑰匙。
Il ne faut pas que j'oublie de prendre rendez-vous chez l'esthéticienne.	**I mustn't** forget to make an appointment at the beautician's. 我一定不能忘記跟美容院預約。

BON À SAVOIR！不可不知！

要表達我絕不能，法語用句式 **il ne faut pas que**，後接虛擬式。關於虛擬式的更多內容，見第 312 頁。

我 / 我們需要⋯⋯

J'ai besoin d'un conseil.	**I need** a piece of advice. 我需要一個建議。
J'ai besoin de graver mes photos sur CD.	**I need to** burn my photos onto a CD. 我需要把照片燒錄在光碟上。
J'ai besoin de faire des photocopies couleur.	**I need to** make some colour photocopies. 我需要做一些彩色影印工作。
Nous avons besoin d'y réfléchir.	**We need to** think about it. 我們需要思考這個問題。

表達想要做某事

用法語表達想要做某事，可用句式 **je voudrais** 或 **j'aimerais**（我想）。**voudrais** 的動詞原形是 **vouloir**，**aimerais** 的動詞原形是 **aimer**。關於這兩個動詞的更多內容，見第 323 和 313 頁。

我想……

Je voudrais acheter un appareil photo jetable.	**I'd like to** buy a disposable camera. 我想買一部即棄相機。
Je voudrais signaler un problème.	**I'd like to** report a problem. 我想匯報一個問題。
J'aimerais prendre rendez-vous pour me faire couper les cheveux.	**I'd like to** make an appointment to get my hair cut. 我想預約理髮。
J'aimerais connaître le taux de change.	**I'd like to** know the exchange rate. 我想知道匯率多少。

表達想要做某事，更禮貌的句式是 **je souhaite** 或 **je souhaiterais**（我希望），後者語氣更委婉。**souhaite** 和 **souhaiterais** 的動詞原形是 **souhaiter**。關於以 **-er** 結尾的第一組規則動詞如 **souhaiter** 的更多內容，見第 305 至 307 頁。

我希望……

Je souhaite faire un virement.	**I wish to** transfer money. 我希望兌換一些錢。
Je souhaite changer des livres en euros.	**I wish to** change pounds into euros. 我希望把英鎊換成歐元。
Je souhaite parler au directeur de la banque.	**I wish to** speak to the bank manager. 我希望跟銀行經理談談。

法語中表達想要別人做某事，將 **faire** 置於句中的主要動詞前面。
比如，英語句式 *I want to have this film developed* 對應的法語表
達是 **je veux faire développer cette pellicule**（我想找人沖曬
此菲林）。

我想……

Je veux faire développer cette pellicule.	**I want to have** this film developed. 我想找人沖曬此菲林。
Je veux faire nettoyer ma veste.	**I want to have** my jacket dry-cleaned. 我想找人乾洗我的外套。

詢問資訊

詢問某人是否知道某項特定服務的資訊時，可用句式 **Est-ce que
vous savez…?** 或 **Est-ce que vous sauriez…?**（您知道……
嗎？），後者語氣更委婉，後面可接 **où**（哪裏）、**quand**（甚麼時
候）、**comment**（如何）等疑問副詞。

……您知道……嗎？

Est-ce que vous savez où je peux faire faire un double de clefs, s'il vous plaît?	**Do you know** where I can have a second key cut? 請問您知道哪裏可以配鑰匙嗎？
Vous savez à quel ordre je dois faire le chèque?	**Do you know** who I should make the cheque payable to? 您知道我這張支票的抬頭應該寫誰嗎？
Vous savez quand vous aurez la pièce?	**Do you know** when you'll have the spare part? 您知道甚麼時候會有備用配件嗎？
Est-ce que vous sauriez où je peux recharger ma carte?	**Do you know** where I can top up my phone? 您知道在哪裏能充值手機嗎？

法語句式 **Est-ce qu'il y a...?**（……有沒有……？）對應的英語句式是 *Is there...?* 和 *Are there...?*

……有沒有……？

Est-ce qu'il y a un cybercafé dans le quartier?	**Is there** an internet café in the area? 這裏有沒有網吧？
Est-ce qu'il y a un bon coiffeur en ville?	**Is there** a good hairdresser in town? 城裏有沒有好的理髮師？
Il y a des cabines de bronzage dans ce salon?	**Are there** sunbeds in this salon? 這個美容院裏有沒有日光浴床？

在打聽所需的服務時，最關心的問題就是要花多少錢和要花費多長時間。這類問題，均可用疑問副詞 **combien** 提問。

……多少錢？

C'est combien pour une coupe et un brushing?	**How much is** it for a cut and blow-dry? 剪、吹頭髮一次多少錢？
C'est combien pour faire débloquer mon téléphone?	**How much is** it to have my phone unlocked? 我的手機解鎖要多少錢？
Il faut compter combien pour faire nettoyer cette veste?	**How much would it be** to have this jacket dry-cleaned? 乾洗這件外套多少錢？

……多久？

Ça prend combien de temps pour avoir l'argent?	**How long does it take** for the money to come through? 錢過戶需要多久？
Il vous faut combien de temps pour développer deux pellicules?	**How long does it take you** to develop two films? 沖曬兩卷菲林需要多久？
Il faut compter combien de temps pour ouvrir un compte en banque?	**How long does it take** to open a bank account? 開一個銀行戶口要多久？

詢問別人如何做某事，可用句式 **Comment on fait pour...?**（如何……？），後接動詞不定式。

如何……？

Comment on fait pour ouvrir un compte en banque?	**How do you** open a bank account? 如何在銀行開戶？
Comment on fait pour agrandir un document?	**How do you** enlarge a document? 如何放大一份文件？
Comment on fait pour envoyer de l'argent au Royaume-Uni?	**How do you** send money to the UK? 如何寄錢往英國？

詢問某物是否準備好或何時可用，用句式 **Quand...?**（……甚麼時候……？）。

……甚麼時候……？

Quand est-ce que les documents seront prêts?	**When** will the documents be ready? 文件甚麼時候能準備好？
Quand est-ce qu'il faut que je passe prendre le linge?	**When** should I pick up the laundry? 我甚麼時候可以去取衣服？
Quand est-ce que vous pouvez nous voir?	**When** are you available to see us? 您甚麼時候可以見我們？
À quelle heure est-ce que vous fermez?	**When** do you close? 您甚麼時候關門？

索取東西

若希望某事物如自己所願地完成，首先要表明自己想要甚麼及希望如何完成。要表達想要甚麼，可用句式 **j'aimerais** 或 **je voudrais**（我想）。**aimerais** 的動詞原形是 **aimer**，**voudrais** 的動詞原形是 **vouloir**。關於這兩個動詞的更多內容，見第 313 和 323 頁。

我想……

J'aimerais avoir un formulaire, s'il vous plaît.	**I'd like** an application form, please. 麻煩您，我想要一份申請表。
J'aimerais transférer de l'argent.	**I'd like** to transfer some money. 我想轉賬。
Je voudrais prendre un rendez-vous pour mardi après-midi.	**I'd like** to make an appointment for Tuesday afternoon. 我想預約週二下午。
Je voudrais une permanente, s'il vous plaît.	**I'd like** a perm, please. 麻煩您，我想燙頭髮。

以句式 **Est-ce que...?** 開頭的問句比直接問 **Vous pouvez...?** 聽起來更有禮貌，所以想讓別人幫自己做某事時，最好用前一個句式，如 **Est-ce que vous pouvez...?**（您可以……嗎？）或 **Est-ce que vous pourriez...?**（您是否可以……？），後者語氣更委婉，兩者都後接動詞不定式。**pouvez** 和 **pourriez** 的動詞原形是 **pouvoir**。關於 **pouvoir** 的更多內容，見第 322 頁。

……您（是否）可以……嗎？

Est-ce que vous pouvez me donner un reçu, s'il vous plaît?	**Can you** give me a receipt, please? 麻煩您，您可以給我一張收據嗎？
Est-ce que vous pouvez m'appeler quand ce sera réparé?	**Can you** ring me when it's fixed? 電話修理好後，您可以致電給我嗎？
Vous pouvez me faire un devis?	**Can you** give me an estimate? 您可以給我一個估價嗎？
Est-ce que vous pourriez jeter un œil à mon appareil photo?	**Could you** have a look at my camera? 您是否可以看一看我的相機？
Vous pourriez me dire si c'est réparable, s'il vous plaît?	**Could you** tell me if it can be repaired, please? 請問，您是否可以告訴我這可以修理嗎？

⋯⋯您介不介意⋯⋯？

Est-ce que ça vous dérangerait d'attendre pour encaisser le chèque?	**Would you mind** waiting before cashing the cheque? 兌換支票要等一會，您介不介意？
Est-ce que ça vous dérangerait de me donner une photocopie du contrat?	**Would you mind** giving me a photocopy of the contract? 您介不介意給我一份合約副本？
Est-ce que ça vous dérangerait de me l'envoyer par fax?	**Would you mind** sending it to me by fax? 您介不介意發傳真給我？

⋯⋯您能⋯⋯嗎？

Est-ce qu'il vous serait possible de me recevoir cet après-midi?	**Could you possibly** see me this afternoon? 今天下午您能和我見面嗎？
Est-ce qu'il vous serait possible de mettre ces photos sur un CD?	**Could you possibly** put these photos on a CD? 您能把這些照片燒錄在光碟上嗎？
Est-ce qu'il vous serait possible de prolonger la garantie?	**Could you possibly** extend the guarantee? 您能延長保養期嗎？

詢問別人是否有某物時，可用句式 **Est-ce que vous avez...?**（您有⋯⋯嗎？）或 **Est-ce que vous auriez...?**（您是否有⋯⋯？），後者語氣更委婉。**avez** 和 **auriez** 的動詞原形是 **avoir**。關於 **avoir** 的更多內容，見第318頁。

您（是否）有……？

Est-ce que vous avez de la documentation sur vos polices d'assurance?	**Have you got** any documentation about your insurance policies? 您有您的保單資料嗎？
Est-ce que vous avez un fax?	**Have you got** a fax machine? 您有傳真機嗎？
Est-ce que vous auriez des piles AA?	**Would you have** any AA batteries? 您是否有 AA 電池？
Est-ce que vous avez de quoi enlever cette tache?	**Do you have something to** remove this stain? 您有甚麼清除污漬的東西嗎？

你這裏賣……嗎？

Vous vendez des kits mains libres?	**Do you sell** hands-free kits? 您這裏賣免提配件嗎？
Vous vendez des pellicules en noir et blanc?	**Do you sell** black and white film? 您這裏賣黑白菲林嗎？
Est-ce que vous vendez des lentilles jetables?	**Do you sell** disposable contact lenses? 您這裏賣即棄隱形眼鏡嗎？

詢問建議

有時我們需要向別人尋求意見或建議，這時可用句式 **Vous me conseillez de...?**（您認為我應該……嗎？）。**conseillez** 的動詞原形是 **conseiller**。關於以 **-er** 結尾的第一組規則動詞如 **conseiller** 的更多內容，見第 305 至 307 頁。

您認為我應該⋯⋯？

Vous me conseillez de changer mon argent à la banque ou au bureau de change?	**Do you think I should** change money at the bank or the bureau de change? 您認為我應該去銀行還是外幣兌換處兌換錢？
Vous me conseillez d'ouvrir un compte épargne?	**Do you think I should** open a savings account? 您認為我應該開一個儲蓄賬戶嗎？
Vous nous conseillez de changer les serrures?	**Do you think we should** change the locks? 您認為我們應該換鎖嗎？
Qu'est-ce que vous me conseillez?	**What do you think I should do**? 您認為我應該做甚麼？

您推薦／建議⋯⋯嗎？

Vous nous **recommandez** ce modèle?	**Would you recommend** this model to us? 您推薦這一款給我們嗎？
Vous recommandez ce produit?	**Would you recommend** this product? 您推薦這款產品嗎？
Vous nous recommandez de prendre une assurance tous risques?	**Would you recommend that we** take out comprehensive insurance? 您建議我們買綜合保險嗎？

詢問自己是否應該做某事，還可以用句式 **Est-ce qu'il faut que...?**（我應該⋯⋯嗎？），後接動詞虛擬式。關於虛擬式的更多內容，見第312頁。

我應該／需要……？

Est-ce qu'il faut que j'appelle le plombier?	**Should I** call the plumber? 我應該致電水喉匠嗎？
Est-ce qu'il faut que je prévienne ma banque?	**Should I** advise my bank? 我應該提前通知銀行嗎？
Est-ce qu'il faut demander un devis?	**Do I need to** ask for an estimate? 我需要詢問估價嗎？
Qu'est-ce qu'il faut que je fasse?	**What should I do**? 我應該做甚麼？

提出建議

有時候我們會就某項服務提出建議，這時可用句式 **je pourrais** （我可以），語氣比較委婉。

我／我們可以……

Je pourrais contacter ma banque au Royaume-Uni.	**I could** contact my bank in the UK. 我可以聯絡我在英國的銀行。
Je pourrais remettre le rendez-vous à vendredi.	**I could** change the appointment to Friday. 我可以改預約到週五。
On pourrait revenir plus tard.	**We could** come back later. 我們可以晚點回來。

我們能不能……？

On peut se mettre d'accord sur un prix?	**Can we agree on** a price? 我們能不能商定一個價格？
On peut se mettre d'accord sur une heure de rendez-vous?	**Can we agree on** a time to meet up? 我們能不能確定聚會時間？
On peut se mettre d'accord sur une date?	**Can we agree on** a date? 我們能不能確定日期？

詢問自己做某事是否更好時，可用句式 **Est-ce qu'il vaut mieux que...?**（……是否更好？）或 **Est-ce qu'il vaudrait mieux que...?**（……是否比較好？），後者語氣更委婉，後接虛擬式。關於虛擬式的更多內容，見第312頁。

……是否更好／比較好？

Est-ce qu'il vaut mieux que je vienne le matin?	**Is it better if** I come in the morning? 我早上來是否更好？
Est-ce qu'il vaut mieux que je m'adresse à un revendeur certifié?	**Is it better if** I go to a certified dealer? 找一個認證經銷商是否更好？
Est-ce qu'il vaudrait mieux appeler l'après-midi?	**Would it better to** phone in the afternoon? 下午通電話是否比較好？

制定安排

在確定服務時，有時需要與人商量安排。詢問某個安排是否適合某人時，可用句式 **Ça vous va si...?**（……您方便嗎？）。**va** 的動詞原形是 **aller**。關於 **aller** 的更多內容，見第317頁。

……您方便嗎？

Est-ce que ça vous va si je repasse à cinq heures?	**Is it all right with you if** I come back at five pm? 我下午五時再來您方便嗎？
Est-ce que ça vous va si je passe à votre bureau demain?	**Is it all right with you if** I call at your office tomorrow? 我明天去您的辦公室您方便嗎？
Ça vous va si j'envoie le chèque par la poste?	**Is it all right with you if** I send the cheque by post? 我郵寄支票您方便嗎？

在討論如何安排最好時，詢問別人可用句式 **Est-ce que ça vous arrangerait de...?**（對您是否更好……？），語氣比較委婉，後接動詞不定式。

……對您是否更好？

Est-ce que ça vous arrangerait d'attendre un peu?	**Would it be better for you if** we waited a little? 我們等一會對您是否更好？
Est-ce que ça vous arrangerait de faire un accord écrit?	**Would it be better for you if** we had a written agreement? 我們寫一個書面協議對您是否更好？
Ça vous arrangerait qu'on vous verse un acompte?	**Would it be better for you if** we gave you a deposit? 我們預付給您對您是否更好？

……對我最好

Le mieux pour moi serait dix heures à votre agence.	Ten o'clock in your office **would be best for me**. 十時來到您的辦公室對我最好。
Le mieux pour moi serait un rendez-vous dans l'après-midi.	An afternoon appointment **would be best for me**. 下午見面對我最好。
Le mieux pour moi serait d'être livré à domicile.	Home delivery **would be best for me**. 送貨上門對我最好。

談論計劃

在英語中談論將來的事經常用句式 *I'm going to*（我打算）。法語中也有類似句型。要表達計劃做某事，用句式 **je vais**（我打算）或 **on va**（我們打算），後接動詞。**vais** 和 **va** 的動詞原形是 **aller**。關於 **aller** 的更多內容，見第 317 頁。

我／我們打算……

Je vais acheter une nouvelle carte SIM.	**I'm going to** buy a new SIM card. 我打算買一張新 SIM 卡。
Je vais me renseigner auprès de ma banque en Grande-Bretagne.	**I'm going to** ask my bank in Britain. 我打算諮詢我在英國的銀行。
On va vous payer par chèque.	**We're going to** pay you by cheque. 我們打算用支票付款給您。
Je vois mon banquier cet après-midi.	**I'm going to see** my bank manager this afternoon. 我打算下午去見我的銀行經理。
Nous visitons un appartement cette semaine.	**We're visiting** a flat this week. 我們打算在這週參觀一個單位。

說法語的人也經常用句式 **je compte** 或 **j'ai l'intention de** 來表達"我打算做"。**compte** 的動詞原形是 **compter**,而 **ai** 的動詞原形是 **avoir**。關於 **avoir** 和以 **-er** 結尾的第一組規則動詞如 **compter** 的更多內容,見第 318 和 305 至 307 頁。

我打算……

Je compte m'installer définitivement ici.	**I intend to** relocate here permanently. 我打算在這裏定居。
Je compte ouvrir un nouveau compte.	**I intend to** open a new account. 我打算開一個新賬戶。
J'ai l'intention d'investir dans un appareil photo plus perfectionné.	**I intend to** buy a more sophisticated camera. 我打算買一部更高級的相機。

我／我們希望……

J'espère recevoir les documents la semaine prochaine.	**I'm hoping to** receive the documents next week. 我希望下週收到文件。
J'espère terminer les travaux avant décembre.	**I'm hoping to** have the work finished by December. 我希望十二月前完工。
Nous espérons pouvoir emménager le plus vite possible.	**We're hoping** we can move in as quickly as possible. 我們希望能盡快入住。

還可以用句式 **Est-ce que vous allez…?**（*您打算／將會……嗎？*）來詢問別人是否打算做某事。**allez** 的動詞原形是 **aller**（*去*）。關於 **aller** 的更多內容，見第 317 頁。

您打算／將會……嗎？

Est-ce que vous allez changer l'objectif?	**Are you going to** change the lens? 您打算換鏡頭嗎？
Est-ce que vous allez faire payer la main d'œuvre?	**Are you going to** charge for labour? 您打算收取費用嗎？
Est-ce que vous allez pouvoir enlever cette tache?	**Are you going to** be able to remove this stain? 您將會去除這塊污漬嗎？

詢問別人打算做甚麼時，可用句式 **Qu'est ce que vous allez…?**（*您打算……？*）。若問打算何時或如何做某事，只需將 **qu'** 替換為 **quand**（*甚麼時候*）或 **comment**（*如何*）等疑問副詞。關於 **aller** 的更多內容，見第 317 頁。

您打算⋯⋯?

Qu'est-ce que vous allez faire?	**What are you going to** do? 您打算做甚麼？
Qu'est-ce que vous allez dire aux assureurs?	**What are you going to** tell the insurance company? 您打算跟保險公司說甚麼？
Quand est-ce que vous allez terminer les réparations?	**When are you going to** finish the repair work? 您打算甚麼時候修理完？
Comment est-ce que vous allez me dédommager?	**How do you going to** compensate me? 您打算如何補償我？

表達喜歡、不喜歡或偏好

表達喜歡某物，可用句式 **j'aime bien**（我喜歡）。表達不喜歡，可用句式 **je n'aime pas**（我不喜歡）。**aime** 的動詞原形是 **aimer**。關於 **aimer** 的更多內容，見第 313 頁。

我⋯⋯喜歡⋯⋯

J'aime bien avoir mes photos sur CD.	**I like** my photos on CD. 我喜歡把照片燒錄在光碟上。
J'aime bien avoir les cheveux courts.	**I like to** keep my hair short. 我喜歡短髮。
J'aime beaucoup me faire faire les ongles.	**I really like** getting my nails done. 我非常喜歡做美甲。

我不喜歡／受不了……

Je n'aime pas avoir trop d'argent liquide sur moi.	**I don't like** carrying too much cash on me. 我不喜歡隨身攜帶太多現金。
Je n'aime pas trop laisser ma voiture chez le garagiste.	**I don't really like** leaving my car at the garage. 我不喜歡我的車泊在修理廠。
J'ai horreur de cette sonnerie de téléphone.	**I can't stand** this ringtone. 我受不了這個電話鈴聲。

要表達偏好某事物，可用句式 **je préfère**（我更喜歡），而表達喜歡 A 勝過 B，用句式 **je préfère A à B**。**préfère** 的動詞原形是 **préférer**。關於以 **-er** 結尾的第一組規則動詞如 **préférer** 的更多內容，見第 305 至 307 頁。

……我更喜歡……、我們……不想……

Je préfère un contrat écrit.	**I prefer** a written contract. 我更喜歡書面合約。
Je préfère payer en plusieurs fois.	**I prefer** to pay in instalments. 我更喜歡分期付款。
On préfère ne rien signer pour l'instant.	**We prefer not** to sign **anything** for now. 我們現在不想簽署任何文件。
Je préfère les photos en noir et blanc **aux** photos couleur.	**I prefer** black and white photos **to** colour ones. 比起彩色照片，我更喜歡黑白照片。
Je préfère un abonnement **à** une carte.	**I prefer** a season ticket **to** a top-up card. 比起充值卡，我更喜歡交通月票。

要表達寧願某人做某事，可用句式 **j'aimerais mieux que**（我寧願），後接動詞用虛擬式。關於虛擬式的更多內容，見 312 頁。

我寧願……

J'aimerais mieux que vous me remboursiez.	**I'd rather** you refunded me. 我寧願您退款給我。
J'aimerais mieux que vous m'envoyiez le dossier par la poste.	**I'd rather** you sent me the file through the post. 我寧願您郵寄檔案給我。
J'aimerais mieux que vous téléphoniez avant de passer.	**I'd rather** you phoned before calling in. 我寧願您來之前先致電。

留心聆聽

下面是尋求服務時會經常聽到的重要句型。

Je peux vous renseigner?	Can I help you? 您需要我幫忙嗎？
Ce sera prêt demain.	It'll be ready tomorrow. 明天就會準備好。
Ce n'est pas encore prêt.	It's not ready yet. 還沒準備好。
Vous avez votre reçu?	Do you have your receipt? 您有收據嗎？
Vous avez besoin d'un reçu?	Do you need a receipt? 您需要收據嗎？
Vous avez une pièce d'identité?	Do you have some identification? 您有身份證嗎？
Quelle heure vous conviendrait le mieux?	What time of day would suit you best? 您何時最方便？
Vous avez rendez-vous?	Do you have an appointment? 您有預約嗎？
Veuillez rappeler demain.	Please ring back tomorrow. 請明天再打來。
Comment voudriez-vous régler?	How would you like to pay? 您想怎麼支付？

生活小貼士

● 要安排好事情，需要知道店鋪的開門時間（**horaires d'ouverture**）。法國的商店和店鋪，比如理髮店和乾洗店等，通常都是早上九時左右開門，晚上七時關門。除了大城市，其他地方大多數店鋪星期天關門，很多店週一也關門，這樣店員就可以有兩天的休息時間。公共服務機構最晚五時關門。

● 早在 20 世紀 90 年代初，法國就開始使用智能卡（**cartes à puce**），直到最近英國才開始使用。刷卡時會要求你 **Tapez votre code!**（輸入密碼！）。

● 許多銀行安裝了安全門和門鈴。顧客須按鈴進入，門上會有如下說明：**Sonnez**（請按鈴）、**Patientez**（請等待）和 **Entrez**（請進）。

● 如果想預約理髮師等，用 **rendez-vous**（預約）這個詞。比如說，**je voudrais prendre rendez-vous pour jeudi matin.**（我想預約週四上午）。

單元 9 哎喲！痛呀！

Rétablis-toi vite! 趕快好起來！

在法語國家生活，有時會生病、遇到意外、牙痛或需要其他醫療服務，
本單元介紹與醫生、牙醫或藥劑師進行有效交流的句型。

描述問題

有時候，在某些場合，我們必須描述自己遇到的問題，這時可用
句式 **j'ai**。ai 的動詞原形是 **avoir**。關於 **avoir** 的更多內容，見第
318 頁。

我（病情）……

J'ai de la fièvre.	**I've got** a temperature. 我發燒了。
J'ai des plaques.	**I've got** a rash. 我出疹了。
J'ai des palpitations.	**I've been having** palpitations. 我一直都心悸。
Je ne sais pas ce que **j'ai**.	I don't know **what's wrong with me**. 我不知道
Mon fils **est** cardiaque.	My son **has** a heart condition. 我兒子有心臟病。
Je fais de l'hypertension.	**I have** high blood pressure. 我有高血壓。

想要說明哪裏痛，並描述痛感，可用句式 **j'ai mal à**。緊記 **j'ai
mal à** 後接定冠詞 **le** 時變成 **j'ai mal au**，後接 **les** 時變成 **j'ai
mal aux**。關於介詞 **à** 後接定冠詞 **le** 和 **les** 的更多內容，見第
280 至 282 頁。

我……痛

J'ai mal à la tête.	**I've got** a head**ache**. 我頭痛。
J'ai mal à l'estomac.	**I've got** stomach**ache**. 我胃痛。
Elle a mal aux dents.	**She's got** tooth**ache**. 她牙痛。
J'ai mal au dos.	**My** back **is sore**. 我背痛。
J'ai mal ici.	**It hurts** here. 我這裏痛。

我……感覺……

Je me sens fatigué tout le temps.	**I feel** tired all the time. 我總感覺很疲倦。
Je me sens mieux maintenant.	**I'm feeling** better now. 我現在感覺好多了。
Je ne me sens pas bien du tout.	**I feel** awful. 我感覺糟透了。
Je me sentais bien hier.	**I felt** fine yesterday. 我昨天感覺不錯。

我／他（病情）……

Je suis allergique à la pénicilline.	**I'm** allergic to penicillin. 我對盤尼西林過敏。
Je suis sous antidépresseurs.	**I'm** on antidepressants. 我正在服用抗抑鬱藥。
Je suis diabétique.	**I'm** diabetic. 我有糖尿病。
Il est sous analgésiques.	**He's** on painkillers. 他在吃止痛藥。

陳述事情經過

如果您發生過意外，您可能需要描述當時的情況。這時用句式 **j'ai** 或 **je suis** 後接動詞的過去分詞。**ai** 和 **suis** 的動詞原形分別是 **avoir** 和 **être**。關於過去時的更多內容，見第 318 和 320 頁。

我／她（遭遇）……

J'ai eu un accident.	**I've had** an accident. 我發生過一次意外。
J'ai perdu un plombage.	**I've lost** a filling. 我補牙的物料丟了。
Je suis tombé dans les escaliers.	**I fell down** the stairs. 我在樓梯上摔倒了。
Je me suis cogné la tête.	**I've bumped** my head. 我的頭撞傷了。
Elle s'est brûlée sur la cuisinière.	**She burnt herself** on the stove. 她在爐上燙傷了。

我／他從沒……

Je n'ai jamais eu un mal de tête pareil.	**I've never had** such a bad headache. 我的頭從沒這麼痛過。
Il n'a jamais eu d'attaque.	**He's never had** a fit **before**. 他從沒發作過。
Je ne me suis jamais sentie aussi mal.	**I've never felt** so ill. 我從沒感覺這麼糟糕過。
Ça ne m'est encore jamais arrivé.	**It's never happened** to me **before**. 我從沒發生過這樣的事。

不幸發生嚴重意外時，可用句式 **je me suis cassé**（我……受傷）來表示身體某個部位受傷。

……我／他／她……（受傷情況）

Je crois que **je me suis cassé** le bras.	I think **I've broken** my arm. 我想我的手臂斷了。
Je me suis cassé la clavicule l'année dernière.	**I broke** my collar bone last year. 去年我的鎖骨斷了。
Il s'est cassé la jambe.	**He's broken** his leg. 他的腿斷了。
Elle s'est cassé une dent.	**She's broken** a tooth. 她的一顆牙掉了。
Je me suis foulé la cheville.	**I've sprained** my ankle. 我扭傷腳踝了。

BON À SAVOIR！不可不知！

法語中表達 *I have broken the leg*（我的腿斷了），身體部位前用定冠詞，而不用物主形容詞，如句式 *I have broken my leg*，其他身體部位的表達與此相同。

詢問資訊

詢問資訊時，需要首先吸引別人的注意然後詢問。要吸引別人的注意，可用 **pardon** 或 **excusez-moi**（打擾一下）。

……有沒有／哪裏有……？

Pardon, **est-ce qu'il y a un** hôpital par ici?	Excuse me, **is there** a hospital nearby? 打擾了，附近有沒有醫院？
Est-ce qu'il y a une pharmacie de garde près d'ici?	**Is there** a chemist's open near here? 附近有沒有藥房？
Est-ce que vous savez s'**il y a** un dentiste par ici?	Do you know if **there's a** dentist in the area? 您知道周圍有沒有牙醫診所？
Pardon, **où est-ce que je peux trouver** un médecin?	Excuse me, **where can I find** a doctor? 打擾了，請問哪裏有醫生？
Excusez-moi, **où est-ce que je peux trouver** un poste de secours?	Excuse me please, **where can I find** a first-aid post? 打擾了，請問哪裏有急救站？

BON À SAVOIR！不可不知！

法語句式 **Est-ce qu'il y a...?** 既可以指英語中的 *Is there* … ？，也可以指 *Are there* … ？（……有沒有／哪裏有……？）。

需要別人詳細解釋某物或其用途時，可用句式 **Qu'est-ce que c'est que...?**（……是甚麼……？）。對於一般詢問，要在陽性單數名詞前用 **quel**，陰性單數名詞前用 **quelle**。

Qu'est-ce que c'est que ce médicament?	**What is** this medicine? 這是甚麼藥？
Qu'est-ce que c'est que ces comprimés?	**What are** these tablets? 這些是甚麼藥片？
Quel est le numéro pour avoir une ambulance?	**What's** the number to call for an ambulance? 救護車的呼叫號碼是甚麼？
Quelle est l'adresse de l'hôpital?	**What's** the address of the hospital? 醫院地址是甚麼？
À quoi servent ces comprimés?	**What are** these tablets **for**? 這些藥片的作用是甚麼？

······哪······？

Je peux prendre rendez-vous avec **quel** docteur?	**Which** doctor can I get an appointment with? 我可以預約哪位醫生？
Dans **quelle** rue est la clinique?	**Which** street is the clinic in? 診所在哪條街？
Est-ce que vous pouvez me dire dans **quelle** salle elle est?	Can you tell me **which** ward she's in? 您能告訴我她在哪間病房嗎？
Quelle est la meilleure clinique?	**Which** clinic is the best? 哪間診所最好？

有時為了獲取具體資訊，需用疑問詞 **Comment...?**（······如何······？）或 **Quand...?**（······甚麼時候······？）來提問。

Comment est-ce qu'on prend rendez-vous avec le chiropracteur?	**How** do you make an appointment with the chiropractor? 我們如何才能預約按摩師？
Comment est-ce qu'on prend ce médicament?	**How** do you take this medicine? 這種藥如何服用？
Comment est-ce qu'on s'inscrit à la Sécurité Sociale?	**How** do we register with Social Security? 我們如何參加社會保障計劃？

…… 甚麼時候／何時 …… ?

Quand est-ce qu'il faut que je me fasse faire ma piqûre?	**When** do I have to have my injection? 我該甚麼時候去打針？
Quand est-ce que le médecin va venir?	**When** is the doctor coming? 醫生甚麼時候來？
Quand commencent les visites?	**When** does visiting time start? 甚麼時候可以開始探病？
Quand est-ce que je dois prendre les comprimés?	**When** do I have to take the tablets? 我該甚麼時候吃藥？
À quelle heure ouvre le cabinet médical?	**What time** does the doctor's surgery open? 手術何時開始？

很多問題可以用是或否來回答。對於此類問題，也有兩種提問方式：一種是在所提問題之前加 **est-ce que**，另一種是提高句尾的語調。

…… 嗎 ?

Est-ce que c'est grave?	**Is it** serious? 嚴重嗎？
Est-ce que l'hôpital **est** loin?	**Is** the hospital far? 醫院遠嗎？
Le centre de santé **est** ouvert l'après-midi?	**Is** the health centre open in the afternoon? 健康院下午開門嗎？

索取物品

想要確定別人是否有某物，可用句式 **Est-ce que vous avez...?**
或 **Vous avez...?**（您有……嗎？）。**avez** 的動詞原形是 **avoir**。
關於 **avoir** 的更多內容，見第 318 頁。

您有……嗎？

Est-ce que vous avez quelque chose contre le mal de tête?	**Have you got** anything for a headache? 您有頭痛藥嗎？
Est-ce que vous avez quelque chose contre le rhume des foins?	**Do you have** anything for hay fever? 您有抗花粉過敏的藥嗎？
Vous avez un numéro d'urgence?	**Do you have** an emergency telephone number? 您有緊急求助電話號碼嗎？
Vous avez du paracétamol pour bébés?	**Do you have** infant paracetamol? 您有兒童裝撲熱息痛嗎？

用法語索取物品，可用句式 **Est-ce que je peux avoir...?** 或
Je peux avoir...?（請給我……好嗎？）。**peux** 的動詞原形是
pouvoir。關於 **pouvoir** 的更多內容，見第 322 頁。

請給我……好嗎？、……我可以……嗎？

Est-ce que je peux avoir un rendez-vous pour demain, s'il vous plaît?	**Can I have** an appointment for tomorrow, please? 請問，我可以預約明天嗎？
Est-ce que je peux avoir de l'aspirine, s'il vous plaît?	**Can I have** a packet of aspirin, please? 請給我一包阿士匹靈好嗎？
Je peux avoir un pansement de rechange?	**Can I have** a spare bandage? 請給我一條備用繃帶好嗎？

我／我們……可以……？

Est-ce que je peux voir un dentiste ce matin?	**Can I** see the dentist this morning? 我可以今早看牙醫嗎？
Est-ce que je peux parler à un pédiatre tout de suite?	**Can I** talk to a paediatrician right away? 我可以馬上跟兒科醫生聊聊嗎？
Est-ce que je peux boire de l'alcool avec ce médicament?	**Can I** drink alcohol with this medicine? 我可以喝酒服藥嗎？
Quand est-ce qu'on peut passer prendre les résultats?	When **can we** collect the results? 我們甚麼時候可以來取結果？

詢問別人是否可以幫自己做某事，可用句式 **Est-ce que vous pouvez...?**（您能不能……？）或 **Est-ce que vous pourriez...?**（您是否可以……？），後者語氣更委婉。**pouvez** 和 **pourriez** 的動詞原形都是 **pouvoir**。關於 **pouvoir** 的更多內容，見第 322 頁。

您能……嗎？、……好嗎？

Est-ce que vous pouvez me prescrire quelque chose pour les maux d'oreille, s'il vous plaît?	**Can you** prescribe something for earache, please? 請您開一些治耳痛的藥給我好嗎？
Est-ce que vous pouvez envoyer une ambulance immédiatement?	**Can you** send an ambulance straightaway? 您能馬上派一輛救護車來嗎？
Est-ce que vous pouvez appeler un médecin, s'il vous plaît?	**Can you** call a doctor, please? 請您幫忙叫醫生好嗎？
Est-ce que vous pouvez me donner quelque chose pour mon bébé qui fait ses dents?	**Can you give me** something for my baby who's teething? 您能給我給寶寶磨牙的東西嗎？

您（是否）可以⋯⋯？

Est-ce que vous pourriez nous emmener à l'hôpital le plus proche?	**Could you** take us to the nearest hospital? 您是否可以送我們到最近的醫院？
Est-ce que vous pourriez me prendre la tension?	**Could you** check my blood pressure? 您是否可以幫我量血壓？
Est-ce que ça vous dérangerait de me trouver une infirmière qui parle anglais?	**Would you mind** finding me an English-speaking nurse? 您可以幫我找一位會説英語的護士嗎？
Vous voulez bien me donner un rendez-vous pour une visite de contrôle?	**Would you mind** giving me an appointment for a checkup? 您可以幫我預約檢查嗎？

表達想要做某事

用法語表達想要做某事時，可用句式 **je voudrais** 或 **j'aimerais**（我想）。**voudrais** 和 **aimerais** 的動詞原形分別是 **vouloir** 和 **aimer**。關於 **vouloir** 和 **aimer** 的更多內容，見第 323 和 313 頁。

我想⋯⋯

Je voudrais prendre rendez-vous avec le médecin.	**I'd like to** make an appointment with the doctor. 我想預約醫生。
Je voudrais voir un dentiste tout de suite.	**I'd like to** see a dentist straightaway. 我想馬上看牙醫。
Je voudrais acheter quelque chose contre la toux.	**I'd like to** buy something for a cough. 我想買點治咳嗽的東西。
J'aimerais me faire faire un plombage.	**I'd like to** have a tooth filled. 我想找醫生補牙。

我／我們寧願／更喜歡……

J'aimerais mieux aller dans un hôpital privé.	**I'd rather** go to a private hospital. 我寧願去一家私家醫院。
J'aimerais mieux aller chez un médecin femme qu'un médecin homme.	**I'd rather** see a female doctor **than** a male one. 比起男醫生，我寧願去看女醫生。
Je préférerais prendre des comprimés **que de** me faire faire une piqûre.	**I'd rather** take tablets **than** have an injection. 我寧願吃藥，也不願打針。
On préfère les remèdes naturels.	**We prefer** natural remedies. 我們更喜歡自然療法。

法語中告訴別人自己需要某物，用句式 **j'ai besoin de**（我需要）。

我／我們……需（要）……

J'ai besoin de la pilule du lendemain.	**I need** the morning-after pill. 我需要事後避孕藥。
J'ai besoin d'un médecin qui puisse venir ici.	**I need** a doctor who can come here. 我需要一位可以出診的醫生。
On a besoin d'une ambulance de toute urgence.	**We** urgently **need** to call an ambulance. 我們急需救護車。
Est-ce que j'ai besoin d'une ordonnance?	**Do I need** a prescription? 我需要出示處方嗎？

提出建議

用法語提出建議的一種方法是使用句式 **on pourrait**（我們可以）。**pourrait** 的動詞原形是 **pouvoir**。關於 **pouvoir** 的更多內容，見第 322 頁。

我們可以……

On pourrait demander au pharmacien.	**We could** ask the pharmacist. 我們可以問藥劑師。
On pourrait prendre des analgésiques chez le pharmacien.	**We could** get some painkillers at the chemist's. 我們可以去藥房買止痛藥。
On pourrait téléphoner à sa famille.	**We could** phone his family. 我們可以致電給他的家人。

用法語提出建議的另一種方法是用句式 **Pourquoi ne pas...?**（為甚麼……不……？）。

為甚麼……不……？

Pourquoi ne pas appeler un médecin?	**Why don't** we call a doctor? 為甚麼我們不叫醫生？
Pourquoi ne pas demander un rendez-vous avec le cardiologue?	**Why don't** we ask for an appointment with the heart specialist? 為甚麼我們不要求預約心臟病專科醫生？
Pourquoi pas demander comment se prennent ces antibiotiques?	**Why don't** we ask how the antibiotics should be taken? 為甚麼我們不問抗生素如何服用？
Pourquoi tu n'expliques **pas** le problème au médecin?	**Why don't** you explain the problem to the doctor? 為甚麼你不詳述你的病情給醫生？

BON À SAVOIR！不可不知！

你可能已經發現，法語中經常省略 **ne**，這種情況多見於口語中。

下面是在診所或醫院經常會聽到的句型。

Comment allez-vous?	How are you? 您覺得怎麼樣？
Qu'est-ce qui vous arrive?	What seems to be the problem? 您怎麼了？
Cela fait combien de temps que vous vous sentez comme ça?	How long have you been feeling like this? 您有這種感覺多長時間了？
Est-ce que vous avez des problèmes de santé?	Do you have any existing medical conditions? 您現在有甚麼不舒服嗎？
Est-ce que vous prenez d'autres médicaments?	Are you on any other medication? 您在服用其他藥物嗎？
Est-ce que vous avez la nausée?	Do you feel sick? 您覺得不舒服嗎？
Est-ce que vous avez des vertiges?	Do you feel dizzy? 您覺得頭暈嗎？
Où est-ce que vous avez mal?	Where does it hurt? 您哪裏痛？
Ne buvez pas d'alcool tant que vous prenez ce médicament.	Don't drink alcohol while you're taking this medicine. 吃藥的時候請不要喝酒。
Remplissez ce formulaire, s'il vous plaît.	Please fill in this form. 請填寫這張表格。
Je peux avoir les informations concernant votre assurance maladie?	Can I have your medical insurance details? 請給我您的醫療保險資料。
Les résultats sont bons.	The results are fine. 檢查結果正常。

生活小貼士

- 如果您急需看醫生，可以去醫院的急症室（**les urgences**）。

- 去看醫生或牙醫需支付診費（**les honoraires**）。看完後醫生會給您一張處方（**une ordonnance**），您拿着處方去藥房（**la pharmacie**）買藥。藥品價格各不相同，您支付的價錢因處方的藥物而變化。

- 如果去法國的專業醫療機構就診，會被要求出示*歐洲醫療保險卡*（**carte européenne d'assurance maladie**），現在這張醫療保險卡取代了原來的E111表格。但它與E111表格的共同目的都是方便歐盟成員國的所有公民在任何歐盟國家放心就診。

- 在法國，藥房（**pharmacies**）在遠處都能立刻認出，因為它的綠十字（**croix verte**）標誌非常明顯。

- 當其他藥房都關門時，總有一家藥劑師當值的藥房（**pharmacie de garde**）開門營業。這些藥房的地址會在當地其他藥房門外以及當地報紙上明顯標注出來。

- 移動緊急醫療救助簡稱 **SMUR** 或 **SAMU**，急救電話是 15。如果您在法國急需救護車，可以撥打這個號碼，他們會為您決定最適當的急救措施。

- 在法國，如果有人打噴嚏，您可以說 **À tes souhaits!**（*上帝保佑！或願你事事如意！*），如果是不熟悉的人，可以說 **À vos souhaits!**。如果此人再次打噴嚏，可以說 **À tes**（或 **vos**）**amours!**（**Qu'elles durent toujours**），字面意思是 "*給你愛的人！*"（*愛情甜蜜長久*）。

單元 10 求助

Ne vous en faites pas! 別擔心！

如果在法國遇到困難需要幫助，比如跌傷、發生意外、遭到搶劫，或者只是 —— 暖氣沒正常運作，本單元的句型幫助你應對自如。

描述問題

要向別人尋求某種幫助，首先需描述自己遇到甚麼問題。這時可用句式 **il y a**，相當於英語句型 *there is* 和 *there are*（有），而句式 **il n'y a pas de** 相當於英語句型 *there isn't any* 或 *there aren't any*（沒有）。

⋯⋯ 有 / 發生 ⋯⋯ 、 ⋯⋯ 沒有 ⋯⋯

Il y a une odeur de gaz dans ma chambre.	**There's** a smell of gas in my room. 我房間裏有煤氣味。
Il y a des cafards dans l'appartement.	**There are** cockroaches in the apartment. 單位裏有蟑螂。
Il n'y a pas de savon dans la salle de bain.	**There isn't any** soap in the bathroom. 浴室裏沒有肥皂了。
Il n'y a pas de serviettes dans ma chambre.	**There aren't any** towels in my room. 我房間裏沒有毛巾。
Il y a eu un accident.	**There's been** an accident. 發生意外了。

需要解釋到底是甚麼問題時，多用句式 **j'ai**（我有）或 **je n'ai pas de**（我沒有）。**ai** 的動詞原形是 **avoir**。關於 **avoir** 的更多內容，見第 318 頁。

我（有）……、我／我們……沒有……

J'ai un problème.	**I've got** a problem. 我遇到了麻煩。
J'ai un pneu à plat.	**I've got** a flat tyre. 我的一個輪胎洩了氣。
Je n'ai pas de pompe.	**I haven't got** a pump. 我沒有打氣筒。
On nous a volé et **nous n'avons pas** assez **d'**argent pour rentrer chez nous.	We've been robbed and **we haven't got** enough money to get back home. 我們被搶劫了，沒有足夠的錢回家。

有時遇到的麻煩事可能是由於無法做某事而造成的。法語中要表達無法做某事，可用句式 **je n'arrive pas à**。

我／我們無法……

Je n'arrive pas à faire démarrer la voiture.	**I can't** get the car to start. 我無法開動我的車。
Je n'arrive pas à allumer le chauffe-eau – il est cassé.	**I can't** light the boiler – it's broken. 我無法打開熱水器，它壞了。
On n'arrive pas à ouvrir la porte de la chambre.	**We can't** open the door to the bedroom. 我們無法打開睡房門。

發生這樣的事，也許是由於自己不知道如何做某事。法語中要表達不知道如何做某事，可用句式 **je ne sais pas**。

我不……會……

Je ne sais pas changer un pneu.	**I can't** change a tyre. 我不會換輪胎。
Je ne sais pas conduire.	**I can't** drive. 我不會駕車。
Je ne sais pas très bien parler français.	**I can't** speak French very well. 我不太會說法語。

要表達自己不明白某事，可用句式 **je ne comprends pas**（我不懂）。

······ **我 / 我們**······ **不懂 / 不明白**······

Je ne comprends pas ce que vous voulez dire.	**I don't understand** what you mean. 我不懂您説的是甚麼意思。
Je suis désolé, mais **je ne comprends pas** le mode d'emploi.	I'm sorry but **I don't understand** the instructions. 抱歉，我看不懂使用説明。
On ne comprend pas pourquoi ça ne marche pas.	**We can't understand** why it doesn't work. 我們不明白為甚麼這樣行不通。

陳述事情經過

有時候需要向別人複述發生過的事情，這時可用句式 **j'ai** 或 **je suis**（我遇到），後接動詞的過去分詞。**ai** 和 **suis** 的動詞原形分別是 **avoir** 和 **être**。關於未完成時的更多內容，見第310頁。

我 / 她（遭遇）······

J'ai perdu mon passeport.	**I've lost** my passport. 我弄丟了護照。
J'ai eu un accident.	**I've had** an accident. 我發生了意外。
Nous avons enfermé les clés dans l'appartement.	**We've locked** ourselves out of the apartment. 我們被鎖在單位外面了。
Ma valise **n'est pas arrivée**.	My case **hasn't arrived**. 我的箱子還沒托運到。
On **est tombé** en panne.	**We've broken down**. 我們的車拋錨了。
Nous sommes en panne d'essence.	**We've run out** of petrol. 我們的車沒汽油了。

······ 我 / 我們······ 被 ······

J'ai été agressé.	**I've been** mugged. 我被搶劫了。
J'ai été cambriolé.	**I've been** burgled. 我家被爆竊了。
Ma voiture **a été** forcée.	My car**'s been** broken into. 我的車被撬開了。
On nous a trop fait payer.	**We've been** overcharged. 我們被多收了錢。
On m'a arraché mon sac.	My bag**'s been** snatched. 我的袋被人搶走了。

描述人和事

在法國遇到麻煩事，需要向別人描述某人或某物時，可只用動詞 **est**（是）後接形容詞。**est** 的動詞原形是 **être**。關於 **être** 的更多內容，見第 320 頁。

······ 是 ······

C'est un break noir.	**It's** a black estate car. 那是輛黑色客貨車。
C'est un téléphone portable avec appareil photo intégré.	**It's** a camera phone. 那是一部可拍照的手機。
Ce sont des bijoux de très grande valeur.	**They're** very valuable jewels. 那是一些貴重的珠寶。
Le sac **est** rouge.	The bag**'s** red. 那個袋是紅色的。
La valise **est** verte avec des roulettes.	The suitcase **is** green with wheels. 那個箱子是綠色的，有輪。
Mon portefeuille **est en** cuir.	My wallet**'s made of** leather. 我的錢包是皮造的。
Il est grand et assez jeune.	**He's** tall and quite young-looking. 他是高個子，看起來很年輕。

當別人要求詳細描述自己或某人，比如年齡、頭髮的顏色等，可用句式 **il a** 或 **elle a**（*字面意思是他有或她有*）。**a** 的動詞原形是 **avoir**。關於 **avoir** 的更多內容，見第 318 頁。

我／他／她……歲

Il a cinq **ans**.	**He's** five **years old**. 他五歲。
Elle a huit **ans**.	**She's** eight. 她八歲。
J'ai trente **ans**.	**I'm** thirty. 我三十歲。

BON À SAVOIR！不可不知！

法語中，説到自己或他人的年齡時，年歲用複數 **ans**。

他／他們倆／她（有）……

Il a les cheveux blonds et courts.	**He's got** short blond hair. 他有一頭金色的短髮。
Elle a les cheveux bruns.	**She's got** brown hair. 她的頭髮是棕色的。
Elle a les yeux verts.	**She's got** green eyes. 她的眼睛是綠色的。
Ils ont les yeux marron tous les deux.	**They** both **have** brown eyes. 他們倆的眼睛都是褐色的。

他／她……穿着……

Elle porte un jean et un tee-shirt vert.	**She's wearing** jeans and a green T-shirt. 她穿着牛仔褲和綠色 T 恤。
Elle porte une robe orange.	**She's wearing** an orange dress. 她穿着一條橙色連衣裙。
Il portait un pull en laine et un pantalon noir.	**He was wearing** a woolly jumper and black trousers. 他當時穿着羊毛衫和黑色褲。

要想向別人詢問資訊，首先需吸引別人的注意。這時可用 **pardon** 或 **excusez-moi**（打擾一下）。

……有沒有……?

Excusez-moi, **est-ce qu'il y a** un garage par ici?	Excuse me, **is there** a garage around here? 打擾一下，這附近有沒有汽車修理廠？
Pardon, **est-ce qu'il y a** un électricien dans le quartier?	Excuse me, **is there** an electrician in the area? 打擾一下，這周圍有沒有電工？
Est-ce qu'il y a des hôtels à proximité?	**Are there** any hotels nearby? 請問這裏附近有沒有酒店？

BON À SAVOIR！不可不知！

法語句式 **Est-ce qu'il y a...?**，可同時表示英語句型 *Is there...?* 和 *Are there...?*（有沒有……?）。

……哪……?

Quel plombier me recommandez-vous?	**Which** plumber do you recommend? 您推薦哪個水喉匠？
Excusez-moi, il faut faire **quel** numéro pour appeler la police?	Excuse me, **what** number do you dial for the police? 請問，報警該撥哪個電話號碼？
Quels documents est-ce que je dois présenter?	**Which** documents do I need to show? 我該出示哪些文件呢？

要獲得特定資訊，如怎樣做某事、甚麼時候發生，或要花費多少錢，可用句式 **Comment...?**（……如何……？），**Quand...?**（……甚麼時候……？）或 **Combien...?**（……多少錢？）。

……如何……？

Comment est-ce qu'on fait pour avoir une ligne extérieure?	**How** do I get an outside line? 我如何打外線電話？
Comment est-ce qu'on fait pour signaler un vol?	**How** do we report a theft? 我們應如何報盜竊案？
Excusez-moi, **comment est-ce qu'**on va au garage?	Excuse me, **how** do we get to the garage? 請問我們如何去汽車修理廠？
Est-ce que vous pouvez me dire **comment** récupérer la valise?	Can you tell me **how** we can get the suitcase back? 請您告訴我如何才能拿回我們的手提箱？

……甚麼時候……？

Quand est-ce que vous allez venir réparer la climatisation?	**When** will you come to fix the air-conditioning? 您甚麼時候來修理空調？
Quand est-ce que vous allez livrer la valise?	**When** will you deliver the suitcase? 您甚麼時候去送行李箱？
Quand est-ce que je peux amener la voiture au garage?	**When** can I bring the car to the garage? 我甚麼時候可以開車到修理廠去？
Est-ce que vous savez **quand** on pourra voir l'avocat?	Do you know **when** we'll be able to see the lawyer? 您知道我們甚麼時候能見到律師嗎？

⋯⋯多少錢？

Combien est-ce que ça va coûter de réparer la voiture?	**How much** will it be to repair the car? 修理車要多少錢？
Vous pouvez me dire **combien** va coûter la réparation?	Can you tell me **how much** you will charge me to fix this? 您能告訴我修理費多少錢嗎？
Combien coûtent les frais de dossier?	**How much** are the registration fees? 註冊費要多少錢？

索取東西

用法語向別人索取東西，用句式 **Est-ce que je peux avoir...?** 或 **Je peux avoir...?**（⋯⋯給我⋯⋯嗎？）。**peux** 的動詞原形是 **pouvoir**。關於 **pouvoir** 的更多內容，見第 322 頁。

⋯⋯給我⋯⋯嗎？

Est-ce que je peux avoir votre numéro de téléphone?	**Can I have** your phone number? 給我您的電話號碼好嗎？
Est-ce que je peux avoir un autre formulaire?	**Can I have** another form? 再給我一張表格好嗎？
Je peux avoir une autre couverture, s'il vous plaît?	**Can I have** another blanket, please? 請再給我一張被褥好嗎？
Est-ce que je peux emprunter votre portable pour passer un coup de fil urgent?	**Can I borrow** your mobile to make an urgent call? 能借您的手機給我打個緊急電話嗎？

想知道是否有某物，可用句式 **Est-ce que vous avez...?**（您／你們有……嗎？）。

……您／你們有……嗎？

Est-ce que vous avez des câbles de démarrage?	**Do you have** jump leads? 您有電池連接線嗎？
Excusez-moi, **est-ce que vous avez** un bureau des objets trouvés?	Excuse me, **do you have** a lost property office? 請問你們有失物認領處嗎？
Pardon, **est-ce que vous avez** ce document en anglais?	Excuse me, **do you have** this document in English? 請問您有這份文件的英文版嗎？

詢問別人是否可以幫助自己，可用句式 **Est-ce que vous pouvez...?**（您能不能……？）或 **Est-ce que vous pourriez...?**（您是否可以……？），後者語氣更委婉。**pouvez** 和 **pourriez** 的動詞原形都是 **pouvoir**。關於 **pouvoir** 的更多內容，見第 322 頁。

……您……？

Est-ce que vous pouvez m'aider, s'il vous plaît?	**Can you** help me, please? 請您幫我好嗎？
Est-ce que vous pouvez appeler la police?	**Can you** call the police? 您能報警嗎？
Est-ce que vous pourriez recommander un électricien?	**Could you** recommend an electrician? 您是否可以推薦一個電工？
Est-ce que vous pourriez me montrer comment fonctionne la douche?	**Could you** show me how the shower works? 您是否可以給我示範淋浴器的用法？

表達想要做某事

用法語表達自己想要做某事或希望做某事，可用句式 **je veux**（我要）或 **je voudrais**（我想）。**veux** 和 **voudrais** 的動詞原形都是 **vouloir**。關於 **vouloir** 的更多內容，見第 323 頁。

我想……

Je voudrais signaler un vol.	**I'd like to** report a theft. 我想報一宗盜竊案。
Je voudrais téléphoner.	**I'd like to** make a call. 我想打個電話。
Je voudrais parler à un avocat.	**I'd like to** speak to a lawyer. 我想和律師談談。

我 / 我們不想……

Je ne veux pas rester dans cette chambre.	**I don't want to** stay in this room. 我不想留在這個房間裏。
Je ne veux pas laisser ma voiture ici.	**I don't want to** leave my car here. 我不想我的車泊在這裏。
Nous ne voulons pas aller à l'hôtel sans nos bagages.	**We don't want to** go to the hotel without our luggage. 我們不想不帶行李就去酒店。

要表達自己的偏好，可用句式 **j'aimerais mieux**（我寧願）。

J'aimerais mieux faire appel à un avocat qui parle anglais.	**I'd rather** hire a lawyer who can speak English. 我寧願聘請一位會說英語的律師。
J'aimerais mieux être au rez-de- chaussée qu'au premier étage.	**I'd rather** stay on the ground floor **than** on the first floor. 我寧願留在一樓，也不願上二樓。
On préférerait lire les documents en anglais, si possible.	**We'd rather** read the documents in English, if possible. 如果可能，我們寧願看英文版的文件。

表達必須做某事

想要用法語表達必須做某事，用句式 **il faut que**（我必須），後接虛擬式，或句式 **j'ai besoin de**（我需要）。關於虛擬式的更多內容，見第 312 頁。

我必須 ······

Il faut que j'aille à l'ambassade britannique.	**I have to** go to the British embassy. 我必須去英國大使館。
Il faut que je recharge la batterie de mon téléphone.	**I have to** charge up my phone. 我必須為手機電池充電。
Il faut que je parle à un avocat.	**I must** speak to a lawyer. 我必須跟律師談一談。

我需要 ······

J'ai besoin d'un pneu neuf.	**I need** a new tyre. 我需要一個新輪胎。
J'ai besoin de téléphoner.	**I need to** make a call. 我需要打個電話。
J'ai besoin d'appeler un électricien.	**I need to** call an electrician. 我需要致電給電工。

想要向説法語的朋友提出建議，一種方法是用句式 **on pourrait**
（*我們可以*）。**pourrait** 的動詞原形是 **pouvoir**。關於 **pouvoir** 的
更多內容，見第 322 頁。

······我們可以······

On pourrait appeler un serrurier.	**We could** call a locksmith. 我們可以致電給鎖匠。
On pourrait demander le numéro d'un électricien à quelqu'un.	**We could** ask someone for the number of an electrician. 我們可以問別人電工的電話號碼。
On pourrait toujours aller au bureau des objets trouvés.	**We could** always go to the lost property office. 我們可以隨時去失物認領處看看。
Si tu préfères, on peut aller voir le gérant et expliquer le problème.	**If you prefer, we could** go to the manager and explain the problem. 如果你願意，我們可以去找經理，跟他詳述這個問題。

建議做某事還可用句式 **Et si...?**（······怎麼樣？），後接動詞用未完成時。關於未完成時的更多內容，見第 310 頁。

······(你覺得)怎麼樣？

Et si on parlait à un avocat?	**How about** talking to a lawyer? 和律師談談？，(你覺得)怎麼樣？
Et si on appelait ton consulat?	**How about** calling your consulate? 我們致電給你的領事館，(你覺得)怎麼樣？
Et si on signalait le problème à la réception?	**How about** reporting the fault to reception? 我們向接待處舉報問題，(你覺得)怎麼樣？

另一種提出建議的方法是提問 **Pourquoi est-ce qu'on ne...pas?**（為甚麼我們不……？）。

為甚麼我們／你不……？

Pourquoi est-ce qu'on ne demande **pas** de l'aide aux voisins?	**Why don't we** ask the neighbours for help? 為甚麼我們不向鄰居尋求協助呢？
Pourquoi est-ce qu'on n'appelle **pas** la réception?	**Why don't we** call reception? 為甚麼我們不致電給接待處呢？
Pourquoi tu ne vas **pas** au commissariat pour signaler le vol?	**Why don't you** go to the police station to report the theft? 為甚麼你不去警局報這宗盜竊案呢？

談論計劃

在英語中，談論將來要用句式 *I'm going to*（我將）。法語中也有類似句型。要表達將要做某事，可用句式 **je vais**（我將）或 **on va**（我們將）。**vais** 和 **va** 的動詞原形都是 **aller**。關於 **aller** 的更多內容，見第 317 頁。

我／我們將……

Je vais appeler le garage.	**I'm going to** phone the garage. 我將致電給汽車修理廠。
Je vais signaler le vol à la police.	**I'm going to** report the theft to the police. 我將去警局報這宗盜竊案。
Je vais appeler au secours avec mon portable.	**I'm going to** call for help on my mobile. 我將用手機致電求助。
On va appeler un électricien pour qu'il répare l'installation électrique.	**We're going to** phone an electrician to fix the wiring. 我們將致電給電工，讓他來維修電路。

Est-ce que vous allez
remorquer notre voiture?

Est-ce que vous allez
venir aujourd'hui?

Vous allez nous appeler
quand ce sera prêt?

Are you going to tow our car back?
您會拖走我們的車嗎？

Are you going to come out today?
您今天會來嗎？

Are you going to call us when it's
ready? 等準備好了您會致電給我們嗎？

留心聆聽

下面是遇到困難時經常會聽到的句型。

Quel est le problème?

Qu'est ce qui s'est passé?

Est-ce que je peux avoir
les coordonnées de votre
assurance?

Qu'est-ce qui a été volé?

Est-ce que je peux avoir
votre adresse, s'il vous
plaît?

Vous êtes d'où?

Où est-ce que vous logez?

Est-ce que je peux voir votre
permis de conduire?

Est-ce qu'il y avait des
témoins?

Remplissez ce formulaire,
s'il vous plaît.

What's the problem? 怎麼了？

What happened? 發生了甚麼事？

Can I have your insurance details? 請告
訴我您保險公司的聯絡方式好嗎？

What's been taken? 甚麼東西被偷了？

Can I have your address, please? 請問
您的地址是甚麼？

Where are you from? 您來自哪裏？

Where are you staying? 您住在哪裏？

Can I have your driving licence? 我能看
看您的駕駛執照嗎？

Were there any witnesses? 有證人嗎？

Please fill in this form. 請填寫這張表格。

生活小貼士

● 在法國，報案要去警察局（**commissariat de police**），還要備案（**faire une déclaration**）。在大城市也可以去國家警察局（**police nationale**），而在農村可以去憲兵隊（**gendarmerie**），憲兵隊是軍隊中的警察機構。

● 法國警察局有數個類型。國家警察局（**police nationale**）負責維持國家安全和公共秩序。市政警察局（**police municipale**）主要負責交通和處理輕微罪行。國家憲兵隊（**gendarmerie nationale**）負責邊境巡邏和維持農村治安。

● 在法國和英國一樣，如果想開車環遊，必須注意泊車的位置，避免被罰款（**contravention**）或自己的車被拖車（**camion-grue**）拖走。因為要想從警察局的待領處（**fourrière**）取回汽車，需要付出高昂的費用，所以一定要看清楚每個交通指示牌，如果不懂一定要問。詢問指示牌的意思，可用句式 **Que veut dire ce panneau?**（這塊指示牌是甚麼意思？）。

單元 11 溝通與交流
Qui est à l'appareil? 誰的來電？

通電話是使用外語中最困難的事情之一，因為無法看到對方，無法通過肢體語言和面部表情輔助交流。本單元介紹如何用地道法語通電話交流，同時介紹其他交流方式，如：傳真、電子郵件、發短訊和寫信。

打電話

想要告訴別人自己需要打通電話，可用句式 **je dois**（我需要）。**dois** 的動詞原形是 **devoir**。關於 **devoir** 的更多內容，見第 319 頁。

……我／你（需）要……

Je dois téléphoner.	**I need to** make a call. 我需要打通電話。
Je dois téléphoner à ma femme.	**I need to** phone my wife. 我需要打通電話給我太太。
Je dois passer un coup de fil à mon pote.	**I need to** give my mate a ring. 我需要打通電話給我同伴。
N'oublie pas que **tu dois** rappeler ta mère ce soir.	Don't forget **you need to** call your mum back tonight. 別忘了今晚你要回個電話給你媽媽。

BON À SAVOIR！不可不知！

法語中，致電給別人用動詞 **téléphoner** 或短語 **passer un coup de fil**（致電）。和英語一樣，後者較不正式。

很多問題都可用"是"或"否"回答。詢問這類問題，可用句式 **Est-ce que...?** 再加上要問的問題。因此，如果想問別人有沒有某物，比如電話號碼，用句式 **Est-ce que vous avez...?**（您有……嗎？）。

……你／您有……嗎？

Est-ce que vous avez le numéro personnel de Madame Kay, s'il vous plaît?	**Do you have** Ms Kay's home number, please? 請問您有凱女士家裏的電話號碼嗎？
Est-ce que vous avez un numéro de fax?	**Do you have** a fax number? 您有傳真號碼嗎？
Est-ce que tu as un numéro de portable?	**Do you have** a mobile number? 你有手機號碼嗎？

用法語索取東西，如電話號碼時，要在陽性名詞前用 **Quel est...?**，陰性名詞前用 **Quelle est...?**。

……是？、……哪……？

Quel est son numéro de téléphone?	**What's** her phone number? 她的電話號碼是……？
Quel est le numéro des renseignements?	**What's** the number for directory enquiries? 查詢熱線的電話號碼是……？
Quel est l'indicatif de l'Irlande?	**What's** the dialling code for Ireland? 愛爾蘭的電話區號是……？
Je peux prendre **quelle** ligne pour appeler?	**What** line can I use to make a call? 我可以用哪條線路打電話？
Je dois faire **quel** numéro pour appeler à l'extérieur?	**What** number do I have to dial to get an outside line? 我要撥哪個號碼才能接通街線？

當對方接電話時

一旦對方接電話，你要說你好，並告訴對方你是誰。在法語中用 **Allô**，該詞只用作電話用語，無論是接、打正式的還是非正式的電話都可以用，而且一定要向接電話的人介紹自己，介紹自己用句型 **c'est**（我是）。

你好／晚上好……我是……

Allô, c'est Madame Devernois.	**Hello, this is** Ms Devernois. 你好，我是德福諾斯女士。
Allô Monsieur André, **c'est** Monsieur Ronaldson **à l'appareil**.	**Hello** Mr André, **this is** Mr Ronaldson **speaking**. 你好，安德魯先生，我是唐納森先生。
Bonsoir Madame Paoletti, **c'est** Madame Marsh **à l'appareil**.	**Good evening** Ms Paoletti, **this is** Ms Marsh **speaking**. 晚上好，寶萊蒂女士，我是馬什女士。
Salut Tarik, **c'est** Flo.	**Hi** Tarik, Flo **here**. 你好，塔里，我是弗洛。
Bonjour, Stéphanie est là? **C'est de la part de** Marie.	**Hello**, is Stephanie in? **This is** Marie. 你好，史提芬妮在嗎？我是瑪莉。

……我是……

Je suis une collègue de Nicole.	**I'm** a colleague of Nicole's. 我是妮歌的同事。
Je suis un copain d'Émilie.	**I'm** a friend of Emilie's. 我是愛美麗的朋友。
Je suis la fille de Monsieur Cadey.	**I'm** Mr Cadey's daughter. 我是卡地先生的女兒。
Allô, **je suis** le locataire du 5 rue des Cèdres.	Hello, **I'm** the tenant of 5 rue des Cèdres. 你好，我是賽德爾大街五號的房客。

如果要打電話給特定某個人，可用句式 **Est-ce que...est là?**
（……在嗎？）。

……在嗎？

Est-ce qu'Olivier **est là**, s'il vous plaît?	**Is** Olivier **there**, please? 請問奧利維亞在嗎？
Est-ce que tes parents **sont là**?	**Are** your parents **in**? 你父母在嗎？
Est-ce que vous pouvez me dire si Madame Revert **est là**?	Could you tell me whether Ms Revert **is in**? 您能告訴我蕾福女士在嗎？

BON À SAVOIR！不可不知！

如果你打電話要找的人不在，對方會這樣回答 **désolé, il n'est pas là**（抱歉，他不在）。

……是……嗎？

Est-ce que je suis bien au commissariat de police?	**Is this the** police station? 這是警局嗎？
C'est bien le numéro de la mairie?	**This is** the number for the town hall, **isn't it**? 這是大會堂的號碼嗎？
Je suis bien au 08 13 76 89 98?	**Is this** 08 13 76 89 98? 您的號碼是 08 13 76 89 98 嗎？

BON À SAVOIR！不可不知！

法語電話號碼以兩位為一組地讀，因此上述電話號碼可以這樣讀：
zéro huit，**treize**，**soixante-seize**，**quatre-vingt-neuf**，
quatre-vingt-dix-huit（*08 13 76 89 98*）。

法語中有多種句式可用於詢問是否可做某事，其中以 **puis-je**（我可以……嗎？）開頭的句式聽起來比較正式，而句式 **Est-ce que je pourrais...?** 常用於口語中。

……可以……嗎？

Puis-je parler au directeur, s'il vous plaît?	**May I** speak to the manager, please? 請問我可以和經理通話嗎？
Est-ce que je pourrais parler à Cécile, s'il vous plaît?	**May I** speak to Cécile, please? 請問我可以和塞西莉說話嗎？
Est-ce que je pourrais avoir le numéro de l'hôtel Europa?	**May I** have the number of the Europa hotel? 可以告訴我歐若巴酒店的電話號碼嗎？

和別人通電話時，最想知道的事情之一是對方最近怎樣。法語句式 **Comment ça va?** 和 **Ça va?** 都可以表達此意，對熟人還可以說 **Comment vas-tu?**（你好嗎？），對數個人或不太熟悉的人則說 **Comment allez-vous?**（您好嗎？）。

你／您好嗎？

Ça va?	**How are you**? 你好嗎？
Comment ça va?	**How are you**? 你好嗎？
Ça va bien?	**How are you**? 你好嗎？

……好嗎？

Comment va?	**How's life**? 最近過得好嗎？
Comment va ton frère?	**How is** your brother? 你兄弟好嗎？
Comment vont tes parents?	**How are** your parents? 你父母好嗎？

回答 "你好嗎" 也有多種表達方式。

（狀況）……

Ça va bien, merci, et vous?	**I'm fine, thanks**, what about you? 很好，謝謝。您呢？
Bien, merci, et toi?	**I'm fine, thanks**, and you? 挺好，謝謝。你呢？
Ça va pas mal, et toi?	**Not bad**. And yourself? 還不錯，你呢？
Ça ne va pas fort en ce moment.	**I haven't been great** lately. 我最近不是很好。

表達為何要打電話

打電話時，常常需要説明打電話的緣由或者電話是從哪裏打來的。這時可用動詞 **appeler**。關於以 **-er** 結尾的第一組規則動詞如 **appeler** 的更多內容，見第 305 至 307 頁。

我來電是……

J'appelle à propos de demain soir.	**I'm phoning about** tomorrow night. 我來電是問明天晚上的事。
J'appelle à propos de votre annonce dans le journal.	**I'm phoning about** your ad in the paper. 我來電是問你們報紙上的招聘廣告。
J'appelle pour parler à Marie.	**I'm phoning to** talk to Marie. 我來電是想和瑪莉説話。
J'appelle pour avoir des détails sur vos tarifs.	**I'm phoning to** get further details on your rates. 我來電是想知道你們的價格詳情。

我在/用……打來的

J'appelle d'une cabine.	**I'm calling from** a public phone. 我在公共電話亭打來的。
J'appelle de mon portable.	**I'm calling from** my mobile. 我用手機打來的。
Je vous **appelle de** mon travail.	**I'm calling** you **from** work. 我在辦公室打電話給您的。

要詢問是否可以做某事，用句型 **Est-ce que je peux...?**（我可以……嗎？）。

我可以……嗎？、您幫我……好嗎？

Est-ce que je peux laisser un message?	**Can I** leave a message? 我可以留言嗎？
Est-ce que je peux rappeler plus tard?	**Can I** call back later? 我可以晚點再打來嗎？
Je peux vous laisser un message à lui transmettre?	**Can you** pass on a message, please? 請您幫我留言好嗎？

詢問別人是否可以為自己做某事，用句式 **Est-ce que vous pouvez...?**（……您能不能……？）或者 **Est-ce que vous pourriez...?**（您是否可以……？），後者語氣更委婉。**pouvez** 和 **pourriez** 的動詞原形都是 **pouvoir**。關於 **pouvoir** 的更多內容，見第 322 頁。

⋯⋯你／您能不能 ⋯⋯? 、您是否可以 ⋯⋯?

Est-ce que vous pouvez lui dire que Paul a appelé, s'il vous plaît?	**Can you** let him know that Paul rang, please? 請問您能不能轉告他保羅曾經致電?
Est-ce que vous pouvez me passer Johanna, s'il vous plaît?	**Can you** put me through to Johanna, please? 請問您能不能幫我轉接約翰娜?
Tu peux lui faire la commission, s'il te plaît?	**Can you** pass the message on to him, please? 請問你能不能傳個信息給他?
Est-ce que vous pourriez lui transmettre un message?	**Could you** give her a message? 您是否可以留言給她?
Vous pourriez lui demander de me rappeler?	**Could you** ask her to call me, please? 請問您是否可以請她回電話給我?

提供資訊

用法語打電話時，可能會被要求提供一些資料。提供電話號碼或地址時用句式 **mon numéro, c'est**（我的電話號碼是 ⋯⋯），**mon adresse, c'est**（我的地址是 ⋯⋯）。

我 ⋯⋯ 的 ⋯⋯ 號碼是 ⋯⋯

Mon numéro de fixe, **c'est le**...	**My** home phone **number is**... 我家的電話號碼是 ⋯⋯
...et **mon numéro** de portable, **c'est le**...	...and **my** mobile **number is**... 我的手機號碼是 ⋯⋯
Le numéro de téléphone de mon hôtel, **c'est le**...	**My** hotel **phone number is**... 我酒店的電話號碼是 ⋯⋯

我⋯⋯的地址是⋯⋯、我住在⋯⋯

Mon adresse à Paris, c'est...	**My address** in Paris **is**... 我在巴黎的地址是⋯⋯
Mon adresse en Angleterre, c'est...	**My address** in England **is**... 我在英國的地址是⋯⋯
J'habite le 6 Maryhill Drive à Cork.	**My address is** 6, Maryhill Drive, Cork. 我住在曲克瑪麗山徑 6 號。
Je loge à l'Hôtel Méditerranée.	**I'm staying** at the Mediterranean Hotel. 我住在地中海酒店。

提供自己的詳細聯絡方式時，用句型 **vous pouvez me joindre** (*您可以聯絡我*)。

你／您可以⋯⋯

Vous pouvez me joindre au 09 98 02 46 23.	**You can contact me** on 09 98 02 46 23. 您可以撥打號碼 09 98 02 46 23 聯絡我。
Tu peux me joindre sur mon fixe.	**You can contact me** on my landline. 你可以打我的固網電話聯絡我。
Tu peux la joindre entre midi et deux heures.	**You can get her** between twelve and two. 你可以在中午十二時到下午二時聯絡她。
Tu peux me laisser un message sur le répondeur.	**You can** leave me a message on my answerphone. 你可以在我的錄音電話上留言。

接電話

接電話時也可以用 **Allô?**，這個詞只用作電話用語。無論接、打正式的還是非正式的電話，都可以使用。

喂，你好／誰？

Allô?	**Hello**? 你好？
Allô, oui?	**Hello**? 喂，你好？
Allô, j'écoute?	**Hello**? 喂，誰？

有人打電話找你，如果你是女性，可用 **elle-même** (*是她本人*) 回答，如果是男性，用 **lui-même** (*是他本人*) 回答。這是比較正式的答語。如果只是想稍欠正式但禮貌地回答，可以簡單地説 **oui, c'est moi** (*是的，是我*)。

……是我／他／她（本人）……

Elle-même.	**Speaking**. 是她本人，請説。
Lui-même.	**Speaking**. 是他本人，請説。
Oui, **c'est moi**.	Yes, **it's me**. 是的，是我。

接聽電話時，通常會詢問對方是否需要留言或稍後回電等。對不熟悉的人用 **Vous voulez...?** (*您想……嗎？*)，對熟悉的人可用 **Tu veux...?** (*你想……嗎？*)。**voulez** 和 **veux** 的動詞原形都是 **vouloir**，關於 **vouloir** 的更多內容，見第 323 頁。

你／您想……嗎？

Vous voulez laisser un message?	**Would you like to** leave a message? 您想留言嗎？
Vous voulez qu'il vous rappelle?	**Would you like** him **to** call you back? 您想他回電話給您嗎？
Tu veux rappeler un peu plus tard?	**Would you like to** call back a bit later? 你想晚點再打來嗎？

……你／您介不介意／可否……？

Est-ce que ça vous dérangerait de parler plus lentement, s'il vous plaît?	**Would you mind** speaking more slowly, please? 請問您介不介意說慢一點？
Est-ce que ça vous dérangerait de répéter, s'il vous plaît? Je vous entends mal.	**Would you mind** saying that again, please? I can't hear you very well. 請問您可否重複？您的話我聽得不太清楚。
Est-ce que ça vous ennuierait de l'épeler, s'il vous plaît?	**Would you mind** spelling it out, please? 請問您介不介意拼寫出來？
Ça t'ennuierait de me rappeler demain?	**Would you mind** calling me back tomorrow? 你可否明天回個電話給我？

掛電話

用法語結束電話時，可以像面對面交流時那樣說再見。對不熟悉的人道別說 **au revoir Madame / Mademoiselle / Monsieur**（再見，女士／小姐／先生）。對認識的人說 **au revoir**（再見）或者 **salut**（再見），後者比較不正式。

Au revoir Laurent! **Au revoir** Monsieur Blum! Allez, **salut** Emma! On se rappelle!	**Goodbye** Laurent! 再見，羅倫！ **Goodbye** Mr Blum! 再見，布林先生！ Right, **bye** Emma! Talk to you later! 好吧，再見愛瑪！再聯絡！

······ 愉快！

Bonne journée!	**Have a good** day! 今天過得愉快！祝你 有美好的一天！
Bon week-end!	**Have a good** weekend! 週末愉快！
Bonne soirée!	**Have a good** evening! 晚上過得愉快！ 祝你有個愉快的晚上！

要表達甚麼時候再見，法語中用介詞 **à** 後接時間，如 **demain**（明天），**plus tard**（晚點），**ce soir**（今晚）等。

······ 見！

À demain! **À** plus tard! **À** ce soir! **À** bientôt! **À** plus!	**See you** tomorrow! 明天見！ **See you** later! 晚點見！ **See yo**u tonight! 今晚見！ **See you** soon! 一會見！ **Later!** 晚點見！

道別時，想表達對他人的問候或祝福，可用句式 **passe le bonjour à**（向……問好）。

⋯⋯向⋯⋯問好

Passe le bonjour à ta famille.	**Say hello to** your family. 向你家人問好。
Passe le bonjour à ta sœur.	**Say hello to** your sister. 向你姐妹問好。
Salue tes parents **de ma part**.	**Say hello to** your parents for me. 代我向你父母問好。
Lara te **dit bonjour**.	Lara **says hello**. 羅拉向你問好。
Mes amitiés à ton père.	**Give** your father **my best wishes**. 代我向你爸爸問好。

BON À SAVOIR！不可不知！

法語中表達掛斷某人的電話，用句式 **raccrocher au nez de quelqu'un**，字面意思是"把電話掛在某人的鼻子上"。

有時必須提早結束通話，尤其是用手機打電話時，需告訴別人自己碰到的問題，用句型 **je n'ai...plus de**（我⋯⋯沒有⋯⋯）。

我⋯⋯沒有⋯⋯

Je n'ai bientôt **plus de** batterie.	**I don't have** much battery **left**. 我手機快沒有電了。
Je n'ai presque **plus de** crédit.	**I've** almost **no** credit **left**. 我的電話快沒有錢了。

BON À SAVOIR！不可不知！

當然，通常突然結束通話主要是由於網絡信號不好。告訴對方電話馬上要斷了，可用 **ça va couper**（馬上斷了）。

下面介紹一些電話中常用的句型。

Qui est à l'appareil?	Who's calling, please? 請問是誰？
C'est de la part de qui?	Who shall I say is calling? 是誰？
Ne quittez pas, s'il vous plaît.	Please hold the line. 請不要掛斷電話！
Ne quitte pas, je vais le chercher.	Hang on a minute, I'll get him. 請不要掛斷，我去找他。
Vous n'avez pas fait le bon numéro.	You've got the wrong number. 您撥錯號碼了。
Vous connaissez le numéro de poste?	Do you have the extension number? 您知道分機號碼嗎？
Je transfère votre communication.	I'll put you through. 我幫您轉接過去。
Le numéro que vous avez composé n'est pas attribué.	The number you have dialled doesn't exist. 您所撥打的號碼是空號。
Vous êtes bien au 09 73 47 60 21.	You've reached 09 73 47 60 21. 您所撥打的號碼正是 09 73 47 60 21。
Veuillez laisser un message après le bip.	Please leave a message after the tone. 聽到 "嘟" 聲之後，請留言。
Cet appel vous sera facturé 1 euro la minute.	This call will cost 1 euro per minute. 打電話每分鐘 1 歐元。
Tous nos opérateurs sont en ligne, merci de rappeler ultérieurement.	All our operators are busy, please call back later. 我們所有的接線員都在忙，請晚點打來。
Votre correspondant n'est pas en mesure de prendre cet appel; veuillez laisser votre message sur sa boîte vocale.	Your call is being forwarded to the mobile messaging service. 對方目前無法接聽電話，請在語音信箱留言。
Ça va couper.	You're breaking up. 電話馬上要斷了。
Merci d'avoir appelé.	Thanks for calling. 謝謝您的來電。

如何寫信和電子郵件

很多時候需要用法語寫信或者發電子郵件，下面介紹一些有用的句型。當然也可以閱讀一些法語信件和電子郵件的範本。

私人信件或郵件的開頭

Chère Aurélie,...	Dear Aurélie,... 親愛的奧列麗，……
Ma chère tante,...	My dear aunt,... 親愛的姑母，……
Salut Élodie!	Hi Élodie! 你好，埃洛蒂。

私人信件或郵件的結尾

Cordialement.	Kind regards. 衷心地
Bien à vous, Marie.	Yours, Marie. 祝您一切都好，瑪莉。
Amitiés, Jean.	Kind regards, Jean. 祝好，桑。
Je t'embrasse, Naïma.	Love, Naïma. 愛你，那伊瑪。
À bientôt!	See you soon! 稍後再見！
Mes amitiés à Fadou.	Send my best wishes to Fadou. 請轉達我對法杜的問候。
Grosses bises, Charlotte.	Love, Charlotte. 愛你，莎洛。

Fichier	Edition	Affichage	Outils	**Composer**	Aide	Envoyer

A:	michel@europost.fr
Cc:	
Copie cachée	
Object:	Demain soir

Nouveau message
Répondre
Répondre à tous
Faire suivre
Fichier joint

Tu veux sortir demain soir? Le nouveau James Bond passe à l'Odéon, si ça t'intéresse. 你明晚想出去嗎？新占士·邦在奧德翁電影院上映，你有興趣嗎？

Si tu ne peux pas demain, je suis libre samedi midi. On pourrait déjeuner ensemble. 如果你明晚不能出去，我星期六中午有空。我們可以一起吃午飯。

Grosses bises 吻你

Nadia 納迪亞

> **Saying your email address 告訴別人自己的電郵**
>
> 若要用法語説自己的電郵地址，可以這樣説：
> *michel arobase europost point ef-ayr*

Maxime Leduc 馬斯·勒杜
18, rue des Tulipes 鬱金香街 18 號
65004 Gervais 加維 65004

————————→ *Gervais, le 14 février 2006* 謝維，2006 年 2 月 14 日

Salut Frédéric ! 你好，弗雷德里克！

Je te remercie de ta lettre. J'étais très contente d'avoir de vos nouvelles. 感謝你的來信，很高興有你的音訊。

Merci beaucoup pour les CD que tu m'as envoyés. Tu as vraiment bien choisi puisqu'il s'agit de mes deux chanteurs préférés: je n'arrête pas de les écouter! 感謝你寄給我的 CD。你真是選對了，這是我最喜歡的兩位歌手，我不停地聽他們的歌。

Sinon, rien de nouveau ici. Je passe presque tout mon temps à préparer mes examens qui commencent dans quinze jours. J'espère que je les réussirai tous, mais j'ai le trac pour mon examen de maths: c'est la matière que j'aime le moins. 我這裏沒甚麼新鮮的事發生。我幾乎把所有的時間都用於準備兩週後進行的考試。我希望可以順利通過所有的考試，但是對於數學我還是有點怯場（擔心），因為這是我最不喜歡的學科。

Maman m'a dit que tu pars en Crète avec ta famille la semaine prochaine. Je te souhaite de très bonnes vacances, et je suis sûr que tu reviendras tout bronzé. 媽媽説你下週要和家人去克里特島。我希望你度過一個愉快的假期，我相信你回來時肯定曬得黑黑的。

Dis bonjour à Marie de ma part. 代我向瑪莉問好。

À bientôt! 不久見！

Maxime 馬斯

正式信件或郵件的開頭

Cher M. Provence,...	Dear Mr Provence,... 親愛的普羅旺斯先生，……
Madame,...	Dear Madam,... ……女士，……
Madame, Monsieur,...	Dear Sir or Madam,... ……先生／女士

正式信件或郵件的結尾

Veuillez accepter, Madame, l'expression de mes sentiments distingués.	Yours faithfully / sincerely 女士，請接受我崇高的敬意。
Veuillez accepter, Monsieur, l'expression de mes sentiments distingués.	Yours faithfully / sincerely 先生，請接受我崇高的敬意。
J'attends votre réponse. Cordialement, Mme Banks.	I look forward to hearing from you. Kind regards, Ms Banks. 期待您的回覆。致以最衷心的敬意，實絲女士。
Je vous prie de croire, Monsieur, à l'assurance de mes sentiments distingués.	Yours faithfully/sincerely 先生，請接受我最真誠的敬意。

BON À SAVOIR！不可不知！

法語正式信件有時以冗長標準的表達方式結束，就如同上面的例子，還可以在自己的名字後面簡單地寫上 **cordialement**（衷心地），但這顯得稍微不那麼正式。

Jeanne Judon 珍妮・茱東 ◄──── 寫信人的名字和地址
89, bd des Tertres 戴爾特大街 89 號
75008 Paris 巴黎 75008

Hôtel Renoir 雷諾瓦酒店
收信人（單位）的 ──► 15, av. Jean Médecin 桑・美德森大街 15 號
名字和地址 06000 Nice 尼斯 06000

Paris, le 2 juin 2006 巴黎，2006 年 6 月 2 日 ◄── 寫信的城市和日期

Madame ou Monsieur, 女士／先生，

Suite à notre conversation téléphonique de ce matin, je vous écris afin de confirmer ma réservation pour une chambre avec salle de bains pour deux nuits du mercredi 1er au jeudi 2 juillet 2007 inclus. 我們今天早上通過電話，現在寫信確認我的預訂資料。我預訂了一間含浴室的房間並會逗留兩晚，從 2007 年 7 月 1 日星期三至 2 日星期四。

Comme convenu, veuillez trouver ci-joint un chèque de 30€ correspondant au montant des arrhes. 按照約定，隨信附上一張 30 歐元的支票作為訂金。

Je vous prie de croire, Madame, Monsieur, à l'assurance de mes sentiments distingués. 女士／先生，請您接受我最真誠的問候。

Jeanne Judon 珍妮・茱東

與英國人一樣，發短訊也是法國人的一個重要交流方式。想用法語發短訊，首先需要知道下面這些法語短訊中常用縮略語的意思。英語短訊中常用數字，如用在 C U 2moro（*明天見*）、R U coming 4 Xmas?（*你聖誕節會來嗎？*）、Gr8!（*太好了！*）的 2、4、8，同樣地，法語短訊中也經常用數字，如數字"*1*"代替字母組合"*in/un/ain*"的發音、"*2*"代替字母組合"*de/deu*"的發音、"*6*"代替字母組合"*si/sis*"的發音。

縮略語	法語	英語
@+	*à plus tard*	see you later 晚點見
@2m1	*à demain*	see you tomorrow 明天見
bi1to	*bientôt*	soon 過一會
cpg	*c'est pas grave*	it's no big deal 沒關係
dsl	*désolé*	I'm sorry 對不起
entouk	*en tout cas*	in any case 無論如何
G la N	*J'ai la haine*	I'm gutted 我心中有恨
je t'M	*je t'aime*	I love you 我愛你
mdr	*mort de rire*	rolling on the floor laughing 很好笑
mr6	*merci*	thanks 謝謝
MSG	*message*	message 留言
p2k	*pas de quoi*	you're welcome 沒關係
parske	*parce que*	because 因為
qqn	*quelqu'un*	someone 某人
ri1	*rien*	nothing 沒甚麼
svp	*s'il vous plaît*	please 請
TOK	*t'es OK?*	are you OK? 你還好嗎？
TOQP	*t'es occupé?*	are you busy? 你在忙嗎？
we	*week-end*	weekend 週末
Xlnt	*excellent*	excellent 優秀

生活小貼士

● 在法國的公共場合，最好不要把電話鈴聲（**sonneries**）調很大音量，而且不要大聲通電話，尤其是在公共交通工具上和餐館裏。法國人不喜歡在公共場合大聲喧嘩，更甚於英國人。

● 在公司裏，如果確實需要發個短訊或者打個電話，最好這樣解釋和表達歉意：**excusez-moi, je dois passer un coup de fil**（抱歉，我必須打個電話）或者 **je dois envoyer un SMS**（我必須發個短訊）。

● 在法國，你可能會遇到以 0800 開頭的綠色號碼（**numéro vert®**），以 0810 開頭的藍色號碼（**numéro azur®**）以及以 0820 或者 0825 開頭的青色號碼（**numéros indigo®**）。這些號碼的通話費都是固定的，主要是公司使用。用固網電話打綠色號碼是免費的，藍色號碼的通話費便宜一些，青色號碼收取本地通話費。

● 如同在英國一樣，開車時不允許使用手提電話（**téléphone portable**），但可以使用免提裝置（**kits mains libres**）用電話交談。

單元 12 時間、數字和日期

Trois, deux, un... Partez! 3，2，1……出發！

LES NOMBRES —— 數字

用法語交談時經常會說到數字，因此要聽得懂數字表達。下面列出部份數字的法語表達。

0	zéro 零
1	un(e) 一
2	deux 二
3	trois 三
4	quatre 四
5	cinq 五
6	six 六
7	sept 七
8	huit 八
9	neuf 九
10	dix 十
11	onze 十一
12	douze 十二
13	treize 十三
14	quatorze 十四
15	quinze 十五
16	seize 十六
17	dix-sept 十七
18	dix-huit 十八
19	dix-neuf 十九
20	vingt 二十

BON À SAVOIR！不可不知！

小貼士：和英語一樣，法語中從不用字母 O 來表示 **zéro** (0)。

法語中，"1"(**un**) 的詞尾是有變化的。在陽性名詞前是 **un**，在陰性名詞前要變成 **une**。

1

Combien de DVD as-tu acheté? – Seulement **un**.	How many DVDs did you buy? – Only **one**. 你買了多少張 DVD 光碟？—— 只買了一張。
J'ai **un** frère.	I've got **one** brother. 我有一個兄弟。
Il ne me reste qu'**une** cigarette.	I've only got **one** cigarette left. 我只剩一根煙了。
Tu as écrit combien de pages? – **Une**.	How many pages have you written? – **One**. 你寫了多少頁？—— 一頁。

儘管法語中的大部份輔音字母在詞尾不發音，但 **vingt** (20) 後面還有數字時，**-t** 要發音。

21	vingt et un(e) 二十一
22	vingt-deux 二十二
23	vingt-trois 二十三
24	vingt-quatre 二十四
25	vingt-cinq 二十五
26	vingt-six 二十六
27	vingt-sept 二十七
28	vingt-huit 二十八
29	vingt-neuf 二十九

整十數字加"一"用連詞 **et** 連接，如 **vingt et un** (21)，**trente et un** (31)，**quarante et un** (41) 等，如此類推，而"71"是 **soixante et onze**。"81"(**quatre-vingt-un**) 和"91"(**quatre-vingt-onze**) 例外。

30	trente 三十
31	trente et un(e) 三十一
40	quarante 四十
42	quarante-deux 四十二
50	cinquante 五十
53	cinquante-trois 五十三
60	soixante 六十
64	soixante-quatre 六十四
70	soixante-dix 七十
71	soixante et onze 七十一
75	soixante-quinze 七十五
80	quatre-vingts 八十
81	quatre-vingt-un(e) 八十一
90	quatre-vingt-dix 九十
91	quatre-vingt-onze 九十一
99	quatre-vingt-dix-neuf 九十九

法語中，"*1*" 可以是 **un** 或 **une**，"*21*"、"*31*"、"*41*" 等數詞的詞尾也要變化。如在陽性名詞前是 **vingt et un**、**trente et un**，而在陰性名詞前要變成 **vingt et une**、**trente et une**。

21-69

Tu as quel âge? – J'ai **vingt et un** ans.	How old are you? – I'm **twenty-one**. 你多大了？我 21 歲。
Il y avait **trente et un** étudiants dans la classe.	There were **thirty-one** students in the class. 以前班裏有 31 個學生。
Il y a **vingt et une** femmes dans ce service.	There are **twenty-one** women in this department. 這個部門有 21 個女員工。
Il y a **trente et un** jours en janvier.	There are **thirty-one** days in January. 一月份有 31 天。
Il y aura **cinquante et une** personnes dans le groupe.	There'll be **fifty-one** people in the group. 這個小組有 51 個人。

當數字 "80" (**quatre-vingts**) 單獨使用或其後無其他數字時,詞尾要加 **-s**。若其後有數字,如 **quatre-vingt-un** (81)、**quatre-vingt-deux** (82)、**quatre-vingt-huit** (88) 等,要刪去詞尾的 **-s**。**quatre-vingts** 後接以元音開頭的單詞時,詞尾的 **-s** 發 [z] 音,如 **quatre-vingts ans** (80 年)、**quatre-vingts euros** (80 歐元)。

80

Le billet coûte **quatre-vingt-neuf** euros.	The ticket costs **eighty-nine** euros. 這張票 89 歐元。
Mon grand-père vient d'avoir **quatre-vingts** ans.	My grandad has just turned **eighty**. 我爺爺剛滿 80 歲。

BON À SAVOIR!不可不知!

用法語讀電話號碼時,一般是兩位一讀。比如 08 13 76 89 98,應讀作 **zéro huit** (08),**treize** (13),**soixante-seize** (76),**quatre-vingt-neuf** (89),**quatre-vingt-dix-huit** (98)。

切記:**soixante-dix** (70,字面義是 60 + 10) 和 **quatre-vingt-dix** (90,字面義是 80 + 10) 與其他整 10 數字的規則不同,但也很有規律,只需從 10 往上數即可。如 "71" 是 **soixante et onze**,"72" 是 **soixante-douze**,如此類推。**quatre-vingt-dix** (90) 與此規律相同。

70 年代和 90 年代

Il est né en **soixante-dix-sept**.	He was born in **seventy-seven**. 他生於 77 年。
Soixante-quinze est le numéro du département de Paris.	**Seventy-five** is the département number of Paris. 巴黎的區號是 75。
Les bleus ont gagné la coupe du monde de football en **quatre-vingt-dix-huit**.	The French national team won the football World Cup in **ninety-eight**. 法國國家隊贏了 98 年的足球世界盃冠軍。

BON À SAVOIR！不可不知！

和英語一樣，法語中也可以用年份的最後兩個數字來指代該年，如 **quatre-vingt-dix-huit**（*98 年*），但這並不適用於每個世紀的頭十年，因此，2006 年要說 **deux mille six**。

100	cent 一百
101	cent un(e) 一百零一
150	cent cinquante 一百五十
200	deux cent(s) 二百
300	trois cent(s) 三百
400	quatre cent(s) 四百
500	cinq cent(s) 五百
600	six cent(s) 六百
700	sept cent(s) 七百
800	huit cent(s) 八百
900	neuf cent(s) 九百

cent（*100*）前面有數詞修飾，而後面沒有數字時，詞尾要加 **-s**，如 **deux cents**（*200*）。若 **cent** 後面也有數字時，詞尾不用寫 **-s**，如 **deux cent un**（*201*）。

100

Il y a **cent** centimes dans un euro.	There are **one hundred** cents in a euro. 1 歐元等於 100 歐分。
Vous avez *Les **Cent** un dalmatiens* en DVD?	Do you have ***One hundred and one** dalmatians* on DVD? 您有《101 斑點狗》的 DVD 光碟嗎？
Ça coûte **cent cinquante** euros.	It costs **one hundred and fifty** euros. 這賣 150 歐元。
Il doit y avoir plus de **deux cents** personnes.	There must be over **two hundred** people. 必須有超過 200 人。
Il y avait à peu près **cinq cent cinquante** employés dans le bâtiment.	There were around **five hundred and fifty** employees in the building. 當時辦公大樓裏有近 550 名員工。

BON À SAVOIR！不可不知！

法語中 "*101、102 和 120*" 等數詞中的連詞無須譯出，只需在 **cent** (*100*)，**deux cents** (*200*)，**cinq cents** (*500*) 等詞後直接加其他數字即可。

法語中通常用空格而非逗號來分隔千位和百萬位。

1 000	mille 一千
1 001	mille un(e) 一千零一
1 020	mille vingt 一千零二十
1 150	mille cent cinquante 一千一百五十
2 000	deux mille 二千
2 500	deux mille cinq cents 二千五百
3 400	trois mille quatre cents 三千四百
100 000	cent mille 十萬

1000-100 000

Cette ville existe depuis plus de **mille** ans.	There's been a town here for over **a thousand** years. 這座城市有 1000 多年的歷史。
Ils se sont mariés en **deux mille** deux.	They got married in **two thousand and two**. 他們在 2002 年結婚。
Combien font **cent mille** euros en livres?	How much is **one hundred thousand** euros in pounds? 10 萬歐元折合多少英鎊？
Ils vont payer **deux cent cinquante-six mille** livres pour leur nouvelle maison.	They're paying **two hundred and fifty-six thousand** pounds for their new house. 他們買新房子要支付 25.6 萬英鎊。

BON À SAVOIR！不可不知！

牢（緊）記：**mille**（千）的複數形式不加 **-s**。

1 000 000	un million 一百萬
1 000 000 000	mille millions 十億
1 000 000 000 000	un milliard 一萬億

在談論百萬或十億某事物時，可分別用 **un million de**（百萬）和 **un milliard de**（十億）表達。

1 000 000-1 000 000 000

Il a gagné **un million de** livres à la loterie.	He won **a million** pounds on the lottery. 他買彩票中了 100 萬英鎊。
Le gouvernement a déjà dépensé **deux milliards de** livres dans ce projet.	The government has already spent **two billion** pounds on this project. 政府已在這個項目中投入了 20 億英鎊。

法語中的小數點常用 **virgule**（逗號 " , "）來表示，而不是實心點。

小數點

zéro **virgule** cinq (0,5)	nought **point** five (0.5) 零點五
quatre-vingt-dix-neuf **virgule** neuf (99,9)	ninety-nine **point** nine (99.9) 九十九點九
six **virgule** quatre-vingt-neuf (6,89)	six **point** eighty-nine (6.89) 六點八九
Ils ont augmenté les taux d'intérêt à quatre **virgule** cinq pour cent. (4,5%)	They've put interest rates up to four **point** five per cent. (4.5%) 他們已提高利率到 4.5%。

標讀價格時用單位元和分，要把 **euros**（歐元）放在元數字和分數字之間。歐分的法語為 **centimes**，標讀價格時可選擇用此字，但不是必須要用。

元和分

Ça fera **dix-huit euros quatre-vingt-dix-neuf centimes**. (18,99€)	That'll be **eighteen euros and ninety-nine cents**. (€18.99) 這個要 18.99 歐元。
Ça m'a coûté **soixante-cinq euros vingt**. (65€20)	It cost me **sixty-five euros twenty**. (€65.20) 這花了我 65.20 歐元。

BON À SAVOIR！不可不知！

用法語數字標注價格時，要把歐元符號（€）放在金額後代替小數點。注意，儘管英語中歐元和美元都可以分成 "分"，但是法語中歐分通常稱為 **centimes d'euros**（歐分），美元中則稱為 **cents**（美分）。

公斤和克

Il me faut **un kilo de** pommes de terre.	I need **a kilo of** potatoes. 我需要一公斤馬鈴薯。
Je voudrais **deux cents grammes de** viande hachée.	I'd like **two hundred grams of** mince. 我想要 200 克免治肉。
Je peux avoir **une livre de** tomates?	Can I have **half a kilo of** tomatoes? 能給我一斤蕃茄嗎？

BON À SAVOIR！不可不知！

livre 作陰性名詞時，**une livre** 的意思是 "半公斤、一斤"，也可表示 "一英鎊"。 作陽性名詞時，**un livre** 意思是 "一本書"。

升

À combien est **le litre de** carburant?	How much is **a litre of** petrol? 一升燃油多少錢？
Il faut **un demi-litre de** lait pour cette recette.	You need **half a litre of** milk for this recipe. 這個食譜要求用半升牛奶。

公里、米和厘米

Il faisait du **cent quarante kilomètres à l'heure**.	He was doing **one hundred and forty kilometres an hour**. 他當時的時速達 140 公里。
On est à **trente kilomètres de** Saint-Malo.	We're **thirty kilometres from** Saint-Malo. 我們距離聖馬洛 30 公里。
Je mesure **un mètre soixante-six**.	I'm **one metre sixty-six centimetres** tall. 我身高 1 米 66。
Ça fait **vingt centimètres de long sur dix de large**.	It's **twenty centimetres long by ten wide**. 這個長 20 厘米、寬 10 厘米。

百分比

Le taux d'inflation est de **deux virgule cinq pour cent**. **Cinquante-cinq pour cent** ont voté non au référendum.	The inflation rate is **two point five per cent**. 通貨膨脹率是 2.5%。 **Fifty-five per cent** voted no at the referendum. 公投中有 55% 的人投了反對票。

溫度

Les températures oscilleront entre **douze** et **quinze degrés**. Il fait **trente degrés**.	The temperatures will vary between **twelve** and **fifteen degrees**. 溫度在 12 到 15 度之間變化。 It's **thirty degrees**. 氣溫為 30 度。

有時我們需要用數字表示序列。和英語一樣，法語中也有專門表示序列的數詞，叫序數詞，但法語中表示日期時並不用序數詞，除了 **premier**（每個月的"第一天"）外。英語中，序數詞的詞尾有 -st、- nd、-rd、-th（*1st、2nd、3rd、4th*（第一、第二、第三、第四））等。法語也一樣，除"第一"的詞尾是 er 或 re（陰性詞尾），其他序數詞的詞尾都是 **e**。在這些縮寫後加 **-s** 即表示其複數。

1st	premier, première (1er, 1re) 第一
2nd	deuxième, second(e) (2ème, 2e) 第二
3rd	troisième (3ème, 3e) 第三
4th	quatrième (4ème, 4e) 第四
5th	cinquième (5ème, 5e) 第五
6th	sixième (6ème, 6e) 第六
7th	septième (7ème, 7e) 第七
8th	huitième (8ème, 8e) 第八
9th	neuvième (9ème, 9e) 第九
10th	dixième (10ème, 10e) 第十
100th	centième (100ème, 100e) 第一百
1000th	millième (1000ème, 1000e) 第一千

一旦會用法語數數，基數詞變成序數詞就容易了：以 **-e** 結尾的數詞，用 **-ième** 代替詞尾的 **-e**（如 **onze**、**quinze**、**quarante**、**soixante** 等）；以輔音字母結尾的數詞，在詞尾加 **-ième**（如 **trois**、**vingt**、**quatre-vingt-dix**）。剩下的只需記住，**cinq** 的序數詞是 **cinquième**，**neuf** 的序數詞是 **neuvième**。

第一、第二、第三

Ils fêtent leur **premier** anniversaire de mariage aujourd'hui.	They're celebrating their **first** wedding anniversary today. 他們今天慶祝第一個結婚紀念日。
C'est la **première** fois qu'il vient ici.	This is the **first** time he's been here. 這是他第一次來這裏。
C'est mon **deuxième** séjour en Provence.	This is my **second** trip to Provence. 這是我第二次來普羅旺斯。
Il est arrivé **troisième** de la course.	He came **third** in the race. 他跑步比賽得了第三。

第一、第二、第三

C'est la **1re** porte à droite.	It's the **1st** door on the right. 是右邊第一扇門。
Il travaille sur la **5e** avenue.	He works on **5th** Avenue. 他在第五大道工作。
Il est arrivé **20e** au classement.	He's ranked **20th**. 他排名第 20 位。

L'HEURE —— 時間

和英語一樣，用法語表示時間時也要用到數字。法語中用句式 **il est...heures**（現在何時）。切記：法語中表達時間時，單詞 **heures** 不能省略，除了 **midi**（正午十二時）和 **minuit**（午夜十二時）。

現在是……時

Il est une **heure**.	**It's** one o'clock. 現在是一時。
Il est minuit.	**It's** midnight. 現在是午夜十二時。
Il est midi.	**It's** midday. 現在是中午。
Il est six **heures**.	**It's** six o'clock. 現在是六時。
Il est trois **heures** du matin.	**It's** three in the morning. 現在是凌晨三時。
Il est quatre **heures** de l'après-midi.	**It's** four o'clock in the afternoon. 現在是下午四時。

BON À SAVOIR ! 不可不知！

表示凌晨的時間時用 **du matin**，比如 **deux heures du matin** （凌晨二時）。

在表示"某時過某分"時，法語中並不譯出"過"，而是直接用時鐘加分鐘表示（如 **une heure cinq**，一時零五分），但在表示"十五分鐘"和"半小時"時，要用 **et**：如 **deux heures et quart** （二時十五分），**une heure et demie** （一時半）等等。

現在是……時過……分

Il est une heure vingt-cinq.	**It's** twenty-five **past** one. 現在是一時二十五分。
Il est six heures cinq.	**It's** five **past** six. 現在是六時零五分。
Il est une heure **et** quart.	**It's** quarter **past** one. 現在是一時十五分。
Il est cinq heures **et** demie.	**It's** half **past** five. 現在是五時半。

用法語表示"某時前十五分"時，將 **moins le** （前）放在 **quart** （十五分鐘）前即可，如 **il est minuit moins le quart** （現在還有十五分鐘到午夜十二時）。若表示"某時前某分"，則直接在時鐘後加 **moins** 和相差的分鐘數，如 **il est midi moins cinq** （現在還有五分鐘到中午十二時）

現在還有……到……時

Il est une heure **moins le** quart.	**It's** quarter **to** one. 現在還有十五分鐘到一時。
Il est une heure **moins** vingt.	**It's** twenty **to** one. 現在還有二十分鐘到一時。
Il est huit heures **moins** dix.	**It's** ten **to** eight. 現在還有十分鐘到八時。
Il est trois heures **moins** cinq.	**It's** five **to** three. 現在還有五分鐘到三時。

在法語國家逗留時，有時需要確認時間或某事情何時開始。要問現在的時間，用句式 **Quelle heure est-il?**，而要問某事情何時開始，用句式 **À quelle heure...?**。

……何時……？

À quelle heure est le prochain train pour Albi?	**What time**'s the next train for Albi? 下一班往阿比的火車何時開出？
À quelle heure ça commence?	**What time** does it start? 這活動何時開始？
On se retrouve **à quelle heure**?	**What time** shall we meet? 我們何時碰面？
Quelle heure est-il?	**What's the time**? 現在何時？
Vous avez **quelle heure**?	**What time** do you make it? 請問您現在何時？

表達某事情發生的時間用介詞 **à**：如 **à une heure**（在一時），**à deux heures**（在二時），**à trois heures et demie**（在三時半）。表達某事情在甚麼時候發生用介詞 **avant**：如 **avant une heure**（一時前），**avant deux heures**（二時前），**avant trois heures et demie**（三時半前）。

……（何）時……

Ça commence **à** sept heures.	It starts **at** seven o'clock. 七時開始。
Le train part **à** sept heures et demie.	The train leaves **at** seven thirty. 火車七時半開出。
Je te vois **à** trois heures et demie.	I'll see you **at** half past three. 我三時半去看你。
On peut se donner rendez-vous **à** cinq heures et quart.	We can arrange to meet up **at** quarter past five. 我們可以約在五時十五分見面。

……（某）時前……

Est-ce que tu peux y être **avant** trois heures?	Can you be there **by** three o'clock? 你三時前能到那裏嗎？
Il faut que nous ayons terminé **avant** une heure moins le quart.	We must be finished **by** quarter to one. 我們必須在一時前十五分鐘結束。

在英語中用 **am** 表示的時間，在法語中通常用 **du matin**（上午）表示。而法語中的 **de l'après-midi**（下午）和 **du soir**（晚上）即為英語中用 *pm* 表示的時間。法語中也常用 24 小時制來區分早上和下午的時間。

……早上／中午／下午／晚上（何）時……

Je me lève **à huit heures du matin**.	I get up **at eight am**. 我早上八時起床。
Je rentre à la maison **à quatre heures de l'après-midi**.	I go home again **at four pm**. 我下午四時再回家一趟。
Je vais au lit **à vingt-trois heures**.	I go to bed **at eleven pm**. 我晚上十一時上床睡覺。
Rendez-vous **à midi pile**.	Let's meet **at 12 noon precisely**. 我們中午十二時正見。
Nous sommes sortis **vers huit heures**.	We went out **at around eight pm**. 我們晚上八時左右出門。

以下是常用的時間和數字句型。

Le train de Paris part à 13h55 (treize heures cinquante-cinq).	The train for Paris leaves at 13:55. 開往巴黎的火車 13 時 55 分出發。
Le train de 14h15 (quatorze heures quinze) pour Strasbourg partira de la voie deux.	The 14:15 train to Strasbourg will depart from platform two. 14 時 15 分開往史特拉斯堡的火車將從二號月台開出。
Le vol numéro 307 (trois cent sept) à destination de Londre décollera à 20h45 (vingt heures quarante cinq).	Flight number 307 for London is due to take off at 20:45. 飛往倫敦的 307 航班將於 20 時 45 分起飛。
Le vol 909 (neuf cent neuf) en provenance de Paris est à l'heure.	Flight 909 from Paris is on time. 從巴黎起飛的 909 航班準時到達。
Le bus arrive à Calais à 19h10 (dix-neuf heures dix).	The coach gets in to Calais at 19:10. 這班客車 19 時 10 分到加萊。
Il doit être onze heures à peu près.	It must be about eleven. 現在一定是十一時左右。

LA DURÉE —— 多久

要表達某事在多少分鐘或多少天後開始，可用介詞 **dans**。用介詞 **en** 表示將用或已經用多長時間做某事。

Je serai de retour **dans** vingt minutes.	I'll be back **in** twenty minutes. 我二十分鐘後回來。
Elle sera ici **dans** une semaine.	She'll be here **in** a week. 她一週後到這裏。
Il a fini l'exercice **en** seulement trois minutes.	He completed the exercise **in** only three minutes. 他只用了三分鐘就做完了練習。
Je peux probablement faire le travail **en** une heure ou deux.	I can probably do the job **in** an hour or two. 我可以在一、兩個小時內完成這項工作。

要問某事持續多長時間，可用句式 **Combien de temps...?** (……多久/多少時間？)。動詞 **durer** (持續) 經常用在此類問句中。

······ 多久 / 多少時間？ ······

Combien de temps dure le film?	**How long**'s the film? 這部影片放映多久？
Combien de temps va durer la visite?	**How long** will the tour take? 參觀多久？
Tu en as pour **combien de temps**?	**How long** will you be? 你有多少時間？
Combien de temps est-ce que ça va te prendre **pour** peindre le mur?	**How long will it take you to** paint the wall? 你上這面牆的油漆要多少時間？
Ça va prendre combien de temps pour arriver en Grande-Bretagne?	**How long will it take to** get to Great Britain? 到英國要多久？
Ça prend combien de temps pour aller dans le centre?	**How long does it take to** get to the centre? 去 (市) 中心要多少時間？

要表達某事花多長時間，可用句式 **ça prend** 或 **ça met**。

···（時間）···

Ça prend moins de vingt minutes pour aller dans le centre à pied.	**It takes** less than twenty minutes to walk to the town centre. 步行去市中心不到二十分鐘。
Ça prend cinq minutes à préparer.	**It takes** five minutes to make. 要用五分鐘來準備。
Ça m'**a pris** deux heures pour aller à pied au village.	**It took** me two hours to walk to the village. 我步行兩個小時走到了村莊。
Ça met environ quarante minutes à cuire.	**It takes** about forty minutes **to** cook. 這個大約要煮四十分鐘。
Ils mettent longtemps **à** te servir ici.	**They take** a long time **to** serve you here. 他們用很長時間在這裏為你服務。

LES SAISONS —— 四季

法語中季節的表達與英語相同。

le printemps	spring 春天
l'été	summer 夏天
l'automne	autumn 秋天
l'hiver	winter 冬天

要表達 "在夏、秋、冬季"，用詞組 **en automne**（在秋天）、**en hiver**（在冬天）、**en été**（在夏天），在春天則用 **au printemps**。

C'est **au printemps** qu'on a le meilleur temps ici.	We get the best weather here **in spring**. 我們這裏最好的季節是春天。
On ne part pas camper **en hiver**.	We don't go camping **in winter**. 我們冬天不去露營。
Ils se sont mariés **en été** 1999.	They got married **in the summer of** 1999. 他們在 1999 年夏天結婚。
Je préfère **le printemps**.	I like **the spring** best. 我最喜歡春天。
Je n'aime pas du tout **l'hiver**.	I don't like **winter** at all. 我一點都不喜歡冬天。

想要表達清楚 "今年夏天" 或 "去年夏天"、"今年冬天" 或 "明年冬天"，可分別用 **cet**（今年）（**printemps** 前用 **ce**），**prochain**（明年）和 **dernier**（去年）。

······今年／去年／明年······

On va en Bretagne **cet été**.	We're going to Brittany **this summer**. 我們今年夏天去布列塔尼。
Je vais à Avoriaz **cet hiver**.	I'm going to Avoriaz **this winter**. 我今年冬天要去阿沃里阿茲。
Il a fait assez doux **l'hiver dernier**.	It was quite mild **last winter**. 去年冬天氣候相當暖和。
Elle va avoir son bébé **le printemps prochain**.	She's expecting her baby **next spring**. 她的寶寶明年春天出生。

LES MOIS DE L'ANNÉE —— 月份

法語中月份名稱的第一個字母都是小寫的。

janvier	January 一月
février	February 二月
mars	March 三月
avril	April 四月
mai	May 五月
juin	June 六月
juillet	July 七月
août	August 八月
septembre	September 九月
octobre	October 十月
novembre	November 十一月
décembre	December 十二月

用法語表達在甚麼月份，可用 **en janvier**（在一月）、**en février**（在二月），如此類推。

⋯⋯(何)月⋯⋯

Mon anniversaire est **en août**.	My birthday is **in August**. 我的生日在八月。
On partira probablement en vacances **en mai**.	We'll probably go away on holiday **in May**. 我們可能五月出發去度假。
J'ai rendu visite à des amis à Perpignan **en septembre**.	I visited some friends in Perpignan **in September**. 我九月去佩皮尼昂探望了數個朋友。
On va aller à la montagne pour nos vacances **en août**.	We're going to go to the mountains for our holidays **this August**. 我們打算八月份到山間度假。

⋯⋯去年／明年⋯⋯

Où est-ce que tu as passé tes vacances **en juin dernier**?	Where did you go on holiday **last June**? 去年六月你去哪裏度假了？
J'espère aller en Amérique du Sud **en juillet prochain**.	I'm hoping to go to South America **next July**. 我希望明年七月去南美洲。

想要表達某事在某月月初或月末進行，可用 **début** 和 **fin**。

Elle commence à l'université **début** octobre.	She starts university **at the beginning of** October. 她十月初開始上大學。
Les grandes vacances commencent **fin** juin.	The summer holidays start **at the end of** June. 暑假六月底開始。
Ils déménagent **à la mi**-juin.	They're moving house **in the middle of** June. 他們六月中旬搬家。

LES DATES —— 日期

想要問今天是何月何日，可用句式 **Quelle est la date d'aujourd'hui?**。提到日期時，法國人用基數詞 **deux**（二日）、**trois**（三日）或 **quatre**（四日）來表達，而不用序數詞 **deuxième**（第二日），**troisième**（第三日）等，但每月的第一天都用 **premier** 來表示。

今天是（何）月（何）日……

On est le premier juillet.	**It's the first of** July. 今天是 7 月 1 日。
On est le 28 décembre aujourd'hui.	**It's** December **28th** today. 今天是 12 月 28 日。
C'est le dix janvier demain.	Tomorrow**'s the tenth of** January. 明天是 1 月 10 日。
C'était le 20 novembre hier.	**It was 20th** November yesterday. 昨天是 11 月 20 日。
On est le jeudi **2** mars.	**It's** Thursday, **2nd** March. 今天是 3 月 2 日，星期四。

BON À SAVOIR！不可不知！

寫信時，下款日期的格式是 **lundi 19 mars 2007**（2007 年 3 月 19 日星期一）。

要表達某事在某日進行或發生的，在日期前加定冠詞 **le**。

……(何)月(何)日……

Il est né **le quatorze février** 1990.	He was born **on the fourteenth of February**, 1990. 他生於 1990 年 2 月 14 日。
Il est mort **le vingt-trois avril** 1616.	He died **on April the twenty-third**, 1616. 他死於 1616 年 4 月 23 日。
Ils prévoyaient de se marier **le 18 octobre** 2007.	They were planning to get married **on October 18th** 2007. 他們當時打算在 2007 年 10 月 18 日結婚。
Où est-ce que tu penses que tu seras **le vingt octobre**?	Where do you think you'll be **on the twentieth of October**? 你覺得你 10 月 20 日那天將會在哪裏？

LES JOURS DE LA SEMAINE —— 星期中的日子

法語中表達星期中日子的名詞第一個字母都是小寫的。

lundi	Monday 星期一
mardi	Tuesday 星期二
mercredi	Wednesday 星期三
jeudi	Thursday 星期四
vendredi	Friday 星期五
samedi	Saturday 星期六
dimanche	Sunday 星期天

想要表達今天是星期中的哪天，只需説 **on est jeudi**（今天星期四），**on est samedi**（今天星期六），也可用句式 **c'est jeudi aujourd'hui**（今天星期四）等。

······ 今天是星期 ······

On est quel jour aujourd'hui? – **On est** jeudi.	What day's today? – **It's** Thursday. 今天是星期中的哪天？—— 今天星期四。
On est bien lundi aujourd'hui?	**It's** Monday today, isn't it? 今天是星期一，是吧？
Super! **C'est** samedi aujourd'hui.	Great! **It's** Saturday today. 太好了！今天是星期六了。

在制定計劃或談論某事在具體哪天發生，法語的表達非常簡單，只需回答星期某天，如 **lundi vendredi**，意即 "星期一"、"星期五"。

······ 星期 ······

Je vais à Dublin **lundi**.	I'm going to Dublin **on Monday**. 我星期一去都柏林。
C'est mon anniversaire **mardi**.	It's my birthday **on Tuesday**. 星期二是我的生日。
On les verra **mercredi**.	We'll see them **on Wednesday**. 我們星期三去看他們。

要表達某事定期在某一天進行，只需在具體日期前加定冠詞 **le** 即可，如 **le lundi** 意即 "每週一"。

Le samedi on va à la gym.	We go to the gym **on Saturdays**. 每週六我們都去健身房。
On sort toujours **le vendredi**.	We always go out **on Fridays**. 我們每週五都會出門。
Il est toujours en retard **le lundi**.	He's always late in **on Mondays**. 他每週一都會遲到。

想要指定某天的某個時間段，可在具體日期後加 **matin**（*上午*），
après-midi（*下午*）或 **soir**（*晚上*）。

Je vais chez le garagiste **mardi matin**.	I'm going to the garage **on Tuesday morning**. 我星期二早上要去汽車修理廠。
Je te verrai **vendredi après-midi**.	I'll see you **on Friday afternoon**. 我星期五下午去看你。
Il y avait un bon film à la télévision **dimanche soir**.	There was a good film on television on **Sunday evening**. 星期天晚上電視裏播放了一部好電影。
Qu'est-ce que tu fais **samedi soir**?	What are you doing on **Saturday night**? 你星期六晚上做甚麼？

想要表達每個星期一或每個星期天等，法語中還可用 **tous les
lundis**、**tous les dimanches**，以此類推。

······ 每星期 / 週······

On l'appelle **tous les lundis**.	We ring her **every Monday**. 我們每星期一都打電話給她。
Il joue au golf **tous les samedis**.	He plays golf **every Saturday**. 他每週六都去打高爾夫球。
Je les voyais **tous les vendredis**.	I used to see them **every Friday**. 我以往每週五都去看他們。
On fait le ménage **tous les dimanches matin**.	We do the cleaning **every Sunday morning**. 我們每週日早上都要打掃。

想要表達每隔一天或一週做某事，可用句式 **un...sur deux**。

Il a les enfants **un week-end sur deux**.	He has the children **every other weekend**. 他每隔一個週末就跟孩子們在一起。
On joue au foot **un samedi sur deux**.	We play football **every other Saturday**. 我們每隔一個星期六踢一次足球。

表達一個星期裏的特定一天，可用 **ce**（這個），**dernier**（上個）或 **prochain**（下個）。也可以用本週哪一天表示，其中暗含 **ce**（這個）的意思。

⋯⋯ **本週 / 下週 / 上週（哪一天）** ⋯⋯

C'est notre anniversaire de mariage **ce vendredi**.	It's our wedding anniversary **this Friday**. 本週五是我們的結婚紀念日。
Je pars en vacances **mardi**.	I'm going on holiday **this Tuesday**. 我本週二出發去度假。
Je t'ai envoyé les photos par e-mail **vendredi dernier**.	I emailed you the photos **last Friday**. 我上週五用電子郵件傳了照片給你。
Est-ce que **vendredi prochain** te conviendrait?	Would **next Friday** suit you? 下週五你方便嗎？
Vendredi de la semaine prochaine, c'est mon anniversaire.	It's my birthday **on Friday week**. 下週五是我的生日。
On a décidé de se voir **vendredi de la semaine prochaine**.	We've arranged to meet up **a week on Friday**. 我們決定下週五見面。

想要表達某事情在一個星期哪一天進行，可用句式 **Quel jour...?**（……哪一天……？）。

……哪一天……？

La réunion est **quel jour**? – Mardi.	**What day**'s the meeting? – Tuesday. 會議哪一天舉行？—— 星期二。
Tu sais **quel jour** il vient? – Il vient mercredi.	Do you know **what day** he's coming? – He's coming on Wednesday. 你知道 他哪一天來？—— 他星期三來。
Tu y es allé **quel jour**? – Mardi je crois.	**Which day** did you go there? – Tuesday, I think. 你甚麼時候去那裏？ —— 我想是星期二吧。

想要談論過去、現在或未來，法語中有很多句式。

昨天

hier	**yesterday** 昨天
hier matin	**yesterday morning** 昨天早上
hier après-midi	**yesterday afternoon** 昨天下午
hier soir	**yesterday evening**, **last night** 昨天 晚上
la nuit dernière	**last night** (*at night-time*) 昨天夜裏
avant-hier	**the day before yesterday** 前天
Michael est venu me voir **hier**.	Michael came to see me **yesterday**. 米高昨天來看我了。
Béatrice a appelé **avant- hier**.	Béatrice rang up **the day before yesterday**. 碧翠絲前天來電了。

今天

aujourd'hui On est mardi **aujourd'hui**.	**today** 今天 **Today**'s Tuesday. 今天是星期二。

明天

demain	**tomorrow** 明天
demain matin	**tomorrow morning** 明天早上
demain soir	**tomorrow evening**, **tomorrow night** 明天晚上
après-demain	**the day after tomorrow** 後天
On est mercredi **demain**.	**Tomorrow** will be Wednesday. 明天是星期三。
Il faut que je me lève tôt **demain matin**.	I've got to be up early **tomorrow morning**. 我明天早上要早起。
On va à une fête **demain soir**.	We're going to a party **tomorrow night**. 我們明天晚上要去參加一個晚會。

BON À SAVOIR！不可不知！

注意：英語單詞 *night* 對譯的法語單詞可以是 **la soirée** 或 **le soir**（晚上）和 **la nuit**（夜裏）。

要表達某事發生在一段時間之前，可用句式 **il y a** 後接時間段。

……（多久）前……

Elle m'a appelé **il y a une semaine**.	She called me **a week ago**. 她一個星期前打了電話給我。
Ils ont emménagé dans leur maison **il y a une dizaine de jours**.	They moved into their house **some ten days ago**. 他們約十天前搬進了自己的房子。
Il est né **il y a trois ans**.	He was born **three years ago**. 他三年前出生。

要表達一直做某事做了多久，可用句式 **cela fait**（或用不太正式的用法 *ça fait*）+ 時間長度 + **que** + 動詞現在時。關於現在時的更多內容，見第 309 頁。

……(多久)……

Cela fait dix mois **que** nous vivons ici.	We've been living here **for** ten months. 我們在這裏生活十個月了。
Ça fait dix ans **qu'**ils sont mariés.	They've been married **for** ten years. 他們結婚十年了。
Ça fait une semaine **que** je ne l'ai pas vue.	I haven't seen her **for** a week. 我有一個星期沒見到她了。

還可用句式動詞 + **depuis** 於現在時，以表達一直某事做了多久。關於現在時的更多內容，見第 309 頁。

……(多久)……

Il pleut **depuis** trois jours.	It's been raining **for** three days. 雨下了三天了。
Je ne les ai pas vus **depuis** trois semaines.	I haven't seen them **for** three weeks. 我有三個星期沒見他們了。
Ils ne se sont pas parlé **depuis** des mois.	They haven't spoken to each other **for** months. 他們有數個月沒交談了。
J'attends ici **depuis** des heures.	I've been waiting here **for** hours. 我在這裏等了數個小時了。

在法語國家生活，肯定會要用法語拼讀某些東西。法語字母發音大致如下表所示。法語與英語字母最主要的分別是法語元音字母上可有音調（如 **é**、**à**、**û**、**ë** 等），以及字母 "**c**" 可帶變音符號（**ç**）。

A	ah
B	bay
C	say
D	day
E	uh
F	eff
G	jay
H	ash
I	ee
J	jee
K	kah
L	el
M	em
N	en
O	o
P	pay
Q	k<u>u</u>
R	err
S	ess
T	tay
U	<u>u</u>
V	vay
W	doobluhvay（法語字母 *w* 在單詞 **le wagon** 中的發音與英語字母 *v* 在單詞 **vacancy** 中的發音相同，以及 **le web**，**le week-end** 等其他英語外來詞）
X	eeks
Y	ee grayk
Z	zayd

BON À SAVOIR！不可不知！

所有的法語字母都是陽性的，因此要説 **ça s'écrit avec un P**（它的拼寫有一個 P）。

下面是拼寫單詞時經常會聽到的重要句型。

Comment ça s'écrit?	How do you spell it? 這個詞怎麼拼寫？
Est-ce que vous pouvez l'épeler?	Can you spell that for me? 您能拼寫給我嗎？
Ça s'écrit G-A-U-T-I-E-R.	That's G-A-U-T-I-E-R. 是這樣拼寫的，G-A-U-T-I-E-R。
Je vous l'épelle?	Shall I spell it for you? 要我幫您拼寫嗎？
Ça s'écrit avec un B.	It's spelt with a B. 它的拼寫有一個 B。
B comme Bordeaux.	B for Bordeaux. Bordeaux 中的 B。
Moreau, avec un M majuscule.	That's Moreau with a capital M. Moreau，字母 M 大寫。
Ça s'écrit avec deux F.	It's spelt with a double F. 它的拼寫有兩個 F。
Avec un L ou deux?	Is that with one L or two? 有一個還是兩個 L？
Ça devrait être en majuscules.	That should be in capitals. 這應該是大寫的。
C'est tout en minuscules.	It's all in small letters. 所有字母都是小寫的。
Comment est-ce qu'on prononce 'ch'?	How do you say 'ch'? "ch" 怎麼發音？
Est-ce que vous pouvez répéter, s'il vous plaît?	Please can you repeat that? 您再説一遍，好嗎？

有趣的節日和紀念日

● 法國的國慶（**la fête nationale**）在英語中稱之為"*巴士底日*"，是每年的 7 月 14 日。法國人只是簡單地說 **le quatorze juillet**（7 月 14 日）。

● 在比利時、瑞士、魁北克以及法國的某些地區，很多人表示數字"*70、80、90*"時不用 **soixante-dix**、**quatre-vingts** 和 **quatre-vingt-dix**，而是分別用 **septante**、**octante** 或 **huitante** 和 **nonante**。

● 在法國，新年前夕（**le 31 décembre**，12 月 31 日）也被稱為"*聖西爾韋斯特*"（**la Saint-Sylvestre**）。新年是 **le premier de l'An**。

● 在法語國家裏，有時用街道名稱來紀念著名歷史事件發生的日期。比如，在許多城鎮都有 **l'avenue du 11 novembre**（11 月 11 日大街）這條街道。

● 我們經常會聽到 **tantôt** 這個詞，這個詞有時候讓法國人都困惑不已。因為 **tantôt** 既可以表示"*一會*"、"*稍早一些*"、"*稍晚一些*"或"*下午*"，完全取決於說話人身處何地，是加拿大、比利時，還是法國某處。

● 大多數基督徒的名字都與法語中的一個聖日有關。在自己的聖日這一天，人們會祝福你"*聖日快樂！*"（**Bonne fête!**）。在大多數電視頻道的天氣預報環節，主持人會說 **Bonne fête à tous les Matthieu**（*祝所有馬修聖日快樂！*）或是祝所有叫某某名的人聖日快樂，以此來提醒觀眾第二天是紀念哪位聖人。

I 總結

Bon, résumons… 總結一下……

本單元方便速查前面各單元曾出現的重要法語句式,並按句式功能分類排列。

目錄

法語中有多種方式來表達 "對不起"。對以 **tu** 稱呼的人説 **excuse-moi**，對以 **vous** 稱呼的人可以説 **excusez-moi**。

想請人讓路，或者不小心撞到別人，也可以説 **pardon**。

Excuse-moi... 抱歉……

Excuse-moi, je ne savais pas.	**Sorry**, I didn't know. 抱歉，我不知道。
Excusez-moi, je me suis trompé de numéro.	**Sorry**, I've dialled the wrong number. 抱歉，我撥錯號碼了。
Excusez-moi de ne pas vous avoir prévenus avant.	**Sorry** for not letting you know sooner. 抱歉，我沒早點告訴您。

Pardon 對不起

Pardon! Je peux passer?	**Sorry**! Can I get past? 對不起，請借過。
Pardon! Je t'ai fait mal?	**Sorry**! Did I hurt you? 對不起，我弄痛你了嗎？

另一種表達 "對不起" 的句式是 **je suis désolé**（女性則説 **je suis désolée**），除了表示歉意，還可以用於安慰別人。

Je suis désolé 對不起、很遺憾

Je suis vraiment **désolé**.	**I'm** truly **sorry**. 實在對不起。
Je suis désolée de ne pas t'avoir rappelé plus tôt.	**I'm sorry** I didn't call you back earlier. 對不起，沒有及早回電話給你。
Je suis désolé pour ce qu'il s'est passé.	**I'm sorry** about what happened. 很遺憾發生了這樣的事。

要求和給予解釋

當要求解釋時,可以説 **Pourquoi (est-ce que)...?**(……為甚麼……?);給予解釋時,可以説 **parce que**(因為)。

Pourquoi...? ……**為甚麼**……?

Pourquoi est-ce que vous riez?	**Why** are you laughing? 您為甚麼笑?
Pourquoi tu ne veux pas venir avec nous?	**Why** don't you want to come with us? 你為甚麼不願意跟我們一起來?
Pourquoi pas?	**Why** not? 為甚麼不?

parce que... ……**因為**……

Je ne t'en ai pas parlé **parce que** je ne voulais pas t'inquiéter.	I didn't tell you **because** I didn't want to worry you. 我沒有告訴你,因為不想讓你擔心。
J'ai dû partir tôt **parce que** j'avais une réunion.	I had to leave early **because** I had a meeting. 我必須早點走,因為要開一個會。

詢問資訊

詢問資訊時會用到疑問詞,如 **Qu'est-ce que...?**(……甚麼……?)、**Quel...?**(哪個……?)、**Quand...?**(……甚麼時候……?)、**Où...?**(……哪裏……?)等等。

Qu'est-ce que...? ⋯⋯甚麼⋯⋯?

Qu'est-ce que c'est?	**What** is it? 這是甚麼?
Qu'est-ce que tu fais dans la vie?	**What** do you do for a living? 你是做甚麼工作的?
Qu'est-ce qu'il a dit?	**What** did he say? 他剛才説了甚麼?
Qu'est-ce qui passe au cinéma en ce moment?	**What**'s on at the cinema at the moment? 現在電影院放映甚麼電影呢?

Quel est...? ⋯⋯(是)⋯⋯?

Quel est le numéro de l'agence immobilière?	**What's** the number of the letting agency? 房屋中介的電話號碼是甚麼?
Quels sont vos tarifs?	**What are** your rates? 您的報價是多少?
Quelle heure **est**-il?	**What** time **is** it? 現在何時?

BON À SAVOIR!不可不知!

切記在陽性名詞前用 **quel**,陰性名詞前用 **quelle**。

Quand est-ce que...? ⋯⋯甚麼時候⋯⋯?

Quand est-ce que tu viens dîner à la maison?	**When** are you coming around for dinner? 你甚麼時候來家裏吃晚飯?
Quand est-ce que vous vous mariez?	**When** are you getting married? 你們甚麼時候結婚?
Quand est le prochain vol pour Londres?	**When** is the next flight to London? 下一班往倫敦的航班是甚麼時候?

Où...? …… 哪裏…… ?

Où est le commissariat de police?	**Where**'s the police station? 警察局在哪裏？
Où sont les toilettes?	**Where** are the toilets? 洗手間在哪裏？
Où est-ce que je dois signer?	**Where** do I need to sign? 我要在哪裏簽名？
Où se trouve la mairie?	**Where**'s the town hall? 大會堂在哪裏？

詢問某事發生的時間，可以用句式 **À quelle heure...?**（…… 何時 …… ？）。

À quelle heure...? …… 何時 …… ?

À quelle heure ferme le musée?	**What time** does the museum close? 何時是博物館的閉館時間？
À quelle heure commence le film?	**What time** does the film start? 電影何時開始？
À quelle heure est-ce que tu penses partir?	**What time** are you thinking of going? 你打算何時出發？

要表達 "哪裏有 …… 嗎？"，可以用 **Est-ce qu'il y a...?** 或 **Il y a...?** 句式。

Est-ce qu'il y a...? …… 有 …… 嗎？

Est-ce qu'il y a une boulangerie dans le quartier?	**Is there** a baker's in the area? 這附近有麵包店嗎？
Est-ce qu'il y a des noix dans ce gâteau?	**Are there** any nuts in this cake? 這個蛋糕裏有果仁嗎？
Il y a un menu pour enfants?	**Is there** a children's menu? 這裏有兒童餐嗎？

要詢問別人如何做某事或某物怎麼樣，可用句式 **Comment...?**
（……怎樣……？）。

Comment...? ……怎樣……？

Comment ça va?	**How** are you? 你好嗎？
Comment on fait pour avoir des billets?	**How** do you get tickets? 怎樣才能買到票呢？
C'est **comment** l'Ardèche?	**What**'s the Ardèche **like**? 阿爾代什是個怎樣的地方？
Comment vous appelez-vous?	**What**'s your name? 怎樣稱呼您？

要詢問數量或價錢多少，可用疑問詞 **combien** 來提問。

Combien...? ……多少……？

Combien coûte un billet pour Lyon?	**How much is** a ticket to Lyons? 去里昂的票多少錢？
Il reste combien d'oignons?	**How many** onions **are left**? 剩下多少洋蔥？
On met **combien de temps** pour aller à Nice?	**How long** does it take to get to Nice? 去尼斯需要多少時間？

徵求允許

徵求允許做某事的最簡單句式是 **Est-ce que je peux...?**（我能不能……？）或 **Est-ce que je pourrais...?**（我可不可以……？）後接動詞不定式，後者語氣更委婉。**peux** 和 **pourrais** 的動詞原形都是 **pouvoir**（能夠）。關於 **pouvoir** 的更多內容，見第 322頁。

Est-ce que je peux...? 我能不能……?

Est-ce que je peux utiliser le téléphone?	**Can I** use the phone? 我能不能用電話?
Je peux vous payer en deux fois?	**Can I** pay you in two instalments? 我能不能分兩次付款給您?

Est-ce que je pourrais...? 我可不可以……?

Est-ce que je pourrais rester une semaine de plus?	**Could I** stay for another week? 我可不可以多留一個星期?
Je pourrais garer ma voiture ici?	**Could I** park my car here? 我可不可以在這裏泊車?

徵求允許還可用句式 **Est-ce que ça vous dérange si...?**（您介不介意……?），後接動詞用現在時。關於現在時的更多內容,見第 309 頁。

Est-ce que ça vous dérange si...? 您介不介意……?

Est-ce que ça vous dérange si je fume?	**Do you mind if** I smoke? 您介不介意我抽煙?
Est-ce que ça vous dérange si j'invite quelques amis ce soir?	**Do you mind if** I have a few friends over tonight? 您介不介意我今晚邀請數個朋友?
Ça vous dérange si j'ouvre la fenêtre?	**Do you mind if** I open the window? 您介不介意我開窗?

索取物品

用法語索取物品時,只需簡單地説出物品的名稱,並禮貌地附上一句 **s'il vous plaît**（請）即可。

Un..., s'il vous plaît 請給我……

Un aller simple pour Lille, **s'il vous plaît**.	**A** single to Lille, **please**. 請給我一張去里爾的單程票。
Une limonade, **s'il vous plaît**.	**A** lemonade, **please**. 請給我一杯檸檬水。
Deux baguettes **et quatre** croissants, **s'il vous plaît**.	**Two** baguettes **and four** croissants, **please**. 請給我兩條長條麵包和四個牛角包。

表達想要某物，可用句式 **je voudrais**（我想要）。**voudrais** 的動詞原形是 **vouloir**。關於 **vouloir** 的更多內容，見第 323 頁。

Je voudrais... 我想要……

Je voudrais un carnet de timbres, s'il vous plaît.	**I'd like** a book of stamps, please. 麻煩您，我想要一本郵冊。
Je voudrais deux entrées pour l'exposition, s'il vous plaît.	**I'd like** two tickets for the exhibition, please. 麻煩您，我想要兩張展覽會的門票。
On voudrait un appartement avec vue sur la mer.	**We'd like** a flat with a sea view. 我們想要一個海景單位。

另一種表達索取東西的句式 **Est-ce que vous avez...?**（您有沒有……？）。**avez** 的動詞原形是 **avoir**。關於 **avoir** 的更多內容，見第 318 頁。

Est-ce que vous avez...? 您有沒有……？

Est-ce que vous avez de la crème solaire?	**Do you have** suncream? 您有沒有防曬霜？
Vous avez une adresse électronique?	**Do you have** an email address? 您有沒有電子郵箱地址？

要表達正在尋找某物，可用句式 **je cherche**（我在找）。**cherche** 的動詞原形是 **chercher**。關於以 **-er** 結尾的第一組規則動詞如 **chercher** 的更多內容，見第 305 至 307 頁。

Je cherche... 我在找……

Je cherche un endroit pour camper.	**I'm looking for** somewhere to camp. 我在找露營地。
Je cherche un restaurant végétarien.	**I'm looking for** a vegetarian restaurant. 我在找素食餐廳。

詢問別人是否能幫忙，可用句式 **Est-ce que vous pouvez...?**（……您能不能……？）或 **Est-ce que vous pourriez...?**（……您可不可以……？）後接動詞不定式，後者語氣更委婉。**pouvez** 和 **pourriez** 的動詞原形都是 **pouvoir**（能夠）。關於 **pouvoir** 的更多內容，見第 322 頁。

Est-ce que vous pouvez...? ……您能不能……？

Est-ce que vous pouvez me donner un sac, s'il vous plaît?	**Can you** give me a carrier bag, please? 麻煩您，您能不能給我一個手提袋？
Est-ce que vous pouvez me photocopier le plan?	**Can you** photocopy the map for me? 您能不能幫我影印這張地圖？
Vous pouvez nous apporter la carte des vins?	**Can you** bring us the wine list? 您能不能拿酒單給我們？

Est-ce que vous pourriez...? ……您可不可以……？

Est-ce que vous pourriez déplacer votre voiture, s'il vous plaît?	**Could you** move your car, please? 麻煩您，您可不可以開走您的車？
Vous pourriez nous donner un reçu?	**Could you** give us a receipt? 您可不可以開一張收據給我們？

在櫃檯索取物品或請別人幫忙遞東西時，可用句式 **donnez-moi**（給我）（如以 **tu** 相稱，用 **donne-moi**），後接 **s'il vous plaît**（請）來表達。

Donnez-moi... 請給我……

Donnez-moi une baguette, s'il vous plaît.	**Can I have** a baguette, please? 請給我一條長條麵包。
Donne-moi ton stylo, s'il te plaît.	**Can I have** your pen, please? 請給我你的鋼筆。

投訴／抱怨

想要抱怨時，可能會用句式 **il y a** 或 **il n'y a pas de** 來表示某地有無某物品。法語句式 **il y a** 相當於英語句型 *there is* 和 *there are*（有）。

Il y a... ……有……

Il y a des cafards dans l'appartement.	**There are** cockroaches in the flat. 單位裏有蟑螂。
Il n'y a pas d'eau chaude.	**There isn't any** hot water. 沒有熱水。

也可用句式 **il n'y a pas assez de** 來表示某物不充足。

Il n'y a pas assez de... ……不足／不夠

Il n'y a pas assez de renseignements.	**There isn't enough** information. 資料不足。
Il n'y a pas assez de chaises.	**There aren't enough** chairs. 椅子不夠。

要表達某物品用完了，可用句式 **il ne reste plus de**（沒有了）。

Il ne reste plus de... ……沒有……了

Il ne reste plus de papier toilette chez les dames.	**There isn't any** toilet paper **left** in the ladies. 女洗手間裏沒有衛生紙了。
Il ne reste plus de dépliants.	**There aren't any** leaflets **left**. 沒有宣傳單張了。

描述人和事

描述人和事時，可用句式 **il est**（他是），**elle est**（她是）或 **c'est**（這是），後接形容詞。

Il est... 他……

Il est très grand.	**He's** very tall. 他很高。
Elle est sympa.	**She's** nice. 她人得友善。
Elle n'est pas très vieille.	**She's** not very old. 她不是很老。

C'est... 這……

C'est beau.	**It's** beautiful. 這很漂亮。
C'est loin.	**It's** a long way away. 這有點遠。
C'est vraiment lourd.	**It's** really heavy. 這真重。

描述人的特徵時用動詞 **avoir**（有）。注意：談論年齡也用 **avoir**，後接年齡 **ans**。

Il a... 他（特徵）……

Il a les cheveux gris.	**He's got** grey hair. 他頭髮花白。
Elle a les yeux bleus.	**She's got** blue eyes. 她的眼睛是藍色的。
Il a le teint mat.	**He has** a dark complexion. 他皮膚黝黑。
J'ai vingt-deux **ans**.	**I'm** twenty two. 我 22 歲。

描述某人的穿着，可用句式 **il porte** 或 **elle porte**。

Elle porte... 她穿着……

Elle porte une robe verte.	**She's wearing** a green dress. 她穿着一條綠色的裙。
Il porte un jean.	**He's wearing** jeans. 他穿着牛仔褲。
Il porte des baskets.	**He's wearing** trainers. 他穿着運動鞋。

解釋問題

解釋問題之所在，可用句式 **il y a**，相當於英語句型 *there is* 和 *there are*（有）。

Il y a... ……（有）……

Il y a un bruit bizarre.	**There's** a strange noise. 那裏有奇怪的聲音。
Il n'y a pas de serviettes dans ma chambre.	**There aren't** any towels in my room. 我房間裏沒有毛巾。
Il y a eu un accident.	**There's been** an accident. 發生了一宗意外。

BON À SAVOIR！不可不知！

上面最後一個例句中，**il y a** 句式中用的是動詞 **avoir**（有）的過去時態。關於 **avoir** 的更多內容，見第 318 頁。

表達不能做某事，可用句式 **je n'arrive pas à**（我無法），後接動詞不定式。

Je n'arrive pas à... 我無法⋯⋯

Je n'arrive pas à démarrer la voiture.	**I can't** get the car to start. 我無法開動我的車。
Je n'arrive pas à joindre ma famille.	**I can't** get in touch with my family. 我無法聯絡我的家人。
On n'arrive pas à faire marcher le chauffage.	**We can't** get the heating to work. 我們無法令暖氣系統正常運作。

要表達不知道如何做某事，可用句式 **je ne sais pas...**（我不會）。

Je ne sais pas... 我（不會）⋯⋯

Je ne sais pas bien parler français.	**I can't** speak French very well. 我法語說得不是很好。
Il ne sait pas conduire.	**He can't** drive. 他不會開車。

表達意見

要表達 "我認為"，可用句式 **je pense que**、**je trouve que** 和 **je crois que**。若這些句型用否定形式時，例如 **je ne pense pas que**，後接動詞須用虛擬式。關於虛擬式的更多內容，見第 312 頁。

Je pense que... 我覺得……

Je pense que tu devrais réserver à l'avance.	**I think** you should book in advance. 我覺得你應該提前預訂。
Je pense qu'il va pleuvoir.	**I think** it's going to rain. 我覺得要下雨了。
Je ne pense pas que ce soit une bonne idée.	**I don't think** it's a good idea. 我覺得這不是個好主意。
Qu'est-ce que tu en penses?	**What do you think**? 對此你怎麼看？

Je trouve que... 我覺得……

Je trouve que c'est un peu cher.	**I think** it's a bit dear. 我覺得有點貴。
Je trouve que tu as raison.	**I think** you're right. 我覺得你是對的。
Je ne trouve pas que ce soit un très bon film.	**I don't think** it's a very good film. 我覺得這不是一套好電影。

Je crois que... 我覺得……

Je crois que tu te fais du souci pour rien.	**I think** you're worrying about nothing. 我覺得你是自尋煩惱。
Vous croyez que ça en vaut la peine?	**Do you think** it's worth it? 您覺得這值得嗎？
Je ne crois pas qu'on puisse venir.	**I don't think** we're going to be able to make it. 我不認為我們能來。

表示同意，可用句式 **je suis d'accord**（我同意）；表示不同意，用句式 **je ne suis pas d'accord**（我不同意）。

Je suis d'accord... 我同意……

Je suis d'accord avec toi.	**I agree with** you. 我同意你的觀點。
Nous sommes tous les deux **d'accord**.	**We** both **agree**. 我們兩個都同意。
Je ne suis absolument **pas d'accord**.	I completely **disagree**. 我絕對不同意。

提出建議

想要提議與某人一起做某事，可用句式 **on pourrait**（*我們可以*）。

On pourrait... 我們可以……

On pourrait aller au cinéma.	**We could** go to the cinema. 我們可以去看電影。
On pourrait s'asseoir en terrasse.	**We could** sit outside. 我們可以坐在外面。

想要提議某人一起做某事，只需將陳述句的語調升高，將陳述句變為提出建議的疑問句。

On...? 我們……吧

On prend un verre?	**Shall we have** a drink? 我們喝一杯吧。
On regarde le menu?	**Shall we have a look at** the menu? 我們看看餐單吧。

還可以用"為甚麼不"來提出建議，用句式 **Pourquoi pas...?** 或 **Pourquoi ne pas...?**（*為甚麼不……？*），後者較為正式。

Pourquoi pas...? 為甚麼不……?

Pourquoi pas demander à un vendeur?	**Why not** ask a shop assistant? 為甚麼不問售貨員呢?
Pourquoi ne pas s'arrêter à Paris au passage?	**Why not** stop in Paris on the way? 為甚麼不順道在巴黎逗留呢?

另一種提議做某事的句式是 **Et si...?**(……怎麼樣?),後接動詞用未完成時。關於未完成時的更多內容,見第 310 頁。

Et si...? ……怎麼樣?

Et si on passait la nuit ici?	**How about** spending the night here? 我們在這裏過夜怎麼樣?
Et si on y allait en bateau?	**How about** going there by ferry? 我們坐船去怎麼樣?
Et si je demandais à l'agent de police?	**How about** if I asked the police officer? 我問問警察怎麼樣?
Et si on louait une voiture?	**How about** hiring a car? 我們租一輛車怎麼樣?

詢問某人是否想做某事,可用句式 **Est-ce que tu veux...?**(你想不想……?)或 **Est-ce que vous voulez...?**(您想不想……?),後接動詞不定式。**veux** 和 **voulez** 的動詞原形都是 **vouloir**(想要),關於 **vouloir** 的更多內容,見第 323 頁。

Est-ce que tu veux...? 你想不想……?

Est-ce que tu veux venir prendre un verre?	**Would you like to** come and have a drink? 你想不想來喝一杯?
Est-ce que vous voulez voir la cathédrale?	**Would you like to** see the cathedral? 你們想看大教堂?

詢問某人是否想要做某事，可用句式 **Ça te dit de...?**（你想不想……?）或用 **Ça vous dit de...?**（您想不想……?）。

Ça te dit de...? 你想不想……?

Ça te dit de manger une glace?	**Do you fancy** an ice cream? 你想不想吃雪糕？
Ça vous dit d'aller prendre un café?	**Do you fancy** going for a coffee? 您想不想去喝杯咖啡？

提議幫他人做某事，可用句式 **laissez-moi** 或 **laisse-moi**（讓我來）。

讓我來……

Laissez-moi vous aider.	**Let me** help you. 讓我來幫您吧。
Laisse-moi porter ta valise.	**Let me** carry your suitcase. 讓我來幫你拿行李箱吧。

詢問某人是否方便做某事，可用句式 **Ça ne vous dérange pas que...?**，後接虛擬式。關於虛擬式的更多內容，見第 312 頁。

Ça ne vous dérange pas que...? ……您方便嗎？

Ça ne vous dérange pas que je repasse demain?	**Is it OK with you if** I come back tomorrow? 我明天再來您方便嗎？
Ça ne te dérange pas que je t'appelle chez toi?	**Is it OK with you if** I call you at home? 我在家裏打電話給你你方便嗎？

想要表達對自己來説最好怎麼樣，可用句式 **ça m'arrangerait...**（對我來説最好……）。

Ça m'arrangerait... 對我來說最好……

Ça m'arrangerait vendredi.	Friday **would be better for me**. 對我來說最好星期五。
Ça m'arrangerait de vous retrouver là-bas.	**It would suit** me **better** to meet you there. 對我來說最好是在那裏見您。

陳述事情經過

談論已發生的事用過去時，即用助動詞 **avoir**（好）或 **être**（是）加上動詞的過去分詞（例如 been、given、travelled）。關於未完成時的更多內容，見第 310 頁。

J'ai... 我（遭遇）……

J'ai eu un accident.	**I've had** an accident. 我出意外了。
Nous avons vu une agression.	**We've witnessed** a mugging. 我們目睹了一宗搶劫案。

Je suis... 我（遭遇）……

Je suis arrivée ce matin.	**I arrived** this morning. 我今天早上到了。
Je me suis cassé la jambe.	**I've broken** my leg. 我摔斷了腿。
Il est tombé.	**He's fallen**. 他摔倒了。

表達必須做某事

表達必須做某事，用句式 **je dois**（我必須），後接動詞不定式。**dois** 的動詞原形是 **devoir**。關於 **devoir** 的更多內容，見第 319 頁。

Je dois... 我必須⋯⋯

Je dois faire le plein.	**I must** fill up the car. 我必須加滿車油。
On doit aller les chercher à l'aéroport.	**We have to** pick them up from the airport. 我們必須去機場接他們。

還可用句型 **il faut que** 後接動詞的虛擬式。關於虛擬式的更多內容，見第312頁。

Il faut que... ⋯⋯必須⋯⋯

Il faut que je sois à la gare à 14h00.	**I have to** be at the railway station at 2 pm. 我必須在下午二時到達火車站。
Il faut que tu confirmes la réservation.	**You have to** confirm the reservation. 你必須確認預訂。
Il faut qu'on achète du pain.	**We need to** buy some bread. 我們必須買點麵包。

想要表達需要做某事，可用句式 **il faudrait que** 後接動詞虛擬式。關於虛擬式的更多內容，見第312頁。

Il faudrait que... ⋯⋯需要⋯⋯

Il faudrait que je trouve une carte.	**I need to** find a map. 我需要找一張地圖。
Il faudrait que je passe un coup de fil.	**I need to** make a phone call. 我需要打個電話。

談論應該做某事，用句式 **je devrais** (我應該)，後接動詞不定式。**devrais** 的動詞原形是 **devoir**。關於 **devoir** 的更多內容，見第319頁。

Je devrais... 我（應）該……

Je devrais y aller.	**I should** go. 我該走了。
Vous devriez venir nous voir.	**You should** come and see us. 您應該來看看我們。
On devrait faire un peu de ménage.	**We ought to** do some housework. 我們應該做點家務。

表達喜歡、不喜歡或偏好

表達喜歡，用句式 **j'aime bien**（我喜歡），該句式不如 **j'aime** 和 **j'adore**（我愛）的程度強烈。表達不喜歡，可用句式 **je n'aime pas**。aime 的動詞原形是 **aimer**（愛）。關於 **aimer** 的更多內容，見第 313 頁。

J'aime bien... 我喜歡……

J'aime bien ce tableau.	**I like** this painting. 我喜歡這幅畫。
J'aime beaucoup l'Alsace.	**I like** Alsace **a lot**. 我非常喜歡阿爾薩斯。
Est-ce que tu l'aimes ?	**Do you love** him? 你喜歡他嗎？

J'adore... 我愛……

J'adore la poésie.	**I love** poetry. 我愛詩歌。
J'adore les films en noir et blanc.	**I love** black and white movies. 我愛黑白電影。
Il adore cuisiner.	**He loves** cooking. 他愛烹飪。

Je n'aime pas... 我不喜歡……

Je n'aime pas l'ail.	**I don't like** garlic. 我不喜歡大蒜。
Je n'aime pas du tout prendre le métro.	**I really dislike** taking the underground. 我一點也不喜歡坐地鐵。

表達偏好，用句式 **je préfère**。表達喜歡 A 勝過 B，用句式 **je préfère A à B**。**préfère** 的動詞原形是 **préférer**。關於以 **-er** 結尾的第一組規則動詞如 **préférer** 的更多內容，見第 305 至 307 頁。

Je préfère... 我更喜歡······

Je préfère la chemise grise.	**I prefer** the grey shirt. 我更喜歡那件灰色的襯衣。
Je préfère le train au bus.	**I prefer** the train to the bus. 我喜歡火車勝過巴士。
Je préfère la cuisine italienne **à la** cuisine française.	**I prefer** Italian cuisine **to** French cuisine. 我喜歡意大利菜勝過法國菜。

表達想要做某事

表達想要做某事，可用句式 **je voudrais** 和 **j'aimerais** (我想)。

Je voudrais... 我想······

Je voudrais aller au Musée d'Orsay.	**I'd like to** go to the Musée d'Orsay. 我想去奧賽博物館。
Je voudrais gagner plus d'argent.	**I'd like to** earn more money. 我想賺更多錢。
Je voudrais relever mes e-mails.	**I'd like to** check my emails. 我想查看我的郵件。

J'aimerais... 我想······

J'aimerais voir le théâtre romain d'Orange.	**I'd like to** see the Roman theatre in Orange. 我想去看奧朗日的羅馬劇院。
On aimerait rester ici un peu plus.	**We'd like to** stay here a little longer. 我們想在這裏逗留久一些。

表達寧願做某事，用句式 **je préfère** 和 **je préférerais**，後者語氣更委婉。**préfère** 和 **préférerais** 的動詞原形都是 **préférer**（寧願）。關於以 **-er** 結尾的第一組規則動詞如 **préférer** 的更多內容，見第 305 至 307 頁。

Je préfère... 我寧願⋯⋯

Je préfère partir tôt le matin.	**I'd rather** leave early in the morning. 我寧願早上早點出發。
Je préférerais louer un petit appartement.	**I'd rather** rent a small flat. 我寧願租一個小單位。
On préfère ne pas laisser les bagages dans la voiture.	**We'd rather not** leave the luggage in the car. 我們寧願不放行李在車上。

想要更加堅定地表達是否想要某物，可用句式 **je veux**（我要），**veux** 的動詞原形是 **vouloir**（想要）。關於 **vouloir** 的更多內容，見第 323 頁。

Je veux... ⋯⋯我要⋯⋯

Je veux envoyer cette lettre en recommandé.	**I want to** send this letter recorded delivery. 這封信我要寄掛號。
Je veux acheter une maison dans la région.	**I want to** buy a house in the area. 我要在這個區域買一間屋。
Je ne veux pas payer de supplément.	**I don't want to** pay a supplement. 我不想付額外的費用。

談論計劃

談論計劃，可用句式 **j'ai l'intention de** 或 **je compte**。這兩個句式都表示 "我打算做"，都後接動詞不定式。

J'ai l'intention de... 我打算 ……

J'ai l'intention de passer deux semaines en Provence.	**I'm planning to** spend two weeks in Provence. 我打算在普羅旺斯逗留兩個星期。
J'ai l'intention de faire construire une maison.	**I'm planning to** have a house built. 我打算蓋一棟房子。
On a l'intention d'apprendre l'espagnol.	**We're planning to** learn Spanish. 我們打算學西班牙語。

Je compte... 我打算 ……

Je compte loger chez un ami.	**I'm planning to** stay with a friend. 我打算住在朋友家。
Je ne compte pas rester ici très longtemps.	**I'm not planning to** stay here very long. 我不打算在這裏逗留很久。
On comptait aller au marché demain matin.	**We were planning to** go to the market tomorrow morning. 我們打算明天早上去市場。

要表達正考慮做甚麼，可用句式 **je pense**（我想）或 **je pensais**（我在想），都後接動詞不定式，後者語氣更委婉。

Je pense... 我想……

Je pense m'acheter un lecteur MP3.	**I'm thinking of** buying an MP3 player. 我想買個 MP3 播放器。
Je pense arriver vers cinq heures.	**I think I'll** get there at around five pm. 我想我下午五時左右能到那裏。
Je pensais inviter Anne à dîner.	**I was thinking of** inviting Anne for dinner. 我在想邀請安娜吃晚飯。

表達將要做某事的一個簡單句式是 **je vais**（我將），後接動詞不定式。**vais** 的動詞原形是 **aller**（去）。關於 **aller** 的更多內容，見第 317 頁。

Je vais... 我將……

Je vais appeler Sam.	**I'm going to** phone Sam. 我將打電話給山姆。
Je vais envoyer une carte postale à mes parents.	**I'm going to** send a postcard to my parents. 我將會寄張明信片給父母。
On va visiter un appartement cette semaine.	**We're going to** view a flat this week. 我們這週將去參觀一個單位。

還可以用現在時表達將來肯定會做某事。關於現在時的更多內容，見第 309 頁。

Je... 我……

Je pars demain à onze heures.	**I'm leaving** tomorrow at eleven. 我明天 11 時出發。
Je dîne chez Morgane ce soir.	**I'm having dinner** at Morgane's tonight. 我今晚在摩根家吃飯。
On va au Québec dans deux semaines.	**We're going** to Québec in two weeks. 我們兩星期後去魁北克。
Elle vient la semaine prochaine.	**She's coming** next week. 她下週來。

表達希望做某事，可用句式 **j'espère**（我希望），後接動詞不定式，或 **j'espère que** 後接動詞用現在時或將來時。關於以 **-er** 結尾的動詞如 **espérer** 的更多內容，見第 307 頁。關於現在時和將來時的更多內容，見第 309 頁。

J'espère... 我希望⋯⋯

J'espère y retourner un jour.	**I'm hoping to** go back there one day. 我希望有一天能回到那裏。
J'espère qu'il est déjà sur place.	**I hope** he's already there. 我希望他已經在那裏了。
J'espère qu'on se reverra.	**I hope** we'll see each other again. 我希望我們會再見面。

表達可能會做某事，可用句式 **je vais peut-être...**（我⋯⋯可能會⋯⋯），後接動詞不定式。

Je vais peut-être... 我⋯⋯可能會⋯⋯

Je vais peut-être organiser une soirée.	**I may** have a party. 我可能會舉辦一場晚會。
Je vais peut-être prendre un verre avec Thomas ce soir.	**I may** go for a drink with Thomas tonight. 我今晚可能去跟湯馬斯喝一杯。
Elle va peut-être s'installer en France.	**She may** move to France permanently. 她可能會去法國定居。

II 一站式短語加油站

Je vous dmande pardon? 請再説一次。

每天，我們都會使用各種現成的語句，比如：*take a seat*（坐下）、*hurry up*（快點）、*congratulations*（祝賀）、*happy birthday*（生日快樂）、*have a nice day*（祝你愉快）、*thanks*（謝謝）、*the same to you*（你也一樣）等等。本單元介紹這些常用短語的法語表達方式，令你富自信説恰當話。

目錄

見面與告別

留下良好的第一印象非常重要，因此與人打招呼時要恰如其分。和英語一樣，用法語打招呼也有數個方式。非正式情況下，可以只簡單説 **salut**（嗨）；也可以説 **bonjour**（*上午好或下午好*）或 **bonsoir**（*晚上好*），如果要表現得更為禮貌，可以在後面加上 **Monsieur / Madame / Mademoiselle**。

你好、上午／下午／晚上好

Bonjour.	Hello. 你好。
Salut.	Hi. 你好。
Bonjour.	Good morning or Good afternoon. 上午好或下午好。
Bonsoir.	Good evening. 晚上好。

BON À SAVOIR！不可不知！

Salut! 既可以表達 "*你好*"，也可以表達 "*再見*"。

……再見

Au revoir!	Goodbye! 再見！
Au revoir à tous!	Goodbye everyone! 各位再見！
Salut!	Bye! 再見！
Bonsoir!	Good night! 再見！

BON À SAVOIR！不可不知！

Bonsoir 有 "*晚上好*" 和 "*再見*" 兩個意思，因此晚上到達或離開某地時都可以説 **Bonsoir**。而 **bonne nuit**（*晚安*）只在上牀睡覺的時候説。

一站式短語加油站

……見！

À demain!	**See you** tomorrow! 明天見！
À plus tard!	**See you** later! 回頭見！
À la prochaine!	**See you** again! 下次見！
À lundi!	**See you** on Monday! 週一見！

別人介紹自己時，需要知道如何回應。**enchanté** 和 **ravi de faire votre connaissance** 如今主要用於正式或商務場合，而人們通常只說 **bonjour**。

你好、幸會、很高興認識您

Bonjour Madame. – Bonjour Madame.	How do you do? 你好。
Enchanté. – Enchanté.	Pleased to meet you. 幸會。
Ravi de faire votre connaissance. – Moi de même.	Pleased to meet you. – Pleased to meet you too. 很高興認識您。—— 我也是。

法語中表達歡迎到某地方，用句式 **bienvenue à** + 城鎮名，**bienvenue en** + 大部份國家或地區名。

BON À SAVOIR！不可不知！

詞組 **bienvenue au** 後接詞性是陽性的國家或地區名，而 **bienvenue aux** 後接詞形為複數形式的國家或地區名。

真高興再次見到你！、好久不見！

Ça fait plaisir de te revoir!	How lovely to see you again! 真高興再次見到你！
Ça fait une éternité que je ne t'ai pas vu!	I haven't seen you for ages! 好久不見！

和英語一樣，法語也有很多種方式詢問對方 *"你好嗎"*，回答也是各式各樣。

你 / 您好嗎？……、近來 / 一切可好？、……怎麼樣？

Comment ça va?	**How are you**? 你好嗎？
Ça va?	**How are you**? 近來可好？
Comment allez-vous?	**How are you**? 您好嗎？
Ça va bien?	**How are things**? 一切可好？
Salut! **Quoi de neuf**?	Hi! **How's tricks**? 嗨！過得怎麼樣？
Comment tu te portes?	**How are you feeling**? 你身體怎麼樣？

（我）……

Ça va bien, merci et toi?	I'm fine thanks. And you? 我很好，謝謝。你呢？
Pas trop mal!	Not too bad! 還不錯！
On fait aller!	Getting by! 還可以！
Ça pourrait être pire.	Can't complain. 還行吧！
Beaucoup mieux, merci.	A lot better, thanks. 好多了，謝謝。

BON À SAVOIR！不可不知！

切記對不認識的人要用 **vous**（您）稱呼。

敲門

Qui est-ce?	Who is it? 誰啊？
Un instant!	One moment! 稍等！
Je viens!	I'm coming! 來了！

請進

Entrez!	Come in! 請進！
Après toi!	After you! 你先請！
Fais comme chez toi.	Make yourself at home. 就像在自己家一樣。
Asseyez-vous donc!	Do sit down! 請坐吧！

BON À SAVOIR！不可不知！

用法語邀請某人做某事，可在動詞後加 **donc** 來表示強調。和英語不一樣，英語把 *do* 置於動詞前，比如 *do start*（*開始吧*）、*do take a seat*（*坐吧*）、*do come in*（*進來吧*）等。

請求與答謝

向不熟悉的人索取某物，須加上一句 **s'il vous plaît**（*請*）；向熟悉的人索取某物，可用 **s'il te plaît**（*請*）。

Est-ce que je peux avoir une petite bière, **s'il vous plaît**?	Can I have a small beer, **please**? 請問，能給我半支啤酒嗎？
Deux kilos d'oranges, **s'il vous plaît**.	Two kilos of oranges, **please**. 請給我兩公斤橙。
Est-ce que vous pouvez me donner l'heure, **s'il vous plaît**?	**Please** could you tell me the time? 請問，您能告訴我現在的時間嗎？

BON À SAVOIR ! 不可不知！

要表達"是的，請"的意思，可用句式 **oui, s'il vous plaît** 或 **oui, merci**。

······ 謝謝 / 感謝 ······

Merci!	**Thank you!** 謝謝！
Je vous remercie.	**Many thanks.** 謝謝您。
Merci beaucoup, Madame / Monsieur!	**Thank you** very much! 非常感謝！
Merci beaucoup pour ta lettre.	**Thank you** very much for your letter. 非常感謝你的來信。
Non, **merci**.	No, **thank you**. 不用，謝謝。

BON À SAVOIR ! 不可不知！

在別人提供某物時，句式 **oui, merci** 或 **non, merci**，甚至 **merci** 本身都可以表達"好的，謝謝"或"不用，謝謝"的意思，取決於説話人的語氣。

一站式短語加油站

對 **merci** 的最常見回答是 **de rien**（不客氣），比較正式的回答是 **je vous en prie**。

不客氣

De rien!	Not at all! 不客氣！
Il n'y a pas de quoi!	Don't mention it! 這沒甚麼！
Je vous en prie.	You're welcome. 不客氣。
C'est moi qui vous remercie.	No, thank you! 應該是我謝謝您。

引起別人注意

要引起別人的注意，可用句式 **excusez-moi** 或 **pardon**（打擾一下），在表達自己的請求之後加上 **s'il vous plaît**（請），也可以只簡單地説 **s'il vous plaît**。

⋯⋯打擾一下！、拜托了！

Excusez-moi!	**Excuse me!** 打擾一下！
Pardon!	**Excuse me**, please! 抱歉，打擾一下！
S'il vous plaît!	**Excuse me**, please! 拜托了！

BON À SAVOIR！不可不知！

要記着，説法語的人總比説英語的人更講究，因此要想引起別人的注意，應加上 **Monsieur**（先生）、**Madame**（女士）或 **Mademoiselle**（小姐）。

有時候會不明白別人説的話，或是不會用恰當的法語詞匯表達自己的意思。下面的句型在出現這些窘境時非常有用。

······我不明白······

Excusez-moi, **je ne comprends pas**.	Sorry, **I don't understand**. 抱歉，我不明白。
Est-ce que vous pouvez répéter, s'il vous plaît? **Je n'ai pas compris**.	Please could you repeat that? **I didn't understand**. 請您重複一遍好嗎？我不明白。
Excusez-moi, **je n'ai pas compris** ce que vous avez dit.	Sorry, **I didn't understand** what you said. 抱歉，我不明白您的意思。

······怎麼説？

Comment est-ce qu'on dit "driving licence" en français?	**How do you say** 'driving licence' in French? 法語中"駕駛執照"怎麼説？
Comment ça s'appelle en français?	**What's this called** in French? 這個用法語怎麼説？

你 / 您能不能······？

Je peux vous demander de parler plus lentement?	**Would you mind** speaking more slowly? 您能不能説得再慢點？
Je peux te demander de répéter ce que tu as dit?	**Would you mind** repeating what you said? 你能不能重複你剛才説的話？

······甚麼······?

| Pardon, **qu'est-ce que** «couverture» veut dire? | Sorry, **what** does 'couverture' mean?
請問 "couverture" 是甚麼意思？ |
| Pardon, **qu'est-ce que** vous avez dit? | Sorry, **what** did you say? 對不起，您說甚麼了？ |

核對事實

核對事實，可用句式 **n'est-ce pas?** 或 **non?**（不是嗎？），但前者比後者正式。法語句式 **n'est-ce pas?** 和 **non?** 與英語中的 *isn't it?*（不是嗎？）、*haven't you?*（你沒有嗎？）類似，都放在句末。

······不是嗎？、你 / 你們······還是······?

Vous êtes de Paris, **n'est-ce pas**?	You're from Paris, **aren't you**? 您是巴黎人，不是嗎？
Il y a du monde, **non**?	It's busy, **isn't it**? 人很多，不是嗎？
Vous êtes arrivés hier, **non**?	You arrived yesterday, **didn't you**? 你們是昨天到的，不是嗎？
Tu viens, **oui ou non**?	Are you coming **or aren't you**? 你來，還是不來？

BON À SAVOIR！不可不知！

在疑問句後加 **oui ou non?** 就如同英語中的 *or what?*（還是怎樣？）。跟英語一樣，這種用法稍為不正式。

另一種表達核對事實的方式是在問句中加 **bien**（確實是）。

一站式短語加油站

On est **bien** lundi aujourd'hui?	Today's Monday, **isn't it**? 今天是星期一不是嗎？
Tu lui as **bien** dit que c'était d'accord?	You told him it was OK, **didn't you**? 你確實告訴他沒問題吧？
Tu as **bien** les passeports?	You do have the passports, **don't you**? 你確實有護照吧？

在與多人或某個不熟悉的人交談時，要說 "你不覺得嗎？" 可用句式 **vous ne trouvez pas**，對熟悉的人可用 **tu ne trouves pas**。

……你 / 你們 / 您不覺得嗎？

Ça lui va bien, **tu ne trouves pas**?	It suits her, **don't you think**? 這很適合她，你不覺得嗎？
Il fait froid, **vous ne trouvez pas**?	It's cold, **don't you think**? 天很冷，你們不覺得嗎？

祝願

祝願某人過得愉快、週末愉快或晚上睡得香甜，可用形容詞 **bon** 修飾陽性名詞，**bonne** 修飾陰性名詞，或動詞後面加 **bien**。

一站式短語加油站

……(祝願)!

Bon voyage!	Have a good trip! 旅途愉快！
Bon appétit!	Enjoy your meal! 請享用！
Passe un bon weekend!	Have a great weekend! 週末愉快！
Bonnes vacances!	Enjoy your holiday! 假期快樂！
Bon rétablissement!	Get well soon! 早日康復！
Amuse-toi bien!	Have fun! or Enjoy yourself! 玩得開心！
Dors bien!	Sleep well! 睡個好覺！
Santé!	Cheers! (*when drinking*) 為健康（乾杯）！

祝願某人"……快樂！"，可用形容詞 **joyeux** 或 **bon**
修飾陽性名詞，**joyeuse** 或 **bonne** 修飾陰性名詞。

……快樂！

Joyeux Noël!	**Happy** Christmas! 聖誕快樂！
Joyeux or **Bon** anniversaire!	**Happy** birthday! 生日快樂！
Bonne année!	**Happy** New Year! 新年快樂！
Bon anniversaire de mariage!	**Happy** wedding anniversary! 結婚紀念日快樂！

BON À SAVOIR！不可不知！

在社交場合，句式 **Vous de même!** 和 **À toi aussi!**（你也一樣）
非常有用，用於回應別人同樣的祝福，如 **Joyeux Noël!**（聖誕快
樂！）和 **Bon appétit!**（好胃口！）。

一站式短語加油站

Bonne chance!	**Good luck**! 祝你好運！	
Bonne chance pour ton examen!	**Good luck** in your exam! 祝你考試順利！	
Bonne chance pour ton nouveau travail!	**Good luck** in your new job! 祝你新工作順利！	

道歉

要表達歉意，可用句式 **pardon** 或 **je m'excuse** (抱歉)。如做了比較嚴重的事情，要用句式 **je suis désolé** (對不起)。

……**對不起**……

Pardon.	**I'm sorry**. 對不起。
Je m'excuse d'être en retard.	**I'm sorry** I'm late. 對不起，我遲到了。
Je suis vraiment **désolé**!	**I'm** really **sorry**! 真的對不起！
Je suis sincèrement **désolée**!	**I'm** truly **sorry**! 實在對不起！

……**抱歉**……

Oui, je regrette.	I'm afraid so. 是的，抱歉。
J'en ai bien peur.	I'm afraid so. 對此我很抱歉。
Non, je regrette.	I'm afraid not. 不是，抱歉。
J'ai bien peur que non.	I'm afraid not. 很抱歉不是。

安慰某人

別人向自己道歉或坦白說出他們不小心做了某事，安慰他們可用句式 **ce n'est pas grave**（沒關係）或 **ça ne fait rien**（這沒甚麼）等多種表達形式。

沒關係、這沒甚麼⋯⋯、別擔心

Ce n'est pas grave.	It doesn't matter. 沒關係。
Ça ne fait rien.	Forget about it. 這沒甚麼。
Ne t'en fais pas!	Don't worry! 別擔心。
Il n'y a pas de problème.	Don't worry about it. 沒問題。
T'inquiète pas! C'est pas grave.	Don't worry about it! It doesn't matter. 別擔心！這沒甚麼大不了的。

BON À SAVOIR！不可不知！

注意，在法語口語中，否定句中的否定詞 **ne** 經常省略，這種用法聽起來不正式。

見解

要用法語表達自己的見解，可用 **je crois**、**je pense** 或 **il me semble** 等句式，這些句式的意思都是 "我認為"。

我認為／覺得是、我希望如此

Je crois que oui.	I think so. 我認為是。
Il me semble, oui.	I think so. 我認為是。
Je suppose que oui.	I suppose so. 我覺得是。
J'espère.	I hope so. 我希望如此。

一站式短語加油站

我認為／想不是這樣的、我不希望如此

Je ne crois pas.	I don't think so. 我認為不是這樣的。
Je ne pense pas.	I don't think so. 我認為不是這樣的。
Je suppose que non.	I suppose not. 我想不是這樣的。
J'espère que non.	I hope not. 我不希望如此。

我不確定／清楚、你確定嗎？

Je ne suis pas sûr.	I'm not sure. 我不確定。
Je ne suis pas certain.	I'm not sure. 我不確定。
Je ne sais pas.	I don't know. 我不清楚。
Tu es sûr?	Are you sure? 你確定嗎？

BON À SAVOIR！不可不知！

注意，女性要用 **sûre** 或 **certaine**。

我對此表示懷疑

Ça m'étonnerait.	I doubt it. 我對此表示懷疑。
Ça, j'en doute.	I doubt it. 我對此表示懷疑。

（我）不介意、沒關係、不要緊

Ça m'est égal.	I don't mind. 我不介意。
Ça ne me fait rien.	I don't mind. 沒關係。
Peu importe.	It's all the same to me. 不要緊。

同意、不同意和拒絕

BON À SAVOIR！不可不知！

要知道，法語中有兩個詞可表達 "*是的*"：**oui** 和 **si**。常用詞是 **oui**，**si** 用於肯定地回答否定句和疑問句，如 **Tu ne veux pas manger? – Si!**（*你不想吃飯？想啊！*）

…… **(是)** ……

Oui.	Yes. 是。
Bien sûr que oui.	Yes, of course. 當然是。
C'est vrai.	That's true. 是這樣的。
Tu as raison.	You're right. 你是對的。
Je suis tout à fait d'accord.	I totally agree. 我完全同意。

別人要求自己做某事時，非常實用的回答是 **D'accord!**（*好的！*），**Bien sûr!**（*當然可以！*）或 **Sans problème!**（*沒問題！*）。

行！、好的！、可以！

D'accord!	OK! 行！
Bon, d'accord.	OK, then. 嗯，好的！
Entendu!	OK! or Agreed! 可以！

…… **當然** ……、沒問題

Bien sûr!	Of course! 當然可以！
Oui, bien sûr.	Yes, of course. 是的，當然是。
Sans problème!	No problem. 沒問題。

不同意別人的看法或是拒絕某事，可用 **non**（不）或其他常用句型。

......不......

Non.	No. 不。
Bien sûr que non.	Of course not. 當然不是。
Ce n'est pas vrai.	That's not true. 這不是真的。
Eh bien, tu as tort.	Well, you're wrong. 不，你錯了。
Je ne suis pas d'accord du tout.	I don't agree at all. 我根本不同意。

要表達必須拒絕做某事，除了可用 **je ne peux pas**（我不能），還可用 **franchement**（坦率地說），**sincèrement**，（老實說），**malheureusement**（不幸的是）等。

......我不能、......我......不了

J'aimerais bien, mais malheureusement **je ne peux pas**.	I'd like to but unfortunately **I can't**. 我很願意，但不幸的是我不能。
Non, franchement, **je ne peux pas**.	No, I honestly **can't**. 不行，坦率地說，我不能。
J'ai bien peur de **ne pas pouvoir**.	I'm afraid **I may not be able to**. 恐怕我不能。
Je suis sincèrement désolé, mais **je ne vais pas pouvoir** venir.	I'm really sorry, but **I won't be able to** make it. 我很抱歉，但我來不了。

一站式短語加油站

如果不想說得絕對，法語中也有多種方式可以表達這個意思。

……也許……、……可能……、……看情況……

Peut-être.	Perhaps. 也許吧。
C'est possible.	Possibly. 可能。
Tu as peut-être raison.	You may be right. 你也許是對的。
Ça se pourrait.	It could well be. 這是可能的。
Ça dépend.	It depends. 看情況。
On verra.	We'll see. 我們看情況吧。

祝賀某人

祝賀某人取得成功的句型有很多，如 **Félicitations!**（恭喜！）和 **Bravo!**（做得好！）。

恭喜……！、……做得好！

Félicitations!	**Congratulations**! 恭喜！
Bravo!	**Well done**! 做得好！
Bravo pour ta promotion!	**Congratulations** on your promotion! 恭喜你晉升！
Félicitations pour ton succès aux examens!	**Congratulations** on passing your exams! 恭喜你通過考試！
Bravo, au fait!	**Well done**, by the way! 順帶一提，做得好！

應對好壞消息

當別人說他們一切安好或有好事發生時，可用多種句型作回應。

很高興聽到這個消息

Je suis content de l'apprendre.	That's good to hear. 很高興聽到這個消息。
Je suis bien contente pour toi!	I'm really pleased for you! 我真為你感到高興！
C'est une très bonne nouvelle.	That's very good news. 這是個大好消息！
C'est une excellente nouvelle!	That's wonderful news! 多好的消息啊！
Génial!	Fantastic! 精彩極了！

BON À SAVOIR！不可不知！

bien 常放在形容詞前表示強調，有點像英語中的 *really*（真），比如 **je suis bien content**（我真高興）。

我／我們……感（到）遺憾／難過

Je suis désolé.	**I'm sorry**. 我感到遺憾。
Je suis vraiment **désolé** pour ta tante.	**I'm** really **sorry** to hear about your aunt. 我為你姨媽深感難過。
On est sincèrement **désolés pour** ce qu'il s'est passé.	**We're** very **sorry about** what happened. 我們對發生的一切深感難過。

感歎

表達某物的影響或自己的感受時，英語中常用句式 *What a...!*（……多麼……！）。法語中用句式 **Quel(le)...!** 後接名詞。

……多麼……！

Quel dommage!	**What a** shame! 多麼可惜啊！
Quelle surprise, dis donc!	**What a** surprise! 多麼驚喜啊！
Dites donc! **Quel** beau bâtiment!	**What a** beautiful building! 看！多麼漂亮的建築啊！
Quelle malchance!	**What** bad luck! 多麼倒霉啊！

在感歎句中，英語中的不定冠詞 *a* 在法語中不譯出。

……真……！

Qu'est-ce que je suis bête!	**What an** idiot I am! 我真笨啊！
Qu'est-ce que le paysage est beau!	**What a** beautiful landscape! 這風景真美啊！
Qu'est-ce que c'est cher comme restaurant!	**What an** expensive restaurant! 這餐廳真貴啊！

若用英語句式 *How...!*（多……！），那麼相應地法語中用 **Comme c'est...!**。

多……！

Comme c'est intéressant!	**How** interesting! 多有趣！
Comme c'est idiot!	**How** silly! 多笨啊！
Comme c'est décevant!	**How** disappointing! 多讓人失望！
C'est formidable!	**How** wonderful! 太好了！

法語口語中表達驚訝的句型很多。

C'est incroyable!	That's incredible! 真不可思議！
Quelle surprise!	What a surprise! 真令人驚訝啊！
Je n'arrive pas à y croire!	I can't believe it! 我難以置信！
Ce n'est pas possible!	That's impossible. 不可能！
Tiens, tiens!	Well, what do you know! 真沒想到！
Ah oui?	Really? 真的？
Dis donc! Il est drôlement tard!	Oh dear! It's very late! 天啊！太晚了！

BON À SAVOIR！不可不知！

說法語的人在表達驚訝時經常在句首或句末加上一句 **dis donc!** 或 **dites donc!**（相當於英語中比較過時的說法 *I say!*，啊！）。

若句中有動詞，則用句式 **Qu'est-ce que...!**。

鼓勵某人

想請某人快點或請某人做某事時，可以說 **Allez!**（快點！）。

快（點）／加油／繼續努力吧！……

Allez! On y va!	**Come on**! Let's go! 快點！我們走吧！
Allez! On va être en retard.	**Hurry up**! We're gonna be late. 快點！我們快遲到了。
Courage! Tu vas y arriver!	**Come on**! You're gonna make it! 加油！你會成功的！
Encore un effort! Tu y es presque!	**Keep it up**! You're nearly there! 繼續努力吧！你快成功了！
Vite! Le train va partir!	**Quick**! The train is about to leave! 快！火車快開了！
Dépêche-toi! Le film va commencer!	**Hurry up**! The film's about to begin! 快點！電影要開始了！

BON À SAVOIR！不可不知！

句式 **Allez!** 可同時用於第二人稱單複數 **tu** 和 **vous**，但在稱呼別人為 **vous** 時，要用句式 **Dépêchez-vous!**，而不能用 **Dépêche-toi!**。

遞交物件

遞交物件給某人時，要說 "給你"，可以用 **tiens**，若用 **vous** 稱呼對方時，則要用 **tenez**。

給你／您、拿着

Tiens.	Here you are. 給。
Tenez.	Here you are. 給您。
Prends ça.	Take this. 拿着。
Voilà.	Here. 給你。

危險和緊急情況

有些句子在危險和緊急情況下十分有用。儘管絕不希望大家用到這些句子，但是此處仍然介紹一些以防萬一。

當心！

Attention!	Look out! 當心！
Fais attention!	Be careful! 小心！
Attention à ton sac!	Watch your bag! 小心你的袋！
Au secours!	Help! 救命！
Aidez-moi!	Help me! 幫幫我！
Au voleur!	Stop thief! 抓小偷！
Au feu!	Fire! 救火啊！

表達心裏想法

陷入爭論時，下面這些常用句型就會派上大用場。當然，一定要配合大量的肢體語言。

天啊！

Non mais, franchement!	For goodness sake! 天啊！
Non mais, ça va pas?	What do you think you're doing? 你在做甚麼呢？
Tu te prends pour qui?	Who do you think you are? 你以為你是誰啊！
Et puis quoi, encore?	Whatever next! 管他呢！
Je n'y crois pas.	I don't believe it. 我不相信。
C'est hors de question.	It's out of the question. 這不可能。
N'importe quoi!	Nonsense! 廢話！
Non mais, tu rigoles?	Are you joking? 你在開玩笑吧？

BON À SAVOIR！不可不知！

法語短語 **non mais** 放在句首是表達懷疑的好方法，類似於英語中的 **Honestly!**（老實說！）。

對話用語

和英語一樣，法語中也有許多詞彙和短語用於起承轉合或表明自己對某事的態度。下面介紹一些最常用的句型。正確使用這些句型，表達就會更加流暢自然。

ah bon 真的

| **Ah bon**, je ne savais pas.
– **Ah bon**? | **Right**, I didn't know. 真的？我不知道。
– **Really**? —— 真的？ |

alors 那麼

| Je suis fatigué. – **Alors** vas te coucher. | I'm tired. – Go to bed, **then**. 我累了。
—— 那麼，去睡吧。 |

au fait 順帶一提

| **Au fait**, tu joues toujours du saxo? | Do you still play the sax, **by the way**? 順帶一提，你還吹色士風嗎？ |

BON À SAVOIR！不可不知！

法語中詞尾的輔音字母通常不發音，但是詞組 **au fait** 中的 **-t** 要發音。

bon 好

Bon, on y va?	**Right**, shall we go? 好，我們出發吧？
Bon, à demain alors.	**Ok**, see you tomorrow then. 好，那就明天見。

c'est ça 沒錯

Oui, **c'est ça**.	Yes, **that's right**. 你們在這裏度假？——是的，沒錯。

d'abord 首先

D'abord, on va faire les courses.	**First**, we'll do the shopping. 首先，我們去購物。

de toute façon 反正

De toute façon, c'est couvert par l'assurance.	**Anyway**, it's covered by insurance. 反正這是投了保的。

en fait 事實上

En fait, j'ai arrêté de fumer il y a deux mois.	**Actually**, I stopped smoking two months ago. 事實上，我兩個月前就戒煙了。

BON À SAVOIR！不可不知！

法語中詞尾的輔音字母通常不發音，但是詞組 **en fait** 中的 **-t** 要發音。

enfin 總之

Enfin bref, je ne vais pas pouvoir venir.
Enfin! Je viens de te le dire!

In a word, I'm not going to be able to come. 總之,我來不了。
But I've just told you! 總之,我剛跟你説過了!

en plus 而且

Je suis fatigué et **en plus** je n'ai pas envie d'y aller.

I'm tired and **what's more**, I just don't feel like going. 我累了,而且我不想去那裏。

ensuite 接下來

Qu'est-ce qu'on fait **ensuite**?

Then what shall we do? 接下來,我們做甚麼呢?

finalement 最終

Tu as réussi à l'avoir, **finalement**?

Did you manage to get hold of him in **the end**? 你最終成功抓獲他了嗎?

Finalement, je vais prendre ce pull.

I'm going to take this jumper **after all**. 最終我還是要這件毛衣。

quand même 還是、不管怎樣

C'est **quand même** bizarre...
Quand même! C'est pourtant pas sorcier!

Still, it is strange... 這還是有點奇怪。
Honestly! It's not rocket science! 不管怎樣!這並不是難事!

一站式短語加油站

III 語法

名詞

名詞的性

法語名詞分陽性（masculine）和陰性（feminine）：

- **le** 或 **un** 置於名詞前，表示陽性
- **la** 或 **une** 置於名詞前，表示陰性

使用名詞時，先確定它是陽性還是陰性，然後決定其搭配用語的表現形式，比如：

- 修飾名詞的形容詞（adjective）
- 名詞之前的冠詞（article）
- 代替名詞的代詞（pronoun）

形容詞、冠詞和代詞也要根據名詞的單、複數形式而變化。

指稱人的名詞

大部份指稱男性的名詞都是陽性。

| un homme | a man 一個男人 |
| un Français | a Frenchman 一名法國男子 |

大部份指稱女性的名詞都是陰性。

| une fille | a girl 一個女孩 |
| une Canadienne | a Canadian woman 一名加拿大女子 |

指稱物的名詞

在英語裏，所有的物 —— 如桌子、汽車、書本 —— 我們都用 it 指代。而法語中，物有陰陽性之分。

判斷名詞為陰性或陽性的規則有很多，如：

- 以 **-e** 結尾的名詞，通常是陰性，比如：**une boulangerie**（一家麵包店）、**une banque**（一間銀行）。

- 以輔音結尾的名詞，通常是陽性，比如：**un film**（一套電影）**un chien**（一隻狗）。

- 以 **-age**、**-sme**、**-eau**、**-eu** 和 **-ou** 結尾的名詞，通常為陽性，比如：**le fromage**（芝士）、**le tourisme**（旅遊）、**un cadeau**（一份禮物）。

- 以 **-ion** 結尾的名詞，通常是陰性，比如：**une addition**（一份帳單）。

另外，表示星期、月份和季節的名詞，以及語言名稱都是陽性，比如 **le printemps**（春季）、**le portugais**（葡萄牙語）。

冠詞

翻譯 *"the"*

法語中，冠詞包括定冠詞（如英語中的 the）和不定冠詞（如英語中的 a），它們隨着名詞的陰陽性和單複數的變化而變化。英語定冠詞 the 在法語中對譯的是：

	與陽性名詞搭配	與陰性名詞搭配
單數	**le (l')**	**la (l')**
複數	**les**	**les**

BON À SAVOIR！不可不知！

以元音開頭和啞音 **h** 開頭的名詞前的 **le** 或 **la** 縮寫為 **l'**。

le train	**the** train 火車
la voiture	**the** car 汽車
l'autoroute	**the** motorway 高速公路
l'hôtel	**the** hotel 酒店
les clés	**the** keys 鑰匙
les enfants	**the** children 孩子們

當定冠詞（**le**、**la**、**les**）與介詞 **à** 或 **de** 搭配使用時，定冠詞與介詞須縮合為以下的新形式：

- **à + le → au、de + le → du**

au cinéma	**at / to the** cinema 在電影院/去電影院
du cinéma	**from / of the** cinema 從電影院（回來）/電影院的

- **à + les → aux、de + les → des**

aux maisons	**to the** houses 去家裏
des maisons	**from / of the** houses 從家裏（來）/家裏的

- **à + la / l'** 和 **de + la / l'** 形式不變

à l'hôtel	**at / to the** hotel 在酒店/去酒店
de la bibliothèque	**from / of the** library 從圖書館（來）/圖書館的

所以，您要說 **je vais à la gare**（我要去火車站）和 **je vais au restaurant**（我要去餐廳）。

翻譯 "a"、"an"、"some"、"any"

英語中不定冠詞 **a** 和 **an** 在法語中對譯的是 **un** 或 **une**，這兩個詞形的使用取決於搭配的名詞的陰陽性。在英語名詞前使用 *some*、*any* 或無冠詞的情況，法語中使用不定冠詞複數形式 **des**。

	與陽性名詞搭配	與陰性名詞搭配
單數	**un**	**une**
複數	**des**	**des**

un rendez-vous	**an** appointment 一次約會
une réunion	**a** meeting 一次會議
Vous voulez **des** dépliants?	Would you like **some** leaflets? 您需要宣傳單張嗎？
Vous avez **des** enfants?	Do you have **any** children? 您有孩子嗎？
J'ai **des** amis à Lyon.	I have friends in Lyon. 我有數個朋友在里昂。

法語中定冠詞（**le**、**la**）和不定冠詞（**un**、**une**）的使用情況和使用方法與英語中不盡相同。

La France est très belle.	France is very beautiful. 法國非常美。
Il est professeur.	He's **a** teacher. 他是教師。
J'ai mal à **la** gorge.	I've got **a** sore throat. 我喉嚨痛。

代詞

主語人稱代詞

主語人稱代詞如英語中的 *I*（我）、*he*（他）、*she*（她）和 *they*（他們、她們、它們），都執行了動詞表達的動作。下面是法語中的主語人稱代詞：

je（j'）	I 我
tu（非正式、單數）	you 你
il	he 他、它
elle	she 她、它
on	we 我們
nous	we 我們
vous（正式、單數；複數）	you 您、你們
ils（全部為陽性或陽性、陰性混合）	they 他們、它們
elles（全部為陰性）	they 她們、它們

BON À SAVOIR！不可不知！

以元音開頭的單詞以及大部份以啞音 **h** 和字母 **y** 開頭的單詞之前，將 **je** 改為 **j'**。

法語中如何稱呼 "*you*"？

在英語中，指代第二人稱只有一個單詞 *you*。而法語中對應的卻有兩個單詞：**tu** 和 **vous**。這兩個代詞的使用取決於以下情況：

- 跟一個人談話還是兩個或以上
- 跟朋友、家人還是跟別人談話

如果是跟熟人聊天，如朋友、年輕人或親戚，這時用 **tu**。

Tu me prêtes ce CD?	Will **you** lend me this CD? 你能借這張光碟給我嗎？

如果是跟不太熟悉的人聊天，如老師、老闆或陌生人，那麼這時用 **vous**。

Vous pouvez entrer.	**You** may come in. 您請進。

BON À SAVOIR！不可不知！

如果不確定用第二人稱的哪種形式，那麼安全起見用 **vous** 較好，這樣至少不會冒犯別人。

"il / elle" 和 "ils / elles" 的用法

在英語中，指稱物（如桌子、書、汽車）通常用代詞 *it*，而在法語中，指代陽性名詞用 **il**，陰性名詞用 **elle**。

Prends cette chaise. **Elle** est plus confortable.	Take this chair. **It**'s more comfortable. 坐這張椅子吧，它更舒服。

代詞 **il** 也用於指代天氣、時間，並用於某些固定句型，這與英語中某些句型用 *it* 的用法相同。

Il pleut. **Il** est deux heures. **Il** faut partir.	**It**'s raining. 下雨了。 **It**'s two o'clock. 二時了。 **We** or **you** have to go. 我們或是你都必須走了。

指稱物、人或動物時，第三人稱複數分別是 **ils** 和 **elles**。**Ils** 用於陽性名詞，**elles** 用於陰性名詞。

Est-ce qu'il reste des billets? – Non, **ils** sont tous vendus.	Are there any tickets left? – No, **they**'re all sold out. 還有票嗎？—— 沒了，全賣完了。

如果既要指代陽性名詞，又要指代陰性名詞，那麼用 **ils**。

Emma et Gordon sont en retard; **ils** arriveront dans une heure.	Emma and Gordon are late; **they**'ll get here in an hour. 愛瑪和戈頓都遲到了；他們一個小時後到。

"on" 的用法

"**on**" 通常用於非正式場合，在口語中意指 "*我們*"。

On y va?	Shall **we** go? 我們走吧。

"**on**" 也可以指代某人或第三人稱複數。

On m'a volé mon porte-monnaie.	**Someone**'s stolen my purse. 我的錢包被偷了。

在指代廣義的人們時，也可以用 "**on**"，這與英語中 *you* 的用法相同。

On peut visiter le château en été.	**You** can visit the castle in the summer. 人們可以夏天來參觀這座城堡。

直接賓語人稱代詞

直接賓語人稱代詞如英語中的 *me*（我）、*him*（他）、*us*（我們）和 *them*（他們、她們），用於代替名詞。它們代替動詞行為的最直接受動者（人或物）。下面是法語中的直接賓語人稱代詞：

me (m')	me 我
te (t')（非正式、單數）	you 你
le (l')	him, it 他、它
la (l')	her, it 她、它
nous	us 我們
vous（正式、單數；複數）	you 您、你們
les	them 他們、她們、它們

BON À SAVOIR！不可不知！

在以元音、大部份啞音 **h**，和字母 **y** 開頭的單詞前，代詞 **me** 變成 **m'**，**te** 變成 **t'**，**le** / **la** 變成 **l'**。

J'ai acheté le journal. Tu veux **le** lire?	I've bought the paper. Do you want to read **it**? 我買了報紙，你想讀嗎？
Je peux **vous** aider?	Can I help **you**? 您需要我幫忙嗎？

間接賓語人稱代詞

間接賓語人稱代詞用於代替句中動詞的受惠者，可以是指人或指物的名詞。如例句 *"他給了我一本書"* 中的 *"我"*。下面是法語中的間接賓語人稱代詞：

me (m')	me, to me, for me 我、給我、為我
te (t') (非正式、單數)	you, to you, for you 你、給你、為你
lui	him, to him, for him; it, to it, for it 他、給他、為他；它、給它、為它
lui	her, to her, for her; it, to it, for it 她、給她、為她；它、給它、為它
nous	us, to us, for us 我們、給我們、為我們
vous (正式、單數；複數)	you, to you, for you 您／你們、給您／你們、為您／你們
leur	them, to them, for them 他／她／它們、給他／她／它們、為他／她／它們

BON À SAVOIR！不可不知！

在以元音、啞音 **h** 和字母 **y** 開頭的單詞前，代詞 **me** 變成 **m'**，**te** 變成 **t'**，**le**／**la** 變成 **l'**。

Je **lui** ai parlé.	I spoke **to her**. 我跟她説過了。
Tu **leur** as téléphoné?	Did you give **them** a ring? 你打過電話給他們了嗎？

重讀人稱代詞

重讀人稱代詞用於代替想要強調的名詞，如例句中"*這是給我的嗎？*"中的
"*我*"。下面是法語中的重讀人稱代詞：

moi	I, me 我
toi（*非正式、單數*）	you 你
lui	he, him 他、它
elle	she, her 她、它
soi	oneself, yourself, ourselves 某人自己
nous	we, us 我們
vous（*正式、單數；複數*）	you 您、你們
eux（*陽性*）	they, them 他們、它們
elles（*陰性*）	they, them 她們、它們

重讀人稱代詞多置於介詞後，表示強調時，不帶動詞，置於 **c'est** 或
ce sont 之後，可進行比較。

Venez avec **moi**.	Come with **me**. 跟我來。
Moi, je n'ai pas compris.	**I** didn't understand. 我不明白。
Qui en veut? – **Moi**!	Who wants some? – **I do**! 誰想要？ —— 我要。
C'est **toi**?	Is that **you**? 是你嗎？

"en" 和 "y" 的用法

en 用於代替動詞或短語後 **de** + 名詞的部份，如 **être fier de quelque chose**（*以某物為榮*），以避免重複名詞。

Il a un beau jardin et il **en** est très fier.	He's got a beautiful garden and is very proud **of it**. 他有一個漂亮的花園，他以此為榮。

en 也可以代替 **du**、**de la**、**de l'** 和 **des** + 名詞。

| Je n'ai pas d'rgent. Tu **en** as? | I haven't got any money. Have you got **any**? 我沒錢了，你有嗎？ |

當 **en** 與 **avoir** 同用時，如 **il y a**，或與數字同用時，在英語中通常不譯出，但在法語中不能省略。

| J'**en** veux deux. | I want two. 我要兩個。 |

y 用於代替動詞或短語後介詞 **à** + 名詞的部份，比如 **penser à quelque chose**（想某事），以避免重複名詞。

| Je pensais à l'examen. – Mais arrête d'**y** penser! | I was thinking about the exam. – Well, stop thinking **about it**! 我剛才一直在想考試。—— 好了，不要再想了。 |

y 也可以意指"那裏"，用於代替介詞如 **dans** 或 **sur** + 名詞的部份。

| Elle **y** a passé tout l'été. | She spent the whole summer **there**. 她在那裏度過了一整個夏天。 |

y 也用在句式 **il y a** 中，既可指 *there is*，也可以指 *there are*（那裏有）。

| Il **y a** quelqu'un à la porte. | **There is** someone at the door. 門口有人。 |
| Il **y a** cinq livres sur la table. | **There are** five books on the table. 桌子上有五本書。 |

形容詞

形容詞的一致性

在法語詞典中，形容詞通常以陽性單數形式出現，因此要知道如何使形容詞配合所修飾的名詞或代詞的陰陽性。形容詞的陰陽性配合，在大多數情況下，只需在陽性單數形容詞後加下面詞尾即可：

- 陽性單數，形式不變
- 陰性單數，在詞尾加 **e**
- 陽性複數，在詞尾加 **s**
- 陰性複數，在詞尾加 **es**

un chat **noir**	a **black** cat 一隻黑貓
une chemise **noire**	a **black** shirt 一件黑襯衫
des chats **noirs**	**black** cats 一群黑貓
des chemises **noires**	**black** shirts 一些黑襯衫

如果形容詞的陽性單數形式就是以 **-e** 結尾，那麼陰性單數形式就無須再加詞尾 **-e**。

un sac **jaune**	a **yellow** bag 一個黃色袋
une chemise **jaune**	a **yellow** shirt 一件黃色襯衫

一些常用形容詞的陰性形式變化不規律，如 **blanc / blanche**、**favori / favorite**、**sec / sèche** 等等。這些不規律的形容詞陰性形式在詞典中會與陽性單數形式一同顯示。

mon sport **favori**	my **favourite** sport 我最喜歡的運動
ma chanson **favorite**	my **favourite** song 我最喜歡的歌

另有一小部份法語形容詞，當其置於以元音和大部份以啞音 **h** 開頭的單詞前時，會有另一個陽性單數形式。這些形容詞的陰性形式也不規則：

陽性單數形式	置於元音前的陽性單數形式	陰性形式
beau	**bel**	**belle**
fou	**fol**	**folle**
nouveau	**nouvel**	**nouvelle**
vieux	**vieil**	**vieille**

un **beau** jardin	a **beautiful** garden 一個漂亮的花園
un **bel** arbre	a **beautiful** tree 一棵好看的樹
un **nouveau** film	a **new** film 一套新電影
un **nouvel** ami	a **new** friend 一個新朋友

如果形容詞的陽性單數形式已經是以 **-s** 或 **-x** 結尾，那麼複數形式無須再加詞尾 **-s**。

un fromage **français**	a **French** cheese 一塊法國芝士
des fromages **français**	**French** cheeses 一些法國芝士

如果陽性單數形式是以 **-eau** 或 **-al** 結尾，那麼陽性複數形式通常變為 **-eaux** 或 **-aux**。

le **nouveau** professeur	the **new** teacher 這位新教師
les **nouveaux** professeurs	the **new** teachers 這些新教師
un livre **original**	an **unusual** book 一本新穎的書
des livres **originaux**	**unusual** books 一些新穎的書

無變化的形容詞

有一小部份形容詞（多為表示顏色的形容詞）的陰性和複數形式不變，這些形容詞稱為不變形容詞。這部份形容詞通常由兩個及以上的詞構成，比如 **bleu marine**（海軍藍），或是由水果或果仁名稱得來，比如 **orange**（橘色的）和 **marron**（栗色的）。

des chaussures **marron**	**brown** shoes 栗色的鞋
une veste **bleu marine**	a **navy blue** jacket 海軍藍外套

形容詞的詞序

法語形容詞通常置於名詞後，表示顏色、形狀和國籍的形容詞一般也置於名詞後。

l'heure **exacte**	the **right** time 準確時間
des cravates **rouges**	**red** ties 紅色領帶
une table **ronde**	a **round** table 一張圓桌
la cuisine **italienne**	**Italian** food 意大利菜

還有一些非常常用的形容詞是置於名詞之前的，如：**beau**、**bon**、**grand**、**gros**、**joli**、**long**、**meilleur**、**nouveau**、**petit**。

une **belle** journée	a **lovely** day 美好的一天
Bonne chance!	**Good** luck! 好運！

還有一些形容詞既可以放在名詞前，也可以放在名詞後，但是位置不同，它們的意思也不同，比如 **ancien**、**cher**、**propre**。

un **ancien** collègue	a **former** colleague 一位舊同事
un fauteuil **ancien**	an **antique** chair 一張舊椅子

| Chère Julie | Dear Julie 親愛的茱莉 |
| un restaurant cher | an expensive restaurant 一家昂貴的餐廳 |

| ma propre chambre | my own room 我自己的房間 |
| des draps propres | clean sheets 乾淨的床單 |

如果有兩個形容詞同時修飾一個名詞，且都置於名詞後時，這兩個形容詞之間用 **et**（和）連接。

| une personne intéressante et drôle | an interesting, funny person 一個有趣、滑稽的人 |

比較級

要表達某物更大或更漂亮，在形容詞前加 **plus**（更加），而要表達某物不太重要或不太貴，則在形容詞前加 **moins**（更少）。

Emma est plus grande.	Emma is taller. 愛瑪長得更高。
Cet hôtel est plus cher que l'autre.	This hotel is more expensive than the other one. 這家酒店比那家更貴。
Son dernier livre est moins intéressant.	His last book is less interesting. 他的新書不是那麼有趣。

物主形容詞

在英語中，物主形容詞包括：my、your、his、her、its、our 和 their。物主形容詞用於修飾名詞，表示某人或某物屬於另一個。下面是法語中的物主形容詞：

	修飾陽性單數名詞	修飾陰性單數名詞	修飾複數名詞
my	**mon**	**ma (mon)**	**mes** 我的
your	**ton**	**ta (ton)**	**tes** 你的
his; her; its; one's	**son**	**sa (son)**	**ses** 他的、她的、它的、某人的
our	**notre**	**notre**	**nos** 我們的
your	**votre**	**votre**	**vos** 你們的
their	**leur**	**leur**	**leurs** 他們的、她們的、它們的

物主形容詞要配合所修飾的名詞，而不是配合物件的擁有者。比如，**sa** 的意思可以是 "*他的、她的、它的、某人的*"，但只能用於修飾陰性名詞。

Mon frère s'appelle Andrew.	**My** brother is called Andrew. 我的兄弟叫安德魯。
Ma sœur s'appelle Danielle.	**My** sister is called Danielle. 我妹妹名叫丹妮。
Mes parents sont retraités.	**My** parents are retired. 我父母退休了。
Sa voiture a été volée.	**His** or **her** car was stolen. 他（她）的車被偷了。
Son amie est galloise.	**His** or **her** friend is Welsh. 他（她）的朋友是威爾士人。

BON À SAVOIR！不可不知！

在以元音和大部份啞音 **h** 開頭的陰性單數名詞前，修飾這些名詞的物主形容詞 **ma** 要變成 **mon**，**ta** 變成 **ton**，**sa** 變成 **son**，這是為了讓讀音更順暢。

疑問句

如何用法語提問

下面介紹用法語提問的數個方法：

* 用 **est-ce que** 句式提問
* 提高句末的語調
* 調換句子中的詞序

用 **est-ce que** 句式提問，詞序與在陳述句中相同。**est-ce que** 放在句子主語前，動詞放在主語後。

Est-ce que vous allez en ville?	**Are you going** into town? 你們要進城嗎？
Quand est-ce que vous arrivez?	**When do you arrive**? 你們甚麼時候到？

如果期望對方用是或否來回答，那麼有一個非常直接的提問方法，就是保持詞序與陳述句相同，但在句末提高語調即變為疑問句。這種提問方式顯得沒那麼正式。

On part tout de suite?	**Are we leaving** right away? 我們馬上出發嗎？
Tu prends un café?	**Are you getting** a coffee? 你喝咖啡嗎？
Tu ne l'**as pas fait**? – Si.	**Haven't you done** it? – Yes(, I have). 你沒有做？—— 不是，我有做。

BON À SAVOIR！不可不知！

si 用於回答疑問句或包含否定詞如 **ne...pas** 的陳述句。

還可以通過調換詞序進行提問。即將動詞置於主語之前，在動詞和主語之間加連字號。這是一種很正式的提問方式。

Aimez-vous la France?	**Do you like** France? 您喜歡法國嗎？
Où **vont-ils**?	Where **are they going**? 他們去哪裏？

如果動詞的第三人稱變位形式是以元音結尾（**il / elle** 形式），那麼在動詞和人稱代詞之間加 **-t-**，這樣讀音會比較流暢。

Aime-t-il les chiens?	**Does he like** dogs? 他喜歡狗嗎？

在完成時和其他由兩個或多個詞構成的時態中，助動詞 **avoir** 或 **être** 的變位形式置於人稱代詞前。關於完成時的更多內容，見第 310 頁。

Est-elle restée longtemps?	**Did she stay** long? 她逗留了很長時間嗎？

否定句

造否定句

在法語中，想要造否定句，通常會使用一組否定詞如 **ne...pas**（不）或 **ne...jamais**（從來不）等等，動詞置於兩個否定詞之間。在英語中，動詞 *do* 經常用於否定句，但法語中動詞 **faire** 卻從不這樣使用。

Je **ne** fume **pas**.	I **don't** smoke. 我不抽煙。
Jeremy **ne** prend **jamais** les transports en commun.	Jeremy **never** uses public transport. 傑里米從來不乘坐公共交通工具。
Il **n'**habite **plus** ici.	He **doesn't** live here **anymore**. 他不再住在這裏了。

BON À SAVOIR！不可不知！

在以元音、大部份啞音 **h** 和字母 **y** 開頭的單詞前，否定詞 **ne** 變成 **n'**。

在法語口語中經常省略否定詞 **ne**。但請注意，在正式場合應避免省略。

| **Je peux pas** venir ce soir. | I **can't** come tonight. 我今晚來不了。 |

在用無動詞的否定句回答提問時，法語中的否定詞 ne 省略。

| Qui a téléphoné? – **Personne**. | Who phoned? – **Nobody**. 誰打電話了？—— 沒人。 |

法語中回答 **moi non plus**，相當於英語中的 *me neither*、*neither do I*、*neither was I* 等等。這個句式可用於任何情景，且無需擔心動詞的時態。

| Je ne suis jamais allée en Italie. – **Moi non plus**. | I've never been to Italy. – **Neither have I**. 我從沒去過意大利。—— 我也沒去過。 |
| Je n'y vais pas et **lui non plus**. | I'm not going and **neither is he**. 我不去那裏，他也不去。 |

否定詞的詞序

在法語中，通常一組否定詞將動詞夾在中間。**ne** 放在動詞前，否定詞的另一部份置於動詞後。

Il **ne** boit **jamais**.	He **never** drinks. 他從來不喝酒。
Je n'entends **rien**.	I can't hear anything. 我甚麼都沒聽見。
Je n'ai vu **personne**.	I didn't see anybody. 我一個人都沒看見。

然而，在完成時和其他由兩個或多個詞構成的時態中，否定詞 **pas**、**rien**、**plus** 和 **jamais** 置於助動詞 **avoir** 或 **être** 與過去分詞之間。關於完成時的更多內容，見第 310 頁。

Je n'ai **pas** compris.	**I didn't** understand. 我不明白。
Nous **ne** sommes **jamais** allés chez eux.	We've **never** been to their house. 我們從來沒去過他們家。

否定句中也可以包含如 **te**，**le**，**lui** 等人稱代詞或反身代詞。在這種情況下，否定詞 **ne** 置於代詞前。

Je **ne** t'entends **pas**.	I can't hear **you**. 我聽不見你說話。
Il **ne** se lève **jamais** avant midi.	He **never** gets up before midday. 他從來不在中午十二時前起牀。

在否定詞後，不定冠詞 **un**、**une** 或 **des** 變成 **de**，如 **du**、**de la**、**de l'**。例如，**Elle a acheté une glace**（她買了一塊玻璃）變成 **elle n'a pas acheté de glace**（她沒買玻璃）。

Je ne veux pas **de** café.	I don't want **any** coffee. 我不想喝咖啡。
Il n'y a plus **d'**eau.	There's no water left. 沒水了。

BON À SAVOIR！不可不知！

在以元音和啞音 **h** 開頭的單詞前，**de** 變成 **d'**。

常見的翻譯問題

法英互譯時，並不是總能做到一一對應。下面介紹一些須注意的常見翻譯問題。

介詞

英語中的動詞詞組如 to run away（跑掉）、to fall down（跌倒），通常只用一個法語單詞即可譯出。

| continuer | to go on 繼續 |
| tomber | to fall down 跌倒 |

英語中由動詞和介詞構成的句子，在法語中往往不需要介詞，反之亦然。

| écouter quelque chose | to listen **to** something 傾聽某物 |
| téléphoner **à** quelqu'un | to call somebody 打電話給某人 |

同一個法語介詞在英語中可有不同譯法。

croire **à** quelque chose	to believe **in** something 相信某物
prendre quelque chose **à** quelqu'un	to take something **from** somebody 拿走某人的某物
rendre quelque chose **à** quelqu'un	to give something back **to** somebody 將某物歸還某人

名詞的單複數

英語中的單數名詞在法語中可能要用複數，反之亦然。

| **les** bagages | luggage 行李 |
| **mon** pantalon | my trouser**s** 我的褲 |

"-ing" 形式

英語中的 *-ing* 詞尾在法語中有很多種譯法:

- -ing 可譯作一個動詞

| Il **part** demain. | He**'s leaving** tomorrow. 他明天走。 |

- -ing 可譯作不定式或名詞

| J'aime **aller** au cinéma. **Le ski** me maintient en forme. | I like **going** to the cinema. 我喜歡去電影院。 **Skiing** keeps me fit. 滑雪讓我保持身體健康。 |

to be 是

動詞 *to be* 通常譯作 **être** (是)。

| Il **est** tard. | It**'s** late. 天晚了。 |

談論某物的方位,可用動詞 **se trouver** (位於)。

| Où **se trouve** la gare? | Where **is** the station? 車站在哪裏? |

在某些描述感覺或狀態的固定搭配中經常用動詞 **avoir**。

avoir chaud	**to be** warm 熱
avoir froid	**to be** cold 冷
avoir faim	**to be** hungry 餓
avoir soif	**to be** thirsty 渴
avoir peur	**to be** afraid 害怕
avoir tort	**to be** wrong 錯了
avoir raison	**to be** right 有道理

談論年齡時也可以用動詞 **avoir**。

Quel âge **as**-tu?	How old **are** you? 你多大了？
J'**ai** quinze ans.	I'**m** fifteen. 我十五歲。

談論健康狀況時用動詞 **aller**。

Comment **allez**-vous?	How **are** you? 您身體好嗎？
Je **vais** très bien.	I'**m** very well. 我很好。

it is, it's 是

在大多數句子和短語中，將 *it is* 和 *it's* 譯作 **c'est**。

C'est moi!	**It's** me! 是我。
C'est assez facile.	**It's** quite easy. 非常簡單。

在提及名詞時，*it is* 和 *it's* 通常譯作 **il est** 或 **elle est**，這取決於名詞的陰陽性。

Descends la valise si **elle** n'**est** pas trop lourde.	Bring the case down if **it's** not too heavy. 如果箱子不太重的話，拿它下來。

談論時間，用句式 **il est**。

Quelle heure **est-il**? – **Il est** sept heures et demie.	What time **is it**? – **It's** half past seven. 現在何時？—— 七時半。

談論天氣時，用動詞 **faire**。

Quel temps **fait-il**?	What'**s** the weather like? 天氣怎麼樣？
Il fait beau.	**It's** lovely. 天氣晴朗。
Il fait du vent.	**It's** windy. 有風。

can, to be able 能夠

要表達某人是否體能充沛，能夠做某事，用動詞 **pouvoir**。

Pouvez-vous faire dix kilometres à pied?	**Can** you walk ten kilometres? 您能步行十公里嗎？

當 *can* 與動詞一起用於表達能看見或聽見甚麼時，法語中不用 **pouvoir**。

Je ne vois rien.	**I can't see** anything. 我甚麼都看不到。

想表達不知道如何做某事，用動詞 **savoir**。

Elle **ne sait pas** nager.	She **can't** swim. 她不會游泳。

表示所屬關係

在英語中可以用 *'s* 或 *s'* 表示某物屬於某人。而法語中的表達卻不相同。

la voiture **de** mon frère la chambre **des** filles	my brother**'s** car 我兄弟的汽車 the girls**'** bedroom 女孩們的房間

動詞

動詞的用法

動詞通常是與名詞、人稱代詞（如我、你、他等）或某人的名字連用。可以說明現在、過去或未來，這稱之為動詞的時態。

動詞分兩種：

- 規則動詞：變位形式遵循規則
- 不規則動詞：變位形式不遵循規則

英語中的規則動詞都有原形（即不加任何詞尾，如單詞 *walk*）。動詞原形前可以加介詞 *to*，如 *to walk*，這種形式稱為動詞不定式。

法語動詞也有不定式，有以 **-er**，**-ir** 或 **-re** 結尾，如 **aimer**（愛），**finir**（完成）或 **attendre**（等待）。法語動詞可分為三組，這三組動詞詞尾的變化我們稱之為動詞變位。

英語中的動詞除了基本詞形和不定式外，還有其他形式：以 *-s* 結尾（如 *walks*），以 *-ing* 結尾（如 *walking*），和以 *-ed* 結尾（如 *walked*）。而法語動詞的變位形式比英語的要多，由按規則添加的詞尾構成變位形式。而詞尾的變化通常是以動詞的不定式為基礎。

法語動詞詞尾的變化形式取決於談話的對象：單數形式有 **je**（我）和 **il /elle /on**（他／她／大家）；複數形式有 **nous**（我們）、**vous**（你們）和 **ils /elles**（他們／她們／它們）。根據現在、過去或未來時態，法語動詞的變位形式更多。

不規則動詞

法語中不遵循規則變位的動詞稱之為不規則動詞。一些非常常用和重要的動詞往往是不規則動詞，如 **avoir**（有）、**être**（是）、**faire**（做、製作）和 **aller**（走）。最常用的不規則動詞及其他常用動詞都列入了動詞變位表。

規則動詞

下面是三組法語規則動詞:

- **-er** 動詞:即以 **-er** 結尾的動詞,如 **aimer**(參見第 313 頁的完整動詞變位)
- **-ir** 動詞:即以 **-ir** 結尾的動詞,如 **finir**(參見第 314 頁的完整動詞變位)
- **-re** 動詞:即以 **-re** 結尾的動詞,如 **attendre**(參見第 315 頁的完整動詞變位)

這些動詞因遵循一定的變位規則,故稱之為規則動詞。一旦掌握變位規則,即可以得出任何規則動詞的變位形式。

任何規則動詞的現在時、未完成時和虛擬式現在時的變位,都是先刪掉詞尾的最後兩個字母,然後加上適當的詞尾形式,如 **aimer → aim-**;**finir → fin-**;**attendre → attend-**。

規則動詞的將來時和條件式的變位:以 **-er** 和 **-ir** 結尾的規則動詞如 **aimer** 和 **finir**,在動詞原形後加上適當的詞尾;以 **-re** 結尾的規則動詞如 **attendre**,刪掉詞尾的 **-e** 即 **attendr-** 後加上適當的詞尾。下頁動詞變位表中的規則動詞詞尾均用橙色突出顯示。

要得出任意規則動詞的完成時形式,首先需要:

- 掌握 **avoir** 和 **être** 的現在時變位形式(見第 318 和第 320 頁)
- 掌握過去分詞的變位形式

規則動詞的過去分詞形式,是首先刪掉動詞詞尾的兩個字母,如 **aimer → aim-**;**finir → fin-**;**attendre → attend-**,然後加上各自相應的詞尾 **-é**、**-i**、或 **-u**。所以 **aimer**、**finir** 和 **attendre** 的過去分詞分別是 **aimé**、**fini** 和 **attendu**。

以 -er 結尾動詞的發音變化

參照第 313 頁以 **-er** 結尾的規則動詞 **aimer** 的動詞變位表，我們可以得出大多數以 **-er** 結尾的動詞的變位形式。然而，少數動詞會有拼寫的小變化，這通常與單詞的發音規則有關。

以 **-cer** 結尾的動詞如 **lancer**（扔），在字母 **a** 或 **o** 前，字母 **c** 變成 **ç**。這樣字母 **c** 可以始終保持發 [s] 音，如英語單詞 *ice* 中的字母 *c* 的發音。

je lance	I throw 我扔
nous lan**ç**ons	we throw 我們扔

以 **-ger** 結尾的動詞如 **manger**（吃），在字母 **a** 或 **o** 前，字母 **g** 變成 **ge**。這樣字母 **g** 可以始終保持發 [ʒ] 音，如英語單詞 *leisure* 中的字母 *s* 的發音。

tu manges	you're eating 你吃
nous man**ge**ons	we're eating 我們吃

以 **-eler** 結尾的動詞如 **appeler**（打電話），字母 **l** 在 **-e**、**-es** 和 **-ent** 前時須雙寫。兩個輔音字母（**ll**）會影響單詞的發音。在單詞 **appeler** 中，第一個字母 **e** 的發音類似英語單詞 *teacher* 的詞尾元音，但在單詞 **appelle** 中，第一個字母 **e** 的發音類似英語單詞 *pet* 中 **e** 的發音。

Comment t'app**ell**es tu?	What's your name? 你叫甚麼名字？
Comment vous appelez vous?	What's your name? 您怎麼稱呼？

有兩個單詞例外：**geler**（*結冰*）和 **peler**（*剝皮*）的發音變化與單詞 **lever**（*提起*）相同。見下文。

以 **-eter** 結尾的動詞如 **jeter**（*扔*），字母 **t** 在 **-e**、**-es** 和 **-ent** 前時須雙寫。兩個輔音字母（**tt**）會影響單詞的發音。在單詞 **jeter** 中，第一個字母 **e** 的發音類似英語單詞 *teacher* 的詞尾元音，但在單詞 **jette** 中，第一個字母 **e** 的發音類似英語單詞 *pet* 中 **e** 的發音。

| je je**tt**e | I throw 我扔 |
| nous jetons | we throw 我們扔 |

還有一個單詞例外：**acheter**（*買*）。它的發音變化與單詞 **lever**（*提起*）相同。見下文。

以 **-yer** 結尾的動詞如 **nettoyer**（*打掃*），字母 **y** 在 **-e**、**-es** 和 **-ent** 前時變成 **i**。

| je nettt**i**e | I clean 我打掃 |
| nous nettoyons | we clean 我們打掃 |

以 **-ayer** 結尾的動詞如 **payer**（*付錢*）和 **essayer**（*嘗試*），既可以字母 **y** 發音，又可以字母 **i** 發音。比如 **je paie** 和 **je paye**，兩者皆正確。

有一小部份動詞如 **lever**（*提起*）、**peser**（*稱重*）、**geler**（*結冰*）、**peler**（*剝皮*）和 **acheter**（*買*），字母 **e** 在輔音和 **-e**、**-es** 和 **-ent** 詞尾前時變成 **è**。音符（重音）也改變了發音。在單詞 **lever** 中，第一個字母 **e** 的發音類似英語單詞 *teacher* 的詞尾元音，但在單詞 **lève** 中，第一個字母 **e** 的發音類似英語單詞 *pet* 中 **e** 的發音。

| j'ach**è**te | I buy 我買 |
| nous achetons | we buy 我們買 |

某些動詞如 **espérer**（希望）、**préférer**（更喜歡）和 **régler**（調整，付錢），
字母 **é** 在輔音和 **-e**、**-es** 和 **-ent** 詞尾前時變成 **è**。

je préf**è**re	I prefer 我更喜歡
nous préférons	we prefer 我們更喜歡

反身動詞

反身動詞指句中動詞行為反作用於主語。動詞與反身代詞合用，如英語中的
myself（我自己）、*yourself*（你自己）和 *herself*（她自己），例如 *I washed
myself*；*he shaved himself*（我替自己洗澡；他替自己刮臉）。法語中的反
身動詞在詞典中是以 **se** 或 **s'**（反身代詞）+ 動詞不定式的形式呈現，比如 **se
coucher**（睡覺），**s'appeler**（自己叫做）。

法語中的反身動詞比英語中的使用更廣泛。常用於描述自己每天做的事情或狀
態的變化（如上牀、坐下、生氣或睡覺）。下面列舉一些法語中最常用的反身動
詞：

s'amuser	to enjoy oneself, to play 消遣，玩
s'appeler	to be called 自己叫做
s'asseoir	to sit down 坐下
se coucher	to go to bed 上牀睡覺
se dépêcher	to hurry up 趕快
s'habiller	to get dressed 穿衣服
se passer	to take place, to happen, to go 發生、走過
se réveiller	to wake up 醒來
se trouver	to be (situated) 位於、處於

法語中，反身動詞的運用取決於反身代詞的選擇。下面是法語中的反身代詞：

主語人稱代詞	反身代詞	意思
je 我	**me (m')** 我	myself 我自己
tu 你	**te (t')** 你	yourself 你自己
il 他 **elle** 她 **on** 它	**se (s')**	himself 他自己 herself 她自己 itself or oneself 它自己或某人自己 ourselves 我們自己
nous 我們	**nous** 我們	ourselves 我們自己
vous 您／你們	**vous** 您／你們	yourself (*singular*) 您自己 yourselves (*plural*) 你們自己
ils 他們／它們 **elles** 她們／它們	**se (s')** 他們／她們／它們	themselves 他們／她們／它們自己

Il **s'**habille. Je **m'**appelle Maree. Nous **nous** couchons de bonne heure.	He's getting dressed. 他在穿衣服。 My name's Maree. 我叫馬雷。 We go to bed early. 我們很早睡覺。

參見第 307 頁反身動詞 **s'asseoir** 的全部動詞變位。

動詞時態

現在時

現在時用於表示此刻的事實，即一般情況和現在正在發生的事情。如：我是一名學生；他的職務是顧問；我正在學法語。

英語中表示現在時的方式不只一種。比如可以說，*I give*（我給）、*I am giving*（我正在給）或 *I do give*（偶爾我也給）。法語中也可以用 **je donne** 句式表達相同的意思。

法語和英語一樣，也可以用現在時表示不久將來會發生的事。

J'emménage à la fin du mois.	**I'm moving in** at the end of the month. 我月底入住。
On sort avec Aurélie ce soir.	**We're going out** with Aurélie tonight. 我們今晚跟奧蕾莉出去。

將來時

將來時表達將要發生的事情或將來的事實。英語中有多種方式表達將來時：可以用將來時（*I'll ask him on Tuesday*，星期二我將會問他）、現在時（*I'm not working tomorrow*，我明天不工作）或 *going to* + 動詞原形（*she's going to study in France for a year*，她將去法國學習一年）。法語中也可以用將來時、現在時或動詞 **aller**（去）+ 動詞不定式表達將要發生的事情。

Elle ne rentrera pas avant minuit.	**She won't be back** before midnight. 她午夜前不會回去。
Il arrive dans dix minutes.	**He's coming** in ten minutes. 他十分鐘後到。
Je vais me faire couper les cheveux.	**I'm going to** have my hair cut. 我要去剪頭髮。

未完成時

未完成時可用於談論過去，特別是描述過去發生的事情。比如 *I used to work in Manchester; it was sunny yesterday*（我曾在曼徹斯特工作；昨天天氣晴朗）。

Je ne faisais rien de spécial.	**I wasn't doing anything** special. 我沒有做甚麼特別的事情。
C'était une super fête.	**It was** a great party. 那個聚會好極了。
Avant, **il était** professeur.	**He used to be** a teacher. 他以前是教師。

完成時

完成時由兩部份組成：**avoir** 或 **être** 的現在時 + 法語動詞的過去分詞（*如英語單詞 given、finished 和 done*）。關於如何得出所有法語規則動詞的過去分詞，見第 304 頁。

大多數動詞的完成時態由 **avoir** 構成。有兩組重要的動詞是以 **être** 而非 **avoir** 構成完成時：所有的反身動詞（見第 307 頁）和一部份主要用於表示動作或某種變化的動詞，如：

aller	to go 去
venir	to come 來
arriver	to arrive, to happen 到來、發生
partir	to leave, to go 出發、走
descendre	to go down, to come down, to get off 往下走、下來、下車
monter	to go up, to come up 往上走、上來
entrer	to go in, to come in 進入、進來
sortir	to go out, to come out 出去
mourir	to die 死去
naître	to be born 出生
devenir	to become 變成
rester	to stay 逗留
tomber	to fall 落下

Richard **est parti** de bonne heure.	Richard **left** early. 李察一大早就走了。
Tu es sortie hier soir?	**Did you go out** last night? 你昨天晚上出去了？
On est resté trois jours à Toulouse.	**We stayed** in Toulouse for three days. 我們在圖盧茲逗留了三天。

祈使式

祈使式是用於發出命令或指示的動詞形式，如"安靜！"、"不要忘記帶護照！"和"請填寫這張表格。"

法語中，向某人做出指示或下命令，祈使式的形式有多種，使用的人稱有：**tu**（你），**vous**（你們）和 **nous**（我們）。**nous** 相當於英語中的 *let's*（*不如我們*）。規則動詞的祈使式與其第一人稱複數和第二人稱單複數的現在時形式相同。所不同的是，祈使式中無須出現人稱代詞 **tu**、**nous** 和 **vous**。另外，以 **-er** 結尾的動詞如 **aimer** 的第二人稱單數的祈使式，刪去詞尾的 **-s**。

Arrête de me faire rire!	**Stop** making me laugh! 不要再逗我笑了。
Venez déjeuner chez nous.	**Come** round to ours for lunch. 來我們家吃午飯吧。
Allons voir ce qu'ils font.	**Let's go** and see what they're up to. 我們去看看他們在做甚麼。

虛擬式

動詞的虛擬式在某些場景下用於表達某種感情，或對某事是否會發生或某事是否是真實的表示懷疑。常用於某些特定的法語句型中，如 **il faut que** 和 **il faudrait que** 句式中。

Il faut que je rentre.	**I have to** get back. 我必須回去了。
Il faudrait qu'on loue une voiture.	**We should** hire a car. 我們應該租一輛車。
Je veux que tu viennes avec moi.	**I want** you to come with me. 我希望你跟我來。

條件式

動詞的條件式用於表達事情在某些特定條件下可能會發生或可能是真實的，比如：*如果我可以我會幫助你*。條件式也可以用於表達想要做某事或需要做某事，如"*請結賬*"。

Je voudrais deux billets.	**I'd like** two tickets. 我想要兩張票。
Si j'étais toi, **je téléphonerais**.	**I'd call** if I were you. 如果我是你，我會打電話。

IV 動詞變位表

愛

	現在時		未完成時
j'	aim**e**	j'	aim**ais**
tu	aim**es**	tu	aim**ais**
il	aim**e**	il	aim**ait**
nous	aim**ons**	nous	aim**ions**
vous	aim**ez**	vous	aim**iez**
ils	aim**ent**	ils	aim**aient**
	完成時		**將來時**
j'	**ai** aim**é**	j'	aimer**ai**
tu	**as** aim**é**	tu	aimer**as**
il	**a** aim**é**	il	aimer**a**
nous	**avons** aim**é**	nous	aimer**ons**
vous	**avez** aim**é**	vous	aimer**ez**
ils	**ont** aim**é**	ils	aimer**ont**
	現在虛擬式		**條件式**
j'	aim**e**	j'	aimer**ais**
tu	aim**es**	tu	aimer**ais**
il	aim**e**	il	aimer**ait**
nous	aim**ons**	nous	aimer**ions**
vous	aim**ez**	vous	aimer**iez**
ils	aim**ent**	ils	aimer**aient**
	現在分詞		**過去分詞**
	aim**ant**		aim**é**
	祈使式		
	aim**e** aim**ons** aim**ez**		

例句

Est-ce que vous **aimez** voyager?	**Do** you **like** to travel? 您喜歡旅遊嗎？
J'**aimerais** réserver une table pour deux personnes.	I'**d like** to book a table for two people. 我想預訂一張二人桌。
Je **n'ai pas aimé** le film.	I **didn't like** the movie. 我不喜歡這部電影。

FINIR

完成

	現在時		未完成時
je	fin**is**	*je*	fin**issais**
tu	fin**is**	*tu*	fin**issais**
il	fin**it**	*il*	fin**issait**
nous	fin**issons**	*nous*	fin**issons**
vous	fin**issez**	*vous*	fin**issez**
ils	fin**issent**	*ils*	fin**issaient**

	完成時		將來時
j'	**ai** fini	*je*	finir**ai**
tu	**as** fini	*tu*	finir**as**
il	**a** fini	*il*	finir**a**
nous	**avons** fini	*nous*	finir**ons**
vous	**avez** fini	*vous*	finir**ez**
ils	**ont** fini	*ils*	finir**ont**

	現在虛擬式		條件式
je	fin**isse**	*je*	finir**ais**
tu	fin**isses**	*tu*	finir**ais**
il	fin**isse**	*il*	finir**ait**
nous	fin**issions**	*nous*	finir**ions**
vous	fin**issiez**	*vous*	finir**iez**
ils	fin**issent**	*ils*	finir**aient**

	現在分詞		過去分詞
	fin**issant**		fini

祈使式

fin**is**　fin**issons**　fin**issez**

例句

J'**ai fini**.	I'**ve finished**. 我做完了。
Elle **n'a pas** encore **fini** de manger.	She **hasn't finished** eating yet. 她還沒吃完。
Tu **finis** le travail à quelle heure?	What time **do** you **finish** work? 你甚麼時候完工？

等待

	現在時		未完成時
j'	attend**s**	j'	attend**ais**
tu	attend**s**	tu	attend**ais**
il	attend	il	attend**ait**
nous	attend**ons**	nous	attend**ions**
vous	attend**ez**	vous	attend**iez**
ils	attend**ent**	ils	attend**aient**

	完成時		將來時
j'	**ai** attend**u**	j'	attend**rai**
tu	**as** attend**u**	tu	attend**ras**
il	**a** attend**u**	il	attend**ra**
nous	**avons** attend**u**	nous	attend**rons**
vous	**avez** attend**u**	vous	attend**ez**
ils	**ont** attend**u**	ils	attend**ront**

	現在虛擬式		條件式
j'	attend**e**	j'	attend**rais**
tu	attend**es**	tu	attend**rais**
il	attend**e**	il	attend**rait**
nous	attend**ions**	nous	attend**rions**
vous	attend**iez**	vous	attend**riez**
ils	attend**ent**	ils	attend**raient**

	現在分詞		過去分詞
	attend**ant**		attend**u**

祈使式

attend**s**   attend**ons**
attend**ez**

例句

Tu **attends** depuis longtemps?	**Have** you **been waiting** long? 您等很久了嗎？
Attendez-moi!	**Wait for** me! 等等我
Je l'**ai attendu** à la poste.	I **waited for** him at the post office. 我在郵局等他。

S'ASSEOIR

坐

	現在時		未完成時
je	m'assieds	je	m'asseyais
tu	t'assieds	tu	t'asseyais
il	s'assied	il	s'asseyait
nous	nous asseyons	nous	nous asseyions
vous	vous asseyez	vous	vous asseyiez
ils	s'asseyent	ils	s'asseyaient
	完成時		**將來時**
je	me suis assis(e)	je	m'assiérai
tu	t'es assis(e)	tu	t'assiéras
il	s'est assis	il	s'assiéra
nous	nous sommes assis(es)	nous	nous assiérons
vous	vous êtes assis(e(s))	vous	vous assiérez
ils	se sont assis	ils	s'assiéront
	現在虛擬式		**條件式**
je	m'asseye	je	m'assiérais
tu	t'asseyes	tu	t'assiérais
il	s'asseye	il	s'assiérait
nous	nous asseyions	nous	nous assiérions
vous	vous asseyiez	vous	vous assiériez
ils	s'asseyent	ils	s'assiéraient

現在分詞
s'asseyant

過去分詞
assis

祈使式
assieds-toi
asseyons-nous
asseyez-vous

例句

Je peux m'**asseoir**?	May I **sit down**? 我可以坐下嗎？
Assieds-toi, Jean-Claude.	**Sit down**, Jean-Claude. 桑‧克洛德，你坐下。
Asseyez-vous, les enfants.	**Sit down**, children. 孩子們，坐下吧。

去

	現在時		未完成時
je	**vais**	*j'*	allais
tu	**vas**	*tu*	allais
il	**va**	*il*	allait
nous	allons	*nous*	allions
vous	allez	*vous*	alliez
ils	**vont**	*ils*	allaient

	完成時		將來時
je	suis allé(e)	*j'*	**irai**
tu	es allé(e)	*tu*	**iras**
il	est allé	*il*	**ira**
nous	sommes allé(e)s	*nous*	**irons**
vous	êtes allé(e)(s))	*vous*	**irez**
ils	sont allés	*ils*	**iront**

	現在虛擬式		條件式
j'	**aille**	*j'*	**irais**
tu	**ailles**	*tu*	**irais**
il	**aille**	*il*	**irait**
nous	allions	*nous*	**irions**
vous	alliez	*vous*	**iriez**
ils	**aillent**	*ils*	**iraient**

現在分詞	過去分詞
allant	allé

祈使式

va allons allez

例句

Vous **allez** souvent au cinéma?	**Do** you often **go** to the cinema? 您經常去看電影嗎？
Je **suis allé** à Londres.	I **went** to London. 我去了倫敦。
Va voir s'ils sont arrivés.	**Go** and see whether they have arrived. 看看他們到了沒有。

AVOIR

有

	現在時		未完成時
j'	ai	j'	avais
tu	as	tu	avais
il	a	il	avait
nous	avons	nous	avions
vous	avez	vous	aviez
ils	ont	ils	avaient
	完成時		將來時
j'	ai eu	j'	aurai
tu	as eu	tu	auras
il	a eu	il	aura
nous	avons eu	nous	aurons
vous	avez eu	vous	aurez
ils	ont eu	ils	auront
	現在虛擬式		條件式
j'	aie	j'	aurais
tu	aies	tu	aurais
il	ait	il	aurait
nous	ayons	nous	aurions
vous	ayez	vous	auriez
ils	aient	ils	auraient
	現在分詞		過去分詞
	ayant		eu

現在分詞

ayant

祈使式

aie ayons ayez

過去分詞

eu

例句

Il **a** les yeux bleus.	He**'s got** blue eyes. 他有一雙藍眼睛。
Vous **avez** réservé?	**Have** you booked? 您預約過了嗎？
Emma **aura** deux ans au mois de juillet.	Emma **will be** two in July. 愛瑪到七月就滿兩歲了。

必須、欠

	現在時			未完成時
je	dois		je	devais
tu	dois		tu	devais
il	doit		il	devait
nous	devons		nous	devions
vous	devez		vous	deviez
ils	doivent		ils	devaient

	完成時			將來時
j'	ai dû		je	devrai
tu	ai dû		tu	devras
il	a dû		il	devra
nous	avons dû		nous	devrons
vous	avez dû		vous	devrez
ils	ont dû		ils	devront

	現在虛擬式			條件式
je	doive		je	devrais
tu	doives		tu	devrais
il	doive		il	devrait
nous	devions		nous	devrions
vous	deviez		vous	devriez
ils	doivent		ils	devraient

現在分詞

devant

過去分詞

dû（注意 due, dus, dues）

祈使式

dois　devons　devez

例句

Je **dois** téléphoner à ma propriétaire.	I **must** ring my landlady. 我必須致電給女房東。
Vous **devriez** changer vos livres ici.	You **should** change your pounds here. 您應在這裏兌換英鎊。
On **a dû** dormir à l'hôtel.	We **had to** sleep in a hotel. 我們只好睡在酒店。

ÊTRE

是

	現在時			未完成時
je	suis		j'	étais
tu	es		tu	étais
il	est		il	était
nous	sommes		nous	étions
vous	êtes		vous	étiez
ils	sont		ils	étaient
	完成時			將來時
j'	ai été		je	serai
tu	as été		tu	seras
il	a été		il	sera
nous	avons été		nous	serons
vous	avez été		vous	serez
ils	ont été		ils	seront
	現在虛擬式			條件式
je	sois		je	serais
tu	sois		tu	serais
il	soit		il	serait
nous	soyons		nous	serions
vous	soyez		vous	seriez
ils	soient		ils	seraient

現在分詞
étant

過去分詞
été

祈使式
sois   soyons   soyez

例句

Quelle heure **est**-il? – Il **est** dix heures.	What time **is** it? – It**'s** ten o'clock. 現在何時？—— 十時。
Ils **ne sont pas** encore arrivés.	They **haven't** arrived yet. 他們還沒到。
Il faut qu'on **soit** à la gare dans dix minutes.	We have to **be** at the station in ten minutes' time. 我們要十分鐘之內到達火車站。

做、製作

	現在時		未完成時
je	fais	je	faisais
tu	fais	tu	faisais
il	fait	il	faisait
nous	faisons	nous	faisions
vous	faites	vous	faisiez
ils	font	ils	faisaient

	完成時		將來時
j'	ai fait	je	ferai
tu	as fait	tu	feras
il	a fait	il	fera
nous	avons fait	nous	ferons
vous	avez fait	vous	ferez
ils	ont fait	ils	feront

	現在虛擬式		條件式
je	fasse	je	ferais
tu	fasses	tu	ferais
il	fasse	il	ferait
nous	fassions	nous	ferions
vous	fassiez	vous	feriez
ils	fassent	ils	feraient

現在分詞

faisant

過去分詞

fait

祈使式

fais   faisons   faites

例句

Qu'est-ce que vous **faites**?

Il va **faire** beau demain.

Je **n'ai pas** encore **fait** la vaisselle.

What **are** you **doing**? 您在做甚麼？

The weather will **be** nice tomorrow. 明天會是好天。

I **haven't done** the washing up yet. 我還沒洗碗呢。

POUVOIR

能夠

	現在時		未完成時
je	peux	je	pouvais
tu	peux	tu	pouvais
il	peut	il	pouvait
nous	pouvons	nous	pouvions
vous	pouvez	vous	pouviez
ils	peuvent	ils	pouvaient
	完成時		將來時
j'	ai pu	je	pourrai
tu	as pu	tu	pourras
il	a pu	il	pourra
nous	avons pu	nous	pourrons
vous	avez pu	vous	pourrez
ils	ont pu	ils	pourront
	現在虛擬式		條件式
je	puisse	je	pourrais
tu	puisses	tu	pourrais
il	puisse	il	pourrait
nous	puissions	nous	pourrions
vous	puissiez	vous	pourriez
ils	puissent	ils	pourraient

現在分詞	過去分詞
pouvant	pu

現在分詞
pouvant

祈使式
not used（無此用法）

過去分詞
pu

例句

Je **peux** vous aider?	**Can** I help you? 我能為您做甚麼？
Vous **pourriez** me faire un paquet-cadeau?	**Could** you gift wrap it for me? 您能幫我包裝禮物嗎？
Je **ne pourrai pas** venir samedi.	**I won't be able to** come on Saturday. 我星期六來不了。

想要

	現在時		未完成時
je	**veux**	je	**voulais**
tu	**veux**	tu	**voulais**
il	**veut**	il	**voulait**
nous	**voulons**	nous	**voulions**
vous	**voulez**	vous	**vouliez**
ils	**veulent**	ils	**voulaient**
	完成時		將來時
j'	**ai voulu**	je	**voudrai**
tu	**as voulu**	tu	**voudras**
il	**a voulu**	il	**voudra**
nous	**avons voulu**	nous	**voudrons**
vous	**avez voulu**	vous	**voudrez**
ils	**ont voulu**	ils	**voudront**
	現在虛擬式		條件式
je	**veuille**	je	**voudrais**
tu	**veuilles**	tu	**voudrais**
il	**veuille**	il	**voudrait**
nous	**voulions**	nous	**voudrions**
vous	**vouliez**	vous	**voudriez**
ils	**veuillent**	ils	**voudraient**
	現在分詞		過去分詞
	voulant		**voulu**

現在分詞

voulant

過去分詞

voulu

祈使式

veuille   veuillons
veuillez

例句

Je **voudrais** aller voir un film.	**I'd like to** go and see a movie. 我想去看部電影。
Est-ce que vous **voulez** du café?	**Do** you **want** some coffee? 您要咖啡嗎？
Elles **voulaient** venir.	They **wanted** to come. 她們想來。

V 法英漢詞彙

A

A, an un, une 一個

able to be able to pouvoir 能
夠

about (*relating to*) au sujet de
關於；**What is it about?** C'est
à quel sujet? 這是關於甚麼的？；
I don't know anything about it
Je ne suis pas au courant 我完
全不知情；**at about 10 o'clock**
vers dix heures 十時左右

above above the bed au-
dessus du lit 在牀的上方

abroad à l'étranger 在國外

abscess l'abcès *m* 膿腫

accelerator l'accélérateur *m*
加速器

to accept accepter 接受；**Do
you accept this card?** Vous
acceptez cette carte? 您接受
這張信用卡嗎？

access l'accès *m* 通道；
wheelchair access accès aux
handicapés 輪椅通道

accident l'accident *m* 意外

**accident & emergency
department** les urgences *fpl*
急症室

accommodation le logement
住所

according to selon 根據；
according to him selon lui 據
他説

account le compte 戶口

account number le numéro
de compte 戶口號碼

to ache faire mal 疼痛；**My
head aches** J'ai mal à la tête
我頭痛；**It aches** Ça fait mal
好痛

address l'adresse *f* 地址；
Here's my address Voici mon
adresse 這是我的地址；**What
is the address?** Quelle est
l'adresse? 地址是甚麼？

admission charge l'entrée *f*
入場費

to admit (*to hospital*)
hospitaliser 住院

adult l'adulte *m/f* 成年人；**for
adults** pour adultes 成人專用

advance in advance à
l'avance 提前

to advise conseiller 建議

A&E les urgences *fpl* 急症室

aeroplane l'avion *m* 飛機

afraid to be afraid of avoir
peur de 害怕……

after après 在……之後

afternoon l'après-midi *m* 下
午；**in the afternoon** l'après-
midi 下午；**this afternoon**
cet après-midi 今天下午；
tomorrow afternoon demain
après-midi 明天下午

afterwards après 然後

again encore 再次

against contre 反對；**I'm
against the idea** Je suis
contre 我不同意

age l'âge *m* 年齡

agency l'agence *f* 代理

ago a week ago il y a une
semaine 一週前；**a month ago**
il y a un mois 一個月前

to agree être d'accord 同意

air l'air *m* 空中；**by air** en
avion 坐飛機

air bed le matelas
pneumatique 氣墊牀

air-conditioning la
climatisation 冷氣機

air-conditioning unit le
climatiseur 冷氣機

air freshener le désodorisant
空氣清新劑

airline la ligne aérienne 航空公
司

air mail by airmail par avion
空郵

airplane l'avion *m* 飛機

airport l'aéroport *m* 機場

aisle le couloir 走廊

alarm l'alarme *f* 警報

alarm clock le réveil 鬧鐘

alcoholic alcoolisé(e) 酒精的

all tout 全部；**all day** toute la
journée 全天；**all the books**
tous les livres 所有書

allergic allergic to allergique
à 對……過敏；**I'm allergic to...**
Je suis allergique à... 我對……
過敏

to allow permettre 允許；**It's
not allowed** C'est interdit 不
允許這樣做

all right (*agreed*) d'accord 同
意；(OK) bien 好的；**Are you
all right?** Ça va? 你還好嗎？

almost presque 幾乎

alone tout(e) seul(e) 獨自

along le long de 沿着；**along
the beach** le long de la plage
沿着海灘

alphabet l'alphabet *m* 字母表

Alps les Alpes *fpl* 阿爾卑斯山

already déjà 已經

also aussi 也

altogether 20 euros
altogether 20 euros en tout
總共 20 歐元

always toujours 總是

am du matin 上午；**at 4 am** à
quatre heures du matin 凌晨四
時

ambulance l'ambulance *f* 救
護車

America l'Amérique *f* 美國

American américain(e) 美國的

amount (*total*) le montant 數額

anchovies les anchois *mpl* 鳳
尾魚

and et 和

angry fâché(e) 生氣的

animal l'animal *m* 動物

ankle la cheville 腳踝

another un(e) autre 再一個；
another beer, please une
autre bière, s'il vous plaît 請
再拿一瓶啤酒；**another two
salads** deux autres salades
再來兩份沙律

answer la réponse 答覆
to answer répondre à 回答
answering machine le répondeur 答錄機
answerphone le répondeur 錄音電話
antibiotic l'antibiotique *m* 抗生素
antifreeze l'antigel *m* 防凍劑
antihistamine l'antihistaminique *m* 抗組(織)胺劑
antique shop le magasin d'antiquités 古董店
antiseptic l'antiseptique *m* 殺菌劑
any du, de la, des 任何；Have you any apples? Vous avez des pommes? 您有蘋果嗎？；I don't play tennis any more Je ne joue plus au tennis 我不再打網球了
anyone (*in questions*) quelqu'un (疑問句中的)某人；(*in negative sentences*) personne (否定句中的)沒有人
anything (*in questions*) quelque chose (疑問句中的)某物；(*in negative sentences*) rien (否定句中的)沒有任何事物
anyway de toute façon 總之
anywhere (*in questions*) quelque part (疑問句中的)某地；(*in negative sentences*) nulle part (否定句中的)沒有任何地方；You can buy them almost anywhere Ça s'achète presque partout 這東西到處有賣
apart from à part 除了；apart from that... à part ça... 除了……
apartment l'appartement *m* (住宅)單位
apple la pomme 蘋果
application form le formulaire 申請表
appointment le rendez-vous 預約；I have an appointment J'ai rendez-vous 我有預約

approximately environ 大約
apricot l'abricot *m* 杏
April avril 四月
arm le bras 手臂
to arrange arranger 安排
to arrive arriver 到達
art l'art *m* 藝術
art gallery le musée 藝術畫廊
arthritis l'arthrite *f* 關節炎
ashtray le cendrier 煙灰缸
to ask demander 問；to ask for something demander quelque chose 詢問某事；I'd like to ask you a question J'aimerais vous poser une question 我想問您一個問題
aspirin l'aspirine *f* 阿士匹靈
asthma l'asthme *m* 哮喘；I have asthma Je suis asthmatique 我有哮喘
at à 在；at home à la maison 在家；at 8 o'clock à huit heures 在八時；at once tout de suite 立刻；at night la nuit 在夜晚
attractive séduisant(e) 吸引人的
aubergine l'aubergine *f* 茄子
August août 八月
aunt la tante 姨姨
Australia l'Australie *f* 澳洲
Australian australien(ne) 澳洲的
automatic car la voiture à boîte automatique 自動檔汽車
auto-teller le distributeur automatique (de billets) 自動櫃員機
autumn l'automne *m* 秋天
available disponible 可用的
avocado l'avocat *m* 牛油果
awake to be awake être reveille 醒着的
away far away loin 在遠處；he's away il est parti 他離開了
awful affreux(-euse) 可怕的
axle (*in car*) l'essieu *m* (車上的)車軸

B
baby le bébé 嬰兒
baby food les petits pots *mpl* 嬰兒食品
baby milk (*formula*) le lait maternisé 嬰幼兒(配方)牛奶
baby's bottle le biberon 奶瓶
babysitter le/la babysitter 保姆
back (*of body*) le dos (身體)背部
backpack le sac à dos 背包
bad (*food, weather, news*) mauvais(e) 不好的(食物、天氣、新聞)
bag le sac 袋；(*suitcase*) la valise 手提箱
baggage les bagages *mpl* 行李
baggage allowance le poids (de bagages) autorisé 免費行李額
baggage reclaim la livraison des bagages 行李託運
baker's la boulangerie 麵包店
ball (*large: football, rugby*) le ballon 球(大的：足球、欖球)；(*small: golf, tennis*) la balle 球(小的：高爾夫球、網球)
banana la banane 香蕉
band (*music*) le groupe (音樂)樂隊
bandage le pansement 包紮
bank (*money* 貨幣) la banque 銀行
bank account le compte en banque 銀行戶口
banknote le billet de banque 鈔票
bar (*pub*) le bar 酒吧；a bar of chocolate une tablette de chocolat 一排巧克力
barbecue le barbecue 燒烤爐；to have a barbecue faire un barbecue 燒烤
barber's le coiffeur 髮廊
basil le basilic 紫蘇(烹飪中用作調味的香草)
bath le bain 洗澡；to have a bath prendre un bain 洗澡

bathing cap le bonnet de bain 浴帽

bathroom la salle de bains 浴室；with bathroom avec salle de bains 連浴室

battery (for car) la batterie (汽車的) 電池組；(for radio, camera) la pile (收音機、相機) 電池

to be être 是

beach la plage 海灘；on the beach sur la plage 在海灘上

bean le haricot 豆

beautiful beau (belle) 美麗的

because parce que 因為

become to become ill tomber malade 生病了

bed le lit 床；double bed le grand lit 雙人床；single bed le lit d'une personne 單人床；twin beds les lits jumeaux 雙床

bed and breakfast (place 地方) la chambre d'hôte (提供住宿和早餐的) 私人住宅或小型酒店；How much is it for bed and breakfast? C'est combien pour la chambre et le petit déjeuner? 住宿和早餐一晚多少錢？

bedroom la chambre 房間

beef le bœuf 牛肉

beer la bière 啤酒

before avant 在……以前；before we go avant de partir 我們出發前；I've seen this film before J'ai déjà vu ce film 我以前看過這部電影

to begin commencer 開始；to begin doing commencer à faire 開始做

behind derrière 在……後面；behind the house derrière la maison 屋後

beige beige 米色

Belgian belge 比利時的；比利時人

Belgium la Belgique 比利時

to believe croire 相信

to belong to (club) être

membre de …… (會) 的成員；That belongs to me C'est à moi 這屬於我的

below au-dessous de 在……下面；below our appartement au-dessous de chez nous 我們的住宅下面

belt la ceinture 腰帶

beside à côté de 在……旁邊；beside the bank à côté de la banque 在銀行旁邊

best le meilleur, la meilleure 最好的

better meilleur(e) 較好的；better than meilleur que 比……更好

between entre 在……之間

bib (baby's) le bavoir (嬰兒的) 圍嘴

bicycle le vélo 單車；by bicycle à vélo 踏單車

bicycle pump la pompe à vélo 單車打氣筒

big grand(e) 大的；(car, animal, book, parcel) gros(se) 大的 (汽車、動物、書本、包裹)

bike (pushbike) le vélo 單車；(motorbike) la moto 電單車

bikini le bikini 比堅尼泳衣

bill la facture 發票；(restaurant) la note (餐廳的) 賬單

bin (dustbin) la poubelle 垃圾桶

Biro® le stylo 原子筆

birthday l'anniversaire m 生日；Happy birthday! Bon anniversaire! 生日快樂！；My birthday is on... Mon anniversaire c'est le... 我的生日是……

birthday card la carte d'anniversaire 生日卡

biscuits les biscuits mpl 餅乾

bit a bit (of) un peu (de) 少量的

bitter amer(ère) 苦的

black noir(e) 黑色的

black ice le verglas 薄冰

blanket la couverture 被褥

to bleed saigner 流血；My nose is bleeding Je saigne du nez 我的鼻子在流血

blind blind (for window) le store (適用於窗戶的) 窗簾

blister l'ampoule f 水泡

blocked bouché(e) 堵塞的；The sink is blocked L'évier est bouché 水槽堵塞了；I have a blocked nose J'ai le nez bouché 我鼻塞

block of flats l'immeuble m 住宅大廈

blond blond person blond(e) 金黃色頭髮的人

blood le sang 血

blood group le groupe sanguin 血型

blood pressure la tension (artérielle) 血壓

blouse le chemisier 女裝襯衫

blow-dry le brushing 吹乾

blue bleu(e) 藍色的；dark blue bleu foncé 深藍色；light blue bleu clair 淺藍色

to board (bus, train) monter dans 上車 (火車、巴士)；What time are we boarding? À quelle heure embarquons-nous? 我們何時上車？

boarding card la carte d'embarquement 登機證

boat le bateau 船；(rowing) la barque (划) 小船

boat trip l'excursion f en bateau 乘船遊覽

body le corps 身體

boiler la chaudière 鍋爐

bone l'os m 骨頭；fish bone l'arête f 魚骨

bonnet (of car) le capot (汽車的) 引擎蓋

book le livre 書

to book réserver 預訂

booking la réservation 預訂

booking office le bureau de location 訂票處

bookshop la librairie 書店

boot (of car) le coffre (汽車的) 行李箱

boots les bottes *fpl* 長筒靴

bored I'm bored Je m'ennuie 我厭煩了

boring It's boring C'est ennuyeux 這很無聊

born I was born in... Je suis né(e) en... 我出生於……

to borrow Can I borrow your map? Je peux emprunter votre plan? 我可以借你的地圖嗎?

boss le chef 老闆

both les deux 兩個; I'd like both T-shirts Je voudrais les deux tee-shirts 這兩件T恤 (襯衫?) 我都喜歡; We both went Nous y sommes allés tous les deux 我們兩個都去

bottle la bouteille 瓶子; a bottle of wine une bouteille de vin 一瓶酒; a half-bottle of... une demi-bouteille de... 半瓶……

bottle opener l'ouvre-bouteilles *m* 開瓶器

box office le bureau de location 售票處

boy le garçon 服務生

boyfriend le copain 男朋友

bra le soutien-gorge 胸罩

bracelet le bracelet 手鐲

brake le frein 車器

to brake freiner 車

brake fluid le liquide de freins 車油

brake lights les feux *mpl* de stop 車燈

brake pads les plaquettes *fpl* de freins 車片

branch (of bank, shop) la succursale (銀行、商店的) 分支機構

brand (make) la marque 商標

bread le pain 麵包; wholemeal bread le pain complet 全麥麵包; sliced bread le pain de mie en tranches 切片麵包

to break casser 撞壞

breakdown (car) la panne (汽車) 故障

breakdown van la dépanneuse 拖車

breakfast le petit déjeuner 早餐

to breathe respirer 呼吸

bride la mariée 新娘

bridegroom le marié 新郎

bridge le pont 橋

briefcase la serviette 公事包

to bring apporter 帶來

Britain la Grande-Bretagne 英國

British britannique 英國的

broadband le haut débit 寬頻

broccoli le brocoli 西蘭花

brochure la brochure 宣傳單張

broken cassé(e) 撞 (摔) 壞的; My leg is broken Je me suis cassé la jambe 我摔斷了腿

broken down (car) en panne (汽車) 出故障

brooch la broche 胸針

brother le frère 兄弟

brother-in-law le beau-frère 姐(妹)夫

brown marron 棕色

bucket le seau 桶

buffet car (train) la voiture-bar (火車上的) 餐車

building l'immeuble *m* 建築物

bulb light bulb l'ampoule *f* 燈泡

bumper (on car) le pare-chocs (汽車上的) 保險槓

bunch (of flowers) le bouquet (花) 束; (of grapes) la grappe (葡萄) 串

bureau de change le bureau de change 兌換處

burger le hamburger 漢堡

burglar le cambrioleur, la cambrioleuse 盜賊

burglar alarm le système d'alarme 防盜警鐘

burnt (food) brûlé(e) 燒焦的 (食物)

bus le bus 巴士; coach le car 長途客車; by bus en car 乘巴士

business l'entreprise *f* 事業; He's got his own business Il a sa propre entreprise 他有自己的事業

business card la carte de visite 名片

business class in business class en classe affaires 坐商務艙

businessman l'homme d'affaires 生意人

business trip le voyage d'affaires 商務旅行

businesswoman la femme d'affaires 女商人

bus pass la carte de bus 巴士票

bus station la gare routière 巴士總站

bus stop l'arrêt *m* de bus 巴士站

busy occupé(e) 忙碌的; He's very busy Il est très occupé 他非常忙

but mais 但是

butcher's la boucherie 肉店

butter le beurre 牛油

button le bouton 按鈕

to buy acheter 買

by (beside) à côté de 在……附近; by the church à côté de l'église 在教堂附近; a painting by Picasso un tableau de Picasso 畢卡索的畫; They were caught by the police Ils ont été arrêtés par la police 他們被警察拘捕了; I have to be there by 3 o'clock Je dois y être avant trois heures 我必須三時前到那裏

C

cablecar le téléphérique 纜車

café le café 咖啡館

cake (large) le gâteau (大的) 蛋糕; (small) la pâtisserie, le petit gâteau (小的) 糕點

cake shop la pâtisserie 蛋糕店

call telephone call l'appel *m*

電話；a long distance call un appel à longue distance 長途電話

to call (to speak, to phone) appeler 打電話

camcorder le caméscope 攝錄機

camera l'appareil m photo 相機

camera phone le téléphone portable-appareil photo 拍照手機

camera shop le magasin de photo 相機店

to camp camper 露營

camping gas le butane 露營氣罐

camping stove le camping-gaz® 野營爐

campsite le camping 營地

can (to be able to) pouvoir 能夠；to know how to savoir 知道怎樣；I can't do that Je peux pas faire ça 我不能這麼做；I can swim Je sais nager 我會游泳

can la boîte 罐

Canada le Canada 加拿大

Canadian canadien(ne) 加拿大的

to cancel annuler 取消

canoeing to go canoeing faire du canoë-kayak 划獨木舟

can opener l'ouvre-boîtes m 開瓶器

cappuccino le cappuccino 意大利泡沫咖啡

car la voiture 汽車；to go by car aller en voiture 坐車去

carafe le pichet 玻璃水瓶

car alarm l'alarme f de voiture 汽車警報器

caravan la caravane 狂歡節

carburettor le carburateur 化油器（汽車引擎中的一個供油裝置）

card greetings card la carte 賀卡；business card la carte 名片；playing cards les cartes à jouer 遊戲卡

cardigan le gilet（開襟）羊毛衫

careful Be careful! Fais attention! 小心！

car hire la location de voitures 汽車租賃

car insurance l'assurance f automobile 汽車保險

car park le parking 停車場

carriage (on train) la voiture（列車上的）車廂

carrot la carotte 甘筍

to carry porter 攜帶

case (suitcase) la valise 手提箱；in any case de toute façon 無論如何

cash l'argent m liquide 現金

to cash (cheque) encaisser 兌現（支票）

cash desk la caisse 收銀處

cash dispenser (ATM) le distributeur automatique (de billets) 自動提款機

cashpoint le distributeur automatique (de billets) 自動提款機

castle le château 城堡

casualty department les urgences fpl 急症室

cat le chat 貓

to catch (bus, train, plane) prendre 乘坐（巴士、火車、飛機）

cathedral la cathédrale 大教堂

cauliflower le chou-fleur 椰菜花

CD le CD 光碟

CD player le lecteur de CD 光碟播放器

CD-ROM le CD-ROM 唯讀光碟

ceiling le plafond 天花板

cent (of euro) le centime 歐分

centimetre le centimètre 厘米

central The hotel is very central L'hôtel est très central 酒店位於市中心

central heating le chauffage central 中央供暖系統

central locking le verrouillage central 中央鎖定系統

centre le centre 中心

century le siècle 世紀

cereal la céréale 穀類食物

certificate le certificat 證明；證書

chair la chaise 椅子

chairlift le télésiège 纜車

chalet le chalet 山區小木屋

chambermaid la femme de chambre（酒店內）打掃客房的女服務員

change I haven't got any change Je n'ai pas de monnaie；我沒有零錢；Can you give me change for ten euros? Pourriez-vous me donner la monnaie de dix euros? 您能給我十歐元零錢嗎？；Keep the change Gardez la monnaie 不用找續了

to change to change 50 euros changer 50 euros 兌換50歐元；I'm going to change my shoes Je vais changer de chaussures 我要去換鞋；to change trains in Paris changer de train à Paris 在巴黎換乘火車；to change money changer de l'argent 兌換錢

changing room la cabine d'essayage 試身室

Channel (English) la Manche 英倫海峽

charge (fee) le prix 價格；to be in charge être responsable 負責

to charge to charge money prendre 收費；(battery, phone) recharger（電池、電話的）充電器；Please charge it to my account Mettez ça sur mon compte s'il vous plait 請用我的賬戶付費；I need to charge my phone J'ai besoin de recharger mon telephone 我需要給我的電話充電

charter flight le vol charter 包機飛行

chatroom le forum de

discussion 聊天室

cheap bon marché 便宜的

to check (oil, level, amount) vérifier 檢查 (油箱、水平、數量)

to check in (at airport) se présenter à l'enregistrement (在機場) 辦理登機；(at hotel) se présenter à la reception (在酒店) 辦理入住

check-in check-in desk l'enregistrement m des bagages 登機手續辦理處

Cheers! Santé! 乾杯！

cheese le fromage 芝士

chemist's la pharmacie 藥房

cheque le chèque 支票

cherry la cerise 櫻桃

chewing gum le chewing-gum 口香糖/香口膠

chicken le poulet 雞肉

child l'enfant m 孩子

children les enfants 孩子們；for children pour enfants 兒童專用

chilli le piment 辣椒

chips les frites fpl 炸薯條

chiropodist le pédicure 足科醫生

chiropractor le chiropracteur 脊椎按摩醫生

chocolate le chocolat 巧克力

to choose choisir 選擇

chop (meat 肉) la côtelette 排骨

Christian name le prénom 名字

Christmas Noël m 聖誕；Merry Christmas! Joyeux Noël! 聖誕快樂！

Christmas card la carte de Noël 聖誕賀卡

Christmas Eve la veille de Noël 平安夜

church l'église f 教堂

cigar le cigare 雪茄

cigarette la cigarette 香煙

cigarette lighter le briquet 打火機

cinema le cinéma 電影院

circle (theatre) le balcon (劇院的) 樓廳

city la ville 城市

city centre le centre-ville 市中心

class first-class la première classe 頭等；second-class la seconde classe 二等

clean propre 乾淨

to clean nettoyer 打掃

cleaner (person 人) la femme de ménage 清潔女工

clear (explanation) clair(e) 清楚的 (解釋)

clever intelligent(e) 聰明的

client le client, la cliente 顧客

climate le climat 氣候

to climb to climb mountain escalader 攀山

climbing to go climbing faire de l'escalade 做攀石運動

clinic la clinique 診所

cloakroom le vestiaire 衣物寄存處

clock l'horloge f 時鐘

close close by proche 臨近的

to close fermer 關閉

closed (shop, museum, restaurant) fermé(e) 關閉的 (商店、博物館、餐廳)

clothes les vêtements mpl 衣服

clothes shop le magasin de vêtements 服裝店

club le club 俱樂部

clutch (in car) l'embrayage m (車上的) 離合器

coach bus le car 長途客車

coach trip l'excursion f en car 乘大客車旅遊

coal le charbon 煤

coast la côte 海岸

coat le manteau 大衣

coat hanger le cintre 衣架

cockroach le cafard 蟑螂

cocktail le cocktail 雞尾酒

code (dialling code) l'indicatif m 國家代碼

coffee le café 咖啡；white coffee le café au lait 牛奶咖啡；black coffee le café noir 黑咖啡；decaffeinated coffee le café décaféiné 無咖啡因咖啡

Coke® le Coca® 可樂

cold froid 冷的；I'm cold J'ai froid 我冷；It's cold Il fait froid 天氣冷；cold water l'eau froide 冷水

cold (illness 疾病) le rhume 感冒；I have a cold J'ai un rhume 我感冒了

collar le col 衣領

colleague le/la collègue 同事

to collect (someone) aller chercher 去尋找 (某人)

colour la couleur 顏色

colour film (for camera) la pellicule couleur (相機用的) 彩色菲林

comb le peigne 梳子

to come venire 來；to arrive arriver 到達

to come back revenir 回來

to come in entrer 進來；Come in! Entrez! 請進！

comfortable confortable 舒適的

company (firm) la compagnie, la société 公司

compartment (on train) le compartiment (列車上的) 車廂

compass la boussole 指南針

to complain se plaindre 投訴/抱怨；We're going to complain to the manager Nous allons nous plaindre au directeur 我們要向經理投訴

complaint (in shop, hotel) la plainte (商店、酒店的) 投訴

complete complet(ète) 完整的

compulsory obligatoire 義務

computer l'ordinateur m 電腦

concert le concert 音樂會

concert hall la salle de concert 音樂廳

concession la réduction 讓步

conditioner l'après-shampooing m 護髮素

condom le préservatif 避孕套

conductor (on bus, train) le

contrôleur（巴士、列車上的）檢票員

conference la conférence 會議

to confirm confirmer 確認；Please confirm Confirmez, s'il vous plaît 請確認

confirmation (flight, booking) la confirmation 確認（航班、預訂）

Congratulations! Félicitations! 恭喜！

connection (train, plane) la correspondance（火車、飛機）聯運的交通工具

consulate le consulat 領事館

to consult consulter 諮詢；I need to consult my boss Il faut que je consulte mon patron 我要請示我的老闆

to contact joindre 聯絡；Where can we contact you? Où peut-on vous joindre? 我們可以在哪裏找到您？

contact lens le verre de contact 隱形眼鏡

contact lens cleaner le produit pour nettoyer les verres pour contact 隱形眼鏡清潔劑

to continue continuer 繼續

contraceptive le contraceptif 避孕藥

contract le contrat 合約

convenient Is it convenient? Cela vous convient? 這樣您方便嗎？

to cook cuisiner 烹飪

cooker la cuisinière 爐具

cookies les gâteaux mpl secs 餅乾

cool frais (fraîche) 清涼的

copy (duplicate) la copie 副本

to copy (photocopy) photocopier 影印

cork le bouchon 瓶塞

corkscrew le tire-bouchon 開瓶器

corner le coin 角落；the shop on the corner le magasin au

coin de la rue 街角的商店

cornflakes les corn-flakes mpl 玉米片

corridor le couloir 走廊

cost le coût 成本

to cost coûter 值；How much does it cost? Ça coûte combien? 這值多少錢？

cot le lit d'enfant 嬰兒牀

cotton le coton 棉花

cotton wool le coton hydrophile 脫脂棉

cough la toux 咳嗽

to cough tousser 咳嗽

cough mixture le sirop pour la toux 止咳藥水

counter (shop, bar) le comptoir（商店、酒吧）櫃檯

country (not town 非城市) la campagne 農村；nation le pays 國家；I live in the country J'habite à la campagne 我住在農村

couple (two people) le couple 一對；a couple of... deux...兩個……

courgette la courgette 西葫蘆

courier service le service de livraisons 速遞服務

course (of meal) le plat（飯餐的）一道菜；first course l'entrée f 前菜；main course le plat principal 主菜

cousin le cousin, la cousine 堂、表兄妹

cover charge (in restaurant) le couvert（餐廳的）服務費

crab le crabe 螃蟹

crash (car) l'accident m（車）禍

crash helmet le casque 頭盔

cream (food 食物) la crème 奶油；(lotion 潤膚露) la crème 乳液

credit (on mobile phone) le crédit（手機上的）餘額

credit card la carte de crédit 信用卡

crisps les chips fpl 薯片

croissant le croissant 牛角包

to cross (road) traverser 穿過（道路）

crowded bondé(e) 擠滿人的

cruise la croisière 乘船遊覽

cucumber le concombre 青瓜

cufflinks les boutons mpl de manchette 袖口鈕

cup la tasse 杯子

cupboard le placard 櫥櫃

current (air) le courant（氣）流；(water) le courant（水）流

customs (at border) la douane（邊境）海關

cut la coupure 割破的傷口

to cut couper 切割

to cycle faire du vélo 踏單車

cycle track la piste cyclable 單車道

cycling le cyclisme 單車運動

D

daily (each day) tous les jours 每天

dairy products les produits mpl laitiers 奶製品

damage les dégâts mpl 損失

damp humide 潮濕的

to dance danser 跳舞

dangerous dangereux (-euse) 危險的

dark (colour 顏色) foncé(e) 深色的

date la date 日期

date of birth la date de naissance 出生日期

daughter la fille 女兒

daughter-in-law la belle-fille 兒媳

day le jour 白天；every day tous les jours 每天；It costs 50 euros per day Ça coûte 50 euros par jour 每天 50 歐元

dead mort(e) 死的

deaf sourd(e) 聾的

dear (expensive) cher (chère) 昂貴的；(in letter 在信中) cher (chère) 親愛的

decaffeinated décaféiné(e) 不含咖啡因的

December décembre 十二月

deckchair la chaise longue 躺椅

deep profond(e) 深的

deep freeze le congélateur 冰箱

delay le retard 延遲；How long is the delay? Il y a combien de retard? 延遲多長時間？

delayed retardé(e) 推遲的

delicatessen l'épicerie f fine 熟食店

delicious délicieux(-euse) 美味的

dental floss le fil dentaire 牙線

dentist le/la dentiste 牙醫

dentures le dentier 假牙

deodorant le déodorant 除臭劑

department le rayon 部門

department store le grand magasin 百貨公司

departure lounge la salle d'embarquement 候機室

departures les départs mpl 離開

desk (in hotel) la réception （酒店的）接待處；(in airport) le comptoir （機場的）櫃台

dessert le dessert 甜品

details personal details les coordonnées fpl 聯絡方式

detergent le détergent 洗滌劑

to develop (photos) faire développer 沖洗（照片）

diabetic diabétique 患糖尿病的；I'm diabetic Je suis diabétique 我是糖尿病病人

to dial (a number) composer 撥（號碼）

dialling code l'indicatif m 區號

dialling tone la tonalité （電話的）撥號音

diarrhoea la diarrhée 腹瀉

dictionary le dictionnaire 詞典

diesel le gas-oil 柴油

diet I'm on a diet Je suis au régime 我在節食；special diet le régime spécial 專用膳食

different différent(e) 不同的

difficult difficile 困難的

digital camera l'appareil m photo numérique 數碼相機

dining room (in hotel) la salle de restaurant （酒店的）餐廳；(in house) la salle à manger （家裏的）飯廳

dinner evening meal le dîner 晚餐；to have dinner dîner 吃晚餐

direct (train, flight) direct(e) 直通的（火車、航班）

directions to ask for directions demander le chemin 問路

directory phone directory l'annuaire m 電話簿

directory enquiries les renseignements mpl 電話號碼查詢

dirty sale 髒的

disabled handicapé(e) 殘疾的

to disagree ne pas être d'accord 不同意

disco la discothèque 的士高舞廳

discount le rabais 折扣

dish le plat 碟

dishwasher le lave-vaisselle 洗碗機

disinfectant le désinfectant 消毒劑

disk floppy disk la disquette 磁盤

to dislocate (joint 關節) disloquer 脫臼

disposable jetable 用完即棄

distilled water l'eau distillée 蒸餾水

district (of town) le quartier （城市）區域；(of country) la région （國家）地區

divorced divorcé(e) 離婚的

dizzy I feel dizzy J'ai la tête qui tourne 我感到頭暈

to do faire 做

doctor le médecin 醫生

documents les papiers mpl 文件

dog le chien 狗

dollar le dollar 元

domestic domestic flight le vol intérieur 國內航班

door la porte 門

double double 雙的；double bed le grand lit 雙人牀；double room la chambre pour deux personnes 雙人房

down to go down the stairs descendre les escaliers 下樓梯

to download télécharger 下載

downstairs en bas 樓下的；the flat downstairs l'appartement du dessous 樓下的單位

draught There's a draught Il y a un courant d'air 有風

draught lager la bière pression 桶裝啤酒

drawing le dessin 繪畫

dress a robe 連衣裙

to dress s'habiller 穿衣服

dressed to get dressed s'habiller 穿衣服

drink la boisson 飲料

to drink boire 喝

drinking water l'eau f potable 飲用水

to drive conduire 駕駛

driver le conducteur, la conductrice 駕駛員

driving licence le permis de conduire 駕駛執照

dry sec (sèche) 乾的

to dry sécher 使晾乾

dry-cleaner's le pressing 洗衣店

due When is the rent due? Quand faut-il payer le loyer? 甚麼時候該交房租？；When is the train due to arrive? À quelle heure le train doit-il arriver? 火車應該甚麼時候到？

during pendant 在……期間

dust la poussière 灰塵

duster le chiffon à poussière 抹布

duty-free hors taxe 免税

duvet la couette 羽絨被

DVD le DVD DVD 光碟
DVD player le lecteur de DVD DVD 播放器

E

each chacun, chacune 每個
ear l'oreille f 耳朵
earache I have earache J'ai mal à l'oreille/aux oreilles 我耳朵痛
earlier plus tôt 更早；I saw him earlier Je l'ai vu tout à l'heure 我剛才看見他了；Is there an earlier flight? Y a-t-il un vol plus tôt? 有更早的航班嗎？
early tôt 早
earphones le casque 耳機
earrings les boucles fpl d'oreille 耳環
east l'est m 東方
Easter Pâques 復活節
easy facile 容易的
to eat manger 吃
ecological écologique 生態的
egg l'œuf m 雞蛋；fried eggs les œufs sur le plat 煎蛋；hard-boiled egg l'œuf dur 烚蛋；scrambled eggs les œufs brouillés 炒蛋；soft-boiled egg l'œuf à la coque 溏心蛋
eggplant l'aubergine f 茄子
either I've never been to Corsica – I haven't either Je ne suis jamais allé en Corse – Moi non plus 我從沒去過科西嘉島——我也一樣
Elastoplast® le sparadrap 彈性繃帶
electric électrique 電的
electric blanket la couverture chauffante 電熱毯
electrician l'électricien m 電工
electric razor le rasoir électrique 電動剃鬚刀
electronic électronique 電子的
electronic organiser l'agenda m électronique 電子記事本

elevator l'ascenseur m 升降機
email le e-mail 電郵；to email sb envoyer un e-mail à qn 發電郵給某人
email address l'adresse électronique 電郵地址；(on forms) le mél（表格上的）電郵
embassy l'ambassade f 大使館
emergency l'urgence f 緊急情況
empty vide 空的
end la fin 結尾
engaged (to be married) fiancé(e) 未婚夫（妻）；(phone, toilet) occupé(e) 佔用的（電話、洗手間）
engine le moteur 引擎
England l'Angleterre f 英國
English anglais(e) 英國的；English language l'anglais m 英語
Englishman l'Anglais 英國人（男）
Englishwoman l'Anglaise 英國人（女）
to enjoy aimer 喜歡；I enjoy swimming J'aime nager 我喜歡游泳；I enjoy dancing J'aime danser 我喜歡跳舞；Enjoy your meal! Bon appétit! 好胃口！
enough assez 足夠；I haven't got enough money Je n'ai pas assez d'argent 我沒有足夠的錢；That's enough Ça suffit 夠了
enquiry desk les renseignements mpl 詢問處
to enter entrer 進入
entrance l'entrée f 入口
entrance fee le prix d'entrée 入場費
envelope l'enveloppe f 信封
equipment l'équipement m 設備
escalator l'escalator m 自動扶手電梯
essential indispensable 必不可少的

estate agent's l'agence f immobilière 地產代理
euro l'euro m 歐元
Europe l'Europe f 歐洲
European européen(ne) 歐洲的
even even on Sundays même le dimanche 即使星期天；even though, even if même si 即使；even if it rains même s'il pleut 即使下雨
evening le soir 晚上；this evening ce soir 今晚；tomorrow evening demain soir 明晚；in the evening le soir 在晚上；at 7 o'clock in the evening à sept heures du soir 在晚上七時
evening meal le dîner 晚餐
every chaque 每個；every time chaque fois 每次
everyone tout le monde 大家
everything tout 一切
everywhere partout 到處
examination (school) l'examen m（學校的）考試；(medical) l'examen m（醫療）檢查
example for example par exemple 例如
excellent excellent(e) 優秀的
except for sauf ……除外；except for me sauf moi 除了我
exchange in exchange for en échange de 用……交換
to exchange échanger 交流
exchange rate le taux de change 匯率
excursion l'excursion f 短途旅行
excuse Excuse me! Excusez-moi! 打擾一下；(to get by 借過) Pardon! 對不起！
exhaust pipe le pot d'échappement 排氣管
exhibition l'exposition f 展覽
exit la sortie 出口
expensive cher (chère) 貴的
to expire (ticket, passport)

expirer（票、護照）到期

to explain expliquer 解釋

express (*train*) le rapide 特快
（列車）

express to send a letter
express envoyer une lettre en
exprès 寄快郵

expresso l'expresso *m* 濃咖啡

extra in addition
supplémentaire 額外的；Can
you give me an extra blanket?
Pouvez-vous me donner une
couverture supplémentaire?
您能多給我一張被褥嗎？；
There's an extra charge Il y a
un supplément 有附加費用

eye l'œil *m* 眼睛

eyeliner l'eye-liner *m* 眼線

eye shadow le fard à
paupières 眼影

F

fabric le tissu 布

face le visage 臉

fair (*hair*) blond(e) 金色的（頭
髮）；That's not fair Ce n'est
pas juste 這不公平

fair (*funfair*) la fête foraine 樂
園；a trade fair une foire
commerciale 商品交易會

fake faux (*fausse*) 偽造的

fall (*autumn*) l'automne *m* 秋天

to fall over tomber 摔倒；He
fell over Il est tombé 他摔倒了

family la famille 家庭

famous célèbre 著名的

fan (*handheld*) l'éventail
m（手持的）扇；(*electric*) le
ventilateur（電）風扇；I'm a
jazz fan Je suis un fan de
jazz 我是個爵士迷；She's a U2
fan C'est une fan de U2 她
是 U2 歌迷；He's a Liverpool
fan C'est un supporter de
Liverpool 他是利物浦隊球迷

far loin 遠的；Is it far? C'est
loin? 遠嗎？；How far is it?
C'est loin? 有多遠？

farm la ferme 農場

farmhouse la ferme 農舍

fashionable à la mode 時尚的

fast rapide 快的；too fast
trop vite 過快

fat (*plump*) gros (*grosse*) 肥
胖的；(*in food, on person*) la
graisse（人體、食物的）脂肪

father le père 父親

father-in-law le beau-père 岳
父

fault (*defect*) un défaut 缺陷；
It's not my fault Ce n'est pas
de ma faute 這不是我的錯

favourite préféré(e) 最喜愛的

fax le fax 傳真；by fax par fax
通過傳真

to fax (*document*) faxer 發
傳真（文件）；to fax someone
envoyer un fax à quelqu'un 發
傳真給某人

February février 二月

to feed nourrir 餵養

to feel sentir 感覺；I feel sick
J'ai la nausée 我想嘔吐；I
don't feel well Je ne me sens
pas bien 我感覺不舒服

ferry le ferry 渡輪

festival le festival 節日

to fetch aller chercher 去找

few with a few friends avec
quelques amis 和數個朋友；
few tourists peu de tourists
少數遊客

fiancé le fiancé 未婚夫

fiancée la fiancée 未婚妻

fig la figue 無花果

file (*computer*) le fichier（電腦
的）文件夾

to fill remplir 填寫

to fill in (*form*) remplir 填寫（表
格）

to fill up (*with petrol*) faire le
plein 加滿（汽）油；Fill it up
please! (*car*) Le plein s'il vous
plaît! 請加滿（車）油！

fillet le filet 無骨肉片

filling (*in tooth* 牙齒的) le
plombage 補牙填充物

film (*at cinema*) le film（電影
院播放的）電影；(*for camera*) la
pellicule（相機用的）菲林

to find trouver 找到

fine (*to be paid*) la
contravention（將要付的）罰款

finger le doigt 手指

to finish finir 完成

finished fini(e) 完成的

fire (*electric, gas*) le radiateur
（電、煤氣）取暖器；(*open,
accidental*) le feu（發生意外的）
明火

fire alarm l'alarme *f* d'incendie
火警警報

firm la compagnie 公司

first premier(ière) 第一

first aid les premiers secours
mpl 急救

first class de première classe
頭等的；to travel first class
voyager en première classe 坐
頭等艙旅行

first name le prénom 名字

fish (*food* 食物) le poisson 魚
肉

to fish pêcher 釣魚

fishing la pêche 釣魚

fishmonger's le marchand de
poisson 魚販；la marchande
de poisson 女魚販

to fit (*clothes* 衣服) It doesn't
fit me Ça ne me va pas 這不
適合我

fitting room le salon
d'essayage 試身室

to fix (*repair*) réparer 修理

fizzy gazeux(euse) 充氣的；
fizzy water l'eau gazeuse 汽
水

flash (*for camera*) le flash（相
機用的）閃光燈

flask (*thermos*) le Thermos®
保溫瓶

flat (*apartment*) l'appartement
m 住宅單位

flat (*battery*) à plat 扁平的
（電池）；It's flat (*beer*) C'est
éventé 這（啤酒）變味了

flat tyre le pneu crevé 爆胎

flavour (*taste*) le goût 味道；
Which flavour? (*of ice cream*)
Quel parfum? 哪種口味（的雪

糕）？

flaw le défaut 缺陷

fleas les puces *fpl* 跳蚤

flesh la chair 肉

flex (*electrical* 電) le fil 電線

flight le vol 航班

flippers les palmes *fpl* 蛙鞋

floor (*of room* 房間的) le sol 地面；(*of building*) l'étage *m* (大廈的) 樓層；Which floor? Quel étage? 哪一層？；on the ground floor au rez-de-chaussée 在一樓；on the first floor au premier étage 在二樓；on the second floor au deuxième étage 在三樓

flour la farine 麵粉

flower la fleur 花

flu la grippe 流感

fly la mouche 蒼蠅

to fly (*person* 人) aller en avion 坐飛機；(*bird* 雀鳥) voler 飛行

fly sheet le double toit 宣傳單張

fog le brouillard 霧

foggy It's foggy Il y a du brouillard 有霧

food la nourriture 食品

foot le pied 腳；to go on foot aller à pied 步行

football le football 足球

football match le match de football 足球比賽

for pour 給；for me pour moi 給我；for you pour toi, pour vous 給你（您）；for five euros pour cinq euros 為五歐元；I've been here for two weeks Ça fait deux semaines que je suis ici 我在這裏逗留了兩星期；She'll be away for a month Elle sera absente pendant un mois 她將離開一個月

foreign étranger(ère) 國外的

foreigner l'étranger, l'étrangère 外國人

forever pour toujours 永遠

to forget oublier 忘記；I've forgotten his name J'ai oublié

son nom 我忘記他的名字了；to forget to do oublier de faire 忘記做某事

fork (*for eating*) la fourchette 叉子（食具）

form (*document* 文件) le formulaire 表格

fortnight quinze jours 兩星期

forward en avant 在前

four-wheel drive vehicle le quatre-quatre 四驅車

France la France 法國；in/to France en France 在（去）法國

free (*not occupied*) libre 空閒的；(*costing nothing*) gratuit(e) 免費的；Is this seat free? Ce siège est libre? 這個座位有人嗎？

freezer le congélateur 冰箱

French français(e) 法國（人）的；French language le français 法語

French fries les frites *fpl* 炸薯條

French people les Français *mpl* 法國人

frequent fréquent(e) 頻繁的

fresh frais (fraîche) 新鮮的

Friday vendredi 星期五

fridge le frigo 冰箱

fried frit(e) 油炸的

friend l'ami *m*, l'amie *f* 朋友

friendly gentil(le) 親切的

frog la grenouille 青蛙

frogs' legs les cuisses *fpl* de grenouille 青蛙腿

from de 從；Where are you from? Vous êtes d'où? 您從哪裏來？；from nine o'clock à partir de neuf heures 從九時開始

front le devant 前面；in front of devant 在……前面

frozen (*food*) surgelé(e) 速凍的（食物）

fruit le fruit 水果

fruit juice le jus de fruit 水果汁

fruit salad la salade de fruits 水果沙律

frying-pan la poêle 平底鍋

fuel petrol l'essence *f* 汽油

fuel tank le réservoir d'essence 油箱

full (*tank, glass*) plein(e) 裝滿的（箱、玻璃杯）；(*restaurant, hotel*) complet(ète) 客滿的（餐廳、酒店）

full board la pension complète 全食宿

funfair la fête foraine 嘉年華

funny amusant(e) 好笑的

furnished meublé(e) 配備傢具的

furniture les meubles *mpl* 傢具

G

gallery la galerie 畫廊

game le jeu 遊戲

garage (*for petrol*) la station-service（加汽油的）加油站；(*for parking, repair*) le garage（泊車、修理車的）修理站

garden le jardin 花園

garlic l'ail *m* 大蒜

gas le gaz 煤氣

gas cooker la gazinière 煤氣爐

gas cylinder la bouteille de gaz 煤氣罐

gate la porte 大門

gay (*person* 人) homo 同性戀者

gear la vitesse 車檔；first gear la première 一檔；second gear la seconde 二檔；third gear la troisième 三檔；fourth gear la quatrième 四檔；reverse gear la marche arrière 倒檔

gearbox la boîte de vitesses 變速箱

gents (*toilet* 洗手間) les toilettes *fpl* (pour hommes) 男洗手間

genuine authentique 真正的

to get to have, to receive avoir 有；to fetch aller chercher 去尋找

to get in (*vehicle*) monter（車輛）進入

to get out (*vehicle*) sortir（車輛）離開

gift le cadeau 禮物

gift shop la boutique de souvenirs 紀念品店

girl la fille 女孩

girlfriend la copine 女朋友

to give donner 給

to give back rendre 退回

glass (*for drinking, material* 飲用的、物料) le verre 玻璃杯；**a glass of water** un verre d'eau 一杯水；**a glass of wine** un verre de vin 一杯酒

glasses spectacles les lunettes *fpl* 眼鏡

gloves les gants *mpl* 手套

to go aller 去；**to go home** rentrer à la maison 回家

to go back retourner 回來

to go in entrer 進來

to go out sortir 出去

God Dieu *m* 上帝

goggles (*for swimming*) les lunettes *fpl* de natation（游泳）泳鏡；(*for skiing*) les lunettes *fpl* de ski（滑雪）鏡

golf le golf 高爾夫

golf ball la balle de golf 高爾夫球

golf clubs les clubs *mpl* de golf 高爾夫球會

golf course le terrain de golf 高爾夫球場

good bon (*bonne*) 好的；**very good** très bien 非常好；**good afternoon** bonjour 下午好；**good evening** bonsoir 晚上好；**good morning** bonjour 早安；**good night** bonne nuit 晚安

goodbye au revoir 再見

good-looking beau, bel (*belle*) 美麗的

gram(me) le gramme 克

grandchildren les petits-enfants *mpl* 孫兒

granddaughter la petite-fille 孫女

grandfather le grand-père 祖父

grandmother la grand-mère 祖母

grandparents les grands-parents *mpl* 祖父母

grandson le petit-fils 孫子

grapefruit le pamplemousse 柚子

grapes le raisin 葡萄

grated (*cheese*) râpé(e) 磨碎的（芝士）

greasy gras(se) 油膩的

great wonderful formidable 了不起的

Great Britain la Grande-Bretagne 英國

green vert(e) 綠色的

greengrocer's le magasin de fruits et légumes 蔬菜水果店

grey gris(e) 灰色的

grill (*part of cooker*) le gril 烤架（爐具一部份）

grilled grillé(e) 焙烤的

grocer's l'épicerie *f* 食品雜貨店

ground floor le rez-de-chaussée 一樓；**on the ground floor** au rez-de-chaussée 在一樓

groundsheet le tapis de sol 防潮布

group le groupe 團隊

guarantee la garantie 擔保

guesthouse la pension 賓館／家庭旅館

guide (*person* 人) le/la guide 導遊

guidebook le guide 指南

guided tour la visite guidée 導覽

guitar la guitare 結他

gums (*in mouth*) les gencives *fpl*（口腔的）牙齦

gym (*gymnasium*) le gymnase 體育館

gynecologist le/la gynécologue 婦科醫生

H

hair les cheveux *mpl* 頭髮

haircut la coupe (*de cheveux*) 剪（頭髮）

hairdresser le coiffeur, la coiffeuse 髮型師

hairdryer le sèche-cheveux 風筒

half la moitié 一半；**half of the cake** la moitié du gâteau 半塊蛋糕；**half an hour** une demi-heure 半小時

half board la demi-pension 半食宿（指在旅館住宿並可享用早餐和一頓正餐）

half fare le demi-tarif 半價

ham (*cooked*) le jambon（煮熟的）火腿；(*cured*) le jambon cru 生火腿

hamburger le hamburger 漢堡包

hand la main 手

handbag le sac à main 手袋

handicapped handicapé(e) 殘疾的

handlebars le guidon 把手

hand luggage les bagages *mpl* à main 手提行李

handsome beau, bel (*belle*) 英俊的

hangover la gueule de bois 宿醉

to hang up (*telephone*) raccrocher 掛（電話）

to happen What happened? Qu'est-ce qui s'est passé? 發生甚麼事了？

happy heureux(-euse) 高興的；**happy birthday!** bon anniversaire! 生日快樂！

harbour le port 港口

hard (*not soft*) dur(e) 硬的；(*not easy*) difficile 困難的

hardly I've hardly got any money Je n'ai presque pas d'argent 我幾乎身無分文

hardware shop la quincaillerie 五金舖

hat le chapeau 帽子

to have avoir 有；I have...

J'ai... 我有……；I don't have... Je n'ai pas... 我沒有……；to have to devoir 必須；I've done it Je l'ai fait 我已經做完了；I'll have a coffee Je vais prendre un café 我去喝杯咖啡

hay fever le rhume des foins 花粉症

he il 他

head la tête 頭

headache le mal de tête 頭痛；I have a headache J'ai mal à la tête 我頭痛

headlights les phares 車頭燈

headphones les écouteurs 耳機

to hear entendre 聽見

heart le cœur 心臟

heart attack la crise cardiaque 心臟病發

heartburn les brûlures fpl d'estomac 胃灼熱

heater l'appareil m de chauffage 暖爐

heating le chauffage 供暖

heavy lourd(e) 重的

heel le talon 鞋跟

hello bonjour! 你好；(on telephone) allô? （電話上）喂？

helmet le casque 頭盔

to help aider 幫助；Can you help me? Vous pouvez m'aider? 您能幫我一個忙嗎？；Help! Au secours! 救命

her la, l'; lui 她; elle (belonging to her 屬於她的) son, sa, ses (agrees with the noun that follows 與尾隨名詞一致) 她的；I saw her last night Je l'ai vue hier soir 我昨晚看見她了；I don't know her Je ne la connais pas 我不認識她；I gave her the book Je lui ai donné le livre 我給她書了；with her avec elle 和她一起；I'm older than her Je suis plus âgé qu'elle 我比她年紀大；her passport son passeport 她的護照；her room sa chambre 她的房間；her suitcases ses

valises 她的手提箱

here ici 這裏；Here is... Voici... 這裏是……；Here's my passport Voici mon passeport 這是我的護照

Hi! Salut! 你好

high haut(e) 高處的

hill la colline 山丘

hill-walking la randonnée en montagne 登山遠足

him le, l' 他；lui I saw him last night Je l'ai vu hier soir 我昨晚看見他了；I don't know him Je ne le connais pas 我不認識他；I gave him the letter Je lui ai donné la lettre 我給他信了；with him avec lui 和他一起

hip la hanche 臀部

hire car hire la location de voitures 汽車租賃；bike hire la location de vélos 單車租賃；boat hire la location de bateaux 船舶租賃；ski hire la location de skis 雪具租賃

to hire louer 出租

hired car la voiture de location 租賃車輛

his son, sa, ses (agrees with the noun that follows 與尾隨名詞一致) 他／她／它的；his passport son passeport 他的護照；his room sa chambre 他的房間；his suitcases ses valises 他的手提箱

historic historique 歷史的

hobby le passe-temps 愛好；What hobbies do you have? Quels sont tes passe-temps? 你有哪些愛好？

to hold tenir 持有；contain contenir 包括

hole le trou 洞

holiday les vacances fpl 假期；public le jour férié 假日；on holiday en vacances 在度假

holiday rep le/la guide touristique 旅遊指南

home la maison 家；at home

à la maison 在家

homeopathic homéopathique 順勢療法

honey le miel 蜂蜜

honeymoon la lune de miel 蜜月

to hope espérer 希望；I hope so J'espère que oui 我希望如此；I hope not J'espère que non 我希望不是

hors d'œuvre le hors-d'œuvre 開胃小吃／(前菜？)

horse racing les courses fpl de chevaux 賽馬

horse-riding l'équitation f 騎馬

hospital l'hôpital m 醫院

hostel youth hostel l'auberge f de jeunesse 青年旅社

hot chaud(e) 熱的；hot water l'eau chaude 熱水；I'm hot J'ai chaud 我感覺熱；It's hot (weather) Il fait chaud （天氣）炎熱

hotel l'hôtel m 酒店

hour l'heure f 小時；half an hour une demi-heure 半小時

house la maison 房屋

housewife la femme au foyer 家庭主婦

house wine le vin en pichet 招牌酒

how in what way comment 如何；How much/many? Combien? 多少？；How are you? Comment allez-vous? 您好嗎？

hungry to be hungry avoir faim 餓了

hurry I'm in a hurry Je suis pressé 我有急事

to hurt Have you hurt yourself? Tu t'es fait mal? 你傷到自己了嗎？；My back hurts J'ai mal au dos 我後背痛；That hurts Ça fait mal 這很痛

husband le mari 丈夫

I

I je 我

ice la glace 冰；ice cube le glaçon 冰塊；with/without ice avec/sans glaçons 加冰/不加冰

ice box (for picnics) la glacière （野餐用的）冰盒；(in fridge) le compartiment à glace （冰箱內的）冰格

ice cream la glace 雪糕

ice lolly l'esquimau m 雪條

idea l'idée f 主意

if si 如果

ignition l'allumage m 點火

ignition key la clé de contact 車匙

ill malade 生病的

illness la maladie 疾病

immediately immédiatement 立即

immersion heater le chauffe-eau électrique 浸沒式電熱器

immobilizer (on car) le dispositif antidémarrage （汽車上的）防盜器

to import importer 進口

important important(e) 重要的

impossible impossible 不可能的

to improve améliorer 改善

in dans 在⋯⋯內；en 在；au, à 在；in ten minutes dans dix minutes 在十分鐘內；in France en France 在法國；in Canada au Canada 在加拿大；in London à Londres 在倫敦；in the hotel à l'hôtel 在酒店；in front of devant 在⋯⋯前面

included compris(e) 包括在內

indicator (in car) le clignotant （汽車上的）方向指示燈

indigestion l'indigestion f 消化不良

infection l'infection f 感染

information les renseignements mpl 資訊

information desk les renseignements mpl 詢問處

inhaler (for medication)

l'inhalateur m （醫療用的）吸入器

injection la piqûre 注射

injured blessé(e) 受傷的

injury la blessure 傷口

inn l'auberge f 小旅店

inquiry desk le bureau de renseignements 詢問處

insect l'insecte m 昆蟲

insect repellent le produit antimoustiques 驅蚊劑

inside à l'intérieur 在裏面

instant instant coffee le café instantané 即溶咖啡

instead instead of au lieu de 不⋯⋯而⋯⋯

insulin l'insuline f 胰島素

insurance l'assurance f 保險

insurance certificate l'attestation f d'assurance 保險證明

to insure assurer 保障

insured assuré(e) 受保人

intend to intend to avoir l'intention de 打算

interesting intéressant(e) 有趣的

international international(e) 國際的

internet l'Internet m 網絡；on the internet sur Internet 在網上；internet café le cybercafé 網吧；Do you have internet access? Vous avez accès à l'Internet? 您能上網嗎？

interpreter l'interprète m/f 傳譯人員

interval (theatre) l'entracte m （劇院）幕間休息

into dans 在⋯⋯裏面；en 到；to get into a car monter dans une voiture 坐進車裏；to go into the cinema entrer dans le cinéma 進入電影院；to go into town aller en ville 進城

to introduce présenter 介紹

invitation l'invitation f 邀請

to invite inviter 邀請

invoice la facture 發票

Ireland l'Irlande f 愛爾蘭

Irish irlandais(e) 愛爾蘭的；Irish language l'irlandais m 愛爾蘭語

iron (for clothes) le fer à repasser （衣服的）熨斗

to iron repasser 熨

ironing board la planche à repasser 熨衣板

ironmonger's la quincaillerie 五金舖

island l'île f 島嶼

it il, elle 它

itchy It's itchy Ça me démange 發癢

J

jack (for car) le cric （車用）千斤頂

jacket la veste 外套；waterproof jacket l'anorak m 防水外套

jam (food 食物) la confiture 果醬

jammed coincé(e) 被卡住的

January janvier 一月

jar (of honey, jam) le pot （蜜糖、果醬）罐

jeans le jean 牛仔褲

jelly (dessert 甜品) la gelée 果凍

jet ski le jet-ski 小型噴射快艇

jeweller's la bijouterie 珠寶店

jewellery les bijoux mpl 珠寶

Jewish juif (juive) 猶太人

job le travail 工作

to jog faire du jogging 慢跑

to join (club) s'inscrire à 入（會）

journey le voyage 旅行

juice le jus 果汁；a carton of juice un carton de jus 一箱果汁

July juillet 七月

jumper le pull 針織套衫

jump leads les câbles mpl de raccordement pour batterie 電池連接線

June juin 六月

just just two deux seulement 只有兩個；I've just arrived Je viens d'arriver 我剛到

to keep (retain) garder 保持

K

kettle la bouilloire 熱水壺

key la clé 鑰匙

kid (child) le gosse 孩子

kidneys les reins mpl 腎

kilo(gram) le kilo 公斤

kilometre le kilomètre 公里

kind (person) gentil(le) 和善的（人）

kind (sort) la sorte 種類；What kind? Quelle sorte? 哪種？

to kiss embrasser 吻

kitchen la cuisine 廚房

knee le genou 膝蓋

knickers la culotte 短褲

knife le couteau 小刀

to know (facts) savoir 知道（事實）；(person, place) connaître 了解（人、地方）；I don't know Je ne sais pas 我不知道；I don't know Paris Je ne connais pas Paris 我不了解巴黎；to know how to do sth savoir faire quelque chose 會做某事；to know how to swim savoir nager 會游泳

L

label l'étiquette f 標籤

lace (fabric 衣料) la dentelle 蕾絲

ladies (toilet 洗手間) les toilettes fpl (pour dames) 女洗手間

lady la dame 女士

lager la bière 啤酒；bottled lager la bière en bouteille 瓶裝啤酒；draught lager la bière pression 桶裝啤酒

lake le lac 湖

lamb l'agneau m 羔羊

lamp la lampe 燈

to land atterrir 着陸

landlady la propriétaire 女房東

landlord le propriétaire 房東

landslide le glissement de terrain 山崩

lane la ruelle 小路；(of motorway) la voie (高速公路的) 車道

language la langue 語言

language school l'école f de langues 語言學校

laptop le portable 手提電腦

large grand(e) 大的

last dernier(ière) 最後的；the last bus le dernier bus 最後一班巴士；the last train le dernier train 最後一班火車；last time la dernière fois 最後一次；last week la semaine dernière 上個星期；last year l'année dernière 去年；last night (evening 晚) hier soir 昨晚；last night-time la nuit dernière 昨天夜裏

late tard 晚的；The train is late Le train a du retard 火車延誤了；Sorry we are late Excusez-nous d'arriver en retard 對不起，我們來晚了

later plus tard 較晚的

to laugh rire 笑

launderette la laverie automatique 自助洗衣店

laundry service le service de blanchisserie 洗衣服務

lavatory les toilettes fpl 廁所

lavender la lavande 薰衣草

lawyer l'avocat m, l'avocate f 律師

lead (electric 電的) le fil 電線

leak la fuite 淺漏

to leak It's leaking Il y a une fuite 淺漏了

to learn apprendre 學習

lease (rental 出租) le bail 租約

least at least au moins 至少

leather le cuir 皮革

to leave (a place) partir 離開（地方）；to leave behind laisser 留下；I left it at home Je l'ai laissé à la maison 我留它在家裏；What time does the train leave? À quelle heure le train part-il? 火車何時開？

leek le poireau 韭菜

left on/to the left à gauche 在左邊

left-luggage locker la

consigne automatique 自動行李寄存處

left-luggage office la consigne 行李寄存處

leg la jambe 腿

legal légal(e) 合法的

leisure centre le centre de loisirs 娛樂中心

lemon le citron 檸檬

lemonade la limonade 檸檬水

to lend prêter 借……；Can you lend me your pen? Tu peux me prêter ton stylo? 你能不能借你的筆給我？

lens (of camera) l'objectif m (contact lens) la lentille（相機）鏡頭

less moins 較少的；less than me moins que moi 比我的少；A bit less, please Un peu moins, s'il vous plaît 請少一點！

lesson la leçon 課程

to let (to allow) permettre 允許；to hire out louer 出租

letter la lettre 信

letterbox la boîte aux lettres 信箱

lettuce la laitue 生菜

licence le permis 許可證

to lie down s'allonger 躺下

lift (elevator) l'ascenseur m 電梯；Can you give me a lift to the swimming pool? Vous pouvez me déposer à la piscine? 您能不能載我到游泳池？

lift pass (skiing) le forfait (雪道) 登山纜車證

light (not heavy) léger(ère) 輕的

light la lumière 光；Have you got a light? Avez-vous du feu? 您有打火機嗎？

light bulb l'ampoule f 燈泡

lighter le briquet 打火機

lighthouse le phare 燈塔

lightning les éclairs mpl 閃電

like similar to comme 像……一樣；a city like Paris une ville

comme Paris 像巴黎這樣的城市

to like aimer 喜歡；I like coffee J'aime le café 我喜歡咖啡；I don't like... Je n'aime pas... 我不喜歡……；I'd like to... Je voudrais... 我想……

lilo® le matelas pneumatique 充氣墊

lime (fruit 水果) le citron vert 青檸

line queue la file 排隊；row la ligne 行；(telephone) la ligne (電話) 線路

linen le lin 亞麻布

lingerie la lingerie 內衣店

lips les lèvres fpl 嘴唇

lipstick le rouge à lèvres 唇膏

to listen to écouter 聽

litre le litre 升

little petit(e) 小的；a little un peu 一點

to live (in a place) habiter (在某地方) 居住；I live in London J'habite à Londres 我住在倫敦

liver le foie 肝臟

living room le salon 客廳

loaf le pain 麵包

lobster le homard 龍蝦

local local(e) 本地的

lock (on door) la serrure (門) 鎖；(box) la serrure 鎖 (箱)

to lock fermer à clé 鎖上

locker (for luggage) le casier (儲行李的) 儲物櫃

locksmith le serrurier 鎖匠

log (for fire 燃燒用) la bûche 木材

logbook (for car) la carte grise (車輛) 登記簿

lollipop la sucette 棒棒糖

London Londres 倫敦；to/in London à Londres 往/在倫敦

long long(ue) 長的；for a long time longtemps 長期的

long-sighted hypermétrope 遠視的

to look after garder 照顧

to look at regarder 看

to look for chercher 尋找

loose not fastened desserré(e)

鬆的；It's come loose (unscrewed) Ça s'est desserré (扭) 鬆了；(detached) Ça s'est détaché 鬆開了

lorry le camion 貨車

to lose perdre 丟失

lost (object) perdu(e) 丟失 (東西)；I've lost... J'ai perdu... 我的……丟了；I'm lost Je suis perdu(e) 我迷路了

lost property office le bureau des objets trouvés 失物認領處

lot A lot of, lots of beaucoup de 許多；a lot of people beaucoup de monde 許多人；a lot of fruit beaucoup de fruits 許多水果

lotion la lotion 潤膚露

loud fort(e) 大聲的

loudspeaker le haut-parleur 揚聲器

lounge (in hotel, airport) le salon (酒店、機場的) 等候室

love l'amour 愛

to love (person) aimer 喜歡 (的人)；(food, activity) adorer 喜愛 (的食物、活動)；I love you Je t'aime 我愛你；I love swimming J'adore nager 我喜愛游泳

lovely beau, bel (belle) 可愛的

low bas(se) 低的

lucky chanceux(-euse) 運氣好的；to be lucky avoir de la chance 好運氣

luggage les bagages mpl 行李

luggage allowance le poids maximum autorisé 行李限重

luggage rack le porte-bagages 行李架

luggage tag l'étiquette f à bagages 行李牌

luggage trolley le chariot (à bagages) 行李車

lump (swelling) la bosse 腫塊

lunch le déjeuner 午飯

lung le poumon 肺

luxury le luxe 奢侈

M

mad fou (folle) 瘋狂的

magazine la revue 雜誌

maid (in hotel) la domestique (酒店的) 女服務生

maiden name le nom de jeune fille (女子的) 娘家姓

mail le courrier 郵件；by mail par la poste 以郵寄方式

main principal(e) 主要的

main course (of meal) le plat principal (飯餐的) 主菜

main road la route principale 主幹道

make (brand) la marque 品牌

to make faire 做；made of wood en bois 木製的

make-up le maquillage 化粧

man l'homme m 男人

to manage to be in charge of gérer 管理

manager le directeur, la directrice 經理

manageress la directrice 女經理

manicure les soins mpl de manucure 修指甲

manual (gear change) manuel(le) 手動(換檔)

many beaucoup de 許多的

map (of region, country) la carte (地區、國家) 地圖；(of town) le plan (城市) 平面圖；road map la carte routière 路線圖；street map le plan de la ville 街道平面圖

March mars 三月

margarine la margarine 人造牛油

marina la marina 小港口

mark (stain) la tache 污點

market le marché 市集；Where is the market? Où est le marché? 市集在哪裏？；When is the market? Le marché, c'est quel jour? 哪一天有市集？

marmalade la marmelade d'oranges 果醬

married marié(e) 已婚的；I'm

married Je suis marié(e) 我已經結婚了；**Are you married?** Vous êtes marié(e)? 您結婚了嗎？

mass (*in church* 教堂裏進行的) la messe 彌撒

massage le massage 按摩

match (*game*) le match 比賽

matches les allumettes *fpl* 火柴

material (*cloth*) le tissu 布料

to matter It doesn't matter Ça ne fait rien 不要緊；**What's the matter?** Qu'est-ce qu'il y a? 發生甚麼事了？

mattress le matelas 牀墊

May mai 五月

mayonnaise la mayonnaise 蛋黃醬

mayor le maire 市長

maximum le maximum 最大量

me me, m'；moi 我；**Can you hear me?** Vous m'entendez? 您能聽見我説話嗎？；**He scares me** Il me fait peur 他嚇我；**It's me** C'est moi 是我；**without me** sans moi 沒有我；**with me** avec moi 和我一起

meal le repas 飯餐

to mean vouloir dire 意味着；**What does this mean?** Qu'est-ce que ça veut dire? 這是甚麼意思？

meat la viande 肉

medicine le médicament 藥物

Mediterranean Sea la Méditerranée 地中海

medium (*size*) moyen(ne) 中等（大小）

medium rare (*meat*) à point 半生熟的（肉）

medium sweet demi-doux 甜度適中的

to meet to meet by chance rencontrer 遇見；to meet by arrangement voir 見面；**I'm meeting her tomorrow** Je la vois demain 我明天去見她

meeting la réunion 會議

melon le melon 蜜瓜

member (*of club*) le membre （……會的）成員

to mend réparer 修理

menu la carte 菜單；set menu le menu 套餐

message le message 信息

metal le métal 金屬

meter le compteur 測量器

metre le mètre 米

microwave oven le four à micro-ondes 微波爐

midday midi 中午；at midday à midi 在中午

middle le milieu 中間；in the middle of the street au milieu de la rue 在路中央；in the middle of May en plein mois de mai 五月中旬

middle-aged d'une cinquantaine d'années 五十多歲

midge le moucheron 蚊蟲

midnight minuit 午夜；at midnight à minuit 在午夜

migraine la migraine 偏頭痛；**I have a migraine** J'ai la migraine 我偏頭痛

mild (*weather*) doux (*douce*) 溫和的（天氣）；(*cheese*) doux 不濃烈的（芝士）；(*curry*) peu épicé(e) 不太辣的（咖喱）

milk le lait 牛奶；with/without milk avec/sans lait 加奶／不加奶；fresh milk le lait frais 鮮奶；hot milk le lait chaud 熱奶；long-life milk le lait longue conservation 保質期很長的奶；powdered milk le lait en poudre 奶粉；soya milk le lait de soja 豆奶

milkshake le milk-shake 奶昔

millimetre le millimètre 毫米

mince (*meat*) la viande hachée 免治（肉）

to mind Do you mind if I...? Ça vous gêne si je...? 如果我……您介意嗎？；I don't mind Ça m'est égal 我不介意

mineral water l'eau minérale 礦泉水

minidisc le minidisque 小型光碟

minimum le minimum 最小量

minute la minute 分鐘

mirror le miroir 鏡子；(*in car*) le rétroviseur （汽車的）後視鏡

Miss Mademoiselle 小姐

to miss (*train, flight*) rater 錯過（列車、航班）

missing disappeared disparu(e) 消失的；**My son is missing** Mon fils a disparu 我兒子失蹤了

mistake l'erreur *f* 錯誤

to mix mélanger 混合

mobile number le numéro de portable 手機號碼

mobile phone le portable 手機

modem le modem 數據機

modern moderne 現代的

moisturizer la crème hydratante 保濕霜

moment at the moment en ce moment 此刻；just a moment un instant 一會

monastery le monastère 寺院

Monday lundi 星期一

money l'argent *m* 錢

month le mois 月份；this month ce mois-ci 這個月；last month le mois dernier 上個月；next month le mois prochain 下個月

moped le vélomoteur 電動單車

more plus 更；more expensive plus cher 更貴；more than before plus qu'avant 比以前多；more wine plus de vin 更多的酒；more than 10 plus de dix 超過十；**Do you want some more tea?** Voulez-vous encore du thé? 您想再要點茶嗎？；**There isn't any more** Il n'en reste plus 再沒有了

morning le matin 早上；in the morning le matin 在早上；this morning ce matin 今天早上；

tomorrow morning demain matin 明天早上

mosque la mosquée 清真寺

mosquito le moustique 蚊子

mosquito repellent le produit antimoustiques 驅蚊劑

most the most interesting le plus intéressant 最有趣的；most of the time la plupart du temps 大部份時間；most people la plupart des gens 大多數人

mother la mère 媽媽

mother-in-law la belle-mère 岳母

motor le moteur 引擎

motorbike la moto 電單車

motorboat le bateau à moteur 汽艇

motorway l'autoroute f 高速公路

mountain la montagne 山

mountain bike le VTT, le vélo tout-terrain 越野單車

mountaineering l'alpinisme m 登山運動

mouse la souris 老鼠

mouth la bouche 口

to move bouger 移動

movie le film 電影

Mr Monsieur 先生；Mr Dupond M. Dupond 杜邦先生

Mrs Madame 夫人；Mrs Leclerc Mme Leclerc 蕾克蕾夫人

Ms Madame 女士

much beaucoup 很多；too much trop 太多；too much money trop d'argent 太多錢；I feel much better Je me sens beaucoup mieux 我感覺好多了

mugging l'agression f 搶劫

museum le musée 博物館

mushrooms les champignons mpl 蘑菇

music la musique 音樂

Muslim musulman(e) 回教徒

mussels les moules fpl 青口

must I must buy some presents Il faut que j'achète des cadeaux 我必須買些禮物

mustard la moutarde 芥末

my mon, ma, mes (agrees with the noun that follows 與尾隨名詞一致) 我的；my passport mon passeport 我的護照；my room ma chambre 我的房間；my suitcases mes valises 我的手提箱

N

nail (metal) le clou (金屬) 釘；(finger) l'ongle m 手指 (指甲)

nail file la lime à ongles 指甲銼

name le nom 名字；My name is... Je m'appelle... 我叫……；What is your name? Comment vous appelez-vous? 您叫甚麼名字？

nanny la garde d'enfants (兒童的) 保姆；We have a nanny Nous avons une dame qui vient garder les enfants à la maison 我們有一位保姆

napkin la serviette de table 餐巾

nappy la couche 尿片

narrow étroit(e) 狹窄的

nationality la nationalité 國籍

natural naturel(le) 自然的

nature reserve la réserve naturelle 自然保護區

navy blue bleu marine 海軍藍

near près de 在……附近；near the bank près de la banque 在銀行附近；Is it near? C'est près d'ici? 在這附近嗎？

necessary nécessaire 有必要的

neck le cou 頸

necklace le collier 項鍊

nectarine le brugnon 油桃

to need (to) avoir besoin de 需要；I need j'ai besoin de 我需要；we need nous avons besoin de 我們需要；I need to phone J'ai besoin de téléphoner 我需要打電話

needle l'aiguille f 針；a

needle and thread du fil et une aiguille 針和線

negative (photo) le négatif (相片的) 底片

neighbours les voisins mpl 鄰居

nephew le neveu 姪子／甥

net the Net le Net 網絡

neutral (gear 車檔) le point mort 空檔檔位

never jamais 從來不；I never drink wine Je ne bois jamais de vin 我從來不喝酒

new nouveau (nouvelle) 新的

news (TV, radio) les informations fpl (電視、電台) 新聞

newsagent's le marchand de journaux 報刊銷售店

newspaper le journal 報紙

news stand le kiosque 報攤

New Year le Nouvel An 新年；Happy New Year! Bonne année! 新年快樂！

New Year's Eve la Saint-Sylvestre 新年前夕

New Zealand la Nouvelle-Zélande 紐西蘭

next prochain(e) 下一個；after ensuite 然後；the next train le prochain train 下一班火車；the next stop le prochain arrêt 下一站；next week la semaine prochaine 下個星期；next Monday lundi prochain 下星期一；next to à côté de 在旁邊；What did you do next? Qu'est-ce que vous avez fait ensuite? 您接下來做了甚麼？

nice (kind) gentil(le) 友好的；(pretty) joli(e) 漂亮的；(good) bon(ne) 好的

niece la nièce 姪女

night (night-time) la nuit 夜晚；(evening) le soir 晚上；at night la nuit 深夜；per night par nuit 每天夜裏；last night (evening 晚) hier soir 昨晚；(night-time) la nuit dernière 昨天夜裏；tomorrow night

(evening) demain soir 明晚；
(night-time) la nuit prochaine
明天夜裏；tonight (evening
晚) ce soir 今晚；(night-time)
cette nuit 今天夜裏

nightclub la boîte de nuit 夜總
會

no non 不；(without) sans 沒
有；no thanks non merci 不
用謝；no smoking défense de
fumer 禁止吸煙；no problem
pas de problème 沒問題；no
ice sans glaçons 不加冰；no
sugar sans sucre 不加糖；
There's no hot water Il n'y a
pas d'eau chaude 沒有熱水了

nobody personne 沒有人；
Nobody came Personne n'est
venu 沒有人來過

noise le bruit 噪音

noisy It's very noisy Il y a
beaucoup de bruit 太吵了

non-alcoholic sans alcool 不
含酒精

none aucun(e) 沒有一個

non-smoking (seat,
compartment) non-fumeurs 無
煙的（座位、車廂）

normally (usually)
généralement 通常；(as
normal) normalement 正常地

north le nord 北方

Northern Ireland l'Irlande f du
Nord 北愛爾蘭

nose le nez 鼻子

nosebleed to have a
nosebleed saigner du nez 流
鼻血

not ne pas 不；I am not going
Je n'y vais pas 我不去那裏

note banknote le billet 紙幣；
(written) le mot（書寫的）筆記

note pad le bloc-notes 便條簿

nothing rien 沒有東西；
nothing else rien d'autre 沒有
其他的

notice There's a notice on the
door C'est affiché sur la porte
門上貼了一個通知

November novembre 十一月

now maintenant 現在；now
and then de temps en temps
不時

number (quantity) le nombre
數量；(of room, house) le
numéro（房間、門牌）號碼；
phone number le numéro de
téléphone 電話號碼

numberplate (of car) la plaque
d'immatriculation（車）牌

nurse l'infirmier m, l'infirmière
f 護士

nursery slope la piste pour
débutants 滑雪練習道

nuts (to eat) les noix et les
arachides fpl（食用）果仁

to obtain obtenir 得到

O

occasionally de temps en
temps 不時地

occupation (work) la
profession 職業

October octobre 十月

of de ……的；a glass of wine
un verre de vin 一杯酒；made
of cotton en coton 棉質的

off (light, heater) éteint(e) 熄
滅的（燈、暖爐）；(tap, gas)
fermé(e) 關閉的（水龍頭、煤
氣）；(milk) tourné(e) 變質的（牛
奶）；I'm off Je m'en vais 我走
了

office le bureau 辦公室

often souvent 經常；How
often do you go to the gym?
Tu vas à la gym tous les
combien? 你多久去一次健身
房？

oil l'huile f 油

oil gauge la jauge de niveau
d'huile 油量表

OK! d'accord! 同意

old vieux, vieil (vieille) 年老的；
How old are you? Quel âge
avez-vous? 您多大年紀？；
I'm... years old J'ai … ans
我……歲

old-age pensioner le retraité,
la retraitée 退休人士

olive l'olive f 橄欖

olive oil l'huile f d'olive 橄欖油

on (TV, light) allumé(e) 開（電
視、燈）；(tap, gas) ouvert(e)
開着的（水龍頭、煤氣）；(engine)
en marche 運轉着的（引擎）

on sur 在……上；on the table
sur la table 在桌子上；on the
TV à la télé 在電視上；on the
second floor au deuxième
étage 在三樓；on Friday
vendredi 在星期五；on Fridays
le vendredi 在每個星期五；on
time à l'heure 按時

once une fois 一次；once a
week une fois par semaine 每
週一次；at once tout de suite
立刻

onion l'oignon m 洋蔥

only seulement 僅僅；How
much was it? – Only 10 euros
C'était combien? – Seulement
dix euros 這多少錢？—— 僅十
歐元；We only want to stay for
one night Nous ne voulons
rester qu'une nuit 我們只想住
一晚上；the only day I'm free
le seul jour où je suis libre 我
唯一空閒的一天

open ouvert(e) 開着的

to open ouvrir 打開

opening hours les heures fpl
d'ouverture 營業時間

opera l'opéra m 歌劇

operation (surgical) l'opération
f 手術（的）

operator (phone) le/la
standardiste（電話）接線生

opposite en face de ……的
對面；opposite the bank en
face de la banque 在銀行對面；
quite the opposite bien au
contraire 完全相反

optician l'opticien,
l'opticienne 眼鏡製造商

or ou 或者；Tea or coffee?
Du thé ou du café? 喝茶還是
咖啡？；I don't eat meat or
fish Je ne mange ni viande ni
poisson 我既不吃肉也不吃魚

orange (*fruit* 水果) l'orange *f* ;
(*colour* 顏色) orange 橙；橙色

orange juice le jus d'orange
橙汁

order out of order en panne
出故障

to order (*in restaurant*)
commander（在餐廳）點菜；
I'd like to order Je voudrais
commander 我想點菜

organic biologique 有機的

to organize organiser 組織

ornament le bibelot 擺設

other autre 其他的；the other
car l'autre voiture 另一輛車；
the other one l'autre 另外
一個；Have you any others?
Vous en avez d'autres? 您還有
別的嗎？

ought I ought to call my
parents Je devrais appeler
mes parents 我應該打電話給我
父母

our (*sing*) notre 我們的（被擁
有者為單數）；(*plural*) nos 我們
的（被擁有者為複數）；our room
notre chambre 我們的房間；
our passports nos passeports
我們的護照；our baggage nos
bagages 我們的行李

out (*light*) éteint(e) 熄滅的
（燈）；She's out Elle est sortie
她出去了；He lives out of town
Il habite en dehors de la ville
他住在城外

outdoor (*pool*) en plein air 露
天的（泳池）

outside dehors 在外面；It's
outside C'est dehors 在外面；
outside the house en dehors
de la maison 房外

oven le four 焗爐

over (*on top of*) au-dessus
de 在……上面；(*finished*)
terminé(e) 結束了；over
the window au-dessus de
la fenêtre 窗戶上面；over
here ici 這裏；It's over there
C'est là-bas 在那邊；over
the holidays pendant les

vacances 假期期間

to overcharge faire payer trop
cher 對……索價過高

overdone (*food*) trop cuit(e)
煮(食物)……煮得太久

to owe devoir 欠債；I owe
you... Je vous dois... 我欠
您……

own propre 自己的；It's his
own company C'est sa propre
société 這是他自己的公司；on
my own tout seul 獨自一人

to own (*land, house, company*
土地、房屋、公司) être
propriétaire de 擁有(土地、房
屋、公司)

owner le/la propriétaire 擁有者

oxygen l'oxygène *m* 氧氣

oyster l'huître *f* 蠔

P

pacemaker le stimulateur
(cardiaque) 心臟起搏器

to pack (*luggage*) faire les
bagages 收拾(行李)

package tour le voyage
organisé 組團旅遊

packet le paquet 包裹

paid payé(e) 付費的

pain la douleur 痛苦

painful douloureux(-euse) 痛
苦的

painkiller l'analgésique *m* 止
痛藥

to paint peindre 繪畫

painting (*picture*) le tableau
畫

pair la paire 一對

palace le palais 宮殿

pale pale blue bleu pâle 淺藍
色

pan saucepan la casserole 平
底鍋；(*frying pan*) la poêle 長
柄平鍋

panniers (*for bike*) les
sacoches *fpl* (單車)框

panties la culotte (婦女或兒童
的)短褲

pants (*men's underwear*) le
slip 男士內褲

panty liner le protège-slip 衛
生護墊

paper le papier 紙

paragliding le parapente 滑翔
傘運動

parcel le colis 包裹

pardon Pardon? Comment?
甚麼？；I beg your pardon?
Pardon? 請再説一遍？

parents les parents *mpl* 父母

park le parc 公園

to park garer (la voiture) 泊車

parking meter le parcmètre
泊車計時器

partner (*business* 生意)
l'associé *m*, l'associée *m* 股
東；(*boyfriend/girlfriend*) le
compagnon, la compagne 男
／女朋友

party (*group*) le groupe 團體；
(*celebration*) la fête (慶祝)聚
會；(*in the evening* 晚上) la
soirée 晚會

pass (*bus, train*) la carte (巴
士、火車) 票；(*mountain*) le col
(山) 路

to pass Can you pass me the
salt, please? Vous pouvez me
passer le sel, s'il vous plaît?
請您把鹽遞給我。

passenger le passager, la
passagère 乘客

passport le passeport 護照

password le mot de passe 密
碼

pasta les pâtes *fpl* 意大利粉

pastry (*cake*) la pâtisserie (蛋
糕) 糕點

path le chemin 路

patient (*in hospital*) le patient,
la patiente (醫院)病人

to pay payer 付錢；I'd like to
pay Je voudrais payer 我要結
帳；Where do I pay? Où est-
ce qu'il faut payer? 我該在哪裏
付錢？

payment le paiement 付款

payphone le téléphone public
公共電話

peach la pêche 桃

peanut la cacahuète f 花生

pear la poire 梨

peas les petits pois 豌豆

pedalo le pédalo® 腳踏船

pedestrian le piéton, la piétonne 行人

to peel éplucher 剝皮

peg (for clothes) la pince à linge (衣)夾；(for tent) le piquet (營)釘

pen le stylo 鋼筆

pencil le crayon 鉛筆

penfriend le correspondant, la correspondante 筆友

pensioner le retraité, la retraitée 退休人士

people les gens mpl 人們

pepper (spice 調味料) le poivre 胡椒粉；(vegetable 蔬菜) le poivron 辣椒

per par 每個；per day par jour 每天；per person par personne 每人

performance (in theatre) le spectacle (劇院的)演出；(in cinema) la séance (於電影院)放映

perfume le parfum 香水

perhaps peut-être 或許

perm la permanente 電髮

permit le permis 許可證

person la personne 人

petrol l'essence f 汽油；unleaded petrol l'essence sans plomb 無鉛汽油

petrol pump la pompe à essence 油泵

petrol station la station-service 加油站

petrol tank le réservoir 汽油箱

pharmacy la pharmacie 藥房

phone le téléphone 電話；by phone par téléphone 用電話

to phone téléphoner 打電話

phonebook l'annuaire m 電話簿

phonebox la cabine (téléphonique) 電話亭

phone call l'appel m 電話

phonecard la télécarte 電話卡

photo la photo 相片；to take a photo prendre une photo 照相

photocopy la photocopie 影印本

to photocopy photocopier 影印

photograph la photographie 照片

to pick (choose) choisir 挑選

pickpocket le pickpocket 小偷

picnic le pique-nique 野餐；to have a picnic pique-niquer 野餐

picture (painting) le tableau 圖畫；(photo) la photo 相片

pie (fruit, meat) la tourte (水果、肉)批

piece le morceau 一塊

pig le cochon 豬

pill la pilule 藥丸

pillow l'oreiller m 枕頭

pilot le pilote 飛行員

pin l'épingle f 扣針

pineapple le pamplemousse 菠蘿

pink rose 粉紅色的

pipe (drains) le tuyau 管道

pity What a pity! Quel dommage! 多麼可惜啊！

pizza la pizza 薄餅

place l'endroit m 地方

place of birth le lieu de naissance 出生地

plain (yoghurt) nature 原味的(乳酪)

plan (of town) le plan (城市)平面圖

plane (aircraft) l'avion m 飛機

plaster (sticking plaster) le sparadrap 膠布；(for broken limb) le plâtre (斷肢用的)石膏；(on wall) le plâtre (牆上的)灰泥

plastic en plastique 塑料的

plastic bag le sac en plastique 膠袋

plate l'assiette f 盤子

platform (railway) le quai (鐵路)月台；Which platform?

Quel quai? 哪個月台？

play (theatre) la pièce (劇院的)戲劇

to play (games) jouer à 玩(遊戲)；(instrument) jouer de 演奏(樂器)；I play the guitar Je joue de la guitare 我彈結他

please s'il vous plaît 請

pleased content(e) 高興的；Pleased to meet you! Enchanté(e)! 幸會！

plug (electrical) la prise (電)插頭；(for sink) le bouchon (水槽)塞

to plug in brancher 插上電源插頭

plum la prune 李子

plumber le plombier 水喉匠／水管工人

pm de l'après-midi 下午

poached (egg, fish) poché(e) 水煮的(雞蛋、魚)

pocket la poche 口袋

police la police 警察局

policeman l'agent m de police 警察

police station le commissariat 警局；(in small town) la gendarmerie (小城鎮的)警局

policewoman la femme agent 女警察

polish (for shoes) le cirage (鞋用)光油

polite poli(e) 有禮貌的

pool la piscine 游泳池

poor pauvre 貧窮的

popular populaire 流行的

pork le porc 豬肉

porter (in hotel) le portier (酒店)行李員；(at station) le porteur (車站的)行李搬運工

portion la portion 一部份

Portugal le Portugal 葡萄牙

Portuguese portugais(e) 葡萄牙人；Portuguese language le portugais 葡萄牙語

possible possible 可能的

post by post par courrier 郵寄

to post poster 郵寄

postbox la boîte aux lettres 信

箱

postcard la carte postale 明信片

postcode le code postal 郵政編碼

poster l'affiche f 海報

postman le facteur 郵差

post office la poste 郵局

postwoman la factrice 女郵差

pot (for cooking) la casserole （煮食用的）平底鍋

potato la pomme de terre 馬鈴薯；baked potato la pomme de terre cuite au four 焗馬鈴薯；boiled potatoes les pommes vapeur 煮馬鈴薯；fried potatoes les pommes frites 炸薯條；mashed potatoes la purée 薯蓉；roast potatoes les pommes de terre rôties 烤馬鈴薯；sauteed potatoes les pommes de terre sautées 煎馬鈴薯

potato salad la salade de pommes de terre 馬鈴薯沙律

pottery la poterie 陶器

pound (money 貨幣) la livre 英鎊

powder la poudre 粉末

powdered en poudre 粉末的

power (electricity 電) le courant 電流

pram le landau 嬰兒車

prawn la crevette rose 大蝦

to prefer préférer 更喜歡、更希望

pregnant enceinte 懷孕的；I'm pregnant Je suis enceinte 我懷孕了

to prepare préparer 準備

prescription l'ordonnance f 處方

present (gift) le cadeau 禮物

president le président 總統

pressure la pression 壓力

pretty joli(e) 漂亮的

price le prix 價格

price list le tarif 價目表

priest le prêtre 神父

print (photo) la photo 沖印（照片）

to print imprimer 印刷

printer l'imprimante f 打印機

printout la sortie papier 打印出來的資料

private privé(e) 私人的

probably probablement 可能；He'll probably come tomorrow Il viendra probablement demain 他可能明天來

problem le problème 問題

programme (TV, radio) l'émission f（電視、電台）節目

to promise promettre 許諾

to pronounce prononcer 發音；How's it pronounced? Comment ça se prononce? 這怎麼發音？

public public(ique) 公共的

public holiday le jour férié 公眾假期

pudding le dessert 甜品

to pull tirer 拉

pullover le pull 套頭毛衣

pulse le pouls 脈搏

pump (for bike) la pompe（單車用的）打氣筒；petrol pump la pompe à essence 油泵

puncture la crevaison 車胎的刺孔

purple violet(te) 紫色的

purpose le but 目的；on purpose exprès 故意地

purse le porte-monnaie 錢包

to push pousser 推

pushchair la poussette 折疊式嬰兒車

to put (place 地方) mettre 放

Pyrenees les Pyrénées mpl 比利牛斯山

Q

quality la qualité 質量

quantity la quantité 數量

quarter le quart 四分之一；a quarter of an hour un quart d'heure 十五分鐘

question la question 問題；to ask a question poser une

question 提問

queue la queue 隊列

to queue faire la queue 排隊

quick rapide 快的

quickly vite 迅速地

quiet (place) tranquille 安靜的（地方）

quilt la couette 被褥

quite (rather) assez 很；quite good pas mal 很不錯；quite expensive assez cher 很貴；I'm not quite sure Je n'en suis pas tout à fait sûr 我不是非常確定；quite a lot pas mal 很不錯

R

racket la raquette 球拍

radiator le radiateur 暖氣裝置

radio la radio 收音機；car radio l'autoradio m 汽車收音機

railway le chemin de fer 鐵路

railway station la gare 火車站

rain la pluie 雨

to rain It's raining Il pleut 下雨了

raincoat l'imperméable m 雨衣

rare (uncommon) rare 稀有的；(steak) saignant(e) 半熟的（牛排）

raspberry la framboise 紅桑子

rat le rat 老鼠

rate (price) le tarif 價格

rate of exchange le taux de change 匯率

rather plutôt 寧願；rather expensive plutôt cher 有點貴；I'd rather stay in tonight J'aimerais mieux rester à la maison ce soir 今晚我寧願留在家裏

raw cru(e) 生的

razor le rasoir 剃刀

razor blades les lames de rasoir （剃刀的）刀片

to read lire 閱讀

ready prêt(e) 準備好的

real vrai(e) 真實的

really vraiment 真正

receipt le reçu 發票

reception desk la réception 接待處

receptionist le/la réceptionniste 接待員

to recharge (battery 電池) recharger 充電

recipe la recette 食譜

to recognize reconnaître 認出

to recommend recommander 推薦

red rouge 紅色的

refill la recharge 再裝滿

refund le remboursement 償還

region la région 地區

to register (at hotel) s'inscrire sur le registre (在酒店) 登記

registered (letter) recommandé(e) 已掛號的 (信件)

registration form la fiche 登記表格

relation (family 家庭) le parent, la parente 親戚

relationship les rapports mpl 血緣關係

to remain rester 留下

remember se rappeler 回想起 ; I don't remember Je ne m'en rappelle pas 我不記得了 ; I can't remember his name Je ne me souviens pas de son nom 我不記得他的名字了

remote control la télécommande 遙控

rent le loyer 租金

to rent louer 出租

rental la location 租金

to repair réparer 修理

to repeat répéter 重複

to reply répondre 回答

to require exiger 要求 ; What qualifications are required? Quels sont les diplômes requis? 要求甚麼條件?

to rescue sauver 救援

reservation la réservation 預訂

to reserve réserver 預訂

reserved réservé(e) 預訂的

resident (in country) le résident, la résidente (國家) 居民 ; (in street) le riverain, la riveraine (街上的) 居民 ; (in hotel) le/la pensionnaire (酒店的) 住客

rest (relaxation) le repos 休息 ; (remainder) le reste 剩餘物 ; the rest of the money le reste de l'argent 餘下的錢

to rest se reposer 休息

restaurant le restaurant 餐廳

restaurant car le wagon-restaurant 餐車

retired retraité(e) 退休的

to return (to go back) retourner 返回

return ticket le billet aller-retour 來回票

to reverse faire marche arrière 倒退 ; to reverse the charges appeler en PCV 對方付款

reverse gear la marche arrière 倒車檔

rice le riz 米

rich (person) riche 富有的 (人) ; (food) 口感豐富的 (食物)

to ride (on horseback) monter à cheval 騎 (馬) ; (on bike) faire du vélo 踏 (單車)

right (correct) exact(e) 準確的 ; to be right avoir raison 正確的 ; You're right Tu as raison 你是對的 ; That's right C'est vrai 的確如此 ; on/to the right à droite 在右邊

right of way la priorité 優先權

ring (on finger) la bague (手指上的) 戒指

ripe mûr(e) 成熟的

river la rivière 河

Riviera (French) la Côte d'Azur 蔚藍海岸 (位於法國南部)

road la route 路

roast rôti(e) 烤的

roll (bread 麵包) le petit pain 小麵包

roof le toit 屋頂

room (in house) la pièce (屋裏的) 房間 ; (in hotel) la chambre (酒店的) 房間 ; space la place 空間 ; double room la chambre pour deux personnes 雙人房 ; single room la chambre pour une personne 單人房 ; family room la chambre pour une famille 家庭房

room number le numéro de chambre 房間號

room service le service dans les chambres 客房送餐服務

rosé wine le rosé 玫瑰紅葡萄酒

row (line) la rangée 排 (隊) ; (theatre 劇院) 排

rubber (material) le caoutchouc 橡膠 (物料) ; (eraser) la gomme 橡皮

rubbish les ordures fpl 垃圾

rucksack le sac à dos 背包

to run courir 跑

rush hour l'heure f de pointe 繁忙時間

S

sad triste 悲傷的

saddle la selle 馬鞍

safe (for valuables) le coffre-fort (裝貴重物品的) 保險箱

safe sans danger 安全的 ; Is it safe? Ce n'est pas dangereux? 不危險吧?

safety belt la ceinture de sécurité 安全帶

safety pin l'épingle f de sûreté 安全扣針

to sail (sport, leisure 運動、休閒活動) faire de la voile 駕駛帆船

sailboard la planche à voile 風帆衝浪板

sailing (sport) la voile 帆船 (運動)

sailing boat le voilier 帆船

salad la salade 沙律 ; green salad la salade verte 生菜沙律 ; mixed salad la salade composée 混合沙律；salad dressing la vinaigrette 沙律調味汁

sales (in shops) les soldes fpl （在商店）賣

salesman le vendeur 售貨員

sales rep le représentant, la représentante 銷售代表

saleswoman la vendeuse 女售貨員

salmon le saumon 三文魚

salt le sel 鹽

salt water l'eau salée 鹽水

salty salé(e) 鹹的

same même 同樣的；Have a good weekend! – The same to you! Bon week-end! – Vous de même! 週末愉快！——您也一樣！

sand le sable 沙

sandals les sandales fpl 涼鞋

sandwich le sandwich 三文治；toasted sandwich le croque-monsieur 火腿三文治

sanitary towels les serviettes fpl hygiéniques 衛生棉

sardines les sardines fpl 沙甸魚

satellite dish l'antenne f parabolique 碟狀衛星信號接收器

satellite TV la télévision par satellite 衛星電視

Saturday samedi 星期六

sauce la sauce 調味汁

saucepan la casserole 長柄有蓋的深平底鍋

saucer la soucoupe 茶杯碟

sausage la saucisse 香腸

savoury salé(e) 鹹味的

to say dire 說

scarf (headscarf) le foulard 頭巾；(woollen) l'écharpe f （羊毛）圍巾

scenery le paysage 風景

schedule l'horaire m 時間表

school l'école f 學校；at school à l'école 在學校；to go to school aller à l'école 去上學；after school après l'école

放學後；primary school l'école primaire 小學

scissors les ciseaux mpl 剪刀

score (of match) le score 得分；What's the score? Quel est le score? 得分多少？；to score a goal marquer un but 入球

Scotland l'Écosse f 蘇格蘭

Scottish écossais(e) 蘇格蘭的

screen (on computer, TV) l'écran m （電腦、電視）屏幕

screw la vis 螺絲

screwdriver le tournevis 螺絲批

scuba diving la plongée sous-marine （使用壓縮氣體及獨立的呼吸設備）潛水

sea la mer 海

seafood les fruits mpl de mer 海鮮

seaside le bord de la mer 海邊；at the seaside au bord de la mer 在海邊

season (of year) la saison （一年的）季節；high season la haute saison 旺季；in season de saison 當造的

season ticket la carte d'abonnement 月票

seat (chair) le siège 椅子；(in bus, train) la place （巴士、火車的）座位

seatbelt la ceinture de sécurité 安全帶

second second(e) 第二；a second une seconde 秒

second class de seconde classe 二等車廂；to travel second class voyager en seconde classe 乘坐二等車廂旅遊

secretary le/la secrétaire 秘書

to see voir 看見

self-service le libre-service 自助

to sell vendre 賣；Do you sell...? Vous vendez...? 您賣……嗎？

Sellotape® le Scotch® 透明

膠紙

to send envoyer 送

senior citizen la personne du troisième âge 老年人

sensible raisonnable 合乎情理的

separated séparé(e) 分開的

separately to pay separately payer séparément 分開付款

September septembre 九月

septic tank la fosse septique 化糞池

serious (accident, problem) grave 嚴重的（意外、問題）

to serve servir 服務

service (in restaurant, shop) le service （餐廳、商店的）服務；(church 教堂的) l'office m （教堂的）宗教儀式；Is service included? Le service est compris? 服務費包括在內嗎？；service charge le service 服務費；service station la station-service 加油站

to service (car, washing machine) réviser 維修（汽車、洗衣機）

serviette la serviette 餐巾

set menu le menu à prix fixe 套餐

several plusieurs 數個；several times plusieurs fois 數次

shade l'ombre f 陰影；in the shade à l'ombre 在樹蔭下

shallow peu profond(e) 淺的

shampoo le shampooing 洗髮液

shampoo and set le shampooing et la mise en plis 洗髮和髮型造型

to share partager 分享

to shave se raser 剃鬚

shaver le rasoir 剃刀

shaving cream la crème à raser 剃鬚膏

she elle 她

sheet (for bed) le drap （牀）單

sherry le xérès 雪利酒

ship le navire 船

shirt la chemise 襯衣

shock absorber l'amortisseur *m* 避震器

shoe la chaussure 鞋

shoelaces les lacets *mpl* 鞋帶

shoe polish le cirage 鞋油

shoe shop le magasin de chaussures 鞋店

shop le magasin 商店

shop assistant le vendeur, la vendeuse 店員

shopping les courses *fpl* 購物；to go shopping (for pleasure 娛樂) faire du shopping 去購物；(for food) faire les courses 購買 (食品)

shopping centre le centre commercial 購物中心

shop window la vitrine 櫥窗

short court(e) 短的

shorts le short 短褲

short-sighted myope 近視的

shoulder l'épaule *f* 肩膀

show le spectacle 表演

to show montrer 給……看

shower (bath 洗澡) la douche 淋浴；(rain 雨) l'averse *f* 驟雨；to take a shower prendre une douche 淋浴

shower gel le gel douche 沐浴露

shrimp la crevette 蝦

shut closed fermé(e) 關閉的

to shut fermer 關閉

shutters (outside) les volets *mpl* (在外的) 百葉窗

shuttle service la navette 接駁車

sick (ill) malade 生病的；I feel sick J'ai envie de vomir 我想吐

side le côté 旁邊

side dish la garniture 配菜

sightseeing to go sightseeing faire du tourisme 遊覽

to sign signer 簽名

signature la signature 簽名

silk la soie 絲綢

silver l'argent *m* 銀

SIM card la carte SIM SIM 卡

similar similar to semblable à 與……相似；They're similar Ils se ressemblent 他們長得很像

since (time 時間) depuis 自……以來；given that puisque 由於；since 1974 depuis 1974 自 1974 年以來；since you're not French puisque vous n'êtes pas français 因為您不是法國人

to sing chanter 唱歌

single (unmarried) célibataire 單身的；(bed, room) pour une personne 單人 (淋)、單人 (房)

single ticket l'aller *m* simple 單程票

sister la sœur 姐妹

sister-in-law la belle-sœur 夫或妻的姐妹

to sit s'asseoir 坐下；Sit down, please! Asseyez-vous, s'il vous plaît! 請坐！

site (website) le site 網站

size (clothes) la taille (衣服) 尺寸；(shoes) la pointure (鞋) 碼

skateboard le skate-board 滑板

ski le ski 滑雪

to ski faire du ski 滑雪

ski boots les chaussures *fpl* de ski 滑雪靴

to skid déraper 滑行

skiing le ski 滑雪

ski instructor le moniteur, la monitrice de ski 滑雪教練

ski lift le remonte-pente 登山纜車

skimmed skimmed milk le lait écrémé 脱脂奶

skin la peau 皮膚

ski pass le forfait 滑雪票

ski pole, ski stick le bâton de ski 滑雪杖

ski run, ski piste la piste de ski 滑雪道

skirt la jupe 裙

to sleep dormir 睡覺；to go to sleep s'endormir 入睡

sleeper (on train) la couchette (火車上的) 臥鋪

sleeping bag le sac de couchage 睡袋

sleeping car la voiture-lit 臥鋪車廂

sleeping pill le somnifère 安眠藥

slice (bread, cake, ham) la tranche (麵包、蛋糕、火腿) 薄片

sliced bread le pain de mie en tranches 切片麵包

slide (photograph 照片) la diapositive 幻燈片

slightly légèrement 輕輕地

slow lent(e) 慢的

slowly lentement 緩慢地

small petit(e) 小的；smaller than plus petit(e) que 更小的

smell l'odeur *f* 氣味；a bad smell une mauvaise odeur 難聞的氣味；a nice smell une bonne odeur 怡人的氣味

to smile sourire 微笑

to smoke fumer 吸煙；I don't smoke Je ne fume pas 我不吸煙；Can I smoke? Je peux fumer? 我可以吸煙嗎？

SMS message le message SMS 短訊

snack to have a snack manger un petit quelque chose 吃小吃

snack bar le snack-bar 小吃店

snail l'escargot *m* 蝸牛

snow la neige 雪

to snow neiger 下雪；It's snowing Il neige 下雪了

snowboarding to go snowboarding faire du snowboard 單板滑雪

snow chains les chaînes *fpl* 雪鏈

so (therefore) alors 因此；(in comparisons 比較) aussi 同樣；The shop was closed so I didn't buy it Le magasin était fermé, alors je ne l'ai pas acheté 商店關門了，所以我沒買；It's not so expensive as the other one Ce n'est pas aussi cher que l'autre 這沒有另外一個貴；so do I moi aussi 我也一樣；so much/so many… tellement de… 如此多的……；I think so Je crois 我認為是這樣的

soap le savon 肥皂
soap powder (detergent) la lessive 洗衣粉
socket (for plug) la prise de courant （插頭的）插座
socks les chaussettes fpl 短襪
soda water le soda 蘇打水
sofa bed le canapé-lit 梳化牀
soft drink la boisson non alcoolisée 汽水
software le logiciel 軟件
sole (shoe) la semelle (鞋）底
some du, de la, des 一些；Would you like some bread? Voulez-vous du pain? 您要不要吃點麵包？；some books des livres 一些書；some of them quelques uns 某些人
someone quelqu'un 某人
something quelque chose 某物
sometimes quelquefois 有時候
son le fils 兒子
son-in-law le gendre 女婿
song la chanson 歌曲
soon bientôt 馬上；as soon as possible dès que possible 盡快地
sore to have a sore throat avoir mal à la gorge 喉痛
sorry Sorry! Pardon! 對不起！；I'm sorry! Je suis désolé(e)! 我很抱歉！
sort la sorte 種類
soup la soupe 湯
sour aigre 有酸味的
south le sud 南方
souvenir le souvenir 紀念品
space la place 空間
spade la pelle 鐵鍬
Spain l'Espagne f 西班牙
Spaniard l'Espagnol m,

l'Espagnole f 西班牙人
Spanish espagnol(e) 西班牙語
spare parts les pièces fpl de rechange 備用零件
spare tyre le pneu de rechange 備用輪胎
spare wheel la roue de secours 備用輪胎
sparkling sparkling water l'eau gazeuse 蘇打水；sparkling wine le mousseux 氣泡酒
to speak parler 說；Do you speak English? Vous parlez anglais? 您會說英語嗎？
speaker (loudspeaker) le haut-parleur 揚聲器
special spécial(e) 特殊的
speciality la spécialité 專業
speedboat le hors-bord 快艇
speed limit la limitation de vitesse 限速
speedometer le compteur 速度計
to spell How is it spelt? Comment ça s'écrit? 這怎麼拼寫？
to spend (money) dépenser 花（費）
spicy épicé(e) 辣的
spinach les épinards mpl 菠菜
spirits (alcohol 酒) les spiritueux mpl 烈酒
spite in spite of malgré 儘管
spoon la cuiller 調羹
sport le sport 運動
sports centre le centre sportif 體育中心
sports shop le magasin de sports 體育用品商店
spring (season 季節) le printemps 春天
square (in town) la place （城市的）廣場
squash le squash 壁球
squid le calmar 魷魚
stadium le stade 體育場
stain la tache 污點
stairs l'escalier m 樓梯
stalls (in theatre) l'orchestre m

（戲院）正廳前排座位
stamp le timbre 郵票
to stand être debout 站立
start le début 開始；at the start of the film au début du film 電影開頭；from the start dès le début 從一開始
to start commencer 開始；(car) démarrer 開動（汽車）；What time does it start? À quelle heure est-ce que ça commence? 何時開始？；The car won't start La voiture ne veut pas démarrer 汽車開動不了
starter (in meal) le hors d'œuvre （飯餐的）前菜
station la gare 火車站
stationer's la papeterie 文具店
stay le séjour 逗留；Enjoy your stay! Bon séjour! 祝您住得愉快！
to stay (remain) rester 逗留；I'm staying at the... hotel Je suis à l'hôtel… 我住在……酒店；Where are you staying? – In a hotel Où logez-vous? – À l'hôtel 您住在哪裏？—— 住酒店；to stay the night passer la nuit 過夜；We stayed in Paris for a few days Nous avons passé quelques jours à Paris 我們在巴黎住了數天
steak le bifteck 牛排
to steal voler 偷
steamed cuit(e) à la vapeur 蒸熟的
steering wheel le volant 方向盤
stepbrother le demi-frère 異父或異母兄弟
stepdaughter la belle-fille 繼女
stepfather le beau-père 繼父
stepmother la belle-mère 繼母
stepsister la demi- sœur 異父或異母姐妹
stepson le beau-fils 繼子

stereo la chaîne (stéréo) 立體聲

sterling le livre sterling 英鎊

steward (on plane) le steward（飛機上的）機艙服務員

stewardess (on plane) l'hôtesse f（飛機上的）空姐

sticking-plaster le sparadrap 膠布

still still water l'eau f plate 蒸餾水

sting la piqûre（蟲咬或刺傷的）小傷口

to sting piquer 刺

stockings les bas mpl 長襪

stomach l'estomac m 胃；He's got stomachache Il a mal au ventre 他胃痛

stone la pierre 石頭

stop bus stop l'arrêt m de bus 巴士站

to stop arrêter 停止；Do you stop at the station? Vous vous arrêtez à la gare? 您在火車站停嗎？；to stop doing arrêter de faire 停止做某事；to stop smoking arrêter de fumer 戒煙

store (shop) le magasin 商店

storey l'étage m 樓層

straightaway tout de suite 立即

straight straight on tout droit 筆直地

strange bizarre 奇怪的

straw (for drinking) la paille（飲用的）飲管

strawberry la fraise 草莓

street la rue 街道

street map le plan de la ville 街道平面圖

strike la grève 罷工；to be on strike être en grève 在罷工

striped rayé(e) 有條紋的

stroke (medical 醫療) l'attaque f (d'apoplexie) 中風

strong fort(e) 強的

stuck It's stuck C'est coincé 被卡住了

student l'étudiant m,

l'étudiante f 大學生

student discount le tarif étudiant 學生價

stuffed farci(e) 塞滿的

stupid stupide 愚蠢的

subway (train) le métro 地鐵（列車）；(passage) le passage souterrain 地下（通道）

suddenly soudain 突然

suede le daim 黃鹿皮

sugar le sucre 糖

to suggest suggérer 建議

suit (man's) le costume（男士）西裝；(woman's) le tailleur（女士）套裝

suitcase la valise 手提箱

summer l'été m 夏天

summer holidays les vacances fpl d'été 暑假

sun le soleil 太陽

to sunbathe prendre un bain de soleil 沐日光浴

sunblock l'écran m total 防曬霜

sunburn le coup de soleil 曬傷

suncream la crème solaire 防曬乳液

Sunday le dimanche 星期天

sunglasses les lunettes fpl de soleil 太陽鏡

sunny It's sunny Il fait beau 天氣晴朗

sunroof le toit ouvrant 天窗

sunscreen (lotion 乳液) l'écran m solaire 防曬霜

sunshade le parasol 太陽傘

sunstroke l'insolation f 中暑

suntan le bronzage 曬黑

suntan lotion le lait solaire 防曬乳液

supermarket le supermarché 超級市場

supplement le supplément 補充

to surf faire du surf 衝浪；to surf the Net surfer sur Internet 上網

surfboard la planche de surf 衝浪板

surname le nom de famille 姓

surprise la surprise 驚喜；What a surprise! Quelle surprise! 太驚喜了！

sweater le pull 毛衣

sweatshirt le sweat 運動衫

sweet (not savoury) sucré(e) 甜的（不鹹的、不辣的）

sweet (dessert) le dessert 甜品；sweets les bonbons mpl 糖果

to swim nager 游泳

swimming pool la piscine 游泳池

swimsuit le maillot de bain 游泳衣

swing (for children) la balançoire（小孩玩的）鞦韆

Swiss suisse 瑞士人

switch le bouton 開關

to switch off éteindre 關閉

to switch on allumer 打開

Switzerland la Suisse 瑞士

swollen enflé(e) 膨脹的

T

table la table 桌子

tablecloth la nappe 桌布

tablespoon la grande cuiller 大湯匙

table tennis le tennis de table 乒乓球

tablet le comprimé 藥片

tailor's le tailleur 裁縫

to take (medicine) prendre 服用（藥物）；(sugar) 要（糖）；take with you emporter 帶走；(exam) passer 通過（考試）；(subject at school) faire 學習（學校某課程）；Do you take sugar? Vous prenez du sucre? 您要糖嗎？；I'll take you to the airport Je vais vous emmener à l'aéroport 我馬上送您去機場；How long does it take? Ça prend combien de temps? 這需要花多長時間？；It takes about one hour Ça prend environ une heure 大約要一個小時；We take credit cards

Nous acceptons les cartes de crédit 我們接受信用卡支付

take away (*food*) à emporter 外賣 (食物)

to take off (*plane*) décoller (飛機) 起飛; (*clothes*) enlever 脱下 (衣服)

to take out sortir 出去

to talk to parler à 和……説話

tall grand(e) 高大的

tampons les tampons *mpl* hygiéniques 衛生棉條

tangerine la mandarine 柑橘

tank petrol tank le réservoir 油箱

tap le robinet 塞嘴

tap water l'eau *f* du robinet 自來水

tape (*video*) la cassette vidéo 錄影帶

tart la tarte 撻

taste le goût 味道

to taste goûter 品嘗; Can I taste some? Je peux goûter? 我可以嘗嘗嗎?

taxi le taxi 計程車

taxi driver le chauffeur de taxi 計程車司機

taxi rank la station de taxis 計程車站

tea le thé 茶; herbal tea la tisane 涼茶; lemon tea le thé au citron 檸檬茶; tea with milk le thé au lait 茶 (配奶)

teabag le sachet de thé 茶包

to teach enseigner 教

teacher le professeur 教師

team l'équipe *f* 團隊

teapot la théière 茶壺

teaspoon a petite cuiller 茶匙

teenager l'adolescent *m*, l'adolescente *f* 青少年

teeth les dents *fpl* 牙齒

telephone le téléphone 電話

to telephone téléphoner 打電話

telephone box la cabine téléphonique 電話亭

telephone call le coup de téléphone 打電話

telephone card la télécarte 電話卡

telephone directory l'annuaire *m* 電話號碼簿

telephone number le numéro de téléphone 電話號碼

television la télévision 電視; on television tonight à la télévision ce soir 今晚電視上

to tell dire 説

temperature la température 溫度; to have a temperature avoir de la fièvre 發燒

tenant le/la locataire 租戶

tennis le tennis 網球 (運動)

tennis ball la balle de tennis 網球

tennis court le court de tennis 網球場

tennis racket la raquette de tennis 網球拍

tent la tente 帳篷

tent peg le piquet de tente 營釘

terminal (*airport*) l'aérogare *f* (機場) 航空站

terrace la terrasse 露天平台

to test (*to try out*) tester 測試

to text envoyer un SMS (à) 發短訊; I'll text you Je t'enverrai un SMS 我發短訊給你

text message le SMS, le texto 短訊

than que 比; Diana sings better than me Diana chante mieux que moi 戴安娜唱歌比我好; more than you plus que toi 不只是你; more than five plus de cinq 超過五個

thank you merci 謝謝; thank you very much merci beaucoup 非常感謝

that ce, cet, cette 那個; that cat ce chat 那隻貓; that man cet homme 那個人; that dress cette robe 那條裙; that one celui-là, celle-là 那個; to think that... penser que... ……那樣認為

the le, la, l', les (指説話時已提到的) 人或物

theatre le théâtre 劇院

their (*sing* 單數) leur 他 (她、它) 們的; (*plural* 複數) leurs 他 (她、它) 們的; their car leur voiture 他們 (她們) 的汽車; their children leurs enfants 他們 (她們) 的孩子們

them les; leur; eux 他們 (它們); elles 她們; I didn't know them Je ne les connaissais pas 我不認識他們; I gave them some brochures Je leur ai donné des brochures 我給了他們一些小冊子; It's for them C'est pour eux 這是給他們的

there over there là 那裏; there is, there are il y a 那裏有; there was il y avait 曾經有; there'll be il y aura 將會有

therefore donc 因此

thermometer le thermomètre 溫度計

these ces 這些; these ones ceux-ci, celles-ci 這些人

they ils, elles 他們 (她們)

thick (*not thin*) épais(se) 茂密的

thief le voleur, la voleuse 小偷

thin (*person*) mince 瘦的 (人)

thing la chose 事物; my things mes affaires 我的東西

to think penser 想

thirsty I'm thirsty J'ai soif 我口渴了

this ce, cet, cette 這個; this cat ce chat 這隻貓; this man cet homme 這個人; this dress cette robe 這條裙; this one celui-ci, celle-ci 這個

those ces 那些; those ones ceux-là, celles-là 那些人

throat la gorge 喉嚨

through par 通過; to go through Rouen passer par Rouen 途經魯昂; a through train un train direct 直通列車; from May through to September de mai jusqu'à septembre 從五月到九月

Thursday jeudi 星期四

ticket (*for plane, train, theatre, concert*) le billet (飛機、火車、劇院、音樂會) 票; (*for bus, tube, cinema, museum*) le ticket (巴士、地鐵、電影院、博物館) 票; **a single ticket** un aller simple 單程票; **a return ticket** un aller-retour 來回票; **a book of tickets** un carnet de tickets 一本票簿

ticket collector le contrôleur, la contrôleuse 檢票員

ticket office le guichet 售票處

tide (*sea 海*) la marée 潮汐; **low tide** la marée basse 潮退; **high tide** la marée haute 潮漲

tidy bien rangé(e) 整齊的

tie la cravate 領帶

tight (*fitting 尺寸*) serré(e) 緊的

tights le collant 緊身衣

till (*cash desk*) la caisse 付款處

till (*until*) jusqu'à 直到; **till 2 o'clock** jusqu'à deux heures 直到二時

time le temps 時間; **this time** cette fois 這次; **What time is it?** Quelle heure est-il? 現在何時？; **on time** à l'heure 按時

timetable l'horaire *m* 時間表

tin (*can*) la boîte 罐頭

tin-opener l'ouvre-boîtes *m* 罐頭刀

tip (*to waiter*) le pourboire (給侍應的) 小費

tipped (*cigarette*) à bout filtre 濾嘴 (香煙)

tired fatigué(e) 疲倦的

tissues les kleenex® *mpl* 面紙

to à 往; (*with name of country*) en, au 往 (加國家名字); **to London** à Londres 往倫敦; **to France** en France 往法國; **to Canada** au Canada 往加拿大; **to the airport** à l'aéroport 往機場; **from nine o'clock to half past three** de neuf heures à trois heures et demie 從九時到三時半; **something to drink** quelque chose à boire 喝的東西

toast le pain grillé 多士

tobacconist's le bureau de tabac 煙草店

today aujourd'hui 今天

toe le doigt de pied 腳趾

together ensemble 一起

toilet les toilettes *fpl* 廁所

toilet paper le papier hygiénique 衛生紙

toiletries les articles *fpl* de toilette 化粧品

toll (*motorway*) le péage (高速公路) 過路費

tomato la tomate 蕃茄; **tinned tomatoes** les tomates en boîte 蕃茄罐頭

tomato soup la soupe à la tomate 蕃茄湯

tomorrow demain 明天; **tomorrow morning** demain matin 明天早上; **tomorrow afternoon** demain après-midi 明天下午; **tomorrow evening** demain soir 明天晚上

tongue la langue 舌頭

tonic water le tonic 開胃水

tonight this evening ce soir 今天晚上; (*during the night*) cette nuit 今天 (夜裏)

too also aussi 也; excessively trop 過度地; **My sister came too** Ma sœur est venue aussi 我的姐妹也來了; **The water's too hot** L'eau est trop chaude 水太熱了; **too late** trop tard 太晚了; **too much** trop 太多了; **too much noise** trop de bruit 太吵了; **too many** trop 太多了; **too many people** trop de gens 太多人

tooth la dent 牙

toothache le mal de dents 牙痛

toothbrush la brosse à dents 牙刷

toothpaste le dentifrice 牙膏

toothpick le cure-dent 牙籤

top the top floor le dernier étage 頂層

top (*of bottle*) le bouchon 瓶 (蓋); (*of pen*) le capuchon (筆) 蓋; (*of pyjamas, bikini*) le haut (睡衣褲、比堅尼泳衣的) 上衣; (*of hill, mountain*) le sommet (山) 頂; **on top of** sur 在……上面

total amount le total 總數

to touch toucher 觸摸

tough (*meat*) dur(e) 硬的 (肉)

tour trip l'excursion *f* 遊覽; (*of museum*) la visite 參觀 (博物館); **guided tour** la visite guidée 導覽

tour guide le/la guide 導遊

tour operator le tour-opérateur 旅遊經營者

tourist le/la touriste 遊客

tourist le syndicat d'initiative 旅遊事業聯合會

tourist ticket le billet touristique 遊覽優待票

towel la serviette 毛巾

tower la tour 塔

town la ville 城市; **town centre** le centre-ville 市中心; **town plan** le plan de la ville 城市平面圖

toy le jouet 玩具

toyshop le magasin de jouets 玩具店

traffic la circulation 交通

traffic jam l'embouteillage *m* 交通擠塞

traffic lights les feux *mpl* 紅綠燈

traffic warden le contractuel, la contractuelle 交通督導員

train le train 火車; **by train** par le train 乘坐火車; **the next train** le prochain train 下一班火車; **the first train** le premier train 第一班火車; **the last train** le dernier train 最後一班火車

trainers les baskets *fpl* 教練

tranquillizer le tranquillisant 鎮靜劑

to translate traduire 翻譯

to travel voyager 旅行

travel agent's l'agence f de voyages 旅行社

travel guide le guide 導遊

travel insurance l'assurance f voyage 旅行保險

travel sickness le mal des transports 暈浪（船、機）

traveller's cheque le chèque de voyage 旅行支票

tray le plateau 托盤

treatment le traitement 治療

tree l'arbre m 樹

trip l'excursion f 旅遊

trolley (for luggage, shopping) le chariot（裝行李、購物用的）手推車

trousers le pantalon 褲

truck le camion 貨車

true vrai(e) 真實的

trunk (luggage) la malle 行李箱

trunks swimming trunks le maillot (de bain) 泳衣

to try essayer 嘗試

to try on (clothes, shoes) essayer 試穿（衣服、鞋）

t-shirt le tee-shirt T恤

Tuesday mardi 星期二

tuna le thon 吞拿魚

to turn tourner 旋轉

to turn off (light, cooker, TV) éteindre 關（燈、煮食爐、電視）；(tap) fermer 關掉（水龍頭）

to turn on (light, cooker, TV) allumer 開（燈、煮食爐、電視）；(tap) ouvrir 打開（水龍頭）

turquoise (colour 顏色) turquoise 藍綠色的

twice deux fois 兩次；twice a week deux fois par semaine 每週兩次

twin twin room la chambre à deux lits 雙人房

twins (male 男) les jumeaux 學生子（female 女) les jumelles 學生女

twisted tordu(e) 扭曲的

tyre le pneu 輪胎

tyre pressure la pression des pneus 輪胎氣壓

U

ugly laid(e) 醜陋的

ulcer l'ulcère m 潰瘍；mouth ulcer l'aphte m 口腔潰瘍

umbrella le parapluie 雨傘；sunshade le parasol 太陽傘

uncle l'oncle m 叔叔

uncomfortable inconfortable 不舒服的

under sous 在……下面；children under 10 les enfants de moins de 10 ans 十歲以下的小孩

undercooked pas assez cuit(e) 沒煮透的

underground le métro 地鐵

underpants (men's underwear) le slip（男士）內褲

to understand comprendre 理解；I don't understand Je ne comprends pas 我不明白；Do you understand? Vous comprenez? 您懂了嗎？

underwear les sous-vêtements mpl 內衣

unfortunately malheureusement 不幸地

United Kingdom le Royaume-Uni（大不列顛）聯合王國

United States les États-Unis mpl 美國

university l'université f 大學

unleaded petrol l'essence f sans plomb 無鉛汽油

unlikely peu probable 不太可能的

to unlock ouvrir 打開

to unpack déballer ses affaires 打開自己的行李

unpleasant désagréable 使人不愉快的

up up here ici 在這裏；up there là-haut 在高處；What's up? Qu'est-ce qu'il y a? 怎麼了？；up to 50 jusqu'à 50 直到50；up to now jusqu'à présent 直到現在

upstairs en haut 在樓上；the

people upstairs les gens du dessus 樓上的人

urgent urgent(e) 緊急的

us nous 我們；Can you help us? Pouvez-vous nous aider? 您能幫助我們嗎？

USA les USA mpl 美利堅合眾國

to use utiliser 使用

useful utile 有用的

usual habituel(le) 通常的

usually d'habitude 通常

V

vacancy (in hotel) la chambre libre（酒店的）空房間

vacant libre 空缺的

vacation les vacances fpl 假期

vacuum cleaner l'aspirateur m 吸塵器

valid valable 有效的

valuable d'une grande valeur 貴重的

value la valeur 價值

VAT la TVA 增值稅

veal le veau 小牛肉

vegan végétalien(ne) 素食者；I'm vegan Je suis végétalien(ne) 我是素食者

vegetables les légumes mpl 蔬菜

vegetarian végétarien(ne) 素食者；I'm vegetarian Je suis végétarien(ne) 我是素食者

very très 很；very much beaucoup 很多；I like it very much Je l'aime beaucoup 我非常喜歡它

vest le maillot de corps 汗衫

via par 通過

video (machine 機器) le magnétoscope 錄影機；(cassette) la vidéo 錄影帶

to video (from TV) enregistrer（在電視）錄影

video camera la caméra vidéo 攝影機

video recorder le magnétoscope 錄影機

view la vue 看

village le village 村莊

vinegar le vinaigre 醋

vineyard le vignoble 葡萄園

virus le virus 病毒

visa le visa 簽證

visit le séjour 逗留

to visit visiter 參觀

visiting hours les heures *fpl* de visite 參觀時間

visitor le visiteur, la visiteuse 參觀人士

voicemail la messagerie vocale 語音信箱

voucher le bon 收據

W

waist la taille 腰部

to wait for attendre 等待

waiter le serveur 服務員

waiting room la salle d'attente 等候室

waitress la serveuse 女服務員

to wake up se réveiller 醒來

Wales le pays de Galles 威爾斯

walk la promenade 散步；to go for a walk faire une promenade 散步

to walk marcher 步行；go on foot aller à pied 步行去

walking boots les chaussures *fpl* de marche 健步鞋

walking stick la canne 手杖

wall le mur 牆

wallet le portefeuille 錢包

to want vouloir 想要

ward (*hospital*) la salle (醫院) 病房

wardrobe l'armoire *f* 衣櫃

warehouse l'entrepôt *m* 倉庫

warm chaud(e) 暖和的；It's warm outside Il fait bon dehors 外面很暖和

to warm up (*milk, food*) faire chauffer 加熱 (牛奶、食物)

to wash laver 洗

wash and blow-dry le shampooing et brushing 洗髮及吹髮

washing machine la machine

à laver 洗衣機

washing powder la lessive 洗衣粉

washing-up bowl la cuvette 清洗盆

washing-up liquid le produit à vaisselle 洗潔精

wasp la guêpe 黃蜂

waste bin la poubelle 垃圾筒

watch la montre 手錶

to watch look at regarder 看

water l'eau *f* 水；bottled water l'eau en bouteille 瓶裝水；cold water l'eau froide 冷水；drinking water l'eau potable 飲用水；hot water l'eau chaude 熱水；sparkling water l'eau gazeuse 蘇打水；still water l'eau plate 純水

water heater le chauffe-eau 水器

watermelon la pastèque 西瓜

to waterski faire du ski nautique 滑水

watersports les sports *mpl* nautiques 水上運動

waterwings les bracelets *mpl* gonflables (學游泳的) 充氣手袖

waves (*on sea*) les vagues *fpl* (海) 浪

way in l'entrée *f* 入口

way out la sortie 出口

we nous 我們

weak (*coffee, tea*) léger(ère) 淡的 (咖啡、茶)；(*person*) faible 虛弱的 (人)

to wear porter 穿著

weather le temps 天氣

weather forecast la météo 天氣預報

web (*internet*) le Web 互聯網

website le site web 網址

wedding le mariage 婚禮

wedding present le cadeau de mariage 結婚禮物

Wednesday mercredi 星期三

week la semaine 星期；last week la semaine dernière 上星期；next week la semaine prochaine 下星期；per week

par semaine 每個星期；this week cette semaine 這個星期；during the week pendant la semaine 週內

weekday le jour de semaine 工作日

weekend le week-end 週末；next weekend le week-end prochain 下週末；this weekend ce week-end 這週末

to weigh peser 稱重量

weight le poids 重量

welcome! bienvenu(e)! 歡迎！

well bien 好；I'm very well Je vais très bien 我很好；He's not well Il est souffrant 他不是很好

well done (*steak*) bien cuit(e) (牛排) 煎得剛剛好

Welsh gallois(e) 威爾士人；Welsh (*language*) le gallois 威爾士語

west l'ouest *m* 西部

wet mouillé(e) 濕的；wet weather le temps pluvieux 潮濕的天氣

wetsuit la combinaison de plongée 潛水服

what? quoi? 甚麼？；What colour is it? C'est de quelle couleur? 甚麼顏色？；What is it? Qu'est-ce que c'est? 這是甚麼？；I saw what happened J'ai vu ce qui arrivé 我目睹了發生的事；Tell me what you did Dites-moi ce que vous avez fait 告訴我您做了甚麼

wheel la roue 輪

wheelchair le fauteuil roulant 輪椅

when? quand? 甚麼時候？

where? où? 哪裏？

whether si 是否；I don't know whether to go or not Je ne sais pas si je dois y aller ou non 我不知道要不要去

which? quel(le)? 哪個；Which one? Lequel, laquelle? 哪個？；Which ones? Lesquels, lesquelles? 哪些？

while in a while bientôt 馬上；(*very soon*) tout à l'heure 一會

whisky le whisky 威士忌酒

white blanc (*blanche*) 白色的

who? qui? 誰？

whole entier(ière) 全部的

wholemeal bread le pain complet 全麥麵包

whose Whose is it? C'est à qui? 這是誰的？

why? pourquoi? 為甚麼？

wide large 寬的

widow la veuve 寡婦

widower le veuf 鰥夫

wife la femme 妻子

wild (*animal*) sauvage 野生 (動物)

to win gagner 贏

window la fenêtre 窗戶；(*in car, train*) la vitre (汽車、火車上的) 車窗；shop window la vitrine 櫥窗

windscreen le pare-brise 擋風玻璃

windscreen wipers les essuie-glaces *mpl* 風擋刮水器

to windsurf faire de la planche à voile 玩滑浪風帆

windy It's windy Il y a du vent 有風

wine le vin 葡萄酒；dry wine le vin sec 乾葡萄酒；house wine le vin en pichet 招牌酒；red wine le vin rouge 紅葡萄酒；rosé wine le vin rosé 玫瑰紅葡萄酒；sparkling wine le vin mousseux 起泡葡萄酒；white wine le vin blanc 白葡萄酒；wine list la carte des vins 酒單

wing mirror le rétroviseur latéral 倒後鏡

winter l'hiver *m* 冬天

with avec 和；with ice avec des glaçons 加冰；with milk avec du lait 加奶

without sans 沒有；without ice sans glaçons 不加冰；without milk sans lait 不加奶

woman la femme 女人

wonderful merveilleux(-euse) 精彩的

wood le bois 木材

wooden en bois 木製的

wool la laine 羊毛

woollen en laine 羊毛製的

word le mot 單詞

work le travail 工作；at work au travail 在工作

to work (*person*) travailler 工作(的人)；(*machine, car*) marcher 運轉(的機器、汽車)；It doesn't work ça ne marche pas 不管用

world le monde 世界

worried inquiet(-iète) 擔心的

worse pire 更壞的

worth It's worth... Ça vaut…這值……

to wrap (*parcel* 包裹) emballer 包裝

wrapping paper le papier cadeau 包裝紙

wrist le poignet 手腕

to write écrire 寫；Please write it down Vous pouvez l'écrire, s'il vous plaît? 請您寫下來

wrong faux (fausse) 錯誤的；What's wrong? Qu'est-ce qu'il y a? 怎麼了？

X

X-ray la radiographie X光照片

Y

yacht le yacht 快艇

year l'an *m* 年；l'année *f* 年；a year ago il y a un an 一年前；this year cette année 今年；next year l'année prochaine 明年；last year l'année dernière 去年

yearly annuel(le) 每年的

yellow jaune 黃色的

yes oui 是；yes, please oui, merci 是的，謝謝！

yesterday hier 昨天；yesterday morning hier matin 昨天早晨；yesterday evening hier soir 昨天晚上

yet not yet pas encore 還沒有

yoghurt le yaourt 乳酪；plain yoghurt le yaourt nature 原味乳酪

yolk le jaune d'œuf 蛋黃

you (*familiar* 熟悉的) tu 你；(*polite, plural* 禮貌的、複數) vous 你、你們

young jeune 年輕的

your (*familiar sing* 熟悉的、單數) ton, ta 你的；(*familiar plural* 熟悉的、複數) tes 你的；(*collective or polite singular* 集體詞或禮貌的單數詞) votre 您(你們)的；(*collective or polite plural* 集體名詞或禮貌的複數名詞) vos 你們的

youth hostel l'auberge *f* de jeunesse 青年旅館

Z

zip la fermeture éclair 拉鏈

zoo le zoo 動物園

zoom lens le zoom 變焦鏡頭

zucchini la courgette 翠玉瓜